U0876483

赵树理家乡文学丛书

苦荞吟

张洪科　著

山西出版传媒集团　北岳文艺出版社

·太原·

图书在版编目(CIP)数据

苦荞吟 / 张洪科著. —太原:北岳文艺出版社,2021.12
(赵树理家乡文学丛书 / 崔奇主编)
ISBN 978-7-5378-6518-0

Ⅰ.①苦… Ⅱ.①张… Ⅲ.①长篇小说—中国—当代 Ⅳ.①I247.5

中国版本图书馆CIP数据核字(2022)第007780号

苦荞吟
张洪科 著

//

出品人
郭文礼

策 划
郭文礼 马 峻

责任编辑
赵 婷

书籍设计
张永文

印装监制
郭 勇

出版发行:山西出版传媒集团·北岳文艺出版社
地址:山西省太原市并州南路57号
邮编:030012
电话:0351-5628696(发行部) 0351-5628688(总编室)
传真:0351-5628680
印刷装订:山西立方印业有限公司

开本:710 mm × 1010mm 1/16
字数:265千字
印张:17.25
版次:2022年7月第1版
印次:2022年7月山西第1次印刷
书号: ISBN 978-7-5378-6518-0
定价:72.00元

总　序

2021年是中国共产党成立100周年，也是人民作家赵树理诞辰115周年。值此重要时间节点，中共沁水县委、沁水县人民政府特推出“赵树理家乡文学丛书”，旨在传承赵树理文化、弘扬赵树理精神，展示文艺创作新成效、呈现文化强县新气象，以新时代“山药蛋派”新作向赵树理先生致敬、向党的百年华诞献礼。

沁水以其深厚的文化底蕴、淳朴的民风民情、多彩的民俗传统，孕育了开创“山药蛋派”先河的一代文学巨匠——赵树理，赵树理倾其一生都在用心用情书写农民、至真至诚歌颂农民，“铁笔圣手”的名号享誉全国，“山药蛋派”的影响更是历久弥新。

深受赵树理及“山药蛋派”熏陶的沁水人，立足乡村乡情、乡风乡貌，笔耕不辍、钟情翰墨，涌现出了田澍中、潘保安、葛水平等一批有影响力的作家。此次出版的“赵树理家乡文学丛书”正是沁水优秀文艺人才的作品集，更是近年来沁水文学创作的集大成者，全书共7册，其中长篇小说4册、中短篇小说集2册、诗赋集1册。翻读此书，沁水“清凌凌的水，蓝莹莹的天”的秀美环境跃然纸上，沁水厚重悠久、绵延不断的文化底蕴淋漓展现，沁水人民昂扬向上、踔厉奋发的正面形象栩栩如生，这是一套了解沁水、宣传沁水，读之受益、回味无穷的精品佳作。

相信丛书的出版，必将极大地激发广大文艺人才的创作热情，更好地推动沁水文艺事业的蓬勃发展，假以时日，沁水必将涌现出更多的优秀文艺人才和文学作品。

是为序！

2021年11月

上　篇

一

公鸡才叫两遍，创就被父亲的叹气声和母亲的叫骂声吵醒了，他烦躁地翻了个身，用被子蒙住了头。

他怎么也想不通，自己刚从学校毕业回来，将来的出路还不知道在哪儿，就被父母逼着，要他去南山的石头岭和一个他从来就没有见过面的、叫什么二巧的女娃子的家里相亲。这一年，创刚十八周岁。这种事情，对创来说，来得太突然了，他还从来没有认真地想过找对象这档子事，他仍然沉浸在学校、同学，甚至轰轰烈烈的无产阶级文化大革命运动中。刚毕业返乡，对农村这个广阔的天地，他还没有一个足够的认识，还没有到他认为大有作为的时候，怎么突然就遇上了他认为八竿子都打不着的破事呢？可是，父亲为人老实木讷，常常是母亲的出气筒；母亲则为人要强，凡事都怕走到人后头，所以，她想早早地给儿子占下个媳妇，人前人后自然就能伸直了腰杆说话。

“创，你不要再犟了，明天就和祁志去石头岭。”父亲说完，又叹了一口气。

“不去!”创说得很干脆。

母亲一听，急了，立马提高了声音：“你知道不知道，祁志是谁？他是大队干部，是大队会计，一个在全大队、在全村人跟前说了话绝对算话的人。他又是二巧的姐夫。人家都愿意把小姨子说给你当媳妇，是现在还能看得上你哩。再过几年，你在农村受得人不像人，鬼不像鬼，人家斜眼都不会看你一下呢！你还不愿意，是你长得出奇，还是你有上天的本事，说到底你还不就是一个烂中学毕业生吗？你还不趁早占上一个媳妇，差不多的闺女让人哗哗占住了，看你短寿将来不打光棍。”

听了娘的数告和詈骂，创觉得母亲既可怜又可笑。占什么媳妇，占个屁呀！天下的女娃子多得是，谁能把谁的占了去呀。再说，找对象也不是凭占呀。但他不想和母亲硬顶到底，就慢慢地说：“妈，你急啥，有羊还怕赶不上山？再说，我才多大呀，我现在就根本没这心思。”

“可是，这事是能随便拿起再随便撂下的吗？大队干部是谁都敢惹的？多少人想巴结还巴结不上哩，你以为你是谁？人家给你脸你不要，你让我们这老脸往哪搁？”母亲不依不饶地紧逼着说。

创的心里五味杂陈。他想起了同学秋雯，毕业分手时，秋雯眨巴着一双忧郁的大眼睛，看着他说：“创，我们这一分开，不知道啥时才能相见，我希望你能记着同学，记着我。”

唉，创长叹出一口气。是呀，什么时候才能再相见呢？再相见时又会是什么样呢？毕业时，有同学曾开玩笑说：二十年后我们再带着老婆、孩子欢聚一堂吧。创想着这一句玩笑话，不禁打了个寒战。二十年后，大家都将是不惑之年。如果那一天真的到来，如果秋雯真的带了孩子，带了丈夫和他见面，也许，对他来说，这将是人间最残酷的一幕了。

这时的创，毕竟只有十八岁，心理承受能力还很有限。父母的苦苦相逼，他觉得心都要碎了。他猛然坐起，愤怒得几乎叫起来：“你们别逼了，再逼，我就要死了。”

母亲比他的声音更高：“去，去死呀，你去死个给我看看，这才是听笑话哩，还没听说过说媳妇能说死人的，说出去还不让人笑掉大牙哩。”母亲讽叽地说。

父亲又叹一声气：“这么办吧，你先和祁志去石头岭看看，如果中意，咱再说订婚，你要是不中意，就拉倒，咱再不提这回事，你看行不？”

“放屁。”父亲刚说完，母亲就吼了一声，“什么是中意，什么是不中意？你少在里头和稀泥，老实说，这就是父母之命，媒妁之言，你中意是二巧，不中意还是二巧，娶媳妇生子，天经地义，你没听人说，不孝有三，无后为大吗？你要真是个逆忤子，从今天起，你就给我从这屋里爬出去！”

好家伙，创还是第一次发现母亲的水平，竟能翻倒出这些古董来教训他。母亲好像下了最后通牒。

见母亲发了火，父亲一句话也不敢多说。创站在地上，看看父亲，父亲低头不语；看看母亲，母亲显得怒不可遏。看看无法收场，他只能选择逃跑。他拿起衣服，出门去了，却听见母亲在后面喊叫:“明天就去，你要是敢不去，就到后头井里去给我收尸!”

阴历八月，历山脚下的南坪村，秋已经初现端倪。四野山坡的庄稼，已经累果，正处在灌浆成熟阶段。小西风微微地吹着，吹出了些许秋味，也吹出了些许凉意。人们基本上度过了侍候庄稼的疯忙阶段，虽然也在田地里劳作，但显得轻松愉快，这是一个养精蓄锐，准备大战秋收的过渡时期。

河边上的地，大部分种了谷子、高粱和玉茭等高产作物，而山坡上的地，全种了苦荞麦和山药蛋。由于历山海拔高，常年无霜期短，南坪村的人一般都不种小麦，种小麦每亩地收上几十斤，最好的年成也不过上百斤，连种籽都收不回来，更别说工夫了。历山脚下这一带农民，每年吃的面主要是苦荞面，逢年过节南坪村的人都是以苦荞面顶替好面（麦子面）来待客或自食。苦荞面虽然吃起来微苦，但爽滑劲道，是历山脚下人们饭碗里不可或缺的最爱。苦荞麦耐旱抗涝，不择地理条件，只要春天撒上一把籽，秋天就能成捆成捆地担回场地，收回仓里。

在去石头岭的山间小路上，创和大队会计祁志，也是创的婚姻介绍人一前一后地走着。创的肩上背了半布袋苦荞面，手里还掂了一包昨天父亲才去供销社称回来的散点心。这是按照南坪人的规矩，第一次去相亲必须拿的礼物。由于拿着东西爬坡，创显得有些吃力。早晨的太阳刚刚升起，但山间的雾霭已早早散去。微微的汗已浸湿了创的脊梁，走起路来很不自在。

这一次去石头岭相亲，对于创，实在是一件不乐意的事。他甚至觉得这件事很滑稽，很可笑，好像一场没有任何意义的恶作剧。但他又不想让父母为这事一直吵，直吵得鸡飞狗跳，更不想真的去后头的井里给母亲收尸，所以他抱着走一步说一步的态度，和祁志去石头岭“相亲”。

其实，至于二巧是谁，长得什么样，创觉得对他一点都不重要。他像在替别人办一件什么事情，办好办不好都无所谓，这样想着，心里似乎觉得坦然了一些。不过，有时候真要把这事和自己联系到一起想，心里就一阵惊慌，一阵锥心的难过。但想想父亲，想想母亲，他只能长叹一声，努力去把这件事情忘掉。

创也曾经几次鼓起勇气，想把自己的心思说给介绍人祁志，但想来想去他还是没敢说出来。刚从学校毕业回到农村，他还不知道一个大队干部的权利到底有多大，看父母的态度，好像祁志的能量大得不得了。他更不知道要在农村这块土地上生活，将要蹚多深的水。父母，兄弟姐妹，还有家族亲戚，更有自己的将来，将如何去面对，他如坠云雾之中，感觉一片混沌。

太阳越升得高了，他们顺了山岭越爬越高。路两边地里的苦荞麦，大部分已经结籽，从红红的苦荞杆上一绺一绺沉重地吊下来；已经成熟了的，泛着油黑的亮光。苦荞杆顶上仍开着些细碎的苦荞花，像一只只小小的碗盏，惹人怜爱。

创试了几次，终于颤着声问："祁哥，咱这次去石头岭……老伯家，主要是干些啥哩？……我也不懂呢。"

祁志见他畏畏缩缩的样子，就开心地笑了，然后说："干些啥，给你说媳妇呀。怎么，你不想说？"

创一听，心里咚咚直跳。他想，祁志这个大队干部，是不是窥破了我的心思呢？我还不如干脆给他说了实话吧。可是他不敢，只得又说："哪能……能呢？我的意思是说，我们去相过以后，该怎么办？"

"怎么办，还能怎么办？你要是同意，接下来就是订婚吧。"祁志说得很轻松。

创听了，就有些紧张，又问："那……订了婚，就是和她确定了婚姻关系？"

"基本上可以这么说吧。当然，如果订婚后，你又改变了主意，还可以退婚嘛，只是，你送的彩礼就都收不回来了。"祁志说完，朝路旁的苦荞地里狠狠地啐了一口，好像猜透了创的心思。

创在心里“噢”了一声，好像看见了一线希望，也学着祁志的样子，往路旁的苦荞地里吐了一口，不过，他一下子就吐到了一株顶上正开着花的苦荞麦上。

二巧住的石头岭，仅仅是大山包围中的一个小院落，总共只有两家人。大巧已经嫁给了大队会计祁志，家里还有二巧和两个弟弟，因为离学校太远，他们都不读书，在家里侍弄庄稼。

祁志领着创走进二巧一家人住的地棚里，一股浓烈的臭煤烟味呛得创差点儿闭过气去。他撂下肩上和手里的东西就赶紧窜出了门外，站在院子里流着眼泪不断地咳嗽，还接连打了几个很响的喷嚏。过了好一会儿，他才平息下来，但再也不敢进屋里，索性坐到门口的台阶上。

创的一系列动作，显然引起了祁志的不满。不过他也被呛得咳嗽了几声，但很快就憋住了，并向老丈人和丈母娘问了好。

二巧的父亲拿了一根很长的木头烟袋不停地吸烟，二巧的母亲则斜过眼珠子在创的身上不断地溜来溜去，倒是二巧显得没心没肺的样子，张罗着给她姐夫和创舀饭。

大概是爬坡爬饿了，创也没有推让，从二巧的手里接过了碗。见碗里是高粱面糊糊煮干蔓菁，就在心里苦笑了一下，想，这一家人也太抠了点，老女婿和新女婿上门，让吃这鸡巴玩意，嘁！一边想着，就已经把一大碗高粱面糊糊煮干蔓菁倒进了肚子里。

二巧倒是腿快，也不见害羞，赶紧跑过来说：“来，我再给你寻一碗。”说着，就要从创的手里拿碗。

创一听，赶紧摆着手说：“好啦好啦，我已经吃饱啦。”说完，心里直犯嘀咕：“寻”一碗，这是什么屁话，把老子当成讨饭的啦！二巧也不看创的脸色，坚持要从他的手里夺碗盛饭，创一急，干脆把碗底朝天扣在了石头台阶上，二巧这才不再夺碗了。创往台阶上一扣碗，正好让二巧两个蹲在门外吃饭的弟弟看见了，一时憋不住，就张开嘴大笑起来，直把喝了一嘴的高粱面糊糊喷得到处都是，又惹得二巧和祁志也笑起来。这一幕，两个在屋里的老人都没看清，见他们都在笑，也不知发生了什么事，便放下手中的碗，睁了疑惑的眼睛，你看看我，我看看你。

创却没有笑，他不觉得这有什么好笑。见他们笑够后又重新端起碗，突然觉得刚才发生的一切都很无聊，一点儿意思也没有，他们竟要开怀大笑，他甚至有些不明白自己怎么就无端地跑到这么一个鬼地方来了。创越想越没意思，就站起来想要回去。

创走出大门外，看见满眼都是叠翠的山峦和一片片的苦荞地，心情又变得好了一些。身后有动静。创扭回头来看时，是二巧站在不远处看着他，还咧着嘴笑。

创看她一眼，又扭回去看延绵的大山，还有山根一蓬蓬熟透了的黄灿灿的醋溜溜。看着醋溜溜，创就觉得嘴里发酸，牙根发痒。这醋溜溜，是本地人的叫法，外头人叫沙棘子，每年都有人来采回去做醋。

二巧顺了创的目光，也看到了醋溜溜，就说："想吃不？想吃我去给你采几枝。"

创看二巧一眼，无语地摇摇头。

过了一会儿，二巧好像想起了正经事，问："你就这样回来了，不计划出去了？"

创被她问得有些摸不着头脑，就问："去哪儿？"

"我也不知道。"二巧说了一句不着边际的话。

"你看上我啥啦？"二巧突然问创。

二巧的问话，让创觉得伤心，心里有一种无法言说的痛在涌动。他觉得自己像一只猴，被人牵着，强迫做出各种动作，以博得人们的一笑。想到这里，他一言不发地看着二巧，觉得她不该问这句话。

正在这时，祁志走出来，问："你们谈得怎么样了？有话下次再谈吧，我后晌还要去公社报表哩。"

创一听，心里一下就放松了许多，也顾不得回去和二巧的父母告别，就逃命一般朝山下窜去。

创回到家里，父母都没有出去，像是专门在等他回来。

母亲看上去有些焦急，想知道这次相亲的结果，但她始终绷着脸没有问。

父亲看看母亲，再看看创，嘴唇动了动，却没有说话，他好像也急于想知道相亲的结果。父亲又看了母亲一眼，才嗫嚅着问："这次去石头岭怎么样，人家都说什么了？"

"他们能有什么说的，他们还能说些什么！"母亲紧接父亲的话说，好像她已经知道了结果。

过了一会儿，母亲像想起了什么，问："祁志怎么没来？这媒人也真是，事后也不给个交代。"停了停，母亲像是自言自语地说："我看，这事不会有什么差错。如果他们真找不出什么毛病，收完秋后就可以给你订婚，只要订了婚，这门亲事就算订下来了，我们做老人的心里也就少了一些牵挂。"

半天没吭气的创，听到母亲的话，如掉进了万丈冰渊。他本来想挪过一步说一步，找个合适的机会再拒绝此事，却不料母亲竟步步紧逼，看来，父母是非要把此事做成，把二巧迎进家门不可。创在心里叫苦不迭，一时显得六神无主，便说："你们都急啥？我的事我都不急，你们急啥。咱今年先不订，放放再说吧。"

一句话，又把母亲的脾气给激上来了。她颤着嘴唇，用手指着创骂："你懂什么，现在这些闺女，人越大心就越高，你可知道明天人家又看上哪一家了。你不要踋你是中学生，要真有本事，就不要回这山旮旯里来。"

创听了，就有些生气，接口说："我还真不想回来哩，省得你们天天骂，天天逼，你们逼吧，真有一天把我逼急了，你们就再也别想找见我。"

母亲立马瞪起眼来，用手指着门口："爬，现在就给我爬出去！"

"爬就爬！"悲愤的创，摔下手中的东西，就出门去了。

太阳就快落下山去了，余晖照着远处的山峦，照着近处的苦荞地。创走到外面，感觉出了阵阵凉意，他觉得心里郁闷得不行，像有一团火在胸腔里燃烧。他想跑到山顶上，对天大声号叫一通，以泄心中的郁结不平。他一边走，一边想，不自觉来到了河边，看着不急不慢流淌的河水，就挥舞着双手大声骂了一声："他妈的，这算什么鸡巴破事儿！"又顺手捡起一块石头，狠狠地朝河水砸去。

"噢——"像狼一样，创对着河水长长地嚎了一声。

"吓死我啦，好好的你瞎嚎啥哩嘛。"突然背后传来了一个女人的声音。

创没有回头，凭声音，他知道这是政治队长大家伙的女儿杏儿。

杏儿甩着手上的水，走到创的跟前，问："创哥，听说你今天去石头岭相媳妇了，也不至于就美得对天乱嚎吧！"

创听了杏儿的话，却突然发了火，他指着杏儿，头上的青筋直暴："我美不美关你屁事？你再瞎咧咧，看我把你……"创没有说完，看着杏儿的眼里竟盈满了泪水，就没有再说下去。

创的反常态度，着实把杏儿吓了一跳。她不明白创突然发这么大的火，究竟是为了什么。杏儿擦擦眼睛小声嘟囔了一句："你敢把我怎样，你还敢把我吃了不成？"杏儿还是第一次见创发这么大的火，她看看创，又回到河边洗衣服去了。

杏儿洗了一会儿衣服，见创仍旧站在那儿，不动，也不说话，就是死死地盯着河面，心里就有些不放心，又甩甩手，走到创跟前，却看见创的脸上淌着两行眼泪。杏儿不知道创今天是怎么了，就柔声说："创哥，对不起，我不知道你心里不好受。"

创听了杏儿的话，心里升上一股暖意。他从远处收回目光，看了看杏儿，强笑笑，也说了一句："杏儿，对不起。"

说完，创甩甩头，朝山边的一片苦荞地走去。

二

今年是一个好年成。放眼望去，四野一片丰收在望的景象。老百姓辛苦一年，巴望的就是能有一个好收成，能够多分些粮食扛回家，顿顿吃饱饭，是他们最大的心愿。

坡地里种的苦荞麦，今年长得出奇的好。一绺一绺吊下来的苦荞籽，沉甸甸的把苦荞杆掩得几乎伏倒在地上。看来，今年老百姓又能多吃几顿苦荞面饺子，多吃几顿苦荞面粑，多吃几顿苦荞面搓鱼了。啧啧！老百姓眼里看着，心里想着，别提有多美气了。

为做好监收监打工作，大队组织各生产小队的队长和会计到各生产队进行收前估产。创所在的第七生产小队，因为在山下，紧邻着河边，庄稼长得额外好，被初步评估玉茭亩产可达到六百斤，过了“黄河”，谷子达到三百斤，而苦荞麦亩产竟达四百斤，这着实让政治队长大家伙高兴。看这景气，今年县里的“三干”会上，大家伙上台领奖状带红花是没有问题的。大队革委会刘主任抑制不住兴奋地说，七队庄稼长得好，是政治队长带领社员狠抓革命，猛促生产，政治挂了帅的丰收成果。刘主任说着在大家伙的肩膀上拍一下，又拍一下，直拍得大家伙的大嘴咧一下，又咧一下，咧得口水都流了出来。

为了防止瞒产私分，大队在各小队对主要农作物采集了“小样”。尤其是对七队的苦荞麦，根据不同地段采集了不同的样品，这让大家伙的心里微微有些不爽。

创从石头岭相亲回来后，在煎熬中又过去了一个月。眼看大秋作物马上要登场，他一点也高兴不起来，他不知道自己在这轰轰烈烈的秋收运动中能干些什么。干农活他还手生得很，即使跟上别人干，也是笨手笨脚，力不从心。他更不想待在家里，父亲照旧唉声叹气，母亲依然不停地唠叨，让他觉得十分压抑和烦躁，常常产生一种想离家出走的念头，但他又不知道自己该去哪里。

母亲在家里对上他常说的就是二巧，说二巧怎么能干，几乎能挣一个男劳力的工分，做的踏山鞋三年都穿不烂一双……啊呀呀！一听这些创就烦透了，他有时甚至怀疑自己是不是投错了胎，怎么会出生在这样一个家庭，每当这时，就更坚定了要赶快离开这个家的决心。

前天，创收到了同学秋雯的一封信，这是他和同学们毕业分手后收到的第一封信。秋雯在信中说，自己在父亲的安排下，暂时去了二轻经理部上班，有些时候也下乡，如果有机会能到南坪来，一定会来看他。她还告诉创，毕业后她仍在复习功课，想把“文化大革命”中落下的课程补起来，或许将来会有用的，也希望创能继续复习文化知识，并鼓励他要好好接受贫下中农再教育，争取在农村这个广阔的天地里能够大有作为。创读了秋雯的信，心情十分复杂。秋雯已经参加工作，他为她高兴，她摊上了一个在公社当干部的好爸爸，也摊上了一个能够理解女儿，支持女儿的好母亲。昨天晚上，父亲有些兴奋，不再木讷，也不再叹气，他告诉创，他白天去找了一个在联区当校长的老表，想为创寻求一份替学的工作。虽然老表是远门老亲，且已多年没有来往，但听说创是县一中的毕业生，还是答应等等看，如果一有机会，就先安排创去替学。

母亲历来是一个雷厉风行的人。一听这个好消息，她立马找仓库保管借了三十斤苦荞麦，今天一早和父亲去磨成了面，又让创赶紧给老表校长送去。母亲说，老表既然吐了口，就要立马抓紧，先占住这个位置，现在世上的能人太多，不先在老表那儿占住这个替学的位子，当心成了别人碗中的菜。

太阳刚刚泛红，创就背了苦荞面，到镇上去找当联区校长的老表去了。走时母亲安置他，这个老表，创应该叫表伯，不能叫郑校长，郑校长是让别人叫的，既是自家人，就应该叫表伯，才能显得亲切，事情也才能更好办。

当创叩开联区校长办公室的门时，校长正在训一个女老师。看上去那个女老师不比创大，几乎还是个小女孩，衣服和下巴上沾了些粉笔末。

“表伯。”见了校长，创背着苦荞面赶紧叫了一声。

大概校长正训在兴头上，只看了创一眼，摆了一下手说：“你等一下。”说完又声色俱厉地训起来。女老师的头被越训越低，几乎要抵住胸了，才被校长放过。

这期间创背着苦荞面，也一动不动地站在门口听训。女老师出去后，创才从背上取下口袋来，又叫了一声“表伯”，郑校长这才抬起头来，问：“你找我？有什么话快说，我还要去上课呢！”

“我父亲昨天找过你，想让我来咱联区替学哩。”创赶紧说。

郑校长瞪了一双金鱼眼睛，看着创说：“你父亲是谁，你是哪个村的？”

“南坪村。”创说。

郑校长像想起了什么，自嘲地拍拍自己的脑袋，又问：“你是哪个学校毕业的呢？”

“县一中。”

“噢。”校长点了点头。他看一眼创手中的口袋，脸上挤出一丝笑意，说："明年吧。死娃岭学校的老师过了年就要生娃哩，到时候再说。"郑校长说着就拿起了桌子上的课本和粉笔盒。

创见郑校长要去上课了，就赶紧告辞说："谢谢表伯，我就回去等你的信吧。"

走在镇子里的大街上，大街小巷洒满了初秋的阳光。创觉得身上暖洋洋的，心里似乎对未来升起了一线希望。他眯起眼睛看看太阳，朝着太阳打了一个长长的哈欠，眼中就溢出些泪水来。

创又打了一个哈欠，摸摸衣袋，从里面掏出一个烟盒来，伸出两根指头拨开烟盒看看，发现烟盒已经空了，就把烟盒用力揉成一团扔到大街上。他张张嘴，像又要打哈欠，但他吸吸鼻子，还是忍住，走进一个烟酒副食门市部。

创已经学会抽烟了，而且烟瘾越来越大。回到农村的几个月，在茫然和烦闷中，他学会了抽烟。开始的时候，创和高红在一起试着抽旱烟袋。高红和他一样大，小学毕业后就一直在农村干活，现在已是做庄稼的行家了。见创刚从学校回来，每天烦闷无聊，就拿出自己的旱烟袋对创说，学着吃一锅吧，这玩意儿解闷又解乏，说着，就为创装上一锅。创出于好奇，接过来就试着抽了一口，立即被呛得大声咳嗽起来，但抽得多了，也就慢慢地习惯了。这玩意儿还真管用，解不解乏创不知道，但确实能解闷，更能解愁，所以，创在愁烦时就常常找高红抽一锅，不过，上瘾以后，他改抽纸烟，觉得纸烟比旱烟抽起来平和些，也省事些。

有一次在家里，母亲又拿二巧说事，唠叨二巧的长处和对这个家庭的重要。创一听就烦，为了制止母亲没完没了的唠叨，就掏出一支烟，对着父母的面公然抽了起来。创满不在乎的抽烟样子，可吓坏了父亲，他看了母亲一眼，大声斥责创："你越来越不成器了，怎么还学会了吃烟？"创不但没有停止抽烟，还撇嘴看父亲一眼，又长长地吸了一口，再慢慢地吐出来。

父亲又看了母亲一眼，还想继续说创，但母亲抬抬手，父亲立即噤了声。母亲淡淡地说了一句："吃吧，男人还能不吃烟？吃烟才像个男人。"从此，创算是领了抽烟许可证，就人前人后地抽开了。

进了门市部，创买了盒“绿叶”烟，划着火正要点烟时，却看见杏儿也走进了门市部。

杏儿进门看见创，一下子显得很高兴：“创哥，你也下供销社来了?”

创又划了一根火柴点上烟，美美地吸上一口，才说：“杏儿呀，你一早来干啥?”

杏儿走到创跟前，说：“来称些盐，倒些煤油。哎，我不知道你不在家，我爸一早就去找你，说让你往山坡根的地塄上写几个大字哩。”

“写什么字?”创觉得往地塄上写字，有些不可思议。

杏儿笑了一下，说：“我也不知道，反正他要让你写字哩。”说着就拉了创一下，“咱赶紧回吧。”

创搓了一个响指，顺手提起杏儿的盐袋，走出了门市部。到了大街上，创的右手食指一弯，把吸剩下的烟屁股一下子就弹出去老远。

创这会儿的心情，像久雨初霁的天，阳光普照，鸟语花香。他一高兴，就撮起嘴唇，吹起了《北京的金山上》。

创的口哨吹得不错，不但响亮，而且悠扬，杏儿的心被这悦耳的口哨吹得泛起了阵阵涟漪。她跟在创的后面，红了脸，颤着声说：“哥，你别吹了。”

创好像没有听见杏儿的话，又换了一支曲子，吹得更起劲了。

创和杏儿回到南坪村的时候，已经到了中午，创没有急着回家，直接随杏儿回家去见政治队长“大家伙”了。

大家伙刚从地里回来，正在洗手，见创进来，就说：“你逛哪去了，叫我找了你一前晌。”

“我去镇上办事了。”创说，“听杏儿说你找我，我就赶紧回来了。”

“你能去办啥事？是去看媳妇了吧。”大家伙对创开玩笑地说。

创听了大家伙的话，脸一下子就拉了下来。

杏儿见创不高兴了，赶紧说：“爸，你给创哥说正经事嘛，人家可是专门来找你的。”杏儿说着也给创端来了一碗饭。创瞅了一眼，是玉茭面糊糊煮山药蛋，像条件反射一样，他一下子就想起了二巧“寻”给他的那一碗高粱面糊糊煮干蔓菁，就自嘲地笑了一下。他正犹豫着是否接碗时，大家伙却说话了："我是给你说一句笑话，你弹啥火哩嘛。我给你说，过几天公社要组织各大队的干部到咱村里检查秋收工作的准备情况，咱也得准备准备，不要落到别的队后面去。"说着，大家伙就擦擦手端起了碗，也不问创吃了没有，就用筷子从碗里捞起一颗山药蛋。"我想让你往山坡根那一大块苦荞地的后塄上写一条标语哩，你看写什么好？"说着，就急急地把筷子上夹着的山药蛋往嘴里送，就在快送到嘴边时，手一抖，山药蛋从筷子上滑下来，又掉进了碗里。这一掉不要紧，却把碗里的稀玉茭面糊糊砸得溅了大家伙一脸。饭是刚端下锅的，还很烫，黏性很强的玉茭面糊糊牢牢地沾在大家伙的脸上，他被烫得龇牙咧嘴，却又干着急放不下手里的碗。创看见大家伙被烫得狼狈的样子，乐得差点儿蹦起来，他实在忍不住，就捂着肚子跑出了门外。

杏儿拿过一条湿毛巾来，擦去父亲脸上的玉茭面糊糊。大家伙大概被烫得不轻，嘴里不断发出"咝咝"的声音。

大家伙放下碗，龇着牙喊："创，你跑哪去了？咝——我还没有给你交代完哩嘛。"创强忍着笑跑回来，站在队长跟前。

大家伙摸摸脸，又"咝"一声才说："你说写什么好？"

"你说写啥就写啥，你是政治队长嘛。"创忍着笑说。

"抓革命，促生产，怎样？"大家伙想了想，说。

"随你。用什么写哩？"创想起了写字要用的材料，就问。

大家伙翻了一会儿眼皮，突然一拍大腿，说："石灰嘛！大队石灰窑上有的是生石灰，担上一担，化成石灰水，写出来的字肯定鲜亮，保证十里外都能看见。"

"写多大的字合适呢？"创想得很具体。

"你看着办，能写多大就写多大。这可是让你亮本事的时候。"大家伙说。

创的心里没底，他不知道能不能完成大家伙交给的任务。

大家伙吃完一碗饭，用筷子敲敲空碗，杏儿赶紧过来 拿上空碗去盛第二碗了。大家伙看着创说："这么给你说吧，你写一天字，我按全劳力给你记十分工，我想有五天差不多了吧？你说，要几个人给你打下手，我给你派。”

创向跑去的杏儿看了一眼，说：“两个人就够了，多了也用不上。哎，你说到底是写啥字呀？”创又看着大家伙问.

“不是说了嘛，抓革命，促生产。”

这时杏儿正好端来了饭，就说：“还不如写成‘农业学大寨’哩，意义更大一些。”

“嗨！好，就写‘农业学大寨’，这闺女怎么不早说。”大家伙说着，端起碗就赶紧“呼”了一口。

大家伙咽下一口饭，又问：“让谁给你打下手？”

“我也不知道，你派谁就谁吧。”创说。

这时杏儿突然插嘴说：“爸，我和创哥去写字吧。”

大家伙说：“好，你就去给创打下手吧。”他扭过头来看看创，“一定要把字写好，这可是让你在咱南坪村，不对不对，是在咱全公社的干部面前亮本事的时候哩。”

能够和创一块去写字，杏儿表现出少有的兴奋和积极。吃过中午饭，杏儿也没有休息，就去石灰窑上担了一担石灰回来。

杏儿只知道要往地塄上用石灰水写“农业学大寨”几个大字，却不知道怎样才能把这几个字写上去，所以把石灰担回来后，杏儿就去叫创，一块儿去北坡根的苦荞地。

刚走进大宅门，就听见创的母亲在大声叫骂：“让你去二巧家跑一趟，都说了几天了，眼看秋后就要给你订婚了，你还是不想去，你要真不愿意，早些说，别到时候让我鸡飞蛋打一场空。”

创见杏儿进来，像见了救星一样，看着母亲说：“这不是队长打发人来叫了吗？”

母亲瞪着杏儿，好一会儿没有说话，好像要从杏儿的脸上验出真假来。

杏儿见状赶紧说：“真的哩，大娘，不信你去问我爸。过几天，公社干部要下来检查哩，让创哥和我去北坡根往地塄上写标语哩。”

“瞎话也说不圆。地塄上长得毛毛草草，怎能写字哩！你们俩合伙骗老娘吧。”母亲提出了质疑。

听创的母亲这么一说，杏儿像突然想起了什么，转过头问创：“是呀，那地塄上长得全是草，怎么写字哩嘛?”

“笨。你爸就没有说让你拿什么家伙?”创问。

“他让我拿了一张锨呀。”

“这不对了嘛，把地塄上的草铲去，再把地塄铲平，不就能写字了吗?”

杏儿的脸一下子就红了：“哎呀呀！还是我哥聪明。”她又指指自己，跳了跳脚说：“杏儿真笨。”这一下引得母亲和创都笑了。

见母亲也笑了，创从门后拿起一把烂笤帚，对杏儿说：“走，干活去。”

“等着，你什么时候去石头岭?”母亲不依不饶。

创和杏儿已迈出了门槛，一听都站住了。创回过身子用很忧伤的目光看看母亲，说：“把这活干完再说吧，队长说了，每天给我记十分工哩。”

杏儿赶紧插话说：“真的，大娘，这是我爸亲口说的。”

母亲听说队长每天能给创记十分工，脸上就露出了惊讶的神色。十分工，相当于一个全劳力一天的收入哩。只是，母亲用异样的眼神看着创和杏儿一起走出了大门。

创和杏儿在北坡根写字，已经是第三天了。他们的进度还算不慢。起先，按创的设计，每个字至少要有两米见方，这样在远处看，效果才会更好。按创的想法，这字一定要写好。回乡来，第一次干活，按政治队长的说法，要亮一手，这一手就要亮得漂亮，亮得让南坪村人，让全公社的村干部服气才行，所以就涉及字体的问题。思来想去，最后创决定还是写成仿宋艺术体，这样更有把握一些，因为这在学校的美术课上是学过的，只不过是把画本上的字放大到地塄上而已。

创和杏儿光铲地塄上的杂草，就整整地用去了两天的工夫。大部分杂草是杏儿铲除的，创干这个还不行，他笨手笨脚，还好几次从地塄上滑得滚到了下面的地里，压到了一片一片的苦荞麦。当他从苦荞棵子里爬起来时，就弄得灰头灰脸，引得杏儿格格地笑，最后，干脆不让创再铲，创也就借势坐在苦荞地里抽起了烟。杏儿却常常停下手中的活，呆呆地看创抽烟。

和杏儿在一起干活，创觉得很开心。杏儿天真清纯，像苦荞上开的小碗盏花儿，娇小玲珑，惹人怜爱。她常常给创讲一些村里的闻人掌故，把创听得一愣一愣的。有一天，创突然心血来潮，问杏儿："村里人为什么背后都叫你爸大家伙呢?"不想杏儿听了，竟一反常态，不仅红了脸，还发了怒，对创喊道："别问我，有本事去问我爸。"为此，杏儿一上午都没有和创说话。创觉得很难过，自己一句无意的话，怎么就惹得杏儿生了那么大的气呢?

第六天，"农业学大寨"五个两米见方的仿宋艺术体大字，终于在北坡一溜被铲平了的地塄斜坡上亮了相。创和杏想知道写得怎么样，就跑过河去，在河南面的公路上看了一下午，觉得总体效果还是不错的，就是"大"字写得不太理想，因为这个字笔画太少，不好布局。杏儿却认为这个字写得最好，她的理由是这个字最难写，任谁写也写不成这么好。创本来想铲掉再写一次，但想了想觉得还是算了吧，他不想再折腾了，因为他和杏儿的手，这几天都被石灰水侵蚀得快烂了。

当创和杏儿唤来政治队长验收时，大家伙只瞅了一眼，并没有表现出有多高兴，只淡淡地说了一句："这有啥，只要能认出是字就行了。"

三

这几天，政治队长大家伙忙得兔毛乱飞。白天，他忙着安排社员收拾场地，就是把去年堆庄稼打粮食的场地再重新泼上水，驾上牲口拉着碌碡碾压了一遍又一遍，要把场地碾压得实实在在，平光干净，这样，打下来的粮食才能干净；傍晚还得安排一些人，吃过晚饭后去地里看秋。已经成熟了的庄稼，不但引来了山猪、土獾、地老鼠和麻雀成群结队地糟害，就连村里那些早已断了顿，等着新粮下锅的人，或者是嘴馋了想尝鲜的人，半夜三更偷偷摸摸地钻进庄稼地里捞摸上一把，也是常有的事。每年都是这样，所谓三秋大忙季节，好人忙，歹人也忙；牲口忙，野兽也忙，忙的目的只有一个，就是粮食。

创和杏儿写完字后，政治队长大家伙没有食言，让记工员给创记了六十分工，给杏儿记了四十八分。这是创毕业回来后第一次干活，也是第一次挣工分，而且是按男全劳力记的分。他没有去想一个劳动日（十分）秋后决算能值多少钱，但一天能挣和全劳力一样的工分，创感到了某种满足，他甚至觉得，自己也和大家伙一样，已经长成了一个真正的大男人了，创想着，不由地伸手摸摸嘴唇上绒绒的小胡子，心里就笑了。他伸手打了个响指，掏出一支烟点上，吸一口，就噘起嘴唇，像大家伙一样，想努力吐出一个又一个圆圆的烟圈来，但吐出来的不是半个圆，就是弯弯曲曲的一条。创看着眼前这些飘在空中不成型的东西，就有些丧气，他扔掉烟头，站起来，突然想起了杏儿。这丫头，这会儿去干啥了?

大家伙今天没有给创安排什么活。他说这几天写字，创和杏儿的手都被石灰水蚀烂了，歇几天再干活吧。创也不想待在家里，就溜达着跑出去，看一些社员收拾场地。场地里，七大爷吆着牛拉着碌碡在压场，高红和几个年轻人都担水泼场；在另一边已经收拾好的场地里，堆放了些已经收割回来的苦荞麦，远远地飘过来一股苦苦的香味。创知道，每年收秋，也是先往回收苦荞麦。苦荞成熟后，熟透了的籽儿被风一吹，就会“流”到地里，被白白地糟蹋了。

创在场地边上见人们都在忙活，也不便插手，正觉得有些无聊时，却看见杏儿担了一担苦荞麦往场地走来。杏儿今天穿了一件翠兰的碎花衣服，脖子里绾了一条红纱巾，她走起来步态轻盈，一条薄薄的扁担在她肩上很有节奏地忽闪着，闪出了无限的青春韵味；走近了看，杏儿的脸蛋儿红扑扑的，两条小短辫儿随着步态上下甩动。创看着，觉得这简直就是一副风光无限的田园画，抑或是一首余味无穷的田园诗……呀呀！真是天上人间，不知身在何处!

创看着，想着，不觉醉在其中。这时杏儿也看见了创，放下苦荞麦，冲他甜甜地笑了一下，挥挥手，拿起扁担，又去地里担苦荞麦了。创突然觉得有些失落。他甚至伸了伸手，张了张嘴，想留住这副曼妙无比的田园诗画，但他还是理智地放下了手，百无聊赖地掏出烟来。创还没把烟点上，见母亲远远地来到场边，用手招呼他回去。他看一眼已经走远的杏儿，悻悻地返回家去。回到家里，母亲让他今天去石头岭，说趁今天队长让休息，抽空去走上一趟，过几天秋收大忙开始了，就顾不上再去了。母亲说着，也不管创去不去，顺手从箱子里拿出两包点心，说："这是你父亲昨天才从白华供销社你小舅舅那儿赊回来的，不能放得时间太长，放干了就咬不动了，别磕了你老丈人的牙。"母亲说着，还开了一个小玩笑。"上去也别急着回来，学勤谨些，别死懒怕动弹，让人不待见。"母亲又补充说。创虽然心里一百个不愿意，却再也无理由推辞，何况这是前几天就答应了的，要是这一次再不去，肯定又要招来母亲的生气和责骂。

因为没有去二巧家的兴致，创掂着二斤点心，吊儿郎当地游荡在去石头岭的路上。当他要过河时，无意中抬起头，却看见杏儿也站在北坡的苦荞地边，正朝下看着他。创不禁心里一阵激动，想，这难道就是心有灵犀吗？杏儿站在地边上，一手拄着扁担，一手叉在腰间，脖子上的红纱巾在风中长长地向一边飘去，在大山背景的衬托下，形成了一副优美的剪影。

创好像忘了去二巧家的事，干脆坐在河边的一块石头上，低头吸起烟来。他无法揣摩杏儿心里在想什么。忽然，他好像听见杏儿甜甜地叫了他一声，心里惊了一下，抬起头往北坡望去，杏儿已不见了踪影。他轻轻叹了口气，把吸剩的半截烟狠狠地摔进水里，提起点心上路了。

石头岭在南坪村的南面，爬够五里坡后，要路过一个叫大南庄的村庄。这五里坡路创足足走了两个时辰。他抬头看看太阳，太阳已经爬到头顶，也就是说快晌午了，创也觉得肚子有些饿了。大南庄离石头岭至少还有十里上坡路，而且坡还要更陡一些，创想着就觉得浑身没劲儿了。

"啊哈，这不是创吗？"创正慢慢地向上挪着，突然听见有人说话，抬头一看，是大南庄一个叫窝窝的人。这个窝窝在南坪小学曾经和创上过学，只是要比创大许多。创笑笑，见窝窝担了空桶，就问："你是去担水吗？"窝窝并没有回答他，咧着嘴说："你这是去石头岭看媳妇的吧。"说着又笑了一下，"哎呀，创长大了哇，鸡鸡都盘下窝了嘛。"创最不想让人提这事，别人却偏偏爱提这事，而且说得直截了当。创只得苦笑，故意放慢了脚步，他不想和窝窝一起走，怕他再说出什么更不吃劲的话来。

在大南庄的背后，有一眼泉水，是大南庄人从古至今吃水的地方。泉水背后，不知是哪个朝代，还修了一座小小的龙王庙，小庙里并没有龙王爷像。创走近泉水，觉得又饥又渴，就用手捧着喝了几口泉水，觉得更饿了，就坐到石碑下想歇会儿。他抬头看一眼石碑，石碑上模模糊糊地刻着：山不在高，有仙则鸣；水不在深，有龙则灵……他看一眼不深的泉水，笑一下，肚子里一阵咕噜咕噜叫。创想离石头岭还有十里上山路哩，我现在饿成这个样子，还能跑上去吗？不行，得找些吃的才行。想着，一眼瞟见了放在石头上的点心，就伸手拿过一包来，撕开，学着大家伙的样子，往远处啐一口，就狼吞虎咽起来。当他把盒里最后一些点心碎末也倒进嘴里时，好像才想起这是要拿给二巧父母的礼物，心想，吃了一包，还有一包呢！就给他拿上一包也行吧，他们愿意是五八，不愿意是四十，管他们怎么办呢！

太阳离山头还有一丈多高的时候，创也快走到石头岭了。远远地，已能看见二巧家的地棚了，还有二巧家那条在院门口卧着的大黄狗。创越想越觉得不是味，最后，就干脆在一丛灌木后面坐下来。

创坐下喘了一会儿气，透过灌木丛往二巧家的院子看去，并不见有人走动，也不见二巧出来。他看见二巧家的大黄狗开始在一圈一圈地猛追邻居家的那只大花猫，大花猫被追得已无路可走，一下子就窜到了一棵桃树上，大黄狗还不死心地坐在树下仰望着大花猫。

创一边看着一边心里就犯着嘀咕：我这次是来二巧家干什么呢？见了二巧的父母又该说些什么呢？难道又要听二巧口无遮拦地胡言乱语吗？他越想越觉得没意思。看看太阳，已接近了山头，觉得，这会儿去人家家里更显得没意思。心一横：算了吧，还不如我好人做到底，干脆替他们把剩下的一包点心也吃了，倒落得干净。想着，拿过点心，像和谁赌气一样，狠狠地撕开，拣出最好的一块塞进嘴里。由于用力大了些，有几块圆圆的点心掉到地上，滚进了下面的草丛里，他也顾不上去拾起来，又拣了一块大些的，一边往嘴里塞，一边就想站起来。由于他动作过猛，就弄出了一些动静，让二巧家的大黄狗发现了，就一路号叫着冲过来。创见状，也顾不了许多，把手中剩余的点心连盒向冲过来的大黄狗砸过去，呼啸一声，顺来路向山下窜去。

创踏进家门时，家里早已经点起了煤油灯。母亲在炉前洗碗，大家伙坐在椅子上吸烟，地上放着个铺盖卷儿，边上还靠着一杆赶山老铳。创一脸疑惑地正要问大家伙，母亲却问创吃了饭没有。创被两包点心吃得肚子发胀，咕一下，嗓子眼里就翻上一股甜丝丝的味来，忙说："吃了吃了。"母亲却不罢休，又问创："傍黑老丈母给做的啥饭？"创没有回答，回身问大家伙："叔，这是去干啥哩？"

"看秋，今晚咱俩一伙。"大家伙说完，就拿起了铺盖和老铳，创也赶紧夹了一条被子，随大家伙出了门。

每年秋天，队里都要在一些主要的地块搭窝棚看秋。看山猪和獾一类的野物，主要靠筛锣，看鸟类要靠放鞭炮，要看人只有靠瞎咋呼了。

大家伙和创钻进窝棚，创用电筒照着，大家伙把被子拉开在已经铺好的干草上，两人就各钻一头，坐在窝棚的两头抽烟。大家伙抽几口烟，就往窝棚外吐一下。

天已经很有秋意了，晚上打赤臂，就有些凉。下面的苦荞地里，各种秋虫的鸣叫声此起彼伏。萤火虫不时地从空中闪过，划出一道道微弱的亮光。远处的山，只剩下一片黑魆魆的轮廓，满天繁星，月亮还没有升上来。

不知道为什么，创叹了一口长气。

见创叹气，大家伙说："你愁什么？小小娃儿，才来世上，花不开籽不落，就唉声叹气，以后怎么活人哩！"

创不知道怎么回答他，就掏出烟来，递给大家伙一支，自己也续上一支。点着烟后，大家伙又用力往外吐了一口，说："回来了，就当咱老百姓吧，这有啥，咱祖祖辈辈还不就都是这么过来啦！"

创好一会儿才说："当农民倒没有啥，我只是觉得，他们活得太辛苦了。你想想，他们没白天，没黑夜，受死受活一天挣上一个工分，再等上一年，秋后算账时，一个劳动日才值两毛钱。咱队里还是好的，听说有些生产队，一个劳动日才值几分钱；年年打粮食，年年不够吃，你知道，咱队里有几家不欠大队的钱，有几家不短生产队的粮！细想想，这活得有啥意思，这日子多会儿才是个头哇！"创回乡虽然只有几个月，却已经目睹了老百姓的苦日子。他常常想，如果自己也这样活一辈子，那将是多么可怕的人生呀。

大家伙听了，也觉得心情沉重，只得劝创说："苦是苦了些，可是人到世上，就是受苦来的。你已经回来了，只能先受着，以后会是怎样，人没前后眼，这就要看你的命啦。"说完，干笑一声，又往外吐了一口，"你也不要每天愁眉苦脸，穷高兴嘛，就是苦中寻乐……早些睡觉吧，在这儿睡觉也是挣着工分睡哩。"说着话，创就有些犯困，躺下，往上拉拉被子，闭上了眼睛。

一弯明月慢慢地升上来。没有风，天越来越凉了。重重的潮气落下来，弯月下的夜空，灰蒙蒙一片。睡梦中的创觉出了凉意，他爬起想掖掖被子，却听见窝棚下边的苦荞地里发出一阵奇怪的声音。创停下手，竖起耳朵仔细听听，隐隐听见苦荞地里传来一阵阵"刺啦刺啦"的声音。创忘记了凉，爬出被窝，从窝棚口伸出头往下看，月色朦胧，什么也看不清。他想，大概是獾，或者什么野兽在吃苦荞麦吧。他伸腿去蹬大家伙，想让大家伙听听这是什么东西在吃苦荞麦，一脚过去却蹬空了，大家伙不在窝棚里。创觉得很奇怪，就爬过大家伙睡觉的一头往下看，隐约看见苦荞地里不远处有两个东西卧在那里。创惊得头发都竖起来了，不由得屁股一阵阵发紧。他想换一下观察姿势，手却碰上了大家伙带来的那杆赶山老统。他不敢大意，就把老铳对准那两个家伙，伸了出去。这时，刮起了小风，月比刚才明了一些。创睁睁眼睛，正要对那两个东西搂火时，却看清了蹲在地上的是两个人，一个是政治队长大家伙，另一个好像是前院的二寡妇，人送外号"拖拉机"的。这一发现更让创惊诧不已。不知道是因为天气凉，还是什么别的原因，创止不住浑身战栗起来。他放下手中的老铳，大气也不敢出，想看看他们究竟在干什么。又过了一会儿，他看见苦荞地里的两个人蹲着向地后塄慢慢地移动，"刺啦刺啦"的声音比刚才大了些，二寡妇手里提着一个荆条篮，随着"刺啦刺啦"的声音，他们不断地往篮子里放着什么。创终于明白了，大家伙是在帮二寡妇偷捋生产队的苦荞麦哩。创在心里直喊：大家伙呀，你这个政治队长，怎么能伙同"拖拉机"干这种监守自盗的事情呢？创正不知道该怎么处置时，却突然看见大家伙和二寡妇在苦荞地里滚在了一起。

创趴在窝棚口上，心怦怦地跳着，看着苦荞地里纠缠在一起的两个人。朦胧的月光下，政治队长大家伙光着的屁股在疯狂地颠动，二寡妇在下面不断地扭动着身体，光着的两条白腿和大家伙的两条黑腿在一起缠绞着，不肯分开，二寡妇还不时地发出一两声猫一样细细的叫声。

这是一堂比在学校要生动得多的生理卫生课，直看得创两眼发直，裤裆发硬，人都快要窒息了。

创不知道二寡妇是怎么走出苦荞地的。他只觉得窝棚在微微地摇晃，这才回过神来，大家伙已经干完了事儿，返回窝棚睡觉来了，他赶紧躺下，闭上了眼睛。

“创，创。”已经躺下身的大家伙叫了创几声，又问：“有什么动静没有？”创使劲闭着眼睛，一动也不动地躺着。不一会儿，大家伙就发出雷一般的鼾声。

月亮已经转到了西天。创被刚才看见的事情弄得兴奋不已，怎么也睡不着。他又觉得今夜很晦气，和大家伙第一次合伙看秋，就碰上他干这种烂事。他妈的，这个大家伙。

听着大家伙的鼾声，创转侧难眠，直到天快亮时，他才蒙眬睡去。刚迷糊过去的创，突然听见苦荞地里又发出一阵窸窸窣窣的声音，他条件反射般地弹了起来，向下面看去，果然，他看见在不远处有一个和狗一样大小的东西在苦荞地里窜来窜去，嘴里还不时发出一阵“吧叽”声。

开始，创还以为二寡妇这个“拖拉机”又开回来了。她会以为今晚是大家伙看秋，是她反复下手的好机会。观察了一会儿，当创终于确定，苦荞地里跳来跳去的并不是一个人时，气就不打一处来。前半夜是大家伙和二寡妇搅得他不能睡，现在野兽又出来捣乱，还让不让大爷睡了，想着就伸手拉过大家伙的老铳，对准那个还在地里乱跳乱窜的东西干了一家伙。

轰的一阵巨响，把大家伙惊得从梦中跳了起来。他迷糊着紧张地问创：“怎么了，你打了个什么东西？”

创也被惊得语无伦次地说：“我也不知道。”

当烟雾慢慢散去，他们听到了从苦荞地里传来一阵呻吟声。这可把大家伙吓坏了，说：“娃，弄下事啦，你不是干了人一铳吧？”说着，两个人拿了电筒，急忙跳下窝棚，向发出呻吟的地方跑去。

在手电光的照射下，一个个子矮小的人趴在地上，嘴巴和胡须上都沾了一层白白的苦荞粉浆。

大家伙顾不了许多，赶紧从地上把他拉起来，两人照着手电光一看，竟是三队的小根材。

“败兴呀，老叔们，我可不是出来偷的呀，我实在是饿得吃不住劲了，才出来吃几口，你老人家都饶了我吧。”小根材跪在地上哭着直祷告。大家伙顾不上小根材的哭诉，架着他在苦荞地走了走，看来，小根材并没有受什么伤，只是刚才那一老铳，把他吓得不轻。

小根材是三队人，已经五十多岁了，长得只有一米多高，没有成家，就一个人过。当年，生产队只给每个人分两百八十斤基本口粮，加上工分粮，每人每年的口粮平均也就是三百来斤，他一个老光棍能不挨饿吗？

大家伙见小根材并没有受伤，悬着的心才放下来。他急慌慌地从地里拔了十几株苦荞麦，递给小根材，说：“拿回去吃吧，以后黑夜不敢出来了，现在各生产队都在看秋，当心叫人一铳把你打死了。”小根材拿了苦荞麦，又要给大家伙下跪，被大家伙拉起，厌烦地说：“你快些走吧。”

创看着这一切，心里憋得满满地，他真想对天大哭一场。

“活得是不如人呀，提起来好伤心……”

远远地，竟传来了小根材的唱声，刚才还哭唧唧的，这会儿又唱上了，唉！这个小根材。

四

这一年，毛主席提出了最新指示：深挖洞，广积粮，不称霸。

在南坪村，大秋收割季节已经结束，气候进入初冬。虽然才是九月天，山野已肃杀一片。每天早上，大地被一层厚厚的霜覆盖着，太阳已经升得很高了，还迟迟不肯散去。

今年夏天，政治队长大家伙让创在北坡的地塄上写了“农业学大案”几个大字以后，创在整个南坪村就出了名。“字是出马枪”，南坪村的人就是这样肯定一个人的。

吃过早饭，创就去了大队部。昨天大家伙给创说，大队干部让他今天去大队写字，要落实毛主席的最新指示，把最新指示以大标语的形式写到大队部背后的墙上，这样，大路上来来往往的人才能看得见，记得牢。

创走进大队部的时候，办公桌后只坐着大队会计祁志。创一见祁志就有些别扭，但他还得装出笑脸来，问："祁哥，你叫我来？"祁志看创一眼，"嗯"了一声，继续拨拉他的算盘珠儿。

创见祁志忙着算账，也不想打扰他，就掏出一根烟来，自己点上，蹲在门口等祁志拨拉完算盘给他安排活。

这时南坪村的民兵连长来赖进来了，他看了创一眼，用意不明地哼了一声，创歪过头去，尽量不看他。不知为什么，创从第一眼看见这个民兵连长就对他不太感冒。他以前就听人说过，来赖是个半吊子，和人发生争执常常是嘴还不到手就先到了，所以，村里人一般都不和他共事，平时见了也远远地躲着。

祁志算了会账，才站起来。他从桌子底下拿出一桶红粉，递给创说："最新指示要写成红颜色的，另外，看需要几个人给你帮忙。"

创说："再有一个人就行了。"

祁志又说："要根据墙把字写到最大，这需要搭架子哩，两个人行？"

"人多了也用不上，只要把架子搭起来，我画字框，后面一个人改实就行了。"创老实回答说。

创拿起红粉准备走，听见祁志说："大队定了，写最高指示，一个人每天补助五毛钱，另外小队再给记一个工分。写几天，补几天，你看和谁一块写合适？"

创想也没想就说："还是让杏儿来吧，她和我一块写过字。"

祁志听创说要杏儿来，就顿了一下，看了创一眼，说："杏儿可能要在队里挖防空洞哩，这样吧，就让咱民兵连长给你打下手，往实处改字，他该能干得了吧，你说呢，来连长？"说着，祁志看了来赖一眼。

来连长却说："算了吧，还是让杏儿来，创看不上咱这号没有文化的货。"

创听来赖说出这种话，本想顶他几句，但想了想还是忍住了。祁志打圆场说：“这样吧，先让来连长试试，不行再换人。”

“深挖洞，广积粮，不称霸”九个二米五见方的大字，创在高高的架子上爬上爬下整整写了七天，而且写得效果不太理想，这让创多少有些遗憾。本来，顺顺当当地有五天时间就差不多了，可大队会计不知为什么，偏偏要让来赖这个文盲连长给他打下手，字改得颜色深浅不均匀不说，还常常把颜色改出画好的框外，害得创不得不刮掉重写。

写完“最高指示”的那一天，创也等不得会计给他算补助，就匆匆回到生产队挖防空洞去了。

挖防空洞是对毛主席最新指示的具体落实。最近一段时间，人们都在纷纷谣传，说中国要和苏联干仗了，而且时间不会超过今年冬天，因为，平时一年也不见一架飞机从南坪上空飞过，最近一个月，几乎每天都有飞机从南坪上空飞过，而且不止一趟，每当这时，人们就怀了紧张和忧愁，看着轰轰的飞机在天际慢慢地消失。根据上级指示，每个生产队都要挖防空洞，而且要挖得能把所有的人都藏起来。大队开会时，民兵连长来赖就满嘴喷沫地说：“这次和苏联干仗，不比当年打老日的时候，和日本人打的是常规战，和苏联打的肯定是核战争，只要原子弹一响，就是焦土一片，连蚂蚁再也找不见一只，人都只有钻进防空洞，才能躲过可怕的原子弹。”

政治队长大家伙领着队里青壮劳力挖防空洞，已经挖了十几天了，在大圪塄地后高高的土崖下，已经挖进了有五米深，然后再左右分开往两边挖。大家伙面色凝重，没有往日又说又骂的情绪，好像战争已经爆发，苏联人已经打过来了一样。

自从开始挖防空洞，创就显得和人们不一样。他没有一点儿忧愁，甚至还有几分高兴，好像中国和苏联将要爆发的这场核战争是他盼望已久的。创想，打吧，只要打起仗来，谁也顾不得谁了，人们哪儿还顾上说媳妇结婚呢？到那时，自己肯定就能逃过这一场桃花劫。

公社开会要求各大队，要抓紧时间挖防空洞，在十一月底全部完成任务，到时候公社检查验收。大家伙为了加快进度，把人分成两班，昼夜轮班挖。经过半年的锻炼，创正在慢慢地适应农村生活，今晚，他和杏儿共拉一辆平车，往外倒土。

创开始参加生产队的劳动时，不仅觉得在体力上是一种磨难，更重要的是在思想上背上了沉重的包袱。开始，当他面对一种农活时，心里就发怵。大家伙看见，就走过来，二话不说，呸呸，往手掌心吐些唾沫，然后两手合起来搓几下，就使劲干起来，一边干，一边对创说："人怕干活，活怕人干，啥也不要想，只说铆足劲干，就没有干不了的活。你越看越愁，越想越怕，那就什么也干不成了。"大家伙几句简单的话，几乎成了创的人生箴言。这几句话，在他以后的人生道路上，起到了至关重要的作用。从此以后，每当他干完一件活，再回头看时，心里就有了一种成就感。

挖洞挖到天明，换班的社员来上工了，创又困又乏，拖着疲惫的脚步回家了。

回到家，创饭也不想吃，就想拉开被子睡觉，却见炕上堆了些东西，全是新买回来的。有几块布料，两双鞋，还有脸盆、香皂、毛巾什么的堆了一炕。创看到这些东西，心头一震，就对母亲说："我快瞌睡死了，你往床上摆这些东西，我怎么睡觉呀？"

母亲跑过来，抑制不住的兴奋，说："总算是弄全了，你父亲这几天就是忙着置办这些东西呢。"

"这都是些什么乱七八糟，像开杂货铺。"创不高兴地说。

母亲一边小心地收拾炕上的东西，一边说："憨憨，这都还不是为了你！看看，这是长命青，这是长命红，这是两身衣裳料。"母亲指着几块布料说。她又指着一堆小东西："这些都是八色礼，咱办的是双八色，你看看，这些东西，能不能给二巧家交代得了？"

创一听，还是自己和二巧的事，就很恼火，说："去吧去吧，你们快去送到二巧家，这些都不关我的事，我乏了，要睡觉了。"

"哎呀，你怎能说出这种没良心的话来？要不是为了给你说媳妇订婚，我和你父亲疯啦？又花钱，又受罪，求爷爷，告奶奶，东借西挪，明买暗赊，最后实在没办法了，东西还是凑不齐，只得把咱今年分的苦荞麦兑出去一百斤，才算置办全了，你怎就不说一句良心话呢？”母亲见创是这种事不关己的态度，又开始数告他了。

刚刚躺下的创，听了母亲的话，又气又急，翻身坐起说：“妈，我真不想谈这事哩，你们非得急着办这事，不是逼着我上吊吗？”

这时，父亲从门外进来，他大概是去放牛才回来，手里还拿着牛缰绳，就顺手扔到创身上，说：“给你，去上吊呀，你吊一个给我看看，我就服了你啦——贼！吓唬谁哩嘛。”父亲在门外听见了创的话，气得颤着嘴唇说。

创被父亲的举动惊得呆住了。看来，父母为了能把二巧娶进家门，做他们的儿媳妇，连自己儿子的命都不要了，创的心里有些悲凉，他作势地拿起缰绳说：“好，好！你们既然这么逼我，我活得也没啥意思了，我就去吊一回给你们看看。”创一边说着，一边就光着脚拿了绳往外走，还没走出几步，就被母亲拉住了。母亲气咻咻地拉住创的衣裳，哇的一声哭出来：“创，创呀……你……”一句话没有说完，就咚的一声跪在了创跟前，嘴里含糊不清地说：“娃呀，你怎么就不懂为娘的一片苦心呀！”说着就大声哭起来。

创看着母亲跪在自己脚下哭泣，不由得悲从中来，也陪着母亲放声大哭，为父母的一片愚昧苦心，更为自己不幸的婚姻遭际。

坐在椅子上的父亲，这时也抹着眼窝说：“创，你不要把你妈气死了。要不咱先把婚订了，娶不娶随你，反正这事也一名二声了，给你把婚订了，我们也就放下了一桩心事，省得人前人后不好做人，你说呢？”

创看看父亲，父亲满脸企盼；看看母亲，母亲仍在低着头哭泣……

此时的创，觉得自己已被逼到了命运的尽头，他痛苦地点点头，拉起了母亲，然后无力地坐到了一张椅子上，大放悲声，为二巧，为自己……

创病了，躺在炕上蒙着被子已经昏昏沉沉地睡了三天。他说不清自己到底是得了什么病，就是觉得心里闷得慌，肚子胀得不想吃一点东西，只要醒过来，就觉得一阵阵锥心的痛，只有昏睡过去，处于无意识状态，才能忘记所有的痛苦。

母亲开始还不以为然，以为创在闹小脾气，过几天就慢慢地好了。直到第三天，还不见创起床，才有些急了，去大队找来赤脚医生，赤脚医生用尽了所有的本事，也找不出创到底是得了什么病，只好挂了一瓶葡萄糖，补充一下营养。

其实，创的父母心里明镜似的清楚，他们知道创的病根在哪里。他们也曾怀疑过自己，是不是在创的婚姻问题上，确实把事情办错了，不该急着给儿子说媳妇，不该强逼着给儿子订婚。可是，睁开眼睛看看，南坪村哪一家的儿子不是早早地就说下了媳妇，哪一家的儿子不是早早地就结了婚，有些甚至还没有创大，就已经抱上了孩子，父母也早早地抱上了孙子。在南坪村，如果儿子过了二十岁还不结婚，大家并不认为是儿子的错，而是父母没有本事给儿子说媳妇，或者是家太穷给儿子说不起媳妇。不管什么原因，儿子不结婚，错在父母，不在儿子。在南坪村，为人父人母，也不容易啊。

创的父母经过这一场风波，商量了一番后决定，还是老主意，儿大不由父的说辞，在这个家庭不能变为现实。

到了第四天，创还在昏睡的时候，母亲悉心做了一碗苦荞面粑，还忍痛用一颗鸡蛋炒了炒，就唤创起来吃饭。

创睁开眼睛看了看碗，又闭上了眼睛睡去。母亲颤着声，带了哭音说："创，你也不能一直这样怄气呀，有啥你就说，憋出病来，是你自己受哩。"母亲说着就真的哭出了声。

听见母亲在哭，创一下子就清醒了许多。他睁开眼睛，看见母亲耳际的缕缕白发，心里也不由阵阵发酸，他本想安慰母亲几句，可话到嘴边，竟变成了一声长叹，在心里无声地说出一句：老娘呀，你怎么就不替你儿子想一想呢？

门口一阵脚步声，母亲抬头看看，是杏儿进来了。母亲擦擦眼泪朝杏儿笑了一下，还未开口，杏儿却说："大娘，创哥好些了吗？"说着走到炕跟前。创扭过头来，睁了一双空洞的眼睛，看着杏儿。

杏儿看到创的脸色惨白，双眼深陷，人明显地瘦了一圈，心里就有些难过。她想，才三四天不见，人怎么就变成了这样。她红着眼圈问："哥，你到底是怎么了？"

创立时觉出了许多委屈，泪水蒙上了双眼，他无语地摇摇头。

母亲说："杏，他已经好几天没吃没喝了，劝劝你哥，让他吃上几口吧。"说着，朝斟苦荞面粑的碗努努嘴。

听说创好几天没吃东西，杏儿就更加难过了，站在炕前，好一会儿不知说什么好。

母亲看看创，看看杏儿，又看了一眼碗，叹一声气，出去了。

杏儿坐到炕沿上，说："哥，这到底是怎么了？好好的怎么病成这样，身体要紧，你还是先吃饭吧。"杏儿并不知道创和母亲生气的事。

创扭过头来，看杏儿一眼，又摇了摇头。

杏儿见创不肯吃饭，说："咱有事说事，和饭怄什么气。坐起吃了饭出去走走，一直在家闷着，没病也闷出病来了。"

创实在不想拂了杏儿的好意，就坐起来，点上了一支烟。

见创活动些了，杏儿就高兴地笑着说："烟比饭还当紧呀。"

创吸一口，苦笑着点点头。

"吃饭吧，吃了我们出去走走，有什么话，你跟我说，不要一直闷在肚里。"杏儿鼓励创说。

这时，母亲进来了，接口说："杏儿说得对着哩，吃了饭出去走走吧，散散心也好。"

创又猛吸几口烟，扔掉烟屁股，端起碗，三下五除二，一碗鸡蛋炒苦荞面粑就下了肚，然后抹抹嘴，翻身下了炕。当他穿好鞋，刚站起时，突然感到一阵晕眩，几乎跌倒，杏儿伸手扶住了他，轻声唤了声："哥。"

听见杏儿甜甜地唤了自己一声，创就觉得更晕了，顺势扶住了杏儿的肩膀。

一切瞬间定格，两颗心怦怦地跳着。

这一切，幸而没有被母亲看见。

初冬的太阳，百无聊赖地挂在天空，显得没有一点儿生机。河边，一片春上刚栽的小杨树，早已落尽了叶子，枝条在风中毫无目的地抽打着，像要赶走这过早来临的冬天。

小树林的边上，创和杏儿已经坐了有一会儿了。他们觉得有些冷，杏儿的脸被冻得红扑扑的，乌黑的头发在阳光的反射下，散发出一圈光晕。她听完创的诉说后，也显得心情沉重，也不知道该怎么安慰创。

“杏儿，你说我现在该怎么办呢？一边是我的父母，我不想过多地伤害他们，一边是我和二巧，我不想欺骗自己，也不想欺骗她，我现在真的是处于两难境地了。”创又叹一声，说。

“还能怎么办，要不……你就认了吧。”杏儿说。

创几乎喊叫起来：“可是，我心有不甘哪！”

“不甘又能怎样，你数数，在我们南坪村，哪一家的娃子不都是这样，年龄一过十七八，老人就忙着给说媳妇，定亲，结婚，有些还没你大，都已经做父亲了。这些祖上就传下来的老规矩，是你能改变得了，还是我能改变得了？所以，只有一个字：“认。”杏儿激愤地说。

听杏儿一说，创几乎就泄了气，说：“可是，我和二巧根本就不认识，没有一点儿感情基础。”

杏儿却揶揄地笑了一下，说：“可以先结婚，后恋爱嘛。”

“杏儿，你怎么也这样说？说实话，我的心就根本不在这儿，根本就没打算这样活一辈子。”创显得有些歇斯底里。

杏儿的脸上马上露出了惊异的神色：“哥，我不知道你还有想法哩，你的心里另外有人？”

创苦笑了一下：“人倒是没有，就是想离开这个地方，远离这桩婚姻。”

杏儿听了创的话，有些口吃地问：“你这是真心话吗？你真的想离开南坪村，也想要离开我吗？”杏儿说到最后，声音低得几乎听不见了，但创还是听清了，一时显得语塞，但他还是斩钉截铁地说：“我必须选择离开。”

“其实，你不是选择离开，而是选择逃避，可是，你又能逃到哪儿去呢？”杏儿不无忧伤地说。

创立即接口说：“杏，也许你说得对，即使逃不掉，但我必须有所选择。”

天越凉了，杏儿冻得耸起了双肩。创也觉得有些冷，就说：“杏儿，这儿有些冷，我们找个避风的地方吧。”

“要不，咱就回家吧。”杏儿征询创的意见。

创很干脆地说：“我不想回去。”

“哪，我们去哪儿呢？呀，想起来了，跟我来。”杏儿兴奋地说着，先自头里走了，创只得跟在后面。

三转两转，杏儿和创竟转到了刚打成的防空洞前，两人揣着说不出的心思，钻进了防空洞。

防空洞很向阳，又背风，站在洞口立即觉得暖和了许多，这儿也避人耳目，杏儿不由得嘻嘻笑出了声。她拉拉创，二人靠着洞壁坐下来。

见创仍是心事重重的样子，杏儿很认真地说：“哥，说正经话，光和老人生气，也不是办法，老人有老人的想法，他们决定了的东西，我们就很难改变，现在，只有一个办法。”杏儿说到这，停住不说了。

创看着杏儿，脸上露出了焦急的神色。杏儿往创身上靠靠，还是不说话。

创扭回来，用手扶住杏儿的肩膀，急着问：“什么办法，快说呀。”

见创急的样子，杏儿笑了一下，说：“办法只有一个，让二巧说出来她不愿意跟你。”

“你这不是说胡话哩嘛，二巧那种人，吊死她也不会说出这种话来。”创肯定地说。

“去告诉你的介绍人，就是二巧的姐夫，就说你根本不愿意和他的小姨子结婚。”杏儿说。

创伸手摸摸杏儿的额头，说：“你没事吧？怎么一直说胡话哩，你这不是要我一家人的命吗？”

杏儿从头上拽住创的手，紧抓住不放松，然后说：“也许，祁志不是那种心胸狭窄的小人，不管怎么说，他毕竟和你是从一个学校毕业的，算个有文化的人哩。”

五

天气越来越冷了，大地已经上冻。南坪村的人并没有猫在家里，抽着烟袋向火取暖，他们按公社革命委员会的统一布置，各生产队要因地制宜，大战农田基本建设，山地要修成“海绵梯田”，明年开春前，所有农田要实现“四平一化。”

从表面上看，创好像熬过了一个情绪低落的阶段。他似乎看透了一切，也接受了一切，每天和社员一起早出工，晚回家，只是烟越抽越凶，纸烟抽不起了，也做了一杆旱烟袋，别在裤腰上，学着大队支书的样子，头上也绾了一条白毛巾。看上去，创已经变成了一个陈永贵式的新式农民。杏儿每次见了他就笑，笑他装相，越装越不像。

有一天晚上，社员们在一起记完工后，政治队长大家伙对大伙提出，要创当生产队的会计，被他当即回绝。创的理由是，当会计要会打算盘，要会算账，这些他都不会，还是让别人干吧。

创的态度，很出乎大家伙的意外。他想，我用你是让你当干部哩，是多少人都巴不得的事，你这个创，还真敢不领情呢！就说：“怎的啦？你是觉得你本事大，这小庄庄上的人用不起你？嘁！我看你还是慢慢地干吧，我这是抬举你，又不是害你哩嘛。”

大家伙几句不软不硬的话，把创实实在在地鲠了一下，半天都喘不上气来。他回村来半年多时间，还是第一次听这么难听的话，因为是从政治队长大家伙嘴里说出来的，就带了一定分量。

小队会计，说白了也就是一个记工员，主要工作就是每天往社员的《劳动手册》上填填当天的出勤，再盖上自己的名章。秋后社员分的粮食，平时分的瓜果蔬菜都要一家一户，一笔一笔地记清楚，年底报到大队会计那儿，大队再统一核算。这活儿，一般的完小毕业生就能干得了，更别说从县一中毕业的创了，创之所以不干，是不想让大家伙把自己套住。

创不愿意当小队会计，杏儿理解，但她心里也很矛盾。她希望创能接手小队会计，拴住他不离开南坪村，却又不想看着创在农村受一辈子，更害怕看到和二巧的婚姻变成现实。面对父亲的决定，杏儿知道，她没有任何理由去反对，只能听任事态的发展。

当大家伙的决定被创当面拒绝以后，就显得有些尴尬。他翻了一会儿白眼，用手擦去嘴角的一些口水，硬三分下线地说：“创当小队会计，这是经过大队支委会决定的，从现在开始，你就是第七生产队的会计啦，按规定，每年给你五十个工分的补贴。就这，散会。”大家伙不再征求创的意见，说完，就宣布散会。

人都乱哄哄地往外走。有人小声说：“创这个小队会计当得值，原来的会计每年才补贴三十个工，创干上就涨到了五十个，还是文化水平高了不一样。”

“嘻嘻。”有人嬉笑。

“你笑啥哩？依我看，这创是发憨呀，没听人说，队长有权，会计有钱，撑死保管，饿死社员！有钱的干部都不想当，这个创，真是，嗨——呸！”这是后院的干狗，说完，很响地吐了一口。

创的心里七上八下，还不知道该怎么办哩，却被挤过来的一个人拽了一下衣服，就前头走了。创抬头一看，是杏儿，就犹豫着跟了出来。

到了外面，天黑得什么也看不见，创正疑惑着，从地上猛然站起一个人来，把创吓了一跳，凑到跟前细看，果然是杏儿。杏儿也不说话，拉了创的手，就朝大圪塄地的防空洞走去。

站在防空洞边上，杏儿微微有些喘。创的心怦怦地跳，不知道杏儿拉他到这儿来干什么，就从后腰上取出烟袋，装上一锅想吸，却被杏儿按住，拉着他又往洞里走了一截，才说：“你吸吧，里边安全，不会有人看见。”

创一边点烟，一边想着杏儿的话：这儿安全，是什么意思呢？是挑逗，是暗示？但创却不敢乱动，只敢站着规规矩矩地吸烟。当创吸了两锅烟，过足了瘾，在洞壁上一边磕烟灰，一边问杏儿：“你把我拉到洞里来，是要给我说啥悄悄话？”

一句话提醒了杏儿，她像突然后悔了一样，又拉着创的衣裳，把他拉到洞口，嗔着脸说：“谁要跟你说悄悄话哩，刚才是你吃烟，我怕人看见。”

“噢！原来是这样。”听了杏儿的话，创就有些泄气，但又说：“看见就看见了，有什么了不起！走，咱回吧。”说着就要往外走。

杏儿见创真要走，又拽了他一下，说：“刚才在会上，你说不想当会计，是不是怕当上会计绊住你，影响了你将来的前程？”

“什么小屁话。我都已经这样了，还能有什么将来，还会有什么前程！”

“你认啦？”杏儿问。

“认了什么？”创没听明白。

“我是说你认了命啦？”

“哼！”创用意不明地用鼻子哼了一声。

杏儿靠近创，拉住他的胳膊，说：“哥，你是啥意思嘛。”

由于靠得太近，创闻到了杏儿头上散发出的少女气息，就有些冲动。他情不自禁地抱住杏儿，贴近杏儿的脸喃喃地说：“杏儿，事到如今，我只有走一步说一步了。”

“哥。”杏儿娇喘着轻喊一声。

在今冬的大搞农田基本建设运动中，创所在的第七生产小队，在政治队长大家伙的带领下，决定在南河的支流北沟河打坝垫滩，扩大生产队的耕作面积。按照大家伙的宏伟计划，如果能在北沟河打一道石坝，再把整条河滩取土垫平，就可以增加六十多亩土地，但这不是一年能够完成的工程。他准备今年先在下游打一道大石坝，再完成一部分垫方任务，然后让上游涨水的时候慢慢地把河沟淤平，一边垫一边淤一边种，逐年扩大耕种的面积。

“等明年开了春，我们就把这新垫的滩地全部种上苦荞。咱们要改变以前岭上种荞岭下香的局面，现在咱要河滩种荞家里香。岭上种的苦荞亩产三百斤，如果种到了河滩，有水有肥，我估摸着亩产五百斤没啥问题，明年家家户户就能够多分些苦荞，多吃几顿苦荞面饸饹了哇，哈哈。”大家伙动员到最后，甚至还打了句哈哈。他用手在嘴上抹了一把，又把劳力做了具体安排。

在这次农田基本建设中，创不知出于一种什么目的，当面向大家伙提出，要去干最重最危险的炸石打坝的活儿。这是个技术活，也是个出力活，挣一样的工分，一般人不愿去。这几年冬天，全公社总有人因开炮炸石搭上性命的。一听创要去干这活，大家伙先吃了一惊，这是他没有想到的。看看创，手里拿着烟袋，头上绾着毛巾，已经很像一个农民的样子了，心里就很熨帖。但他还是担心创的安全。虽说装药点炮的活儿谁看谁会，但操作起来还是要万分小心，稍有不慎，就会酿成追悔莫及的惨祸。

大家伙看了创一眼，说："你还是领着其他社员去挖土垫地吧，炸石垒坝的活，我和高红他们去干。"

"下定决心，不怕牺牲，排除万难，去争取胜利。向毛主席老人家表决心，我一定要去炸石打坝的工地。"创背了一段最高指示，说。

大家伙对创翻了一会儿白眼，想也应该在苦环境下磨炼磨炼他，就说了一句废话："你可一定要注意安全。"

创虽然在会上为去炸石打坝态度坚决，但会后或多或少还是有点儿后悔。他知道，自己以前就根本没有接触过爆破这类活，现在贸然去干，万一有了事怎么办？自己毕竟还很年轻，上有年纪越来越大的父母，下面还有弟弟、妹妹一大家人哩，万一出了事，对得起他们吗？甚至，还有二巧？想到二巧，创就觉得眼前一片黑。也许，也许万一怎么样了，和二巧的事也就一了百了啦，就再也听不到父母的唠叨了。想到这里，创的心头一颤，问自己，难道这就是我要去开炮炸石的初衷吗？

真是说神就有神，怕鬼就有鬼。就在创开炮炸石的第七天，果然出事了。不过，被炸的不是创，而是政治队长大家伙。

几天来，创和高红一对，用钢钎和大锤砸炮眼。创和高红是同龄人，但高红比创的"农龄"要长许多，高红十三岁就开始干农活，到现在，可以说是样样皆通了，说他是"老农"，也不算过分。高红装药点炮也是行家里手。他们六个人分做三对儿，每晌各打一个炮眼，在晌午或傍黑下工时，由高红装炸药点炮，从来没有失过手。

第七天前晌，打好炮眼后，照例要坐下来休息。创和高红都拿出烟袋互相对着火抽烟解乏。这时，创突然对高红提出，说自己今天想试试，也过一把点炮的瘾。高红当即回绝："你快些拉倒吧！这东西可不认人，它不说话，你当它是哑巴，它一旦说了话，可就了不得。"高红玩着一棒炸药说。

"你教我嘛，世上还有学不会的？"创坚持着。

创说着，就拿过一棒炸药，又拿起一个雷管和一截炮捻来，让高红教他。

也许，高红想卖弄一下手艺，就把烟袋磕掉，拿过一棒炸药来，在炸药的半腰用专用的铁钉戳了一个小洞，再把雷管顶上的封口撕开，把截好的炮捻两头捏松了，插进雷管，再把雷管塞进戳好的小洞里，一个威力巨大的爆炸装置就做成了。然后，把爆炸装置慢慢地放进已打好的炮眼里，留出一截炮捻在外头，以便点火，再用黄黏土把炮口封紧砸实，装炮的程序就算完成了。

创看着高红装了一炮，就对高红说："这玩意也太简单了，什么技术活，去吧，吓唬小屁娃去吧。"说着，就照高红的办法，装好了另外两炮。

装好炮后，也到了下工的时候，高红就发一声喊："点炮啦！"掏出一根纸烟点上，准备点炮。

创却从高红手里夺过纸烟，说："你走吧，今天我来点这三炮。"

高红急得大喊："这哪敢，你不要胡来，还是我点。"

创却非要自己点，硬把高红推走了。

创把高红一推走，心里就没了底，看一眼竖在石头上相隔几米的三根炮捻，禁不住心跳起来。

高红并没有走远，对创又说了一句："要不，还是让我来吧？"

高红一说，创似乎又有了点炮的勇气。他向远处看看，下工的人们已经走得看不见了。他把烟放嘴里狠吸两口，再对准烟头吹吹火，然后按高红的交代，先点那根最长的炮捻。由于心慌，他的手抖得厉害，点几次都没点着。他想着高红每次点炮时不慌不忙的样子，点着了还不急着走，回头看一遍，再把手里的烟吸两口，才扔掉烟头，悠闲地走到不远处，躲到了一个死角后面。想到这儿，创定了定心，又吸几口烟，再吹吹火，一手抓住炮捻一手点火，嗤——炮捻开始冒白烟，点着了，反把创吓了一跳，差点儿就要逃跑了，才想起来还有两炮没点，就硬着头皮把剩下的两炮点得冒了白烟才逃命似的奔到一块大石头后面躲起来。轰——他刚躲好，就是一声巨响，震得他耳朵嗡嗡直叫。听到炮响，创的心里不禁一阵高兴。他妈的，老子也放了一炮！他心里说着，却不敢站起来，他知道，马上就要响的就是第二炮、第三炮了。

又响了一炮。在哗啦啦的落石中，创等着希望中的第三炮，然而，期待中的第三炮却一直没有响。

“你把炮捻和雷管塞紧了吧？”高红已从藏身的地方站出来，大声喊着问创。

创心里一时也没底，只得说：“装好了呀。”

“怎么还不响呢？不是哑巴了吧。”高红很不情愿地说。

创听高红说他点的炮哑巴了，就问高红：“那该怎么办哩？”

“怎么办，只能抠出来重装吧。”高红丧气地说。

创一听说可以抠出来重装，就要上去抠，却被高红奔过来推得跌了一跤。“你不要命啦？现在哪敢抠，要抠也得等到后晌。你回去吃饭吧，我在这儿看着，小心有人不知道跑过去。”高红对创大声说。

正在两人争执的时候，大家伙却来了，他问：“怎么只响了两炮？”

高红只得说：“哑巴了一炮。”

大家伙听说哑了一炮，就问高红：“今天怎么就把炮装哑巴了，你是怎么弄的？”

高红看看创，没有吭气。创只得说：“我装了两炮。”

大家伙恼怒地看着创：“你这不是胡弄嘛。”

下午上了工，除了上游拉土垫滩的外，打坝的全停了工，上午那一炮到现在也没响，大家伙说：“响不了啦，抠吧。”

抠哑炮，有极大的危险性，往往是没有点响，反而抠响了。创听说要抠，拿上家伙就要去，却被大家伙喝住了，他不让年轻人去抠，自己拿上家伙上去了。

哑炮必须排除，不然就会形成极大的隐患，始终威胁着人的生命安全。

大家伙爬在石头上，用一个细细的小铲，在哑炮眼上小心地挖几下，然后用一个特制的小勺往外舀几下土。

远处，站了不少人，紧张地看大家伙抠炮。杏儿站在创跟前，满脸恐惧地看着她父亲的手，嘴唇不断歙动，却不敢发出一点声音来。

大家伙小心翼翼地抠着，用小勺慢慢地往外舀土，由于紧张，他不断地抹去嘴角流出来的口水。从小勺伸进炮眼的深度看，就快接近雷管部位了。离雷管越近，危险就越大，人们也越紧张，大家伙头上开始冒汗了。他小心地抠着，不时地抹一把嘴角。

大家伙突然跪起了身子，好像抠炮就要成功了，人们的心里稍放松了一些。就在这时，人们看见大家伙脸前突然窜起一股白烟，人们还没明白怎么回事，就见大家伙敏捷地来了个后滚翻，随即，一股烟雾蹿上天空，山崩地裂的一声巨响，哑炮还是被大家伙抠响了。

一阵哗哗的石头雨过后，人们疯了一般奔向大家伙。见大家伙滚在下面的地塄后，正试着想坐起来，一边还抹了一把嘴唇，惨白的脸上，露着一丝无奈的苦笑。

杏儿哭喊着跑过去，见她父亲已经坐起来，腿却不能动弹，腿边滚了块大石头。人们不禁唏嘘感叹，大家伙的命真大，只是这块滚落的大石头，砸伤了他的腿。

在哑炮即将响的时候，大家伙已觉出了危险，他果断地一个后滚翻，正好滚到了下面的一个死角，这才保住了一条性命。

创见大家伙没有生命危险，只是伤了一条腿，悬着的心才算放下。他和几个年轻人用树枝很快就编织了一个担架，抬了大家伙直奔公社卫生院。

最近一段时间，创的眼睛都熬红了，他白天在工地打眼放炮，晚上还要去卫生院陪侍大家伙。

创白天黑夜地熬，倒觉得没有什么，让他良心难安的，是由于他的粗心，差点儿没把大家伙炸死。如果真要那样了，他将一辈子对不起死去的大家伙，对不起活着的杏儿。他常常想，如果那一天是自己去抠炮，而且也抠响了，他现在肯定是在另一个世界哩。大家伙能够在危急关头，果断处置，保全自己，可见，他并不是一个粗人，是他多年的劳动生涯积累了一定的处险经验。他也很感谢大家伙，在危急关头，能够有所担当，不但保全了自己，而且保全了别人，这让创在感谢大家伙的同时，也从他身上学到了在课本上永远学不到的东西。

大家伙住院以后，打坝垫滩的工程并没有停下来，社员们在工地议论最多的，也就是大家伙这次受伤的原因。人们见了创，看他的眼神，就有些异样，其中有可怜，有庆幸，也有埋怨，这让创的心里觉得沉重。大家伙住院后，他在工地玩命地打眼，装炮，点炮，为此，他和高红争执得几乎翻了脸。不过，他一次次的成功，让高红，也让人们渐渐地对他放了心。表面上，创似乎已经成了一名合格的炮手，但只有他自己清楚，每次装炮点炮的过程，就是自己在死亡线上跳魔鬼舞的过程，也因此，每次装炮点炮，他就不断地告诫自己：小心，小心，再小心。

吃过晚饭，创又准备去卫生院陪侍大家伙，祁志却进来说，让他先去大队，然后一块去看望大家伙。

自从秋收前创去石头岭的路上，把母亲拿给二巧父母的二斤点心吃了以后，见了二巧的姐夫就有些心虚，这次主动找他，不知道又是什么事。

当创磨蹭着走进大队部时，祁志已经在等他了。祁志指了指一张椅子，让创坐下。

创怕祁志提二巧的事，就催促他说："祁哥，咱们早点走吧，别回来太晚了！"

祁志说："我让你来，是想告诉你一件事。"

创想，祁志一定是说二巧的事，就不耐烦地说："咱路上说吧，天快黑了。"

看上去，祁志却不急。又过了一会儿，他才慢慢地说："今年的征兵任务下来了，咱大队是五个指标，报名人数不限。文件还和往年一样，贫下中农适龄青年优先，就是比往年还多出一条，适龄知识青年优先。我找你来，就是想告诉你这个事，看你想不想去当兵。"

听了祁志的话，创几乎说不出话来。一直以来，他认为祁志和父母一样，在心里已经把他和二巧拴在一起，此生此世永远把他拴在南坪村了，万万没有想到，祁志竟还有这样的胸怀。想到这里，创竟一时语塞，不知道说什么好。

过了半天，创才试探着问了一句："我肯定想去当兵，只是……"

“只是什么?”祁志打断了创的话，“你是说二巧吧，依我说，你先不要管她，将来要紧，该当兵你还是去当兵。”

创越听得糊涂了，他弄不清，祁志究竟是什么意思。他想了一会儿，才说：“祁哥，我给你说实话，当兵，是我巴望不得的事。我这一生，只有两个愿望，要么上大学，要么去当兵。现在既然大学上不了啦，我就想去当兵，到人民解放军这座军事大学校去学习，去锻炼。”

祁志看定了创，说：“创，我觉得这才是你的真心话。我也给你说实话，当年，我也和你一样，在县一中毕业，刚回来，就被父母逼着和大巧结了婚。结了婚就完了，只能一辈子待在南坪村了。人人都认为我当大队会计很风光，要钱有钱，要权有权，可是，我心里到底还是不服气呀。”

祁志的话，创听了很吃惊。他只知道，祁志是大队会计，自己的婚姻介绍人和未来的连襟，却不知道他还有人生的另一面呢!

创还没有理出头绪来，祁志又说：“其实，我早就看出来了，你和二巧的婚事，一开始你就不愿意，只是父母做主，你没有办法。”祁志停了停，又接着说，“社会发展到今天，虽然农村仍沿袭着父母之命、媒妁之言的婚姻格局，但我们毕竟是新社会的人了，也不能一条路走到黑……”祁志越说越激动，直把创说得热泪盈眶，差点没哭出声来。

听了祁志的一番话，创觉得，好像今天才认识他一样，想不到，祁志不但心胸宽广，而且还表现出古道热肠的襟怀来。创觉得今生遇上了知己，说：“祁哥，你想想办法，让我去当兵吧，至于和二巧的事，就由你做主吧。”

祁志的情绪，也慢慢地平缓下来，他说：“你自己的事，还是你做主。不过，说实话，把二巧和你拉到人前，一看就不是一对，你好歹也是个中学生，她呢，就没有正经上过学，只是小时候，在小学跟上大巧混过几天，连自己的名字也写不全，说话办事没有逻辑，听上去好像胡言乱语，这让一个稍有文化的人很难接受。”

创震惊于祁志今天的推心置腹，僵在那里，只有听的份儿了。

最后，祁志说：“你还是去当兵，一定不要错过这次机会。回去和父母好好商量，不要惹老人生气。二巧那头，我觉得是你又没和她结婚，她同意不同意都没用。关键是你的父母，你要想个好办法，让他们同意你去当兵。”

六

参加中国人民解放军，在创的心里，对未来燃起了新的希望。回乡近一年了，虽然他把自己从语言到行为，甚至连外貌都尽力包装成一个陈永贵式的新式农民，但在骨子里还时时在发痒，在骚动，想着能走出南坪，逃避这一桩他并不认可的婚姻。近一年的农村生活，让他看到了当一个农民，累死累活没有尽头的艰难人生，每想到自己也将像他们一样的生活，就不寒而栗。去当兵，在农村是唯一可能改变自身命运的途径。创这一次下定了决心，既然已经上不成大学，就不能放过这次难得的当兵机会，不管用什么方法，一定要说服父母，让他们同意自己参军。

创知道，在父母哪儿，阻碍他去参军的最大问题，仍是他和二巧的婚姻问题，在这个问题上，只能采取后发制人的办法，步步为营，达到目的。当他面对父母时，看到母亲头上越添越多的白发，看到父亲因面部三叉神经痛不得不时常做出龇牙咧嘴的怪相，心里就老大地不落忍。妹妹弟弟还小，自己已是家里的主要劳动力，一旦当兵走了，一大家人生活的重担，又要重新落到父母身上，想到这里，创就觉得很伤感。但是，就这样陪着一家人按部就班地生活，他看不到任何人生的希望，如果能当了兵，自己在部队好好地干，也许从此就能改变自己和家庭的命运。创想了又想，最终还是对着父母，小心翼翼地开了口：“爸，妈，今年的征兵任务下来了，我想去当兵哩。”

父亲一听创说要去当兵，立即用手按住了正在痉挛的半边脸，很大声地说：“你想去当兵？好铁不打钉，好男不当兵，你怎么就好好地想起来要去当兵呢？”

母亲一听说儿子想去当兵，显得更急，好像创现在就被抓了壮丁一样，说：“你真是疯了，眼睁睁地要去送命。外头谣得紧慌慌的，马上要和苏联打仗了，去当兵还不是去打仗？我说，咱还是不要去当兵，就是吞糠咽菜，早晚也是一家人在一起，还是实实在在地当咱的老百姓吧。”

“妈，现在的义务兵，也就是三年，一晃就过去了，我也一晃就回来了，到那时，咱们还不是一家人在一起吗？”创尽量把话说得好听一些。

娘见创坚持要当兵，就红了眼睛，说：“我们努死努活，给你把媳妇都说下了，计划过了年就给你娶过来，你们就成了一家人了，谁知你却要去当啥兵。”

创说：“我当了兵，一年半载就要探亲，回来再结婚也不迟嘛。”

母亲接口说：“你当了兵，再回来结婚？看这架势，马上就要打仗了，谁知道你当了兵，还能……”母亲没说完，赶紧往地上“呸”了几口，闭上嘴不说了。

创见母亲忌了口，就说：“我已经报上名啦。”

父亲一听，就跳着脚说：“什么？你都报上名啦？”他指着创，这时大概三叉神经又痛了，但也顾不上管，歪着嘴说：“你不经过我们同意就敢报了名，好，我这就去大队，把你的名字去掉。”说着，就要往外走。

“你去吧，你敢去大队闹，人家会说你是破坏征兵，就敢把你抓起来戴上高帽去游街。”父亲听创这么一说，立刻泄了气，一下子就跌坐在椅子上，用手捂住右半脸。

创这几天很少回家，尽量避免和父母发生正面冲突，他大部分时间在公社和部队来带兵的解放军在一起，给他们介绍情况，或者家访带路，帮他们打水，端饭，表现得既诚恳，又勤快。他甚至把带兵的领到南坪村，向他们展示自己写的大标语。带兵的耿连长看了创写的字，赞赏地点着头，问：“小张，你是什么文化程度？”创说：“县一中，本县的最高学府。”把耿连长逗笑了。

终于等到全公社新兵体检的这一天了。听说今年的兵全部是坦克兵，身体条件要求很高，检查身体很仔细，也很严格。在公社体检，是初检，过了公社这一关，还要到县里去复查，只要能到县里去复查，就基本有了希望。在检查身体这天早上，创回了一趟家。母亲见创回来就忙着给他弄饭，创却说：“妈，你别忙饭了，人家说了，体检要抽血的，不让吃饭，也不让喝水。”

“那就饿一天呀？”母亲停下手中的活，问。

创说："都一样，抽完血就能吃东西了。"

母亲听说，就从衣服口袋里掏出几张皱巴巴的零钱，从中拣出一张五毛钱，递给创说："抽完血，去饭馆买上碗饭吃。"

创没接钱，说："不要，我还有钱哩。"

父亲像想到了什么，踱到创跟前，看一眼门外，然后悄悄地说："检查身体的时候，你就说你眼睛不行，看不清东西，故意把医生指给你的字说错，他们就不会要你了。当兵是要打枪的，眼睛不好，就打不准枪，部队不会要打不准枪的兵。"

创一听，就乐了，说："爸，你放心，今年要的是坦克兵，是去打炮的，炮筒这粗哩。"创说着，用双手圈了个大大的圆圈，"闭着眼睛也能打准。"父亲听了，怔怔地看着创。

母亲这时插话说："创，我已托人去石头岭和二巧家商量好啦，你验不上不说，要是验上兵了，在走之前，无论怎样，也要把婚结了。"

这太出乎创的意料了，他怎么也想不明白，父母把自己的婚姻看得这么重要。他有些恼怒地看着母亲。

母亲却说："瞪什么瞪？这都是为你好哩。只要你们结了婚，以后不管你怎么样了。"说着，母亲又赶紧往地上啐了一口，"你也算是成过家的人了。"

在公社卫生院体检的第二天，才知道检查结果。南坪村十一个报名青年中，有七个人过了初检关，其中就有创。创的身体素质本来就很好，在学校的历次体检中，从没出过什么问题，回乡近一年的劳动锻炼，使他变得更加壮实。一米八三的大个子，胳膊稍一用力，大臂上立马就鼓起两大块结实有力的肌肉疙瘩。创对这次的兵役体检，是很自信的。参军的另外一项，就是政治审查，对于这一项，创也不担心。他的家庭是中农成分，虽然不是依靠的对象，但毕竟也是团结的对象。自己又是刚毕业的回乡知识青年，回乡不足一年，就被评为公社学习毛主席著作的积极分子，还被推荐为南坪大队的学习毛主席著作的辅导员，又被大家伙"提拔"成了小队会计，有了这些成绩，创对政审这一项还是信心满满的。

今天，全公社被初选上的四十个应征青年，将要被公社武装部的刁部长和部队来带兵的耿连长带上去县里进行身体复查，为此，公社书记亲自出面，向张马林局借了一辆解放牌大卡车。

一坐到车上，创的思绪就飞了起来，他又想起了学校，想起了老师和同学，也想到了秋雯。上次秋雯来信说，她已参加了工作，不知道她在干什么工作，好干不好干，每个月能挣多少钱？……这次去县城，要有机会，一定要去看看她……

飞扬的思绪，随着卡车在山路上的颠簸，越飞越远。他想，如果自己能当了兵，远离了南坪，远离了二巧——哈，二巧，再见吧！想着，他就情不自禁地笑了一下，引得周围几个青年莫明其妙地直看他。突然，他的心顿了一下，杏儿，可爱的小杏儿，也要和你说再见了……正想着，身子猛然向一边倾斜出去，创抬起头往前看看，原来汽车已经爬完了山路，正拐了一个急弯，向山下冲去。这条路，创是熟悉的，上学的时候，哪一年也要和同乡的同学相跟着走几趟。他知道，只要开始下山，离县城就不远了。创看看太阳，太阳已经升起有一杆高了。按县里的要求，要赶上八点钟在县医院参加体检。

创觉得有些冷，也有些饿了。他把棉衣领往上拉拉，把脖子往下缩缩，就把半个脸埋在了衣服里，闭上了眼睛。刚闭上眼睛，创就看见了因三叉神经痛而时常扭曲着脸、眨巴着眼睛的父亲，因日子不好过而时常抱怨的母亲，年龄尚小已不再读书的大妹，虽然上学却时常瞪着一双饥饿的大眼睛的弟弟，还有灶上那口永远煮着稀饭的大铁锅……汽车猛地刹了一下，创就不由自主地撞到了前面人的身上。他把脑袋从衣领里伸出来，已经到了县城。他左右看看，县城并没有什么变化，还是原来破破烂烂的样子，他在心里默默地叹了一口气。

按照创的说法，他今年也许是撞了狗屎运。在县城的兵役体检复查中，他又轻松过关。南坪大队的报名青年中，只剩下四个人了，按公社给南坪下达的五个义务兵指标，只完成了四个，短的一个就被其他大队补了缺。

上午，被选上的应征青年，全部集中到公社会议室。部队来的耿连长和另外两个带兵的战士都坐在会议室，公社武装部刁部长主持会议。刁部长说："今年的征兵工作，我们公社圆满完成了任务。在座的各位应征青年，基本上就算订下来了，如果没有什么意外情况，你们将要披红戴花被送到解放军这座革命化的军事大学校去。"听着刁部长的讲话，创很高兴，就情不自禁地带头拍起了巴掌，其他参军青年也跟着拍了几下。创带头鼓掌，引起了刁部长的注意，他看了创几眼，脸上闪过一丝满意的笑，接着又说："十二月五号，也就是七天以后，我们公社就欢送新兵。这几天，你们就都不要乱跑，有手续的做好手续交接。另外，我们已按定下来的名额，从县武装部领回了新兵服装，现在，就给大家发下去。"

从县城领回来的新兵服装大部分是中号，创的个子高，领了一套最大的，穿上身后，还是显小。棉衣棉裤还凑合能穿，内衣就显得过小，衬衣穿上系不上扣子，衬裤穿上把裆勒得难受，尤其是鞋，几乎小了两码，根本就穿不上。创拿上衣服，找刁部长想再换一套大的，刁部长看了看说："这已经是拿回来的最大号了，你先凑合穿，到了县武装部再调换合适。要是真不能穿，这几天不穿也可以，但送新兵走的那一天，可一定要穿上。"

创嘟囔着说："可是，我这几天就是想穿嘛。"

"这我理解，可是暂时也无法解决，就按我说的凑合几天吧，嗯？"刁部长安慰创说。

能够顺利当兵，能够名正言顺地离开南坪，既实现了一个理想，又摆脱了一件烦事。这对创来说，实在是一件高兴的事，可是，却给他发了一套不合身的服装，让他有些沮丧。本来想穿上崭新的军装，在村子里走走，也踌上一把，现在看来，衣服穿得不齐整，踌得也不会太厉害。现在，创也只能光穿着外面的棉衣和棉裤，里边仍穿了原来的粗布衣裳，脚上还穿着一双旧布鞋，腰上却扎了一根武装带，看上去就有些不伦不类。

家里，父母亲却是手忙脚乱地准备给创娶媳妇。创知道，这一次是躲不过去了。为这事，他急得不得了，不同意结婚，父母肯定不答应，肯定会闹个天翻地覆。父母把好日子也订下了，是三天以后的十二月三日，已通知了亲戚。怎么办呢，难道就这样乖乖地就范，听任父母安排，像两匹驴一样，被人强行拴到一个槽子上，说："呔！你们就在一起凑合过吧！"

下午，创穿上新兵服装，在村里各家走了走，也算和乡亲们告个别吧。当走到杏儿家时，杏儿的父亲大家伙一个人在家，杏儿和她妈不知去了哪里。大家伙已经出院，在家里养着，见创进来，他显得很高兴，拄了一只单拐，在地上用一只脚跳来跳去，又是给创找烟，又要给创倒水，还不时地腾出一只手在下巴上抹一把流下来的口水，高兴得不知说什么好。

创见杏儿不在，站着说："叔，你好些了吧，那天多亏了你，不然我就……"没等创说完，大家伙就抢着说："说啥话哩，这都是说命呢，该活不得死，该死不得活，都是你娃的命大，不但没出事，还穿上军装啦。"

"叔，你的命也大着哩，炮在你眼皮底下响了，你都没事……"创没说完，大家伙又打断了他："大，咱父子俩的命都大着哩。你没听人说，人有十年旺，神鬼不敢撞。咱都成了神鬼不敢撞的人啦。"说完，嘿嘿地笑了两声。

创听了，不知该说什么好，只是一个劲地点头："是着哩，是着哩，你老叔说得对。"

大家伙越说越高兴，拄着单拐，一条腿在地上又跳了一圈，说："创，你这也算是熬到头了。去了部队，要好好地干，要是能提了干，就不用再回来死受了。"

"不，叔，三年，就三年义务兵，三年一到，我立马退伍回咱南坪来。"真要走了，创突然生出一种离愁。

过了一会儿，大家伙表现出了少有的忧伤，说："将来，不管你走多远，都不要忘了南坪村，不要忘了咱南坪村的老百姓吃的啥，喝的啥，是怎样受死受活下苦的。"说完，他又在下巴上擦了一把。

创听了，觉得心里不好受，是呀，将来无论怎样了，他怎敢忘了南坪村，忘了南坪村里的父老乡亲呢？

回到家里，创觉得无事可做，就把新发的黄军被拿过来，练习打背包。村里有退伍回来的老兵告诉他，到了部队后，新兵连三个月的集中训练是最辛苦的，常常在半夜三更被紧急集合的号声叫醒，在规定的时间内穿好衣服，背上背包在操场上列队训练。由于刚入伍的新兵很难适应，有些战士的背包打得松松垮垮，有些来不及系上衣服扣子，还有些来不急打好背包而干脆抱着被子去站队的，出尽了洋相，被训得鼻子不是鼻子，眼不是眼。创一边打背包，一边想象着那种狼狈相，就笑出了声。创不断地把军被打好再散开，散开再打好，一边还小声地吹着口哨。觉得背后有动静，回头一看，不知母亲啥时候就站在他背后，手里端了一碗苦荞面饺子，说："看你忙得连饭也顾不上吃，快别打了，去了队伍上消停打吧。"创笑着说："那就把什么也误了。"说着，看了一眼母亲手中的苦荞面饺子，这是他最爱吃的，也是南坪村最好的饭食。创知道，他就要当兵走了，就要离开这个家了，妈妈把最深的母爱倾注在给儿子变着花样做的饭食上。然而，还能有什么好吃的呢？能给予的，也就是老娘亲手做的一碗苦荞面饺子。创接过碗，搛起一个饺子，抬头问母亲："你们都吃了？"母亲说："吃了，你弟弟和小妹都吃得饱饱的出去玩了。"创点点头，刚把饺子要往嘴里送，却看见四岁的小妹站在门外，披散着头发，瞪了一双贪婪的眼睛，看着自己手中的碗。创什么都明白了，走过去把小妹拉进屋里，把碗往小妹的手里递。小妹回头看看母亲，小声说："大哥，我吃过了。"说着，把已伸过来的小手又缩了回去。创的心已酸到了极点，强忍着眼泪，默默地把碗放到桌子上，又去打背包了。

妈妈无奈地长叹一声，坐在炕边看创打背包。

"哎，创，妈正要跟你说哩，一半天你和二巧去公社把结婚证领了吧。"母亲突然说。

创一听，就僵在了那里，情绪一下子就降到了冰点。可是，他想想妈妈的艰难，也不想惹她生气，就说："妈，这几天忙着哩，就先别去领结婚证了吧。"

"不领了证，你怎么结婚？"母亲问。

创说："要不，就先结婚吧。等一半年我从部队回来探亲时，再去领也行吧。"创想推了一时说一时，能不领结婚证最好。

可母亲是认真的："不领证就结婚，那办的是啥事情呀，咱们可是正经人家。"

"谁说不是呀！我是说这几天太忙，迟领一年半载，还怕别人抢了去？"创坚持说。

“不行，再忙也得去领证，再忙也不能不结婚，你走之前，必须把这两件事办了。不然，你这个兵就别想当成。”母亲说得很坚决，几乎没有商量的余地。

整整一个晚上，创想起这事儿就头皮发麻。他实在想不出辙，就拿上手电筒，溜出外头去了，出去没走多远，就碰上了杏儿，见了杏儿，他二话不说，拉起杏儿就朝防空洞跑去。

杏儿见创拉上她跑，知道他心里一定有急事，也不吭气，跟着他一直跑进了防空洞。由于跑得太快，两人站在洞口，直喘气。

“你说，我现在该怎么办?”创没头没脑地问杏儿，好像杏儿就是他的救星。

杏儿问：“什么怎么办？有话慢慢说。”

“五号就要送新兵走哩，我妈非要我三号和二巧结婚……而且，还非要去……”创因为着急，说得上气不接下气，但他还没说完，就被杏儿打断了。

“好呀，结婚还不好？洞房花烛夜，金榜题名时，你占全了呀。你虽然不是考上进士啦，当兵你也算跳了龙门，离开了农村，这是双喜临门呀。要是我，还要把我喜死咧。”杏儿一边说，一边撇撇嘴。

杏儿还没说完，创就捂住了她的嘴，一边伸手在她的臂窝里咯吱，一边说：“让你胡说，我都快急疯了，你还看笑话。”杏儿笑着一边躲，一边告饶：“哥，快放了我，我不说了，再也不说了。”创在杏儿的脸上亲了一下，才放手。

杏儿想了一会儿，说：“哥，你要想顺利地去当兵，又不和二巧结婚，办法只有一个。”

创急得拉住杏儿的手：“快说，能有什么两全其美的好办法。”

“干脆，躲起来。”杏儿说。

“躲起来?”创不明白杏儿的意思。

杏儿说：“你妈不是让你和二巧去领结婚证吗？你干脆找个地方躲起来，只要找不见你，你父母就是有天大的本事，二巧一个人也领不了结婚证，一个人也结不了婚。当然，你可要和公社武装部和部队来带兵的事先说好，说你有事要出去几天，一定能赶上送新兵的那一天。”

杏儿一口气说完，创听得如醍醐灌顶，茅塞顿开：“是呀，紧急关头，也只能这样了。”创情不自禁地拽过杏儿来，又在她脸上狠狠地亲了一口，而且亲的声音很响，大概把杏儿亲疼了，杏儿就轻轻地推了创一下，说：“你就不能轻些？”

创顿时觉得浑身轻松，好像什么问题都解决了。可是，刚过一会儿，他又想起了什么，问：“杏，我躲哪儿呢？这可是要躲四天呢？”

杏儿也像才想起来，说：“是呀，你躲到哪儿合适呢？走得远了，万一武装部有事找不见你，躲得近了，怕被人发现。”他们想不出能躲的地方，一时又着急起来。

“嗨！杏儿，咱真笨，这不是现成的好地方吗？”创说着，就拉起杏儿，往防空洞的深处走去，走了十几米，创摁着手电筒四边看看，里边比进口宽敞得多，按打洞时的要求，防空洞里不但要能藏下一定数量的人，还要能藏下一定数量的粮食和东西。杏儿也很满意，说：“对，这地方很僻静，一年也不见有人进来一回，你就躲到这里边，我每天给你送吃的。只要躲过了这几天，只要十二月五号你上了送新兵的汽车，任是天王老子，也是哭皇天无泪了。”黑暗中，俩人为自己的计谋大为得意，相拥着以示庆贺。

第二天，创就找着带兵的耿连长，说自己有些事，要出去几天，一定会赶上新兵出发的那一天。因为带兵的耿连长最近一段时间和创已经混得很熟了，也很赏识创，认为创是一个有能力、有见识的知识青年，这次能带上这么优秀的青年回部队，他是很满意的，就答应了创的请求，并说：“你可一定要赶上送新兵啊，你别找刁部长了，我和他说。不过，你得向我保证，欢送新兵的那一天，你千万不能误了上车。”

“我向您保证，一定误不了上车。”创举起一只手说。

创给母亲的说法是，这几天要陪耿连长进行家访，一有空，就去石头岭叫上二巧领结婚证，可是，人一走，就再也不踪影。

事情发生在创领了新兵服装的第六天，也就是公社往县城送新兵的前一天，这早已过了创的父母给他择定的结婚日子。创的父亲正在家里气得捂着右半脸上蹿下跳，母亲气得一把鼻涕一把泪的时候，公社武装部刁部长和一个穿军装的人来家里找创，要他立马到公社去。和刁部长一起来找创的是县武装部的寥参谋，他专程从县里来找创，肯定是有很重要的事。

杏儿知道这一消息后，马上钻进防空洞，把这一消息告诉了创。创在防空洞里已整整地憋了三天，听杏儿说县武装部有人亲自来找他，以为自己的“狗屎运”又发挥了作用，就高兴地说：“说不定有什么好事等着我哩。杏儿，你等着看吧，一定是耿连长帮了我的忙。”说完，在杏儿的脸上亲一下，连家也顾不上回，就朝公社奔去。

创一走进公社的院子里，就被早已候在门口的秘书带进了行政办公室。屋子里的桌子旁，坐了好几个人，有公社分管征兵工作的王副书记，有武装部的刁部长，有部队来带兵的耿连长和另外两个解放军战士，桌子中央，坐了一个穿着军装的四十多岁的人，创不认识，他想，这应该就是县武装部来的那个寥参谋。

进到办公室，创对耿连长笑了一下，就问沉着脸的刁部长：“刁部长，找我有事？”

刁部长没有吭气，扭脸看了一下县武装部的寥参谋。寥参谋用手指在桌子边上轻轻地敲了敲，问：“你就是张创？”

创见是穿着军装的寥参谋亲自问他，就挺直腰板，说：“是。”寥参谋抬起手往下压压，示意创也坐下，然后说：“我今天专程从县里赶来，是按县武装部仇部长，也就是县革委会仇副主任的指示，对你入伍的情况，做一次专门的政治审查。”

创有些摸不着头脑，就问：“不是已经全部政审过了吗？”

“我说的是对你的专门审查，也可以说是补充政审。”寥参谋对创进一步说明。

创没有吭气，他不知道对他的专门政审意味着什么。

“你是不是县一中毕业？”寥参谋亲自发问。

“是的。”创回答。

“哪一年？”

“一九六七年应届毕业生，一九六八年和老三届一起毕业。”

"'文化大革命'中，你在学校参加过武斗吗?"

"没有。"创的心头一震，但还是镇定地回答。

"那么，10·2武斗你在哪里?"

"武斗前一个月，学校乱得厉害，我害怕，就回了家。"

"在学校，你是哪一派呢?"

"红总，我们全班同学都是。"创听了寥参谋的问话，心就开始一直往下沉，他已经预感到，问到"文革"中的派性斗争，在他即将当兵入伍的关键时刻，恐怕是凶多吉少。但在心里，他还是相信党，相信组织，会给他审查清楚的，想着，他用异样的眼光看了带兵的耿连长一眼。

这时，寥参谋又说话了："张创，问题已经很清楚了。根据县革命委员会和县武装部的决定，你被取消参加中国人民解放军的资格，退回原籍。"

部队带兵的耿连长听了这个决定，忍不住站起来。也许由于太过激愤，他瞪着寥参谋说不出话来。

创一听这个决定，几乎就要晕厥了，他尽力喊了一声："为什么，这是为什么呀!"

寥参谋冷笑了一声，说："原因很简单，我们不能眼看着红匪反革命暴徒混进毛主席亲手缔造的钢铁长城队伍中去。"说完，他要求创把身上的新兵服装脱下来。

这时，部队来的耿连长站起来说话了，说话前，他先向在座的人转圈敬了一个标准的军礼，然后说："我们来地方带兵前，部队首长指示过，带兵一定要把身体素质好，思想觉悟高，有一定文化知识的青年带回部队来，还特别指示，这次带兵，不受派性影响，像张创这样的兵，我们一定要带走。"

这时，公社王副书记说："耿连长，在这个问题上，我们是一致的，我们也一定要把最优秀的青年送往部队，但是，为了对党、对人民负责，同时也是对部队负责，对于有问题的青年，我们一定要把关。"

"可是，经过这一段时间的观察，我们认为张创同志就是一个很优秀的青年，所以，这个兵，我们一定要带走，请地方领导能给予支持。"耿连长的态度也很坚决，说完，又转圈向在座的人敬了一个军礼。

"一定不能带，这是县革委会已经做了决定的。"寥参谋很骄慢，居然用手在桌子上拍了一下，说着，就和刁部长冲过去，一起从创身上往下扒新兵服装。

耿连长亲眼看到了地方一些领导的蛮横无理，觉得这是一伙被派性彻底毒化了的、已经没有人性、没有理智的家伙，已经变得不可理喻。他说："好，我马上向我们首长汇报，请求他们向晋东南行署反映，你们要对你们的行为负责任的。"

创的一套不合身的新兵服装，穿了仅仅几天，就被县里来的寥参谋和公社武装部的刁部长硬生生地从身上扒了下来。创只能极度悲愤地大叫一声："这是为什么呀——"

七

天，像扣了一口黑锅，黑沉沉地阴着。牛槽沟山顶上的黑云，正向南坪村顶上压过来；闪电像一条火蛇，在天空狂舞着不时地甩响。人们都心惊胆战地望一眼天空，再看看被大风吹得几乎贴在地上已经成熟了的庄稼，心情沉重地想，老天爷不知又要怎样造孽呢，老百姓莫不是又要遭年馑啦?

创站在村外的一个黄土堆上，显得一脸漠然。隆隆的雷声越来越近，有几声就在他的头顶上炸响，很大的雨点已经啪啪地砸在地上，砸在创已经破了几处的衬衣上，有点痛，但他仍是一副于己无关的样子。终于，瓢泼大雨夹杂着鸡蛋大的冰雹，劈头盖脸地倾倒下来，泼向灰蒙蒙的旷野，泼向黄土堆上的创。

"下吧，老天爷，再下大些吧，下上七天八夜九黄昏都不要晴!"雨中的创，突然伸开双臂，对天大喊起来。但他的声音在暴雨中显得单调空洞，孱弱无力，很快就被狂风暴雨无情地淹没了……

隆隆的雷声撕扯着他心中的怨怒，哗哗的暴雨冲刷着他受伤的灵魂……

凛冽的寒风中，创一个人踽踽独行在南河滩边。他的脑袋涨得厉害，心像刀绞一样，撕心裂肺地痛。脑海中交替出现着狰狞如魔鬼的寥参谋和刁部长，被扒下来扔在地上的新兵服装，被扯掉的扣子在地上不停地翻滚着，变得像磨盘大向他压过来……创下意识地低头朝身上看看，身上穿着一件破夹袄，他摸摸上面的扣子，是老娘用碎布条在煤油灯下绾的疙瘩扣。创用力抽抽鼻子，好像才明白了自己现在是谁，现在的创，已经不是上午还穿着新兵服装人五人六的创了，他又回归到原来的创，一个所谓的回乡知青。他想起了部队来的耿连长，他会向部队首长汇报吗？首长会不会通过地区行署去干涉县革委会和县武装部对他伤天害理的决定呢？想着，心中似乎又升起了一线希望。但很快，自己又否决了，不会的。创，你以为你是谁？部队会为了一个小小的义务兵的去留和地方大动干戈吗？创自嘲地笑一下，突然用力将脚下的一块小石头踢出去老远，憋足劲大声骂出一句脏话："寥参谋，刁部长，我操死你大爷！"觉得还不解气，就一路号叫着，向南坪村奔回去。

正如古人所说，好事不出门，坏事传千里，创上午在公社被扒了服装，取消入伍资格的消息，已经像风一样，传遍了南坪村。当创一身冷汗地踏进家门时，家里已经坐了不少人。父母在昏黄的煤油灯下看见儿子惨白的脸上不断往下淌着汗珠，显得非常惊慌。创靠在门边，喘着粗气，像疲乏得就要虚脱过去一样。父亲惶恐地走过来，刚喊了一句"创"，就被他用手制止了。创站了一会儿，没有对屋里人说一句话，只是无意识地扫了杏儿一眼，跑到灶前，拿起一个大碗，掀开锅盖，自己舀上稀饭就旁若无人地喝起来。

人们都惊异地看着创，谁也没有说一句话，只听见他"呼啦呼啦"大声喝稀米羹的声音。

母亲看见创的样子，在一边悄悄地抹眼泪，父亲蹲在地上，使劲用手在右边脸上按揉。只有四岁的小妹，在炕上看见大哥那副可怕的样子，吓得哇哇大哭，算是给屋里增添了一点生机。

创已经喝了三大碗稀米羹，又掀开锅，看了看，放下碗，在嘴上使劲抹一把，像回来时一样，又走进了门外的黑暗中。父亲站起来想跟出去，被母亲用眼神制止了，随即，屋子里响起了嗡嗡的说话声。

开始，人们都在小声地说着什么，只过了一小会儿，声音就渐渐地大起来，并伴有大声的咳嗽，很响的放屁声。这期间，谁也没有留意，杏儿悄悄地出去了。

创站在大门外的野地里，刺骨的北风阵阵刮来，不断地掀起他的破夹袄。天上有一颗很大的流星迅疾地滑向天际，发出的光把大地照亮了一瞬。杏儿朝地上吐了一口，还小声嘀咕了一句什么，杏儿就是借着流星的一闪，看见了创。她走过去，靠着创，默默地站着。

站了一会儿，杏儿觉得创在发抖，说："你心里有啥，就说出来吧，别一直在肚里窝着。"杏儿不说话还不打紧，一说，创就抖得更厉害了，牙齿发出了很响的"哒哒"声。这时，屋里有人出来上茅房，杏儿怕被人看见，就拉上仍在颤抖着的创，向远处走去。

创倚着娇小的杏儿，一路不停地抖着，来到了防空洞跟前。创像冻得受不了，牙齿大声地互相敲打着，浑身抖得快要站不住了，像随时都会倒在地上，喉咙里还发出"咯咯"的声音。

创的样子，让杏儿很惊慌，也有些害怕，只得搂着创说："哥，你要是觉得心里太难受，就哭出来吧，哭一哭就会好受一些。"

"败兴呀，杏儿，我真是走了他妈的狗屎运呀！"杏儿刚说完，创就号了一声，接着就毫无顾忌地大哭起来，直哭得山崩地裂，波涛汹涌，也哭得杏儿心惊胆战……

创的号哭声，在黑暗的旷野里被放得很大，也传得很远。惊慌中的杏儿怕被人听见，拉起创就往防空洞的深处跑去，他们跌跌撞撞地跑了十几米才停下来。杏儿喘着气，踮起脚揉了揉创乱糟糟的头发说："哭吧，在这里不管怎么号，只有鬼才能听得见。"创就抱住杏儿，又放肆地哭起来，把鼻涕眼泪抹到了杏儿的身上、脸上和头上，杏儿也不顾这些，陪着创小声地抽泣。

见杏儿也哭，创突然停了下来，问："你哭什么？"

"哭你哩。"说完，杏儿竟放开声哭了。

创赶紧弯下腰，摸索着给杏儿擦泪，哄杏儿说："不哭，杏儿不哭，都是我不好，才惹得杏儿哭哩。"这时，创好像才慢慢地恢复过来。

杏儿哭着说："我是哭你没出息哩。不当兵就不当兵，难道还能死了人？看你那样子，真让人受不了。"

"杏儿，你不懂，这次当不了兵，我这一生就要老死在南坪村了。"创说着又伤感起来。

"那又怎样？咱祖祖辈辈还不都是这么过来了？"

"杏儿呀，你女娃子怕啥？将来找婆家，还有一次选择的机会，男人，只要一结婚，这一辈子就完了。"创说。

"那我这一辈子就不找婆家，也不结婚，免得害了你们男人。"杏儿赌气地说。

见杏儿生了气，创就把杏儿抱在怀里，轻轻地拍着她的背说："傻杏儿，不嫁人，想扎老妮坟呀？"

杏儿动情地说："哥，答应我，忘掉过去，振作起来，以后的日子还长着哩，别跟自己过不去。"说着，就往创的怀里拱了拱。

创低下头，闻着杏儿身上散发出来的诱人气息，就有些陶醉。他想推开杏儿，却觉得杏儿在他怀里不停地抖着，就双手托起了杏儿的下巴，杏儿一下子就抱住了他的脖子，两张青涩的嘴，紧紧地粘在了一起……

创第一次和女孩子拥吻，吻得惊心动魄。他想离开杏儿的嘴巴，却不由地把杏儿搂得更紧了。他觉出了杏儿的身体在微微地战栗，娇喘着不肯松手。

突然，创的脑海里訇然迸发出一声巨响，在漆黑的防空洞的深处，他恍惚地看见了朦胧月光下的苦荞地，紧紧地纠缠在一起的大家伙和二寡妇……

创有些把持不住自己了，他想努力推开杏儿，然而……

按说，每年一过白露，庄稼收成的好歹也就基本定了型，正如俗话说，白露不出头，拨得喂了牛，就是说，只要一过白露节气，还长不出穗，结不了籽的庄稼，也就是一根草了。可是，今年的气候，就有些反常，由于雨量充沛，虽然已过了白露，一些晚熟的庄稼仍在挣着劲抽穗结籽。眼看就要八月十五了，庄稼急需晴天大日头地晒，以便收浆，晾干。

可是，雨却是三天两头地下，有些已经成熟了的庄稼就出现了在杆上又发芽的情况。大家伙比谁都着急。尤其让他担心不已的，是去年冬天在北沟河打坝垫起的二十几亩河滩地，今年全部种上了苦荞麦。果然不出大家伙所说，生地种下的苦荞麦，长得半人高，一串串黑黝黝的苦荞籽，沉甸甸地吊在苦荞杆上。可是，这鬼天气一直下，新垫的地又在低洼处，大部分苦荞已经浸泡在水中。大家伙几次想动手，要把河滩地的苦荞麦先收一部分，分给社员过八月十五，可是雨一场接一场地下，人根本进不了地，大家伙也只能眼看着已成熟的苦荞麦泡在水里，变色，烂掉。

创去年冬天参军被刁部长和寥参谋扒了新兵服装，取消当兵资格后，精神被彻底击垮了，曾有一段时间，他几乎处于崩溃状态。多亏了杏儿，这个柔情似水、机智乖巧的女孩子，才使创强打精神挺了过来。消沉多日后，创似乎看明白了一切。他扔掉头上的白毛巾，扔掉腰里的旱烟袋，也不想再当什么学习毛著的积极分子，更不想再当学习毛泽东思想的辅导员。闲时，他给一些社员讲《三国演义》、讲《水浒传》、讲《西游记》，一些社员听得神魂颠倒，乐不可支。有些时候，他又突发奇想，希望能发一场大洪水，把一切都冲毁，让一切重新再来。他甚至希望第三次世界大战能够暴发，也许，战争能够解决和平环境中一些难以解决的问题，或者能够打出一个公平、合理的新世界来。

一场暴雨整整下了一天一夜，这场暴雨引发了一场南坪村年岁最长的老人从来没有见过的山洪。太可怕了，原来的河沟被冲得更宽更深了。浑黄的河水，夹裹着树木、庄稼，还有一些死牲畜，咆哮着向下游冲去。去年冬天大家伙和社员一起在北沟河垒的石坝，却顶住了这场暴雨和山洪。大坝里边，形成了一个小小的水库，被冲下的庄稼在水面上漂了一层，尤其是已经成熟的苦荞麦，漂在水上分外现眼。这时，大家伙和社员一起用长杆往出捞苦荞麦。

连日暴雨，全县的局部地方已形成了灾情。南坪村在全县的最南面，是受灾最严重的一个村，县里已派人协同公社一起到南坪了解灾情。

创也用一根长木杆往外捞庄稼。他并不像其他人面色凝重，甚至显得有几分开心。他抬头看一眼站在坝上陪同县里领导视察灾情的刁部长，一阵闹心，嘴里却唱上了：“六月里热难当，屌部长下了乡……”坝上站着的领导正听大家伙介绍灾情，忽然听见有人细着嗓子眼唱小曲，就有些吃惊，觉得与目前的形势很不协调。刁部长一看，唱曲儿的人竟然是被他和寥参谋扒过服装的张创，就随口骂了一句：“又是这红匪……”

创一听这个曾扒过他新兵服装的浑蛋，又对了这么多人的面骂他是“红匪”，立时气得脑子一片空白，他想都没想，就把手中的木杆朝刁部长扔了过去。让创没有想到的是，刁部长在躲扔过来的木杆时，脚一滑，掉进了水里。

这个新垒起还没有垫满土的石坝，少说也有四米高，里边的水究竟有多深，淤泥有多厚，谁也说不清。只见刁部长在水里不停地上下翻滚，两只手在空中绝望地乱摇乱抓，创不动神色地看着他一口一口地灌泥水，看样子，刁部长是天生的旱鸭子，根本就不识水性。

正在捞庄稼的社员，都停止了干活，瞪着惊悚的眼睛，看着正在慢慢下沉的刁部长。

这时，让社员没有想到的事情发生了。只见创看了一眼正在下沉的刁部长，噘起嘴唇吹了一声口哨，然后在众目睽睽之下，脱得一丝不挂，像青蛙一样，在空中划出一道耀眼的白线，“扑通”一声跳入水中，不见了人影。

“坏啦，这娃也想不开啦。”大家伙失声大叫，但他还没有叫完，就见创翻出水面，一手拽着刁部长的后衣领子，一手划着水，把他拖到坝边。

当人们七手八脚地把刁部长拉上来时，刁部长的身上、脸上都沾了些淤泥，脸已变成了灰白色。创也浑身沾满了淤泥。他把刁部长头朝下，仰面朝天平放到一个斜坡上，在肚子上踩了几脚，几股黄水就从刁部长的嘴里喷了出来。过了一会儿，刁部长嘴里发出了哼哼声，创见刁部长活过来了，就胡乱穿上衣服走了。

大家伙长长呼出一口气，说：“这狗日的货，还会凫水呢。”

这时，人们也回过神来，对着创远去的背影，就有人说：“看着吧，这个刁部长可不是善茬，又够这鳖娃子喝一壶哩!”

创回到家，提上桶，在后头泉上打水把自己浑身上下好好地洗了一遍，又把衣服裤子在桶里洗干净，搭在水泉边的小树上，让风慢慢地吹干，自己光着背，靠在一棵老杨树上打瞌睡。

“哥。”恍惚中，创听见杏儿在叫他，慌忙睁开眼睛，却没有杏儿的影子，只有不远处小树上搭的衣服、裤子被风吹得旗帜一样飘起又落下。在一株老核桃树上，一只小花鼠两手端了一颗核桃，露出细碎的尖牙齿，用力往开剥壳，啃几下，就停下来，瞪了一双惊恐的小眼睛看着创。创觉得很好玩，就对着小花鼠吹了一声口哨，小花鼠立马逃得无影无踪。

等衣服晾干了，太阳也快落山了，创穿上衣服朝家走去。

创刚进家门，母亲正好揭出一屉苦荞面粑来，创伸手想拿一个，却被母亲挡住了。母亲说：“这不是让咱吃的，你快收拾一下，上石头岭看看，这一场大雨，也不知道你丈人家遭灾了没有。”母亲并不知道后晌发生在北沟河的事，就专门蒸了一锅苦荞面粑，让他去二巧家。

本来，创对这一桩婚姻是万分抵触的，自从当兵失败后，他就感觉到前途渺茫，把什么也看得淡了。父母一次次地催逼，创就抱了一种得过且过的态度，他想，能不结婚，就尽量不结，实在躲不过去，就先结了再说，反正父母也多次说过，给你娶不娶媳妇，是我们当老人的事，娶了媳妇能不能过，是你们两个人的事，听到这里，创也只能长叹一声，半推半就地默许了这桩婚姻。

创赶到石头岭二巧家时，天刚刚落黑。家里只有二巧和她父亲，二巧的母亲和弟弟都去了大巧家。她们父女刚吃过晚饭，二巧的父亲正夹了一床铺盖要出门去，见创来了，又放下铺盖，掏出烟袋来，一边吸烟一边和创说话。创从口袋里掏出一盒“金钟”烟，给老丈人敬上一支，二巧的父亲接过纸烟，并没有点上，而是别在了耳朵后，又继续吸他的旱烟袋。

说了一阵话，二巧的父亲磕掉烟灰，站起来看看外面，外面已经很黑了，就说：“创，我要去地里看山猪了。”说完，深深地看了二巧一眼，就夹上铺盖出门去了，能看出来，二巧掩饰不住内心的兴奋，赶紧张罗着给创弄饭，创却站起来说：“不吃饭，天黑了，我要赶紧下山去，太迟了，别让狼吃了。”

不想二巧一听，竟毫无顾忌地大笑起来。

创皱起眉头看着二巧笑够了，才问：“你笑啥？”

二巧又笑了几声才说：“我们这山上的狼，不稀罕吃你。”

“为啥？”创问。

二巧有几分认真地说：“你的肉酸。”

“屁话。”创刚说完，就听见不远处的山上，二巧家的大黄狗狂吠起来，二巧的父亲也拉长声音“噢——”地吆喝着。

创看看外面，外面漆黑一团，心里就有些发毛，瞪了一双惊恐的眼睛看二巧。

“有啥啦，山上可能有什么动静，才引得大黄叫唤哩，我爸的叫声是壮胆呢！”二巧轻描淡写地说。

这倒把创难住了。走吧，山上黑漆漆的，确实有些怕，不走吧，和二巧两个人住在一个屋子里，算是啥事情。

创想着，就一言不发地坐在煤油灯下的一个小凳子上发呆。

创很后悔在天黑前上山来。本来想，放下东西就走人，谁知和二巧的父亲坐了一会儿，天就完全黑了。他坐在小凳上，听二巧东一句西一句说得很欢乐，但也没听清楚她在乱七八糟地说些什么。

创呆呆地坐着，心里忽然想起了杏儿。这会儿杏儿在干啥呢！一后晌也没有见她，今晚她会不会去找我呢！万一她去找我没找见，会不会又要为我担心着急呢？他好像看见了杏儿急得要哭的样子，就悄悄地笑了一下。

“你笑啥哩？”创吃了一惊。一抬头，看见二巧不知道啥时候也拿了一个小板凳坐在他跟前了。

这时，创在昏黄的煤油灯下，才认真地看了二巧一眼，好像觉得她也不算太难看。

创打了一个长长的哈欠。

二巧没有再说什么，就去给创铺好一床被子，说：“乏了你去歇吧。”

创有些惊异地看二巧一眼，二巧显得十分恬淡。

创觉得没劲，也不说什么，就躺上炕睡了。

创是被一股微弱的亮光照醒的，他睁开眼睛一看，是二巧端了一盏小煤油灯，站在炕前照着他看。创的心就动了一下，他还没想好该怎么办，二巧却端着油灯走开了。

创又一次觉得没劲，就重新闭上眼睛。但这一次，他却睡不着了，睁开眼睛看看，在另一盘炕上，二巧坐在被窝里，就着油灯纳鞋底，细麻绳“刺啦刺啦”发出很响的声音。

创想，夜大概已经很深了，这个二巧，还在一直“刺啦刺啦”地纳鞋底，难道她要一直纳一夜吗？

创一边胡思乱想着，一边努力睡去。就在他快要睡着的时候，却发现“刺啦”声没有了，睁眼一看，屋子里黑洞洞的，二巧也吹灯睡下了。

黑暗中，创觉得身体很不争气，搅得他无法安心睡觉，就有些蠢蠢欲动。他想象着二巧那有些神经质的胡言乱语，还有她一次次看自己的眼神，心里就打定了要“宠幸”她一次的主意。

当创脱光衣服，蹑手蹑脚地走到二巧睡觉的炕前时，却从窗户上透进来微弱的光线中，看见二巧穿戴整齐地坐在被窝里的黑影。

创有些泄气，想立即走开，却听见二巧在黑暗中“嘻嘻”地笑了几声。

看着眼前黑乎乎的身影，又听见几声“嘻嘻”的笑声，创忽然想起了《聊斋》里的一些情节，不禁一阵悚然，正要拔脚走开，二巧又点着了煤油灯，睁了一双不大的眼睛，盯着他看。

创像被人当众剥了皮一样，打了个寒噤，呆在炕前，不知说什么好。

二巧开口说：“你，不要想太多，不到和你拜天地的那一天，我不会把自己没名没分地随便交出去。去吧，安心睡上一觉就好了。”说完，又拿起鞋底纳起来。

创在这烦人的“刺啦”声中，几乎彻夜难眠。

天将明时，创才蒙眬睡去，意想不到的事情却发生了——他生平第一次跑了大马。

八

我的朋友一工君早年曾经说过：人生始初，犹如高山上的石头，棱角分明，锋芒毕露；一旦滚入河中，经过百年冲刷，最后都变成了圆润光滑的鹅卵石。我们的创，在社会的风浪中，是历经大浪淘沙，变成闪光的金子呢？还是在狂风急浪中变成又圆又滑的卵石呢？就目前看，还不好把握。

创回乡两年多，已经历了一些风雨坎坷，尤其是经过参军风波的洗礼，似乎性情大变。然而，他毕竟还年轻，二十啷当岁，正是可塑性极强的年龄段，所以，社会、家庭和环境，是奠定他人生的根基。

雪有一阵无一阵地随风飘落，地上落了薄薄的一层，米粒大小，晶莹剔透。创一个人坐在防空洞口，胡乱地翻看着一本破书，等着杏儿。

最近，杏儿为了排解创的无聊和烦闷，常常去到镇上的收购站，从她老舅收回来的废纸堆里，捡一些破书回来。她已经给创收拾回十几本书了，以古代的为多。这时，创看的是一本清代李汝珍写的《镜花缘》，他正在为书中林之洋游览君子国时，为君子国里君子们的君子行为感叹唏嘘，屁股下还坐着一本《麻衣神相》。杏儿把收拾回来的书都放在防空洞后面，这儿，不但成了创的藏书室，也成了他们时常相聚的小爱窝。

在离洞口几米的地方，干燥通风，如果是好天气，还能往洞里反射一些光亮，不过，也只能大概看见人影，看书却要到洞口去。细心的杏儿，从场地搂回来一大抱苦荞秸秆，在洞后面厚厚地铺了一层，他们可以坐在上面聊天，或躺在上面嬉闹。创只有在这儿，才能暂时躲开家庭的烦恼、社会的流言，得到些许心灵上的慰藉。

创正胡思乱想着，见杏儿提了一包东西，远远地走来。她头上包了一块火红的厚包巾，很远就朝创招了招手，看上去很兴奋的样子。

杏儿走得急，进了防空洞，还在微微地喘气，脸蛋儿冻得红扑扑的，长长的睫毛上粘了几颗霰粒子。创看得心疼，上去就抱住了她，杏儿夸张地低喊一声，说："先不要闹，看我给你拿啥来了。"说着，打开手里的包巾，里面是几本书，还有一把手电筒。创拿起手电筒看看，问："怎还有一把手电呢？"

杏儿踮起脚，用手指在创的额头点了点，说："笨吧。照明呀，省得你在里边常抓瞎。"

“是瞎抓吧。”创接杏儿的话，开了一句玩笑，杏儿立即红了脸，幽怨地看了创一眼。

创拿起杏儿带来的书，翻看着，是一本很厚的《石头记》，已经残破不全，就指指书说：“还可是一本好书，就是掉页不少。”

“走吧，咱进里边，里头不冻，也少招人眼。”杏儿说。

当创和杏儿借助手电筒的光亮进到洞里时，见早已铺好的苦荞杆上落有一片厚厚的湿土，就觉得奇怪。创拿着电筒往洞壁上照了一下，在铺苦荞杆一边的洞壁上，脱落下一片土，还有更大的一片已裂开了缝，眼看就要掉下来。他惊慌地说：“杏儿，这洞不是要塌了吧?”说着，就拉着杏儿往后退了退。

杏儿好像还能沉住气，拿过手电筒四处照照，见别处都没有动静，就说：“也许就那一块地方不牢了，才掉土哩。咱把苦荞杆往前铺铺吧。”说着，把手电筒递给创，把铺好的苦荞杆往前移了几米。就在他们想要在铺好的苦荞杆上坐下来时，却听得“呼喳”一声闷响，刚才洞壁上已裂开的那片土掉了下来。创听得响，惊得一下子跳起来，却干急摸不着手电筒。等杏儿摁亮手电筒时，创竟惊得又一次跳起来，用手指着掉土的地方说：“看，杏儿，你看那是啥东西?”

在手电筒的光照下，他们看见刚才塌土的地方，发出一片幽暗的光。

创从杏儿的手里拿过手电筒，小心地走上去，用手电筒照着看，却看不懂那一片堆码整齐的是些啥东西。他让杏儿用手电筒照着，自己试着用手搬了搬，感觉冰凉沉重。他又换个角度，再用些力气，“呼咚”一声闷响，一块二尺多长的东西沉重地掉下来。创用脚踢踢，觉得这东西有些分量，就弯下腰再用力搬搬，然后蹲下身子用电光照着研究起来。这东西有二尺多长，七八寸宽，中间有深深的两道槽，大约有三十斤重，好像是生铁块。创看了一会儿，对杏儿说：“这大概是生铁块，地下怎么会有这东西呢？而且这么多。”

杏儿也犹豫着说：“我看像是生铁，在我老舅的收购站我见过，听老舅说，这叫灰铁，是以前的人炼下的。”

创想杏儿的老舅说得也许有道理。南坪村方圆几十里，到处都堆着小山一样的炉渣，南坪人称“糖圪料”。听老辈人讲过，这么多的“糖圪料”，是南坪村过去炼铁时倒下的。炼铁需要“汞”（铁矿石），直到现在，南坪村南面有一条山梁，叫汞洞岭，上面还遗留着过去人们挖矿石挖的许多低矮的小矿洞；南坪村的大庙后边，就有一个叫放炉场的地方，倒的“糖圪料”已成了一座小山，人们在这座小山上还刨得种着地呢。还是听老辈人讲，过去南坪村炼铁最旺盛的时候，共有十八家大字号，各大字号都是由来自山东、河南、河北等省份的人组建的，有“泰盛号”“文盛号”等等。南坪村大庙的石碑上就刻有大庙重修时，各大字号捐的银两善款，大庙里的石碑，创是看过的，这就证明了南坪村过去的冶炼盛史。至于这一堆码放整齐的生铁块，过去人叫灰铁，创推测可能是当时炼好封存后，还没来得及卖出去，就发生了什么意外，被深埋了起来。今天这些生铁能够重见天日，而且又恰恰让创和杏儿碰上了，只有一种解释——缘分。

创想了一会儿，对杏儿说：“这东西不知道值不值钱？”

“多少值俩吧，我见我老舅收购站有哩。”杏儿说。

“你就不能去问问你老舅，如果收购站收，咱就去把它卖了。”

杏儿一听这东西还能变成钱，也来了精神，说：“问啥，明天你拿上去卖一卖，不就知道了。”

创重新搬起生铁块，用两只手踮了踮，估计有三十来斤重。心想，拿一块去卖，搁不住跑路，又让杏儿打着手电筒，过去小心地往下搬。杏儿说：“哥，少搬些，多了拿不动，这东西死重呢！”

创朝地上看看，搬了六块，差不多够拿了，往里看看，被他搬过的地方，灰白色的亮光越大了。创又用电筒上下左右看看，四周被厚厚的土实埋着，究竟这一堆灰铁有多少，眼下看不出来。

“杏儿，给谁也别说。”创叮嘱杏儿。

杏儿“嗯”了一声，又问：“也不要给我爸爸说？”

“不说。”创回答得很干脆。

第二天天还不亮，创就用箩头担了六块生铁，上面苫了些苦荞杆，去了镇上的收购站。

当创气喘吁吁地把担放到收购站的磅秤旁时，收购站的老头才起床。

他一手拿着尿盆，看着汗流满面的创，训斥说："就还不到上班时候，你早早地来干啥？"

"老人家，你先给我收了吧，我回去还要上地干活哩。"创央求老头。

老头走过来，用脚拨开苦荞杆，看一眼，说："哪来的？偷的吧。"

创赶紧从衣袋里掏出一盒"绿叶"烟，递上一根，笑着说："你老人家刚从炕上爬起来就说笑话哩，这是我家的。"

"你家的？你家是开生铁铺子的！你是哪个村的？"

创想了想，说："南坪的。老人家，实话告你说，这铁是我和杏儿两家的哩。"

正准备起身往回走的老头站住了。他打量了创一番，说："杏儿？杏儿昨天还来给我送苦荞面搓疙瘩，怎么就没听她说起？"

"这样吧，你先收了，我让杏儿后晌专门来给你说，行不？"

创说完，见老头站着并没有走开的意思，就赶紧把六块生铁搬到磅秤上，又给老头递上一根烟。

老头点上烟，深深吸上一口，并不急着过磅，盯着烟头上冒出的一缕青烟，好像在研究烟的好坏。创看见，赶紧从口袋里掏出剩下的半盒纸烟，不等老头说话，就塞进他的口袋里。

"这是灰铁，里边杂质多，纯度不高，所以不值钱。好铁五分钱一斤，你这灰铁，只能卖三分钱，卖不卖？"老头手里拿着磅秤砣，告诉创。

创听了，在心里很快地算了一下，起这一趟早，也能得四五块钱哩，顶住在地里受半月二十天呢，就说："随你吧，卖多卖少，有杏儿一份哩。"

当从老头手里接过五块多钱时，创心里便一阵激动。他担着空箩头走在大街上，街上的人也渐渐多起来，门市部都开了门。他走进副食门市部给自己买了两盒"绿叶"，又给杏儿买了几毛钱糖块，大步流星地向南坪走去。

人们在忧愁和忙碌中，又迎来了新的一年。每年都是这样，一进腊月，家家户户都根据自家的光景努力营造年的气氛。

今年腊月，创的一家忙得不比往常，不但忙年，更重要的是忙创的婚姻大事。父母已为创择定了好日子，订在年味最浓，也最喜庆的正月初三。父母在百般忙碌中，掺和着一丝了结心愿的高兴，也夹杂着一丝不为人知的隐忧。

父母知道，创对这桩婚姻是百般抵触、万般不愿意的，但作为父母，就要有做父母的规矩和责任。刚拴到一起的驴，哪一对刚开始不是又踢又咬，时间长了，也就慢慢地习惯而且适应了。儿女，就像树木一样，不能让他们由着性子疯长，该收拾的时候，就得收拾，这样才能成材。

创回乡两年多来，经受了许多说不出的艰苦和辛酸，有些甚至是刻骨铭心的，也亲眼看见了许多生老病死，不过，在伤心和快乐中，他总算走了过来，将要迎接他人生的重大转折。

长年累月中，创亲眼看着越来越老且为这一大家子操碎了心的父母，穿着破烂半饥半饱的弟弟妹妹们时，心里就不好受。他不想让父母再为自己悲伤愁苦，也不想让父母再为自己担心受累，“男大当婚，女大当嫁”的古训也许没有错。自己是家里的长子，应该为父母分忧解难，承担起家庭的责任和义务。至于二巧，虽然心底无知，一厢情愿，但仔细想来，却也可怜……总之，这一桩自己难以认可的婚姻，创也只能随缘……

父亲为了创能够体面地把媳妇娶进家门，忙得上蹿下跳。父亲从来就爱装花，属于那种口袋里只有一毛钱也要往外露半截的人，凡事都想走在人前。他一反平常听惯母亲指挥的角色，当了政治队长大家伙和媒人祁志的面，拍板说，好日子当天，要请亲朋好友和全村人吃一顿苦荞面饸饹，而且是浇卤的干饸饹，一改村里办事只熬一大锅稀米糕的规矩，为此，央求大家伙批准，打欠条从生产队仓库又借了一百斤苦荞麦，虽然这让母亲心疼，也只得苦笑着答应了。

往二巧家该送的彩礼已经送过。父母还有件很为难的事，就是结婚蒸喜馍的白面还没着落。这在高寒的南坪村里，无论如何是解决不了的，母亲只好打发创到绛县姨家去试一下了。

创是鸡叫头遍就被父亲叫醒的。当他穿好衣服时，父亲早已把昨晚特意给他留下的一小铁锅米糕热好了。创也没有多说，就着小铁锅，一会儿就“呼噜”完了，他从门后拿起扁担，父亲嘱咐他早去早回，回来时尽量不要走夜路。

说来惭愧。创这次去绛县姨家，竟没有什么东西可以给姨带去的，只好花二毛钱，从煤窑上担了一百斤煤，算是去姨家两手不空。因为晋南缺煤，对姨家来说，也算是稀罕物了。

从南坪到绛县，从西闫翻山，下磨里河走小路去，只有五十里山路。现在的创，担一百来斤，算是轻担，起早往返一百来里路，于创不是难事。

当天下午太阳落山时分，创就返回了家。这次去姨家拿回的东西，很让全家人高兴了一阵子。母亲一边看姨给拿回的东西，一边流着泪念叨亲妹子的好处，引得村里人都来看稀罕：姨给拿回了三十斤雪白的麦子面，五斤棉花，还有七颗包得很瓷实的人头白菜，一匹家机织的白粗布，还悄悄给创装了二十块钱。这些，对于当时历山脚下一个高寒地区的家庭来说，已经是一份让人叹为观止的厚礼了。

农历庚戌年正月初三，创和二巧结婚成礼。

进得新房多热闹呀
一盏银灯照得高
咱们都是些年轻人呀
……

一曲清脆高亢、婉转动听的祝酒小曲，拉开了南坪村青年给创和二巧闹洞房的序幕。打头唱酒曲儿为创和二巧贺喜的是已经五十多岁的小根材，也就是前年秋天，创和大家伙在北坡苦荞地看秋时，差一点没被创一老铳打死的小根材。

南坪村惯例：洞房三天没大小。小根材虽然五十多岁，却是孤身一人，他一生别无嗜好，闲来无事，爱唱几句，平时见啥，都能即兴来上一段，尤其是闹洞房，唱酒曲儿，更是他的拿手好戏，他肚子里的酒曲儿，有荤有素，唱上三天三夜，保证不会重复。南坪村青年结婚，甚至十里八乡的邻村办喜事，都要请他去唱，甚至发展到，凡是洞房花烛夜，必有小根林唱的酒曲儿，也才能显出东家的面子来。

洞房的中央，两张大方桌拼在一起，周围坐了一圈兴致很高的年轻人。创和二巧被安排在主位上。桌子上布了几盘简单的炒菜，酒是从门市部打回来的一毛五分钱一两的散白酒。屋子里挤满了看热闹的人，大闺女，小媳妇，还有一些滋哇乱叫的小屁娃。每当小根材唱酒曲儿的时候，洞房里显得很安宁，大家都在仔细品味小根材唱的酒曲儿；当桌子上的年轻人要求创和二巧做一些亲昵动作时，外围的人们就掀起一阵阵的笑声。

坐在桌子中央的创，显得很漠然，听凭年轻人的摆布。也许，为了筹措新年和自己的婚姻，他已经身心俱惫。他不多讲话，几乎看不出喜庆的表情来，像在应付一件与已无关的事，脸上还不时掠过一丝烦忧。

二巧和创则表现得完全不同。也许喝了几盅酒的缘故，脸上挂着少有的红色，毫不掩饰自己的兴奋之情，陪了前来闹洞房的青年，不时开怀大笑。常常为了一盅酒该谁喝，就拍着桌子大嚷大叫。每当这时，创就斜过眼睛看她一下，便低下头轻叹一声。

创隐隐想起了秋雯，她不管是在课堂上，还是和同学们一起说笑，从来不会高声，更不会放肆地笑。她也常常红了脸，但总带了一种赧然之色，表现出典雅大方的淑女形象。

随着闹洞房项目的推进，夜也越来越深了。看热闹的人也散去不少，然而，桌子上的年轻人，却越来了精神，闹得更起劲了。

创偶然看一眼这些乐此不疲的青年，好像不明白他们这样做究竟是为了什么。在这儿闹得很热闹，一会儿散场后，在寒风中袖手缩头，孑孑然回家去，明早一觉醒来，仍然重复着昨天的故事——夹了锨镢，上地干活去。没意思，一点儿意思也没有。

创又想想自己，在今天的大喜日子里，不管怎么人模狗样，春风得意，过了这几天，依旧和他们一样，拿了家伙，修理地球去了，想到这里，创又叹了一口气。

二巧在忙乱中听见了创的叹气声。她稍微停顿一下，扭过身看了创一眼，又继续履行她的新娘角色。

最后一项，也是闹洞房的高潮，要求新郎和新娘抱在一起亲嘴。他们捉住创和二巧的胳膊，要他们抱在一起。二巧表现得很配合，早早地把头伸过来，等着创去亲她。创无意中看了一眼二巧略为发黄的牙齿，突然胃就一阵痉挛，他挣扎着不肯就范，年轻人就闹得更起劲了。创见实在摆脱不了，就说："我自己来。"人们一听，就松了手，显得更兴奋了。创突然伸过嘴，在二巧的脸上碰了一下，立刻坐下，低了头趴在桌子上。

这一切，小根材看在眼里。他想了想，就站起来摆摆手说："我看，今晚也有时候了，创和新媳妇也乏了，咱都也闹得差不多了，要不咱就收官（不能说散场），让创和二巧早早地圆房吧。"说着，一阵板凳响，年轻人才意犹未尽地散去。

直到人们散尽，创把头抵在桌子上，就一直没有抬起。

曲终人散，洞房显得空旷和寂寥。房门开着，一阵阵冷风吹进来，桌子上的"长明灯"不住地摇晃，二巧大概嫌冷，坐到了炕上。

"大哥。"创一惊，抬起头来，是五岁的小妹用一只小木盘端了两小碗"合包蛋"站在门口，小脸冻得通红。小妹说："大哥，妈妈让我给你和嫂子送的。"二巧从炕上下来，一手从盘里端起一碗"合包蛋"，一手往小木盘里放了二毛钱，算是给小妹的见面礼。创也走过去，端起另一碗"合包蛋"。他摸摸小妹的小脸，然后返回桌边坐下。创看着小碗里的两只"合包蛋"，叹口气说："唉！不知道啥时候才能再吃一次哩！"

"啪！"创刚说完，二巧的手一抖，送到嘴边的碗就掉到了地上，小碗摔得粉碎，母亲用蜂蜜精心调制的两只"合包蛋"委屈地趴在地上……

母亲听见响声，从大屋里跑过来，当看到眼前的情景时，好像终于明白了什么，气得一时无语，眼里蓄满了泪水，默默地走开了。

这一夜，新房里的门没有上闩，桌子上的"长明灯"在寒风中无力地摇曳……终于灭了，顿时，屋子里漆黑一团。

一场大雪不期而至。厚厚的积雪，压在房顶，压满树枝，也重重地压在父母的心头。

很快，创结婚已近十天了，今天，是二巧"搬九"的日子。二巧一早就往大门外跑了好几趟，遥望南岭，焦急地等待着来接她回娘家的父亲。

近晌午时，二巧终于盼来了顶了一身白雪的父亲，她还没等父亲坐下来，就搂着父亲痛哭失声，老父亲也红着眼睛，陪女儿落了不少老泪。

饭后，二巧要随父亲回娘家了。这时，二巧走到创的父母跟前，说："爸，妈，我今年就不再回来了，我弟弟还小，父母在家又是庄稼，又是牲口，离了我，他们一下子照顾不过来，我还得再照顾他们一年哩。还有，我的户口今年也暂时不迁来，等明年再说吧。"

母亲听二巧这么说，也只能擦着眼泪点点头。

二巧和她的父亲就要回娘家去了。临出门，二巧回过头来，用怨恨的眼光看看创，然后搀着父亲，顶着大雪走了。

远处的山路上，一老一少，在艰难地向上蠕动，最后只剩下两个模糊的小黑点，消失在迷茫的风雪中。

九

又是苦荞扬花的季节。山坡根，圪梁上，一条条、一片片的苦荞地里，泛着绿油油的光，一串串的苦荞花，一只只的小花朵，像一个个极其微小的碗盏，小巧玲珑，惹人怜爱，散发出一片幽幽的苦香。站在地边上展眼望去，像一片紫红色的海，在微风中荡出一波又一波的花浪。

二巧自正月"搬九"随父亲回娘家后，已经半年多了，也没有回来过。中间，母亲打发创去了石头岭两次，想唤她回来，然而，二巧总是以种种理由推托。创也有些后悔，觉得新婚期间视二巧如陌路人，是否有些过分？

其实，二巧有二巧的盘算。虽然已经出嫁，但仍要在娘家多住一年，又不往婆家迁户口，一是可以往娘家多分一年口粮，补贴娘家，二是可以再给娘家挣一年工分，照顾娘家人的生活。这种"小算盘"虽然有悖习俗，但根据当时的社会情况也算是精明的小"九九"了。娶过门的媳妇，撇下男人长住娘家，要搁在别的男人身上，就很难接受，但于创，却没觉得有多么不妥。

有一件事，却让创觉得难过，就是杏儿订婚了。杏儿不但订了婚，男方也急急地择了喜日子，也就是说，杏儿很快就要出嫁了。

杏儿的对象，是中条山林场的一个司机，每天开了一辆解放牌大卡车，路过南坪到历山，装上木料再送到侯马。杏儿是一次在林场卖完豆角回南坪村时，正好这小子要上山装木料，就顺路捎了杏儿一程，谁知这一捎，就把杏儿给捎出去了。杏儿坐在驾驶室里，有些羡慕地看着这小子熟练地开车，张狂地鸣号，还不时地扭过脸看杏儿一眼。虽然杏儿只坐了半个时辰的车，却让这小子骚动不安，神魂颠倒，回家给他当场长的老爸一说，没过几天，场长竟坐了儿子的卡车，到南坪村大家伙家里提亲来了。

不用说，大家伙两口子一百个同意，杏儿也提不出反对的理由来。

要知道，七十年代初，正值“文革”后期，是物资相当匮乏的年代。作为一个每月挣着活钱，每日走南闯北的司机，是最让人青睐且努力巴结的，更何况，大家伙还攀了一个当场长的亲家。或许，大家伙祖坟上的哪一根狗尾巴草真的开了花。

然而，让创担忧的是，杏儿对象的老家在一个叫什么黄河的地方。创好像听说过有一个黄河林场，究竟在哪儿，他也不知道，也许是在很远的地方吧。如果杏儿远嫁，以后见面的机会就会更少，杏儿远嫁以后，要发生了挨打受气的事，大家伙无法知道，创就更无法知道了。还有一点，就是杏儿找的这小子，年龄偏大，已经二十八岁了，而杏儿只有十八岁，再说，这么牛逼的家庭和工作，二十八岁了还未娶妻，肯定也不是什么好鸟。

自从杏儿确定了出嫁的日期后，就频频地和创在防空洞里幽会，创和杏儿都知道，他们在一起的日子不会太多了。每次幽会，他们像把下辈子的事情也要做完，没有太多语言，只有爱的永远。

离杏儿出嫁的日子越来越近了，创这几天忙着把防空洞里的生铁拉到收购站去卖。创知道，他此生此世和杏儿的缘分将要尽了。他此生此世欠杏儿的太多。他此生此世也给不了杏儿什么，就怀了一个愿望，他要在杏儿出嫁时，送给她一份厚礼，就是要尽可能地把防空洞里埋藏的生铁卖掉，最少要攒够五百块钱，送给杏儿，只有这样，他才能稍觉安心。

这几天创用平车在防空洞装生铁，每车能装五十块，重一千五百斤，可以卖四十五元钱。创只能每天半夜就把铁装好，上面苫上苦荞秸秆，天将亮就拉到收购站去。他和收购站的老头达成了一项协议，老头每收他一车生铁，创就花一块四毛钱给杏儿老舅买一条“绿叶”烟。他心里想着，再卖五六车就差不多了。当他把一沓钱递给杏儿时，杏儿会怎样呢？杏儿一定会抱着他，说：“哥，你真好。”创想着就笑了。

第二天半夜，创又一个人偷偷地拉上平车钻进了防空洞。手电光柱下，洞壁上的豁口越来越大，又露出了更多的生铁，闪着幽幽的暗光。这一堆生铁究竟还有多少呢？看样子，再拉十车八车没问题。创把电筒推亮卡死，放在边上照着亮，开始往车上搬生铁。搬的过程中，他发现洞顶上有一些细碎的土掉下来。他直起腰拿手电筒往上照照，觉得没什么异样，就坚持装够了五十块。他停下来想了想，又往车上搬了几块，直到认为再装就要压坏平车时才停下手，弯腰把车拉出了洞外。当他返回洞中准备搂些苦荞秸秆苫车时，还没走到地方，发现前面有一堆刚塌下来的土，洞顶上的土还在唰唰地往下掉，心里禁不住发一声喊，返身就往洞外狂奔，创刚奔出了防空洞，就听见一声沉闷的钝响，这个打了仅仅三年的防空洞，就冒顶塌实了。

创在晨曦中惊魂不定地看着已经坍塌的防空洞，再心有余悸地看看装着生铁的平车，一股绝望的悲哀情绪顿时涌上心头。

防空洞的彻底坍塌，重新埋葬了这些无法估算的生铁，也彻底埋葬了创和杏儿的小爱窝。这两个只有创和杏儿知道的事，将变成无人知晓的秘密。

创拉起平车，往前走了几步，又扭回身来心情复杂地看一眼已被掩埋的防空洞，重新迈开了沉重的脚步……

哦，我的杏儿，我的防空洞！

小暑刚过，正是苦荞灌浆的时候，南坪村却遇上了少有的“卡脖旱”。过了端午，就没有下过一滴雨，酷暑期的干热季风，热浪一样从西北方向一波一波吹来。地里的庄稼被太阳炙烤得无精打采，奄奄一息，有些叶子开始发黄打卷。种在山坡上的苦荞麦，早晚看上去还有点儿精神，太阳一升上来，就一片片发蔫，耷拉下头，再也抬不起来。老百姓抬头看看天，低头看看地，唉声叹气一番，无论干什么活，都打不起精神来。

村里几个上了年纪的老人，在一个大中午偷偷地去龙王沟祈了一回雨，不知怎么就让公社干部知道了，被刁部长带着基干民兵，押着在镇上游斗了一下午。从此，老百姓再也不敢有什么争议，只能顶着太阳，忍着干旱，听天由命了。

创知道了这件事，很为几个老汉抱不平，加上又喝了些酒，就跑到镇上，站在公社的院子里大骂："你们这一群吃草刨粪的畜生，正经本事没有，欺负上年纪的人一顶俩仨，我日了你祖先的，有真本事去给队里打上几口井，老百姓有水浇地，还求你妈妈的什么神仙哩，我操……"

创在公社的院子里跳来跳去地胡嘛乱骂，就引来了街上一些闲人的围观。公社书记让武装部刁部长去制止创。刁部长刚从楼上下来，就被创看见了，变得更加狂躁，满院子转着找家伙，嘴里喊着："姓刁的，老子今天找的就是你，咱老账新账一起算……"刁部长一看几乎疯了的创，又想起了和寥参谋一起强行扒他军装的事，就有几分心虚，他怕眼前这个疯子跟他拼命，又赶快返回楼上关起了门。一会儿，就听见刁部长在电话里和谁大发雷霆……

自从杏儿出嫁后，创又学会了喝酒，常常把自己弄得酩酊大醉。他常常没有一个好心情，看什么都不顺眼，总想和谁美美地干上一架，即使自己被打得爬下，他也不在乎。

创常常无故地发牢骚："这过得算是他妈的什么日子！"

曾有一段时间，创几乎把日子过颠倒了。他晚上就着煤油灯看半夜书，这些书都是杏儿当初从她老舅收购站的破烂堆里翻出来的，现在成了创的精神寄托。白天却是大睡不起。大家伙唤他去干活，他却说："天旱，人也旱哩！干什么活，没劲。"

创是被大队会计祁志从公社拉回来的。他的双眼布满血丝，嘴角喷着血沫，处于典型的醉酒状态。进了家，祁志看到创母亲的脸上堆满愁云，什么也没说，只是心情沉重地在创母亲的手上拍了拍，就出门走了。

这一醉，创就在炕上昏睡了三天三夜，水米未沾，直醉得他胡言乱语，一会喊杏儿，一会骂大家伙，一会又在哭叫自己的命不好。

第四天晌午，创在昏睡中听见有人高声说话，再听听，好像是二巧，睁开眼睛看看，果然是二巧，心里就有了一丝感动，也升起了一线希望。他想，二巧大概知道我病了，是回来看我的，想着，就想坐起来。他对二巧张了张嘴，却什么也没说出来。二巧看见创醒了，就走到炕前，问："你病啦？"

创对二巧点点头，就想坐起，二巧伸出一只手把创拉起来。当两只手握在一起的时候，创马上就觉出手心里的粗粝感，不过，这也是创和二巧认识以来的第一次亲密接触。虽然手心里有粗粝的感觉，创的心还是动了一下，想，二巧今晚大概不会回去了吧，如果她肯留下来，我一定好好地对待她，尽到做丈夫的义务。这样想着，就觉得一身轻松，挣着伸下两腿，趿上鞋想去厕所。

当创从厕所回来，准备和二巧说点什么的时候，发现屋子里不见了二巧，也不好意思问，就坐在炕边想着，今晚要和二巧谈谈，即使认个错，也没什么，已经成了一家人，就不要再说两家话了。

这时，母亲端了半碗苦荞面汤面条进来，把碗放在炕沿边，一脸忧伤地说："二巧是来大队办事的，顺便回来看了看。"

创觉得饿了，就端起碗来，问："她吃了？"

"二巧说她娘家还有事，吃了饭就走啦。"母亲看着创说。

创已送到嘴边的碗，一下子就停住了，一股巨大的悲哀直袭他的心头。

日子并没有因为一个人的痛苦难熬而停滞，又到了一年春暖花开的时节，南坪村的人们，又开始重复整地备耕的劳作。这一年，是创回到农村的第三年，他二十一周岁。

创是昨天才听说，今年，县财贸系统要在全县招收两百个财贸职工，主要招收对象是全县农村的知识青年；创还知道，南坪村分了一个指标，已被大队支书的本家侄女占去了。可惜的是，支书的侄女刚刚初中毕业，年龄小不说，个子太低，几乎比柜台高不了多少，所以，报名的当时，就被县财贸系统来招工的工作组打发回去了，并要求，南坪村还得再推荐一个根红苗正表现好的知识青年。

这件事，开始大队并没有经过什么会议形式，支书一句话，就让自己的侄女去报名了，却没想到事情会出现反复，这样一吵吵，事情就公开化了，所以，创也知道了。

当天，凡近几年回乡的知识青年，像“造反”一样，堵在大队部里，一个个情绪高涨，非让老支书说出个子丑寅卯来，搞得老支书很狼狈，一天都没有吃东西。

创也去了大队，虽然表现激烈，但他并没有抱太多的希望，只是举着毛主席语录本，在老支书脸前一直晃，嘴里一遍又一遍地大声念着：“要斗私批修，要斗私批修，要斗私批修……”

创心里清楚，对他来说，这也许是离开农村的最后一次机会了。但他想起当年参军时，已经换上了新兵服装却又被硬生生扒掉的情景，就头发晕心打怵。他自己最清楚，自己在“文化大革命”中，既没有参加过武斗，也没有参与过打砸抢，只怀了一颗无限忠于伟大领袖毛主席的红心，在学校，认真读书，回乡了，好好劳动，个人历史是一清二白的，但他还是被这些混蛋剥夺了参军的资格。这一次招工，创是根本就没有抱什么希望的，但他知道，有机会就必须去争取。

见事情弄成了这样，老支书最后向南坪村的所有知青公开表态说：“晚上召开会议，由全村贫下中农代表推选出一个根红苗正的知青，去参加招工。”

当然，创也报了名，是这次招工的推荐人选。

这一夜，创的一家人都没有睡，点着油灯熬着夜，等待着贫协大会最后的决定。

鸡叫三遍的时候，大队贫协会才散。父亲打探来的消息，是令人沮丧的。会议决定的人选，是贫协主任的儿子，共产党员，退伍军人刘天保。

这一次，创对参加工作的事，是彻底绝望了。他知道，自己是无论如何也无法和刘天保抗衡的。佃农成分，共产党员，退伍军人，这三块金光闪闪的招牌，足以使刘天保横扫一切。

创怀着又一次失败的绝望心情，渐渐地进入梦乡。他祈祷自己能做一个好梦，或者，至少能梦见杏儿。

创的一家人刚刚睡下，就被“咚咚”的敲门声惊醒了。创被惊醒过来，就有些生气，恶狠狠地骂了一句：“日你妈的，报丧呀!”但他没有骂完，就怔住了，站在他面前的，竟是大队会计，他的连襟祁志。祁志好像并不计较，对创说：“你换换衣裳，早点走，赶上八点以前在公社找到县财委来招工的工作组。”祁志说着，自己点上一支烟。

“干啥哩?”创不知道祁志到底要说什么。

“报到。”祁志说着从口袋里掏出一张纸来，递到创的手里。创几乎不敢相信眼前发生的这一切，他就着煤油灯看看，确确实实是一张介绍信，上面盖着南坪大队革委会的公章，还有老支书的手章。

创仍然有些疑惑地问：“这是……”

“你一定要赶到八点钟前把介绍信交给来招工的工作组，只要他们收了介绍信，你就有希望了。”祁志再一次叮嘱创。

创还是不放心，问：“贫协会定的不是刘天保吗?”

“那是他们订的。不是大队支书的侄女，就是贫协主任的儿子，这些好事，全让他们占了去，哼! 公章在我手里，我也要当一回家。我早就谋算着想让你出去了，总算等来了机会，也许，你换换环境，会好一些。”祁志说。

几句话，说得创差点儿跪下。他没有想到，在他还远远没有彻底融入的家乡，竟还有一个人在为自己谋划着想。

“祁哥，如果我能有将来，就永远也忘不了你。”创几乎是悲泣着说的。

黎明中，创装好盖有大队红印章的介绍信，用手按按，像安抚自己的生命一样，顶着斜风细雨，逃命一般，向公社狂奔而去。

在南坪村再见到创，已经是十多天以后了。其时，大家伙正和社员一起，在北坡根的苦荞地里种今年的第一块苦荞麦。

创穿得要比平常干净整齐一些。他不是来干活的，也不是来和乡亲们告别的，他只不过是来地里看看，他有一缕放不下的苦荞情结。

在苦荞地边，他看着和他一起在南坪村的黄土地里滚爬了三年的乡亲们，心里突然觉得有些难以割舍。看着乡亲们日复一日，年复一年，乐此不疲地辛苦劳作，一股淡淡的悲哀顿时涌上心头。

大家伙看见了创，高兴地打招呼说："你狗日的总算是熬到头了，再也不用在农村受了。"

其他社员也和创打着招呼，创的心里像有许多话，此时此刻，却一句也说不出来，他默默地离开了苦荞地。

十多天前，他去公社报到，从县银行来的卫主任的脸上，他看到了满意的笑。填了一份表后，卫主任就带着创和其他大队选送来的青年，准备返回县城。为了等南坪村的这个名额，县里来招工的工作组和早已集中好的十几个被招上来的青年，在公社已经多住了一天。

创在县招待所和全县被招来的二百个财贸职工，进行了十天的工作常识培训，又全部在县医院检查了身体，最后被分到全县财贸系统的各个工作岗位。创被分到了县糖业烟酒公司，当仓库保管员。

当南坪大队的贫协主任知道了自己的儿子被创顶替了以后，就和支书一起去找公社书记，想把创弄回来，不想却让书记指着鼻子骂了个狗血喷头："你说，你们都是干啥吃的，连自己手下的一个小会计都弄不了，还当什么大队支书。人已经被带回县里了，要找你们去县里找，我管不了你们这些烂事。"

自然，大队支书不会去县里找，也奈何不了大队会计祁志。因为，会计平时拿着大队的公章，就当了大队的一半家。再说，会计平常对大队的主要干部也是"照顾"有加的，要按贫协主任的要求去处理祁志，支书也是老虎吃刺猬，难以下口哇！

按县财委的统一安排，这一批新招的财贸职工，在县里培训完后，都回家准备一下，四月一日全部报到各自的工作单位，正式上班。

创这几天的情绪比较好。在父母的督促下，在对大队会计，他的连襟祁志的感恩情结下，他去石头岭接回了二巧。当然，二巧已经知道了他要去县里上班的事，便怀了十分复杂的心情，随创回了家。

也就是在这一天，创和二巧才结为真正意义上的夫妻。

四月一日这一天，创背着铺盖，告别了父母，告别了乡亲，也告别了他的苦荞地，还有他守望了三年却已不复存在的防空洞，离开了家乡，开始了他的另一番人生。

中 篇

一

今年的夏，格外的热。直热得院子里老海棠树上的蝉只会哼哼，不能叫唤。

虽然已是晚上，炙烤了一天的太阳早已落下山去，但并没有因了黑夜的降临而变得凉爽，却伴随着夜出的蚊虫的飞舞和嘶鸣，显得更加燠热，给坐在外面纳凉的人平添了几分心烦。

偶尔有一阵小风吹过，于夜坐的人们便是一阵舒意的享受。

县糖业烟酒公司批发部的院子里，坐满了公司的全体职工。院子中央临时架起的两根竹竿上，分别吊了两只一千瓦的大灯泡，散发出烤人的热浪，但性喜趋光的蚊虫们，却成群地围了灯光嬉戏，直把灯泡撞得叮叮作响，还不时轻微地摇动几下。

一千瓦灯光下面，站了一男一女两个人。一个是烟酒仓库的老保管水流长，一个是第一零售部负责人郭兰英。

在远离灯光的暗处，一张桌子后面坐了三个人。他们是县里派到糖业烟酒公司搞“一打三反”运动的工宣队员。

“你说吧，老水。”声音是从暗处桌子后面发出来的。职工们都能听出来，这是工宣队队长王丑旦在问。也许，在这个山城小县，大家几乎都是熟人，直面相向，面子上显得有些挂不住，只好躲在暗处。声音听起来慢条斯理，“你是每次运动中的老运动员了，有啥问题还是自己说了好。”

炽热的灯光下，水流长的光脑袋上渗出的汗珠不断流下。强光下，能看见一些不知名的蚊虫时而碰上他的光头，但他却低了头，始终保持着一副微笑的面孔。

过了一会儿，水流长微微抬起头，向看不清工宣队员坐的地方瞄了一眼，笑了一下，说：“我真的没有什么问题，如果大家知道我有什么问题，尽管检举揭发，我老水都能虚心接受。”他又笑了一下，低下头，不说了。他抬抬右手，似乎想赶去脑门上一只久叮不放的苍蝇，但他也只是把手抬了抬，并没有真的赶去叮在脑门上的苍蝇。

“你放屁。”突然，暗处发出了一声有些嘶哑的女高音，把开会的人都吓了一跳。坐在后面的创，划着火柴正要点上噙在嘴上的一支烟，猛听这一声喊，手一抖，就连火带烟一齐掉到了地上。他的心也一阵狂跳。这是他第一次见这样不留情面地呵斥人。

这是工宣队的一名女队员。她站在桌子后面，继续嘶喊：“你说没问题，鬼都不相信。你一个月只挣二十八块五毛钱，连老婆带娃就养了八九口人，还有一个老父亲。你说，你是怎么养活的？这二十八块五毛钱就是像喂猪一样顿顿喂糠，恐怕都不够吃呢！你哄谁呀。你还站在那儿冷笑呢。你是笑谁？告诉你，以往的运动没弄住你，是你侥幸逃脱了，这次运动，‘一打三反’首先就是打击黑五类，五种人就包括你。反贪污，反浪费，反的也是你。”她停了一下，接着又说，“你这只老狐狸，这次可不要再想蒙混过关。只有彻底坦白，才能给你出路，如果抗拒，必须从严。”说完，她猛拍了一下桌子，又赶紧把手缩了回去。这一拍，大概没掌握好分寸，把手拍疼了。暗处的女工宣队员龇了龇牙，才捂了手掌坐下。

这一切，创都看在眼里。这是他第一次有组织地参加运动，觉得既可笑，又可怕。他捏捏口袋里的发言稿，感到自己又想吸烟了。

水流长是创的师傅，和创共同管着一个烟酒库房。这次“一打三反”运动，水师傅又能成为运动的对象，在老职工的眼里，这已经是见怪不怪了。他确实是商业系统历次运动的“老运动员”了。每次运动来了都有他，而每次运动过去后，他都一切如常。既整不出他什么问题，也给不了他什么处分，也只是“运动”一番而已。水师傅好像也明白自己的处境，无论是在运动中当“运动员”，还是在日常工作中，他都能保持一种恬淡的心态，脸上始终挂着卑怯的微笑，让人永远无法揣测他的心思。无论是训斥他，还是詈骂他，他都能笑脸相迎。查不出问题来，谁也拿他没办法。大概他每次能当上“运动员”，只是因为他每月只挣了二十八块五毛钱，竟能养活了全家大小八九口人，而且一个个还穿得干净利索，吃得白白胖胖。

其实，在创的印象中，水流长的工作还是认真负责，满有能力的。他没读过书，没什么文化。创从没见他记过账或写过什么东西，除了每次在收货单回执或工资表上东倒西歪地写上“水流长”三个字，表示“收到”或“已领”外，从未见他多写过一个字。但是，水师傅的算盘子却打得呱呱叫，无论加减乘除，无论多少数字，一遍过去，绝不会有错。而且，他的记性特别好。有时，业务上难免出现一些有错有漏的事情，别人都想不起来，只要问他，他略一思索，便能把当时发生的事情的来龙去脉细细地说出来。这些直把创佩服得五体投地。

据说，水流长的祖上是农商传家。新中国成立前，家里从未断过小本生意。是祖传？是天赋？还是基因？创常想，水流长师傅如果能正经上学，或许，这个山城小县就会出一个定国安邦的巨人。

接下来，是职工的揭发批判。因为创和水流长在同一个库房上班，被公司安排第一个发言。

创的心咚咚地跳，这是他第一次在百十号人的大会上发言。虽然创上班已经半年多了，但有些人他还不认识，除了批发部的几个人外，其余分布在全城大街小巷六七个零售部的一些人，他甚至连面都挂不住。创生来就是脸盲，一是记不住人，二是记不住路。不和一个人打几回交道，他根本就记不住这个人是谁。有一次去晋城二级站拉货，在街上稍转了转，便晕头转向，寻不回装货的地方了。

创手捏着稿纸，向灯前凑凑，抖抖地站了起来。他看一眼黑压压的人群，心都提到了嗓子眼，不知道如何开口，汗也随之流了下来。慌乱中，他眼前的人群，竟变成了一片随风摇摆的苦荞麦。他仿佛又回到了南坪村，站在了苦荞地边。好一片苦荞麦呀，今年又丰收啦，老百姓又能吃……创在心里高兴地喊着，脸上露了一片茫然的笑来。

“快讲啊。”公司党支部闫书记催创。

创一下子惊转过来。他又望望下面，苦荞麦又变成了一片人，都瞪着两眼看着他。创这才想起自己要干啥，举起稿纸，开始发言。

这时，业务室的电话突然响了。批发部负责人兼批发会计王二广斜了一只眼，在灯光下朝闫书记翻了翻，就朝业务室跑去。

王二广又翻着一只斜眼出来，对闫书记说："回来货啦，两车呢。一车烟酒，一车红白糖。"刚说完，大门外就响起了汽车喇叭声。

闫书记以征询的眼光看看工宣队，工宣队长王丑旦站起来说："先卸货吧。"

听了这话，创马上就放松了。刚才他正在为揭发批判水师傅的经济问题发愁呢，和水师傅在一起只有半年的时间，他能知道些什么呢？

创长出一口气，心里说：妈呀，又算过了一关。

公司批发部每次从外边发回货来，都由城里的装卸队搬运入库，各零售门店从批发部进货，也由装卸队照单从库房搬运到各门店。这是惯例。可是，今年因开展"一打三反"运动，"三反"中的第二条就是"反浪费"，上面强调要把运动落实到实际工作中，所以，公司认为使用装卸队搬运货，是给公司造成了不必要的资金浪费，就不再使用装卸工，改由批发部和门店自己解决货物的装卸和搬运。

当创听到公司的这个决定时，甚至显得有几分高兴。他想，就是呀，批发会计和仓库保管每天也不是太忙，除了下下单，出出货，几乎无事可做，大部分时间是抽烟、喝酒、聊大天，比起南坪村的老百姓来，要清闲多了。仓库保管干的这点儿活，要比起在南坪村每天一早往北坡根的苦荞地送十担圈肥，要轻松得不能再轻松了。正如大家伙说创，你小鸡巴娃算是放了道台啦。"道台"是啥，创不太清楚，大概是过去一种很轻闲、很享福的官吧。所以，往库房卸几车货，创觉得这才是在正经干工作呢。闲时，他甚至还帮一些门店去送货。他常常想，才参加工作，一定要好好地表现，给职工和领导留下个好影响，争取一年入团，三年入党。往门店送货时，有些老营业员就问创，你真是个好小伙儿，有女朋友了吗？每次创听了，也只是笑笑，瞟一眼店里年轻漂亮的女营业员，脸上便闪过一丝不好意思的彩云。

今晚共回来两车货，一车烟酒，一车红白糖。创正在卸烟。一米八三的大高个，站在汽车边，伸手就能搬下烟来。别人是一箱一箱地扛，创却是两箱两箱地端。他干得兴起，连二股筋背心也脱了，挂在院子里那株老海棠树上，像在南坪收苦荞麦时一样，赤臂上阵。

在库房照单验货的小叶，瞪了一双妩媚的大眼睛，热辣辣地看一眼创挺阔的光脊梁，赶紧低头翻翻手里的收货单。

“哎呀，又回了一箱白皮。”小叶突然叫了一声，有些虚张声势，像想引起谁的注意一样。她知道创的烟瘾很大。

果然，端了两箱烟正要进库房的创停了一下。他似乎想扭回头，看看小叶，但他也只是在门口停顿了一下，就进了库房。

这时，从库房返出来的水流长师傅，也听到了小叶的话。右手在鼻子上按了按，朝小叶笑笑，又去搬烟了。小叶知道，水师傅的烟瘾更大。

所谓的“白皮”烟，就是烟厂正在试制的一种新烟。由于香烟的配方还没有最后定型，就先做出一批试产品，以赠送的形式，发送到各烟草批发站点，让内部人员“试吸”。然后再收集意见，调整配方，注册品牌商标，正式投产。由于试产的香烟没有最后定型，也没有审批备案，所以，香烟的包装盒上就不能使用商标图案，只是一个白色外壳包装，谓之“白皮”烟。不过，“白皮”烟一旦正式投产，就都是中高档香烟。

每次回来了“白皮”烟，小叶都能想办法给创多留几条，这已是公开的秘密。但创也不独吞，每次从小叶那儿得了“白皮”烟，总是要分给水师傅一半。

等把酒库的酒也卸完，已是凌晨两点了。创也有些累了。小叶早已是哈欠连天，眼看就要撑不住了。水流长师傅好像还不太累，脸上依然挂着让人捉摸不透的微笑，慢慢腾腾地一趟又一趟地往库房搬货。

“创，累了吧，过来喝几口解解乏。”王二广在库房叫创。

创走进库房。王二广手里拿了一瓶潞酒，正斜了一只眼睛像瞄准一样看着酒瓶的盖子。见创进来了，就晃着酒瓶对创说：“这瓶酒盖子在车上碰烂啦，酒也洒出来了，留下空瓶能做报废处理。瓶里的酒可是好酒，不喝就跑光了。”说着就举起瓶子，往嘴里倒了一口，然后闭上一只眼睛，脸上显出了一种很怪的表情。

创立时就闻到了一种很浓烈的酒香味在库房里慢慢扩散。他也确实有些累，过去从王二广手里接过瓶子，学着王二广的样子，往嘴里灌了几口，一股醇厚绵长、香气扑鼻的液体，顺了他的喉咙慢慢流下。

“好酒!”创不禁自言自语地说。潞酒，是长治酒厂生产的一种介于果酒和白酒之间的混合酒，很有历史年份了，价格不太贵，市场上很受欢迎。但这种酒在二级站发货属于搭配商品，数量有限，一般不公开上架，有时需要领导批条子。

卸完货后，又喝了几口酒，创就觉得头有点大了。本来答应卸完货要送小叶回宿舍的，看来也不可能了。倒是小叶不放心创，把他送回了宿舍。

回到宿舍后，创感到已经很累了，再加上酒精的作用，他也没有洗涮，就倒在了床上。

墙上的挂钟已经敲过三点了，创却没有睡意，虽然觉得很累很乏，却很痛快。又像在南坪村的苦荞地干活，干得淋漓痛快，浑身筋骨舒坦。

关灯后，创依然无法入睡。他不知道今夜是怎么了，这是从来没有过的。他想着，小叶这次能给他留几条“白皮”烟呢?他在暗夜里笑了一下，干脆又开了灯，坐起来点上一支烟。

当一支烟吸完后，他仍无睡意。刺眼的灯光下，他想起了二巧。

春上，当他要进城上班时，二巧曾双眼盈泪，脸上挂满了不舍与担心。微微隆起的肚子，在向他昭示着家庭和责任。

此时，创睡意全无，恨不得马上回到南坪去。半年多了，劳累的父母，饥饿的弟妹，还有那个看不得、离不开的二巧……

二

批发部下单员小叶，是批发部负责人兼批发会计王二广的徒弟。她是北京人，知青插队来到这个小山城，和创是一起被财贸系统招工招上来分在糖业烟酒公司批发部当下单员的。她长得娇小玲珑。人们都叫她小叶，其实，她叫叶赫娜，一个很奇怪的名字。都习惯叫小叶，反而忽略了她的名字。平时，无论是单位职工，还是来进货的其他人，认识不认识，一和她接触，看她长得甜甜的样子和她一口好听的北京话，都称她小叶。叶赫娜操着很地道的带着皇城根下老北京的卷舌音和人们交流，发音嘎嘣脆，听她说话，就让人觉得心花怒放。早上学习或是会上学个什么文件，领导就指定让她给大家阅读，这在公司里已成了不成文的规定。

下午，批发业务不忙，老保管水流长在库房外的一片阴凉下打瞌睡，创和小叶也坐在老海棠树下闲聊。从不远处的业务室里，传来王二广有一下没一下拨拉算盘的声音。

小叶看了创一眼，没头没脑地说："你以后跟我学说北京话。"

"为什么？"创也看小叶一眼。

"好听呀，谁都能听明白。"小叶说着，做了一个夸张的手势，"全国早就推广普通话了。"

"推广的是普通话，又不是北京话。"创说，"不过，我觉得还是南坪话好听。"

"好听个屁！哦哦哦，好像你们那儿人永远也吃不饱，都是饿死鬼转生的。"

一句话，勾起了创对南坪的思念。是呀，南坪的土地确实不打粮食，每年老百姓指望的也就是几颗苦荞麦，还得看老天爷的眼色论收成。乡亲们起早贪黑地下苦死受，一年有半年浸泡在饥饿中，一年有半年生活在粗糠和野菜中。

创长叹一声抬起头，目光游移不定地看着天空，说："舜王爷也是这么说话的。"

小叶睁大眼睛，疑惑地看着创。

"真的。舜王爷也姓张，就住在舜王坪上，南坪村就在舜王坪山根，我和舜王爷是一家人呢。"创调侃小叶说。

小叶听了，扁扁小嘴："你快甭吹了，舜王爷和你连一根毛的关系也没有。"

创不知道该怎么回答小叶，只好不吭声了。过了一会儿，像想起了什么，问小叶："你怎么会有这么个奇怪的名字，叶赫娜？"

小叶一下子看定了创，脸上露出不屑的神情："真是一点儿历史常识也没有。”说完，耷了眼皮，不再理创。

创觉得被眼前这个姑娘小看了。他撮起嘴唇打了一个长长的呼哨，一面搜肠刮肚地想着：叶赫娜，和中国的历史能有什么关系呢？

好一阵无语。突然，创猛拍了一下脑门，站起说：“哎呀，我操，我今天差点儿犯了政治错误。小叶——叶赫娜——叶赫那拉氏！”他指着小叶叫起来。

一语出口，把小叶倒像是给惊着了。她睁着一双好看的大眼睛，装腔作势地围着创转了一圈，又跳起来拍了一下创的胸脯，说：“啊！从今往后，我是再也不敢小看创啦。”

创也笑着说：“哈哈，创就是创，你把创当谁了哇。”说完，二人禁不住大笑起来。

笑声惊起了屋脊上的几只麻雀，也惊动了阴凉地里打瞌睡的水流长。他微微抬起眼皮，看一眼这一对浪笑的青年，又不动神色地闭上了眼睛。

不远处业务室里的算盘声，好像也停了一会儿。

这时，一辆自行车直接飞进了批发部大院。

“大张。”老远骑车人就喊了一嗓子，直直地把车骑到创的跟前才猛地刹住。创才看清是四四〇二厂开大黄河车的司机小郝。

“今天没出车？”创问。

小郝没有下车，很轻松地把两条长腿叉在地上，用很重的山东侉音对创说：“俺找你有事。”说着，看一眼不远处的水流长，显出几分神秘。

创没有动：“说。”

小郝这才下车，把创拉到一边：“俺交了个女朋友，是天津知青，在仪表厂上班。那帮小子非叫俺先请一顿。俺是专门来请你的。”

“真的，那我下了班就过去。”创并不相信小郝的话。

果然，小郝说完并不走，还一直看着创。一旁的小叶也猜出了小郝的来意，就朝创笑了一下。

“不走，还有事？”创故意问小郝。

小郝不好意思地笑笑，用乞求的口气说：“嘿嘿，两个，只要两个，但一定要好的。她第一次来，你总得给俺撑撑门面吧。”说完，小郝做了个往嘴里倒酒的动作。

“要什么好的，茅台?”创揶揄地问。

“不，俺知道你有好酒，但俺喝不起，也和咱穷司机不相称。就你们山西的好酒就行。”小郝说着，从口袋里往外掏钱。

创接过小郝递过来的五块钱，去业务室找王二广下单了。

小郝又朝小叶巴结地笑笑：“一会儿你和大张一起过来。”

“真的?也请我?”小叶调皮地指指自己，问。

小郝有几分认真地说：“当然，你也来替俺把把关，看俺的女朋友和俺般配不般配嘛。”小郝一边说着，一边掏出烟朝水师傅走去。

创从业务室出来，手里拿了一张单。

“给你两个玻璃汾，行吧，一瓶二块七毛钱。”创把出库单递给小郝，朝水师傅努努嘴。

“钱还不够?”小郝又要掏钱。

“算了吧，四毛钱算我先交了饭钱。”

小叶站起，挡住小郝的路，说：“听好啦，侉子，四毛钱里也有我二毛钱饭钱呢。”

小郝点着头，对创说：“大张，晚上一定带小叶姑娘一起来。”说着和水师傅一起朝酒库走去。

〇二厂一个大一些的集体宿舍里，四周摆了些上下铺的单人床。四张不大的长条桌，早已并在地中央。桌子上有几盘凉菜，无非是煮花生、猪内脏和几样凉拌蔬菜，能看出来，这都是单身狗们的临时杰做。两瓶汾酒很招摇地立在桌子中央，并不见酒器和筷子，七八张椅子有些零乱地围在桌子旁。当创和小叶进来时，屋子里先到的几个男女正在高声地谈笑。创看看，一个也不认识，只得笑着和大家点点头，算是打过招呼了。中间，有一个姑娘很惹人注目。姑娘高挑的身材，细白的皮肤，一双大大的凤眼很匀称地镶嵌在细嫩的瓜子脸上。一口整齐的牙齿，闪着珐琅质光亮。最招人眼球的是在当时就根本见不到的一袭白底蓝花的连衣裙，套在她纤瘦挺拔的身上，在两条修长健壮的美腿的舞动下，荡起一波波言说不尽的风光。带了浓重南方口音的普通话，和人们说笑。说实话，创还是第一次见到这么漂亮的姑娘，第一次见识这么晃眼的连衣裙。创有些晕，他被这姑娘的美貌和气质彻底击倒了，直直地瞪着一双眼睛看着她。

小叶用胳膊肘捣了创一下，他才反应过来，不好意思地朝小叶笑笑。

那姑娘曾有一阵，也停止了和同伴说话，几次抬起好看的凤眼打量创。

另外没有坐处，创和小叶就坐到了桌边的椅子上，不过，创能感觉到，那姑娘对他不时投来的躲闪的目光。

这时，小郝和一个高个子姑娘一起进来了。他们每人手上端了两盘菜，胳膊下还吊了一个袋子，看上去鼓鼓囊囊的，大概是馒头。

放下手里的东西，小郝招呼大家入座。他一边跑来跑去地招呼客人，一边忙不迭地拉开抽屉找酒杯和筷子。大家都坐下了，上首的位置却空着，见创和小叶打横坐着，小郝征询地问创："要不你坐上边?"

"这儿就行。"创摇摇手说，又看一眼穿连衣裙的姑娘。小叶好像意识到了什么，在桌子下面用膝盖顶了一下创的大腿。

创的脸就红了一下，小声说："你这是干吗呀?"

小郝抬腕看看表，说："该来的都来啦，就是还有位没到，要不……"他还没说完，门口闪进一个人来，进门就向大家抱拳致谦："对不起，对不起，我临下班来了一个病人，刚处理完，让大家久等啦。"来人黑衣黑裤，清瘦的脸上架了一副玳瑁眼镜，讲着普通话，显然不是本地人。其做派显得儒雅、风流。

小郝站起身，一边向上首让座，一边向大家介绍："申，县医院主任医师，俺的朋友。当然，今天也成了大家的朋友。今后谁有病，就去找他……"

"哎哎，我说小郝，你会不会讲人话呀！干吗不盼大家好，你今天是请我们，还是咒我们。"穿连衣裙的姑娘站起来，有些认真地问小郝。小郝的女朋友赶紧拽拽小郝的衣服。

"对不起，我该罚。一会儿俺多……"

小郝没有说完，又被穿连衣裙的姑娘打断了："得！你就别废话啦，快给我们介绍你那一位吧。"

小郝这才正经拉着身边的姑娘，向大家介绍："这是张淑珍，俺刚谈成的女朋友，在仪表厂上班。"说完有些得意地"嘿嘿"了两声。

叫张淑珍的女孩红了脸，微笑着向大家点点头，用地道的天津话说："谢谢大家的到来。"

小郝又指着创和小叶说道："这二位也是俺的朋友，大张和小叶，在糖业公司掌管着烟酒分配大权，以后你们需要啥，尽管去找他俩。"

听了小郝的介绍，现场起了一阵小小的骚动。创于窃窃声中听见有人小声说："这是一对儿吧，一高一矮，真是绝配。"随之响起一阵嗤嗤的笑声。

小郝大概也听见了，赶紧替创和小叶辩白："不知道别瞎咧咧，人家可是正儿八经的同事。"又指着穿连衣裙的姑娘说道："这一位美女，贵为厂花，尊号白玉兰，上海人氏，在俺们厂检验科上班……"

小郝还没说完，创就很冲动地站起来，想过去和叫白玉兰的姑娘握手相认。但小叶在下面又狠狠地踢了他一脚。创咧咧嘴，没有过去，却也没有坐下来。突然，创看见对面那个叫申的医生，用一种莫测高深的眼神，在厚厚的镜片后面看着他，平静的脸上闪过一丝怜悯的笑意。创好像突然醒过来，再看白玉兰一眼，才意犹未尽地坐下。

小郝拿出一摞浅浅的小瓷碟，摆在桌子上。他打开一瓶酒，挨个儿倒上，由他的女朋友一碟一碟地摆在每个人面前。这时屋子里充满了浓烈的酒香。

小郝端了一碟酒站起来："剩下的俺就不介绍了，都是俺们厂里的，一群狐朋狗友。今晚，为了俺和俺的女友，也为了大家能够相识，咱们一起走一个。"说完就把斟满了酒的碟子，伸到了桌子中央。

看看面前斟满酒的小碟子，创很惊异。无论是在这个小山城，还是在他的南坪老家，喝酒从来都是用小酒盅，而且必定要划着拳就着菜，细细地喝，慢慢地耍，一瓶酒足够十几个人喝一夜，然后大家才哑着嗓子淌着汗，余意未尽地散场回家。今天看这架势，这山东侉子心眼太实，用这么大的家伙喝闷酒，这一碟怎么也有五六盅酒，三下两下就把人干翻了。正想着，见大家都把小碟子翻过来了，包括白玉兰，全都把小碟子里的酒喝干了，在等着他喝呢。创只好端起碟子，闭上眼睛，一仰脖子干了。刚放下碟子，小叶却把自己的酒倒进了他的碟子里，盯着他不说话，意思很明显，要创替她喝。

创本想推辞，小郝却抬抬下巴，又挤挤眼睛，说："喝了吧，喝了不白喝。"

白玉兰却慢条斯理地说："我说，第一杯最好不要替，不管是什么关系。"听上去，有几分挑衅。

创觉得为难。看一眼白玉兰，又看一眼小叶，正在创不知该喝不该喝的时候，申却说话了："不就一杯酒吗？何必太认真，不管谁喝，我可以陪一杯。"说着，自己倒上一碟，端着站了起来。

创见状，端着酒也站了起来。申伸过碟子，对创说："很高兴认识你。第一次喝酒，算我敬你。"

创伸过碟子和申一碰，仰头干了。

这一下，情况发生了变化。在座的人都以敬为由，要和创喝一个。尤其是白玉兰，碰了一个还不行，接连和创碰了三碟。这让创既高兴又痛快，觉得今晚被这个美女高看了一眼。

很快，两瓶六十三度的汾酒喝光了。创也喝得爬在了桌子上。小叶气坏了，直气得小鼻子一翘一翘，她气这些人好像专门捉弄创，更气白玉兰竟毫无理由地和创碰了三次。

小叶含着眼泪，直想操着京腔骂娘……

几杯酒下肚，白玉兰的脸上飞着红霞，显得兴奋难掩。套着连衣裙的长腿，在屋子里走来走去。醉了的创躺在低矮的单人床上，耷着脑袋向上看去，只看见白玉兰一双秀美的长腿在连衣裙下优雅地舞动，醉眼蒙眬中，创不敢想象，这双长腿的上面还有什么……

人们都在乱哄哄地说着什么，他不知道。现在他的眼里只有白玉兰这双长腿以及长腿以上……他觉得浑身难受，燥热难安……

"哇……"创终于吐了，一口紧接一口地直喷。

他想，我明天应该回南坪一趟。

三

创从今年春上离开南坪到县城上班，至今已经五个多月了，也就是说，创告别父母，离开二巧，离开弟弟妹妹们已经快半年了。半年来，创常常想起他们。白天工作忙，很少想起，但到了晚上，夜深人静的时候，就会想起他们，尤其是那个他并不想多看一眼的二巧。他担心父亲的三叉神经痛是否发展得更严重了。过于操劳而又不停地抱怨的母亲是否会突然病倒。更有那个尚未出世的孩子。他不知道家里现在还有没有粮食吃，弟弟妹妹们每顿饭能不能吃饱。每想到这些，创就伤心难过。夜已经很深了，创小小的卧室里烟雾缭绕，地上扔了一片烟头，他倚在床头，彻夜难眠。

终于回到南坪了，不管家里怎样，又能见到亲人了。创在中心镇一下车，就急急地赶回南坪，急于见到分别已久的亲人。

创进了村，先朝北坡根一垛垛的苦荞地望去，想看看今年苦荞麦的长势如何。北坡梯田的地塄上，他当年和杏儿一起写下的"农业学大寨"五个大字还在，只是经过几年的雨水冲刷，颜色暗淡了许多，字的周边也长满了青草。创看着几个大字，有些伤感，他想起了杏儿。一生中心里永远抹不去的小杏儿，现在在哪儿呢？过得还好吗……

刚走进大宅门，就听见母亲在东厦的厨房里大声嚷嚷："你又回来干啥哩？给你说了几次了，黑窝窝早就吃完啦，你还一直想着它，快走，上学去。"创听得吃了一惊，以为母亲在骂他不该回来，却见母亲拿了一个笤帚出来举起要打。母亲一看是创，也吃了一惊，随即放下举着的笤帚说："呀，创回来啦，我还以为又是你小妹返回来了呢。"说着，扫了创肩上的挎包一眼。

"小妹怎么了？"创不知道发生了什么，就问母亲。

"还能怎么，前天蒸了几个黑面窝窝，你小妹就天天惦记着要吃。"母亲说着，把话头一转，问创："你早上还没吃饭吧，我给你拿个窝窝吃。"母亲说着，就拉过一个凳子，费力地站在上面，从大柜顶后面拉出一个小笸篮，从里面拿出一个黑面窝窝递给创。创拿在手里，窝窝黑乎乎的，看上去很粗糙也很硬，上面还能看出点点糠皮。创用劲掰下一小块尝尝，又酸又涩，是用高粱面掺了粗糠做的，创不知该说什么，把黑面窝窝放在了桌子上。

创问母亲："早上小妹没吃饭？"

"只喝了半碗稀饭，说没喝饱，锅里也没饭了。"母亲叹口气说："小闺女家，又不干活，就少喝一碗半碗还能把她饿死？"

听了母亲的话，创似乎又看见了小妹那一双因饥饿而显得贪婪的大眼睛，心里发酸，喉头发哽，禁不住泪眼婆娑。创难过地想，看来南坪人的日月过得还不如从前了，现在竟然连稀饭都喝不饱了。

创走过去，不让母亲再给他做饭，他的心里憋得难受，不想吃。其实，他早上起早搭车，也没有吃早饭。

母亲告诉创，父亲和大妹都去地里锄地了，大妹也不再上学。春上，创刚走没几天，大妹就辍学回家劳动了。她接了创的班，也当上了记工员。像创当年一样，每年生产队给补贴五十个工分，顶替哥哥挑起了生活的重担。

创悲怆地想，大妹还是读书的年龄啊。

听母亲说社员都在北沟后锄地，就想去看看。他从挎包里拿出一盒"白皮"烟装进口袋，就出门去了。

南坪依然是南坪，看上去并没有什么变化。猪圈里的猪一声接一声地吼着，在向主人要食吃；几只鸡在碾道转悠，两只小眼睛睁得滚圆，细细地在地上搜寻，希望能找到几粒谁落下的粮食。一只卧在阴凉地的狗看见创，只是抬了抬头，例行公事地叫两声，又倒头睡去。

当创进了北沟地，村里的人看见他，都停了手中的活和他打招呼。创拆开烟挨个儿敬过去。

大家伙还是大家伙，除了前年抠哑炮被炸坏了一条腿外，背也显得有些驼了。他仍然是政治队长，就是话比以前少了，人也比以前瘦了。说话就流口水的毛病却没有变。

前头院的"小簸箕"接过创递过来的烟看看，夹在了耳后，说："这娃太走运了，端上公家碗就是不一样，才走了几天，就吃得又白又胖。"

创听了这一根烟换来的恭维，只能笑笑。

后院的“大瞪”老汉，拄着锄，躬了腰，长长地吸一口创给的烟，再闭了眼睛慢慢地吐出来，干瘦的手捋捋下巴上那一撮永远也长不长的胡须，说：“创能端上公家的饭碗，就像我当年在县衙干事一样，每天给县太爷喊威呢。”他得意地刚说完，社员们就哄笑起来。他当年在旧县衙干过“八班老头”，每天专门过堂打人。

在众人的一片评说中，创更不好意思了，就接过父亲手里的锄，和社员们一起锄起了苦荞麦。

看上去，今年的苦荞麦长势不错。眼下正是扬花时节，一串串的苦荞花，闪着紫红色的光亮，争相开放。一些已经落了苦荞花的后面，已努出了细碎的苦荞麦，泛着淡淡的绿色，衬得苦荞地一片娇艳。

中午创回到家时，母亲已经煮好了饭。一大锅稀米粜里面，还煮了一些干红萝卜，这让创觉得有些意外。儿子半年没回家了，回家的第一顿母亲却做了这样的饭，这于情于理都说不过去。可是创不知道，这于母亲已经很为难了。创不在家时，他们有时一天只能喝上两顿稀糊糊。

创拿过桌子上的挎包，发现挎包已被解开了。很显然，挎包已被人动过了。

其实，包里边没有什么好东西。除了创的盥洗用具外，里面用一块旧报纸包了十个火烧，另外还有二斤红糖，这些花去了创二块三毛钱。这些东西在县城是平常物，在南坪就是稀罕物了。谁要是平时能吃上一个火烧就一碗红糖水，那是要美半年呢！

创参加工作还不到一年。根据县财贸招工规定，仍在试用阶段，每月的试用工资是二十块钱。一年试用期满后，才能转正定级。创每月的二十块钱，先被扣去六块钱的伙食费，剩下的十四块钱才是自己的。刚上班的时候，创计划每个月攒十块钱补贴家用，但一个月下来，捏紧指头抠着花，也只能剩下五六块钱来。创一个月得花七八块钱，包括抽烟和日用开支，创常恨自己大手大脚，但对现实开销又无可奈何。

创把十个火烧交给母亲，母亲显得很激动，先拿出三个来，其余的用一个小笸箩装好，放到了大柜顶上面。

每人都舀了一碗稀饭，母亲用创原来吃饭的大碗，给创斟了一大碗米粿。创看见，母亲在给他舀饭的时候，很用心地给他多捞了几根干红萝卜和几条杂面粿子，然后又递给他一个火烧。母亲又拿起一个火烧，从中间掰开，递给了二巧一半，把另一半再分开，分别给了大妹和弟弟。接着，母亲又把第三个火烧从中间分开，把一半放在锅盖上，另一半再分开，递给父亲一半，正要把另一半往嘴里送，想想又放下，端起了稀饭。

这时，创才发现没有见到小妹。

“妈，小妹还没放学?”创问母亲。

母亲喝一口稀饭，说：“早回来啦。猪后晌就没东西吃了，我让她去山后捋一篮金核桃叶。”

正说着，小妹弯腰扛了一大篮野菜回来了。小妹看上去长高了些，就是更瘦了。她放下篮，高兴地一下就蹦到创跟前：“大哥，你回来啦?”说着，用手抹一把脸上的汗。创蹲下，给小妹理了理被汗水沾在脸上的头发。小妹说：“大哥，我昨夜做了一个好梦，就知道你要回来。”

创笑着问：“快给大哥说，小妹做了啥好梦?”

小妹用双手比画着说：“梦见好大好大一片苦荞麦，长得青荡荡的，就知道要见到亲人啦，大哥果真就回来了。大哥，我的梦可准呢。”

创怜爱地看着小妹，红红的脸上冒着热汗。用手捏捏小妹纤瘦的肩膀，想，小妹才五岁呀，细弱的肩膀竟扛起那么大一篮野菜，再拉拉小妹的手，把手里的火烧递给小妹。小妹看一眼母亲，母亲却说：“你吃你的，她有呢。”说着，把锅盖上的半个火烧拿给了小妹。

晚上，一家人吃过饭后，创从挎包里拿出两盒“白皮”烟，放到父亲跟前，说：“爸，给你两盒烟，平时慢慢抽吧。”

父亲看一眼，并没有装起来，看着创和他的挎包，好像在等着创是不是还会从包里给他掏出什么来。过了一会儿，见创并没有再在包里往外掏东西，就很平淡地说：“我脸疼得又不能吃烟，你给我这些没用的东西干啥!”好像为了证明他的话，父亲刚说完，就见他右半脸剧烈地痉挛，右眼急促地眨动，翘起嘴角，显得痛苦不堪，父亲马上用右手按住了半个脸。

创看见父亲痛苦的样子，自己却无能为力，心里不禁一阵怆然。母亲看了创一眼，很平淡地说："你爸他平时就这样，已经疼了多少年啦，疼一会儿就过去了，其实也没啥事，什么药也治不了，早就习惯啦。"

果然，过了一会儿，父亲就缓过劲来，又回复了平常的样子，却叹口气说："这都是命。那几年为了养活你们，常常起五更没半夜，受了风寒，才落下这病根，现在也只能活受罪了。"

创不知道父亲说这话到底是啥意思，更不知道该如何去安慰父亲。为了缓和气氛，他从包里掏出两包红糖来，递给母亲说："妈，这二斤红糖你们平时冲水喝……"

创没有说完，父亲就高声说："喝，喝，一家人顿顿喝稀饭，早就喝够啦，现在你还让喝!"

创不知道父亲今天是怎么了，半年没见了，竟一阵一阵发起了无名火。母亲见创难堪的样子，就说："别理他，是脸疼把他疼疯啦。"说着，把红糖递给二巧一包，说，"巧，你也攒上一斤，到时候坐月子得用红糖补补。"

二巧却偏着嘴说："一斤红糖就想让我给你们生孙子呀，你们是打发半吊吗?"

"知足吧。前院花花坐月子连一两红糖也没喝，不照样生的是胖小子呀。"母亲不示弱，回了二巧一句。

二巧鼓鼓嘴巴，靠在被垛上不说了。

小妹向母亲伸出了小手，说："妈，给我吃一点点，我看甜不甜。"母亲在小妹伸出的手上打了一下，说："就你馋!"说完，把红糖也放到了大柜顶上。

创看见小妹的眼里，盈满了委屈的泪水，本想哄哄小妹，却叹一声说："我出去走走吧。"

创出来，站在无月的星空下。酷热的季风阵阵吹过，空气湿漉漉的，像要下雨的样子。已经吐穗的玉茭，不时荡起一阵哗哗的声响。

创觉得，自己好像不该回这趟家，家里的日子过得越发艰难了，每天就是为一个吃而吵吵。他在家时，就是觉得日子没有指望，才千方百计地想逃离，换个地方，换个活法。现在看来，南坪人的日子依然没有指望。正如大家伙说的，生在南坪，就只能一辈又一辈，一天又一天地苦熬日月，直到熬死就到头了。创怀着沉重的心情，慢慢地朝大家伙家走去。

昏暗的煤油灯下，大家伙和老婆正在喝饭。见创进来，大家伙放下碗，问创："你喝了饭啦？没喝就在这儿喝一口吧。"

创说："叔，我喝啦。"说着，看一眼大家伙放在桌上的饭碗，碗里盛的是稀米羹，里面什么也没有，碗上面漂了几片野菜叶子，桌子上也没有配饭的干粮。

创掏出一盒"白皮"烟，放到桌子上："叔，给你一盒烟，平时吸。"

"哎，这娃，拿这干啥，让你爸吸吧。"大家伙手足无措地推让。

"叔，杏儿没回来？她现在过得不错吧。"问杏儿，是创今晚来看大家伙的主要目的。

"好，好着哩。"大家伙对创说着，端起碗喝了一口饭。

大家伙老婆却踅过来对创说："好啥！杏儿早就回到黄河去了，去年生了个胖小子，一个人在家又照娃，又种地，忙得一年也顾不上回来。"

"杏儿不是在林场住家属吗？"

"住他妈的屁！她女婿在历山拉木料，把车开翻了，人倒是跳车逃了个活命，车从小河湾的悬崖上栽下去，摔得灰都没了。"大家伙老婆告诉创。

创问："现在呢？他不管杏儿？"

大家伙老婆抹抹眼睛，说："管啥，翻车后，他爸通过关系，把他调到侯马总局去了，也不知道在干啥，我整整两年了连他的鬼魂也没见到。"

创听了，对杏儿又多了一份牵挂。他安慰大家伙几句，看看时候不早了，就起身告辞。

回到家里，一家人都还坐着。见创回来，母亲高兴地说："等等再睡，我蒸了一箅苦荞面粑粑，吃了再睡。"

小妹高兴地拍着手说："大哥，妈妈还往粑里放了红糖，我闻着甜甜的呢。"说着，抽了抽小鼻子。

创很奇怪。现在，苦荞麦正是青黄不接的时候，家里居然还能攒下些苦荞麦，可知母亲是一个过日月很仔细的人。

这时，母亲端了一箅苦荞面粑进来。苦荞面粑冒着热气，散发出一阵阵苦苦的清香。

母亲看着创说："快过来吃一块，你快一年了都没吃荞麦面粑了。"

创看着箅上冒着热气的苦荞粑，闻着苦荞粑甜腻微苦的香味，像不忍心吃一样，看着苦荞粑上不断缭绕上升的热气发呆。

小妹急切地催着："大哥，你快些吃呀。"看见大哥出神的目光，小妹又说，"大哥，这是你出去后，妈让爸用红糖去保管家换了一些荞麦面。"

"是用红糖换的荞麦面？用多少红糖换的？"创收回目光，看着母亲问。

母亲没有回答。大妹看了一眼大柜顶，说："一包红糖用了一半吧。"

创看看父母，他们像做错了事情一样，坐在炕沿边不说话。创给小妹拿了一个苦荞粑，对父母说："你们也吃呀。"掺了红糖的苦荞粑，甜甜的，苦苦的。咳！可怜天下父母心哪！

躺下后，创觉得昏昏沉沉。告别家乡半年后，家乡的山，家乡的水，家乡的人，依然是亲的，是他永生永世眷恋的地方。可是，家乡依然是贫穷的，和县城的人没法比，虽然，山城小县里的人并不富有。

昏睡中，创听见一阵窸窸窣窣的声音。他睁开沉重的眼皮，却见二巧爬在煤油灯下翻找什么，自己的衣裤零乱地摊在炕头。他不知道二巧在翻什么，正要再睡去，却听见二巧小声地自言自语："嘁！干了快半年了，口袋里只有这么几个钱。"创一下子就惊醒了。二巧在煤油灯下，正在翻检他的衣服口袋呢。

创有些恼怒了。这个没有读过书，没有受过教育的二巧，怎么可以随便就翻人家的口袋呢？他觉得自己受到了某种欺辱。你要钱，我可以给你，没多有少，但你竟敢不打招呼就自己动手，说大了，你是不尊重别人，说小了，你是在小看自己。这种行为，到底是家教呢？还是遗传呢？

他翻身拿过自己的衣裤，质问二巧："你怎么能不说一声就这么干呢？"

二巧有些赧然，强笑笑，说："我只是随便看看。"

“看看，有这么随便的吗?”创生气地问。

二巧也生了气：“怎么，看看还需要给你打报告吗？我是谁?”二巧说着指指自己，“我是你老婆，现在肚子里还给你怀着娃子，”她又指指自己的肚子，而且声音也高起来，“我想看看我男人的口袋，这犯了哪条王法?”

创越看二巧，越不顺眼，越想越气。他愤愤地穿上衣裤，摸摸口袋，口袋已空空如也，分文不剩。创气坏了，心想，和这种没有受过教育的女人理论，是永远也说不清楚的。就对二巧说：“我口袋里是六块七毛钱，你给我七毛钱，我回城坐车。”

“那剩下的六块钱呢?”二巧脸上闪过一丝欣喜。

“你全拿去。”创赌气地说。

二巧想了想，却说：“七毛也不给，坐车你自己想办法，医生说了，怀娃要吃些好的。”

“吃，吃，你就知道吃。”创向二巧伸出手，“拿过来，我只要七毛钱，够坐车就行。”创知道，女人一旦发横，就会变得不可理喻。像二巧这种人，简直是一块冥顽不化的生铁疙瘩，又冷又硬，谁碰上谁倒霉。

二巧说完，再不理创，靠着枕头装睡。

创越想越气，烟抽了一根又一根。他决定了，请了三天假，不在家住了，明天一早就返城。

第二天早饭后，创告诉母亲，最近公司忙，今天就要回去上班。母亲听了，瞪了一双吃惊的眼睛，问：“咋就急着要回，又和二巧生气了?”创摇摇头，强笑笑，说：“没有，过几天我有空再回来看你们。”说着，创背起空空如也的挎包，捏捏空空如也的口袋，怀了一颗空空如也的心，出了家门。

“创，你等等。”创刚转过老屋墙角，听见母亲在后面低声叫他。他站下，扭过身来看着母亲。母亲有些不好意思地说：“你身上还有钱吗？哪怕给我丢下一块两块也行，晌午调饭的盐都没了。”

啊！创悲鸣一声，脑袋一下子就大了。家里的日月过成了这样，这是他根本就没有想到的。按他这次回家的想法，走时给二巧丢几块钱，也给母亲撇几块钱，自己只留下个坐车钱就行了。没想到，钱被二巧全搜刮去了。面对可怜的妈妈，他无话可说，只是机械地重复着："好，妈妈，你等等，我去给你要。"

创返回厦屋，因哀伤夹杂着愤怒，他的脸有些扭曲变形，进门后指定了二巧："拿来，钱!"

"不给!"二巧回答得很干脆。

创顺手操起地上的小板凳，发狠地问："二巧，你只说一句，到底给不给?"

二巧见创真的发了狠，突然畏惧起眼前这个一米八的大汉来，她像不认识创一样，迅速地从口袋里扒出两块钱，扔在了地上。

创捡起两块钱，什么也没说，把小板凳狠狠地扔到地上，出去把钱递到母亲手中，看了老娘一眼，走了。

背后，隐隐传来二巧的哭声。

创再转过老屋墙角时，听见母亲在东厦的厨房里叹道："唉，养的没有睡的亲……"

四

创怀着复杂的心情返回单位，因为假期不到，他也不想去上班。但闲下来，更加重了他这次回家的沉重回忆。自学校毕业回乡后，父母就急着给他订下了这门婚事，尽管创百般抗拒，但在严厉的家规面前，在父母的哄骗威逼下，自己最终妥协而成了这桩不幸婚姻的牺牲品。更可悲的是二巧，秉持了农村的传统意识，认为自己找到了真爱，找到了自己可以相托终身的如意郎君，找到了属于自己的幸福。岂不知，农村生活的困苦艰难更为这桩不幸婚姻蒙上了可怕的阴影。创现在似乎意识到，自己从农村到小城的执意逃离，已经给这场不幸婚姻打上了悲剧烙印，催生了这场婚姻的不幸结局。现在看来，所谓的幸福和爱情，全是他妈骗人的鬼话，经济条件才是主宰个人婚姻生活的主因。

创躺在床上，翻看一本《社会发展史》，但翻了半本书，也不知道自己看了些什么。

有人轻轻地敲门。

“谁?”创很烦，就大声问了一句。

没人回答，仍在轻轻地敲门，听声音，显得有些鬼祟。

现在的创，不想被人打扰，极不情愿地拧开门锁。门刚拉开一条缝，一个人就灵敏地挤了进来，并用屁股直接顶上了门，还急急地在嘴上竖起一根手指，做出不让大声说话的暗示。

匆匆挤进门来的竟是小叶，这让创大感意外。现在正是上班的时候，上午也正是下货最忙的时候，这个小叶，怎么就跑到这儿来了?她怎么知道我提前回来了!

“你没上班?”创绷着脸，用还不标准的普通话问小叶。创在小叶的影响下，也开始学说普通话。他觉得普通话不但好听，将来出门用普通话和人交流才显得不土。不过，目前他和小叶一起才说，这样才能说得更标准一些。和其他人仍说南坪土话，怕说不好别人笑他。

刚进门还满脸欣喜的小叶，见创绷着脸这样问她，就有些不高兴地说:“你这人怎么不识好歹呢?听说你回来了，我来看看你。德行!”

创也觉得有些过分，就弯下腰把脸凑到小叶跟前，说:“给你看吧，看这张破脸有什么好看。”

创伸着脸，直把小叶逼到了床边上。小叶伸出手指在创的额头戳了一下，说:“你怎么就不懂人的心呢?”

创明知故问:“你是什么心，啊?小满满，你能有什么好心?”创有时候不叫小叶，戏称她小满满。

小叶问创:“请了三天假，怎么只住了一天就回来啦，是不是回去拿的钱少，老婆半路把你撵出来啦。”

一句话点到了创的疼处，情绪一下子从沸点跌到了冰点，黑了脸不再说话。

小叶见创突然不高兴了，赔着小心问:“大张，你又怎么啦，一会儿晴，一会儿阴。”

过了一会儿，创问小叶:“几点啦?”

小叶像突然想起了什么，站起说:“哎呀，快十二点了，我是来找经理签单的，客人还在业务室等着呢!”说完，像一只蝴蝶一样，轻轻地飞了出去。

中午创被告知，下午一点和水师傅一起去晋城酒厂拉散装白酒。酒库门前，摆了三十个大铁皮酒桶，只等车来就装车出发。

水师傅踱过来对创说：“一会儿得咱们自己往车上装空桶，搬运工忙，过不来。”

“这好办，空桶不重。哎，水师傅，县运的车，还是〇二的车?”创问。

“县运小马师傅的车，很好的人。”

正说着，车已开进了批发部的院里。倒好车，开车的司机从驾驶楼里下来，创一看，不禁大叫一声：“马得子，怎么是你小子?”

司机跑过来，打了创一拳：“大创，你他妈的在这儿当装卸工呀?”

水师傅所说的小马师傅，原来是创的同班同学，二人意外相遇，显得兴奋不已。

“快装车，咱有话路上消停说。我今天拉你去晋城逛逛，吃喝全包。”马得子兴奋之余，不忘工作。

老同学相见，精神分外爽。三十个酒桶，很快装上车，水师傅和创坐进驾驶室里，车向晋城驶去。

路上，创从马得子的嘴里才知道，现在在城里和城边工作的有十几个同学。只是半年来，他们都不知创在糖业公司上班，所以没有来往。同学中，当小学老师的就有四个，当年的班花雲就是一个；有当工人的，当年在学校的投篮高手高个子大吉在农机厂当车工。更让创激动的是，秋雯还在城里上班。当年，她在公社当干部的父亲把她安排在二轻经理部当售货员，并知道秋雯也已结婚，丈夫在太原上班，二人常年盼着“鹊桥会”。

话多就显得路短。快进城了，马得子说：“大创，我回去就召集老同学，多年不见了，一块儿坐坐。”

当然，老同学相聚是创巴不得的事，尤其是能见到秋雯，是他毕业至今的心愿。他只是担心秋雯还是那个秋雯吗?当年毕业时的纯情相约，早已变成了一纸空文，这次相见，将怎样面对她呢?

装车很快。车倒在酒仓门口，水师傅早已爬上车，一个个旋开了桶盖。四寸泵，一头插入酒仓，一头拿在水师傅手里，电闸一合，哗哗的散白酒就注入了车上的桶中。也就一个多小时，三十个酒桶全被注满。就是一个个地旋桶盖费了点事。创和水师傅爬在桶上一个个地旋，马得子再一个个地用紧盖器拧紧，弄得三个人在车上呼呼直喘。

准备返程时，水师傅悄悄地对创说："你平时不是还好喝一口吗？去弄个壶，让骆师傅给你灌一壶。"

创就有些懵懂，这公家的酒就能随便给人"灌一壶"？

水师傅笑笑，又对创说："这酒，是不加浆白酒，度数虽高，入口好喝。不信，你去试试。"

管酒的骆师傅见创是第一次来，也很热情地说："进来，年轻人，进来尝一口。"骆师傅说话鼻音很重，创听不出他是哪里人。

出于好奇，创就走过去。骆师傅用酒提子打了满满一提酒，创接过来小心地喝了一口，果然入口醇绵，一点儿也不辣，又喝一口，吧唧吧唧嘴。还想再来一口，水师傅在外面说："这可不是汽水，不敢多喝，后劲太大。"

骆师傅"嘿嘿"地笑一声，对创竖起三根指头摇了摇："七十七度呐。"

创再一次吧唧吧唧嘴，准备走，却见马得子不知从哪儿拿来一个小塑料壶，递给骆师傅。灌上酒后，马得子对创说："回去慢慢地喝吧。"

夏天天长。老同学马得子果不食言。晚上八点刚过，他就领着城里的几个同学来到创的宿舍。创以为马得子只是说说而已，没想到他今天晚上就领来了，自己却什么也没有准备，心里竟有些过意不去。

怎样招待这些多年不见的老同学，成了创当下手足无措的事情。把同学们请到饭馆去弄几个菜，喝上一壶，叙叙别后旧情，最好不过。但每月只挣二十块钱的创，确实囊中羞涩，况且，昨天回家使创的口袋比洗了还干净。正在为难的时候，小叶又轻盈地闪进来，手里托了一个大纸包，放到桌子上，又从口袋里掏出三盒"白皮烟"放下，对大伙笑着点点头，返身飘然离去。

创打开，是一包刚炒熟的葵花籽。同学们“哇”了一声，随即嗑起来。

首先发难的是大吉。他毫不掩饰地问创：“老婆？这么漂亮。”

北关的大宝手舞足蹈地说：“从哪儿骗回来的，我操，细皮嫩肉。”

“哈哈哈……”同学们一阵哄笑。

同学们一边调笑，一边磕着瓜子。见创难堪，马得子出来替创解围，说：“你们都别瞎说，她是大创的同事，在糖业批发部下单呢，北京知青。”

“你快算了吧。看那样子，仅仅是同事吗？不是老婆，也是情人。你说，大创，是不是？”有人继续调侃。

小叶刚才送来的东西，解了创的难堪。他的心里暖暖地，觉得小叶，这个小满满，确实是一个有心人。

在马得子的安排下，这一次同学的短暂相聚，使创知道了更多同学的情况。他们当年在县一中的这一班同学，如今看似前景比较好的，有在太原上工农兵大学的，有在河南长葛当飞行员的，有在郑州铁路局开火车的，有当教师的，有些是工人或职工。大部分同学都出来了，留在农村的，尚不足十人。还有一两个已意外去世。只是，还有一个重量级同学，大家都不知其所终。他就是他们的班长，学习委员，全班第一个受到毛主席接见，第一个带上毛主席像章，后来成了“红一司”总司令的孙文昶同学。

同学相见，唯秋雯显得腼腆。她比在学校时更高了，也更瘦了，出落得比学生时期更成熟，更洒脱，更靓丽。在同学们的相聚过程中，她没有和创说过一句话，始终挽着雲的胳膊，像怕把自己搞丢了一样。其间，曾对创微笑过两次，眼里似乎含着隐隐的泪光。创也不便多问，直到同学散去，秋雯没有再看创一眼，依旧挽了雲的胳膊，款款离去。

两年多的农村劳动环境，练出了创的沉稳，也练出了创的一身好体格。在大家伙的影响下，逐渐形成了一种淡漠、忍耐的人生态度。现在的保管工作，虽然搬货也累人，但比起农村起早没黑的辛苦劳作来，简直是玩儿。现在，他像在学校早起跑操一样，开始了晨练。每天早上，天刚明，他就起床跑步，从大十字一直跑到五棵柳，往返一趟，足有五公里。

这会儿，创正穿着背心短裤，跑在南城的土路上。天上没有星光，地上没有路灯，创在晨曦中甩着双臂，蹽着长腿，向五棵柳跑去。

起早赶脚的驭夫，驾了毛驴车，踢踢踏踏地行进在雾霭中；偶尔，毛驴喷个响鼻，就惊动了清晨的宁静，得得的驴蹄声，慢慢地拉开了黎明的天幕。

创在返回的路上，听见头上滚过了几声闷雷，他加快了脚步，但很大的雨点，还是噼噼啪啪地砸在他的身上。抬头看看天，阴云四合；看看四周，比刚才更黑了，他蹽起长腿，狂奔起来。大雨淹没了一切，创顿时浸泡在一片哗哗的风雨中……

当创喘着大气跑回公司门前时，雨停了，天也彻底亮了，一切好像不曾发生过一样。创骂一声，低头盯着身上不断往下淌的水滴发呆。

当创七点多一点儿出现在批发部时，看见批发部院子里的老海棠树下拴了一挂毛驴车，毛驴车下积了一摊水迹，树下站着赶车的老汉和一个姑娘。老海棠树上的水，还在随风零星地滴下来，滴在老汉和姑娘的身上。他们早已湿透，姑娘冷得瑟瑟发抖。创知道这是乡下供销社来进货的，不用问，老汉是车把式，姑娘是营业员，可怜姑娘一头长发湿漉漉地贴在脸上，冷得嘴唇都变成了紫色。业务室的门还没开，创看一眼老海棠树上仍在不时地掉水珠，就开了库房门，让老汉和姑娘先进库房暖一暖。

创从乡下来，知道乡下人的难处。他们为了进货起早赶路，路上却淋了雨，说不定，还饿着肚子呢。创想着，就跑出批发部在对面的饭馆里买了两个火烧，又端了一碗开水，返回来给了老汉和姑娘。扭回身时，却碰上王二广正挑起一只斜眼看着他，脸上挂满了责怪的表情。

创知道，因为自己刚才没锁库房门跑出去，违犯了仓库安全管理制度，王二广又要挑毛病了。果然，当创进了业务室，王二广挑挑斜眼："你怎敢不锁库房门就出去了呢？你学雷锋我不反对，但国家财产的安全是不是更重要？"王二广是批发部的负责人，眼前的事情，肯定是创不对。创不能自辩，也不想自辩，只能以沉默表示虚心接受领导的批评。

这时，进货的姑娘拿着进货单进了业务室。王二广挑起一只斜眼认真地打量了姑娘一会儿，好像要看出姑娘和创到底是什么关系，能够让创竟不顾仓库安全而出去给她买火烧。姑娘把单递到王二广的桌子上，王二广斜眼看了一下单，又把眼珠斜了对面桌子上的小叶一下。

姑娘马上明白了王二广的意思，拿起进货单，向小叶的桌子走去。

当创照单给供销社出完货，觉得身上不太舒服，是否早上淋了雨感冒了呢？创不能肯定。他想也许出出汗就好了，就围着院子里的老海棠树跑起了圈子。跑了一阵又伸臂把自己吊在老海棠树上上下拉动，直把自己搞得气喘吁吁浑身冒汗。

这时，王二广一只脚蹬在业务室的门槛上，挑起一只斜眼，打量着老海棠树下在不停地转圈的创，寻思创一大早就吃了些啥东西呢？一圈一圈地跑着帮助消化。小叶坐在桌子后面，不时往嘴里丢点儿什么吃的，一边却饶有兴致地看一眼王二广那只挑起的斜眼。

水流长师傅穿了一件松松垮垮的大围裙，手里拿了一沓子出库单，在库房里装模作样地清点货物。

这只老狐狸。创想。

下午上班时，创被电话通知，公司闫书记找他谈话。

听到这个消息后，创先吃了一惊，随即看了王二广一眼。小叶更是两眼瞪着王二广不放。但是，这一次王二广没有挑起斜眼看谁，显出一脸无辜的模样。

创在去公司的路上想，书记找我谈话，肯定是因为上午的事王二广告了我的黑状，这次的批评恐怕自己要挨定了。

根据批发部的相关制度，仓库首抓的就是安全工作。不锁好仓库门就离开，属擅离职守。仓库丢了货，不但要赔，还要受到相应的处分。自己上午的行为，已属无视仓库安全，违犯了擅离职守的规定。不过，当时的情况，也属人之常情。这个敢告黑状的王二广，桌面上讲是工作认真负责，桌下面讲，就有些小题大做了。

创做好了向领导承认错误、虚心检讨的思想准备，走进了闫书记的办公室。

闫书记坐在办公桌后面，见创进来，却显得有几分高兴。不但让创坐下，还给创扔过一支烟来。这让创感到疑惑，不敢接烟，也不敢坐下，站在地上不知所措。

闫书记自己点上烟，先咳嗽一声，问创："你会打篮球?"

闫书记南辕北辙的问话，让创摸不着头脑，一时回不过神来，睁着困惑的眼睛盯着闫书记。

"我问你会不会打篮球，听不懂?"闫书记又问。

"能打，在学校打过。"创机械地回答。

"打得怎么样?"闫书记继续问。

创只得顺着闫书记的问话回答："不怎么样，在校队打前锋。"

"什么，在校队打前锋?你不是吹吧!"闫书记有些吃惊，说着就站起来，还特别地加重了"校队"的发音。

"嗯。"

闫书记像不相信创的话，走了几步，又站下来，继续问："参加过比赛?"

创又"嗯"一声。

"和哪一家?"

"县中队。"

"赢啦?"

"输啦。"

"唔。"闫书记坐下，显得有些沮丧。不过，闫书记知道，县中队打篮球，在县里很少有哪一家能打赢他。

闫书记又吸了一支烟，才给创说了原委。

快国庆节了，县里准备在全县范围组织一次篮球比赛，要求县里大一些的单位，要组织篮球队，积极训练，国庆节期间进行比赛。赛后，选拔出一批篮球高手，组织一支能代表县里的篮球队，赴地区参加比赛。县里的领导明确指出，这是"文革"以来的一次重大比赛活动，再一次体现了无产阶级文化大革命的伟大胜利。

商业系统的篮球队，在历史上是出了名的。但经过"文化大革命"

后，有些队员已年迈退役，有的队员蜕变成了“黑五类”人员，显得青黄不接。为了打好这场比赛，对原来的篮球队员进行了调整补充，并在现有的商业职工中选拔了一批新队员。创这次能被选中，没有其他什么原因，主要靠了他一米八三的大个子。

最后，闫书记告诉创：“咱们糖业公司被选上两个人，一个是你，一个是第三零售部的小罗。下午就到商业局报到。从今天开始，你和小罗每天上午上班，下午参加商业局的篮球训练，公司早晚的活动照常参加，如业务上有特殊情况，再通知你回来。”

五

商业局的后院，有一个标准的篮球场，场地两头摆放了两个当时还不多见的钢铁篮球架子。平光的木制篮板在夕阳下泛着一层亮光，上面镶嵌着一个吊着绳网的篮筐，无语地悬在空中，傲视着无数篮球爱好者把篮球一次又一次地装入腹中。

在山城小县，商业局和县供销社是两大吃香单位。不仅仅因为他们是有钱单位，更重要的是在计划经济体制下，在社会物资还很匮乏的年代，他们掌握着商品的分配大权。哪怕是一斤红糖，一盒好烟，都是人们想要而不可能轻易买到的东西。凡有什么大一些花销的活动，县里就要这两个单位带头参与。在当时，人们都能以调入这两个单位工作而自豪。不过，一个是地方国营，一个却是集体企业。

夕阳下，商业局的篮球队在集中训练。说是训练，其实也就是把队员分成两队，一场接一场地打篮球，并没有什么太多的花样，技术上也不会有什么太大的提高。场上，创领了一队，小方领了一队，正在场上拼命地跑来跑去，把一只篮球在空中扔得眼花缭乱。创重打前锋，小罗专打后卫。创打球的赢点，一是投篮命中率高，二是断球机敏果断。当球还在空中飞行时，别人是在落点等着接球，创却是凌空飞来，半路截球，动作只比在落点等球的人快了四分之一拍。这一动作，被队友称为“小脑发达”。小方是食品公司的屠宰工，个大力足，能双手握定牛角，发力把牛摔倒，再捉刀下手。据说，待宰的牛看见小方就像看见了索命的狼一样，双眼流泪，咩咩哀叫，所以，小方也被人称为狼。

中途休息时，创拿过衣服掏出烟来，自己点上一支，再递给小方一支，说："每天老这么打，也没什么意思，不会有多大长进。"

小方也有同感地点点头："老是跟自己人打，都是老套路，根本没有提高的空间。"

创说："要不咱给局里要求一下，我们和其他球队打，一来可以提高我们的技术，二来可以摸清他们的套路。"

其他队员都赞成创的提议，一起叫着嚷着，向外拥去。

一群人刚迈动脚步，却被一个骑车进院的漂亮姑娘定在了原地，一个个双眼瞪得溜圆，不知道这个突然闯进来的姑娘要找谁。因为商业局的后院，就是一个球场和一个厨房，再没有其他的办公设施。

创觉得好像在哪儿见过这个姑娘，但一时又想不起来，正在发愣，姑娘却直接把自行车骑到创的跟前才停下。

"大张，你让我好找。"姑娘看看创，笑嘻嘻地说，露出一口晃眼的白牙。见创仍在疑惑地看着自己，着急得用手在车把上拍拍："你不认识我啦？我是〇二厂的白玉兰呀。"

噢！白玉兰，创才想起，就是在小郝宿舍喝酒时，见到的漂亮姑娘。但今天的装束和那天的穿着反差太大。那天穿的连衣裙，显得妖娆典雅，落落大方；今天穿的却是洗得发了白的工装，留给人的又是一番简朴、精干的俏模样。

"噢！知道知道。"创赶紧说，"你是来找我的？"

白玉兰再一次拍拍车把，点了点头。其他人见这个漂亮姑娘是专门来找创的，就打着长长的呼哨，一起拥了出去。

白玉兰见创终于认出了自己，再看一眼已经拥出大门的人群，似乎放松了许多。她支起二八大凤凰，往创跟前靠了靠，说："本来，我想和小郝一起来的，可他说有事，来不了啦。"

"出车了？"创问。

"要陪他女朋友呗。"白玉兰说，脸上露出些许不屑。

创似乎很理解小郝。他问白玉兰："你一个人来，一定找我有事吧？"

白玉兰有些不好意思地说："是这样，明天我们厂有车去上海拉仪器，我想搭顺风车回家看看，假都请好啦，还不知道该往家里带点什么呢！"

创没有说话，看着白玉兰。今天的白玉兰，又是另一番醉人的美，显得质朴，大方。干干净净的工装，衬托着她白里透红的娇容，像一株含苞待放的玉兰花。

"不知道我能帮你什么忙？"创收回思绪，觉得能为这样高品位的美女帮忙，也算是一种享受。

"我也不知道呢。"白玉兰娇憨地说。

创想了想，说："我这儿有的，也就是烟、酒和糖，每样都能给你一些，只是不知道你家需要这些东西吗？"

"需要吧。我们家老头子抽烟又喝酒，五毒俱全呢。"白玉兰说着，就要给创掏钱，想了想又说："你这儿有没有核桃？我也想往家带些，老太太喜欢。"

"我这儿没有的别的公司有嘛，还要啥？在这个小城里没有我搞不上的东西。"创不知是真有这么大的能力，还是在对美女夸口，但暂时还是把白玉兰镇住了。

"真的？"白玉兰高兴地跳跳脚，甚至还拍了创一下，"我晚上来拿？"

创的心就跳了一下。但他却说："我弄全了东西再说吧。"创觉得，有些事，不能急于求成，要文火慢炖，过程才是最重要的。

白玉兰又想了想，然后小声对创说："要不，晚上你送到我宿舍来？"

"这……"创觉得似有不妥，再说，他也不知道白玉兰住哪儿。

白玉兰却很大方地说："没人——她们夜班。"

人有旦夕祸福。

一星期后，在和〇二厂的交流训练中，创断球时扭伤了足踝，不得不卧床休息。

知道创受了伤，小叶就以同事的名义，常到创的宿舍来看他。每次来都给创带吃的。小叶从不去灶上给创打饭，在饭馆给创端。宿舍的一张小桌子上，国营食堂的撇口碗就摞了十几个。小叶的毛病是只拿不送。创每说一次，她就说：“食堂的碗多得是，哪在乎这几个，再说，除了食堂卖饭用，这种破碗谁要？下次我全拿出去扔厕所得啦。”把创气得真想在她的嘴上拧一下。

开始创不能跑，是申下班后来给他按摩擦药的。创很感谢他们，觉得，能交上几个好朋友，处处都是路呢！

几天后，创好一点儿，能下地扶着桌子走几步了。小叶仍然每天下班后就来。“我来，不为别的，就是想来陪陪你。”小叶每次来，都会毫无廉耻地这样说。

创一次又一次地被这个北京姑娘感动着。

创躺在宿舍没事，就拿出申给带来的《悲惨世界》看。看得累了，就从床下探出那壶不加浆的高度白酒喝上一口。

已经立了秋，天气似乎没有那么热了，但蚊子却多了且咬人也更厉害，创换了一只小点的灯泡看书。他眼盯着书耳朵却听着外边，小叶又象征性地敲一下门，就进来了。创见小叶进来了，就撑着下了地，坐在椅子上。令创没有想到的是，小叶进门二话不说，用脚踢上门，蹬掉两只鞋，直接滚到了创刚才躺着的床上，还长长呼出一口气，说：“让我也来享受一下吧。”

小叶的举止，让创十分惊慌。万一有人敲门进来，创就是有一万张嘴，恐怕也说不清了。

创正惊慌无措时，小叶却说：“小张，你能不能告诉我，我最近怎么就一直想见到你，一天不见，心就空得慌。”

创看一眼灯下的小叶，小叶用灼人的目光盯着自己，像在等着他的回答。

“你疯了吧？”创平静了一下情绪，以过来人的口气说。

“大概快了吧。为了你，我迟早是要疯的。”

“越快越好。不过，你老人家可千万别赖上我。”

小叶又坐起来，看着创的脸说：“你干吗那么清高，真的一点儿都不想吗？”

现在的创，可以说是百爪挠心。他知道，他现在正在法网的边缘走钢丝，心理稍为失衡，就会栽进法网里边，成为万劫不复的罪人，从而失去他想要的一切；如能保持清醒，把握好自己，掌握好分寸，就能保持自身清白，从而保住名声，保住工作，保住来之不易的饭碗。权衡之下，他硬硬心，伸手去拉小叶，想把她从床上拉起来。但是，小叶却顺势扑进了他的怀里，嘤嘤地抽泣。

闻着怀里这个北京少女身上好闻的气味，看着她桃花带雨的娇艳面容，创感觉到怀中的小叶，正在雪一样慢慢地融化着，说不定会变成轻风，悄然逝去。他稍一低头，小叶鲜嫩的小嘴就贴了上来，喃喃地娇喘着："给你吧，给你吧……这是第一次，也是最后一次……"

已经难以控制自己的创，迷惘中似乎又回到了南坪，看见了那个充满苦难的家。创一激灵，恍惚看见了法院常贴在大十字墙上的布告……

……破坏军婚罪，判处有期徒刑……年。

……破坏知识青年上山下乡罪，判处有期徒刑……年。

……流氓罪，判处……

突然，创浑身发抖，难以控制自己，一边是温柔之乡，一边是牢狱之苦，何去何从……

终于，创狠了狠心，颤着声在小叶耳边轻轻地说："原谅我，小叶，我不敢，也不能……"

离国庆节只有十几天了。商业局的篮球队也集中训练了半个多月。根据县里的指示，县体委决定在国庆节前，各单位的球队进行一次选拔赛，赛后，在各队抽出一些技术比较过硬的队员，组成一支势力较强的球队，代表县里参加地区的篮球友谊赛。

下午，商业局的篮球队没有训练，休整一下午，以备晚上的球赛。队员们信心很足，要把憋了二十多天的劲，在今晚拿出来。创和小方两个主力队员尤其兴奋。今晚，终于可以在全县的比赛中一显身手了。同时，创也略有担心，他知道，打篮球不是拼蛮劲，想打好一场球，讲求的不光是个人技术，更重要的是团队精神。诸如场上配合，战略战术，人员调配、场外指导等，都关系着一场球的成败。

今晚，第一场比赛和商业局对阵的，是〇二厂球队。这是一支个人技术超群的球队，所有队员，创都熟悉。队长大李，一米九〇的山东大汉，从部队转业进厂，听说在部队时，就是某大军区的篮球队员，投篮从不起跳，举手直接往篮框里放球，是创的一个强硬对手。其余的队员都各有特长，尤其是那几个天津知识青年，在场上常常是死缠烂打，把对手搞得疲惫不堪。

局里对今晚的比赛，做了精心安排。队员从中午开始，就集体行动，并安排晚上统一在三饭店吃饭。后勤组管中场休息的开水供应。又在各公司抽出一百名青年男女，组成了阵容强大的啦啦队，晚上为商业局球队助战喊威。

大家都是年轻人，能吃好玩好打好球，真是他妈的痛快事。

没有什么仪式，没有什么开场白。晚上八点，在公安局灯光篮球场，商业队和〇二厂的首场比赛准时开战。

球场四周坐满了人，光商业局的百人啦啦队就占去了球场边上一大半的地方。最惹眼的是记分台边上，也放了两张长条桌，据说是县里的领导也要来观摩比赛，更给这场比赛增添了气势。

哨声一响，争球开始。创和大李同时起跳，同时击球，球被大李击中，落入〇二厂手中。很快，球又传到大李手上，三大步，已到篮下，狼急忙上前阻挡，大李长臂一伸，球入筐中，〇二厂先得二分，赢得场上一片掌声。

狼的阻挡没有成功，显得有些焦躁。再见大李抓球上篮，便使出了宰牛的蛮力，伸手扭胯，“啪嚓”一声，大李倒地。狼抢球在手，看也不看，低头猛向下场掼去，没等球到落点，创便半路冲出，凌空跃起，一只手直接把球送入框中，商业队亦得二分，扳成平局。

好……场上响起一片掌声和叫好声。

当〇二厂再一次投篮未中时，篮板球被狼再一次夺得，又是用劲向下一摔，创在前场又是一个漂亮的鹞子翻身，球入筐中，赢得一片掌声。

商业局的百人啦啦队喊声震天，一时间，球场上空哨声、掌声和喊叫声响成一片。场上，创飞跃突奔在前锋，狼腾挪阻挡在后卫，另外三个中锋队员在中场或运或传，左退右进，极为默契。

记分台边，体委和县里的领导，也一个个瞪大眼珠，主要落点在创和小方还有○二厂大李的身上。也随观众时不时拍拍巴掌，发出一声声的叫好声或惋惜声。

创眼角的余光看见了坐在○二厂啦啦队里的白玉兰。她似乎对今晚的比赛没有太高的兴致，坐在凳子上，漫不经心地看场上的比赛，双手在下面飞快地织着一件毛衣。创想，她是什么时候从上海回来的呢？这一分心不打紧，球却被对方从他手里夺走，传给大李，大李在篮区边上远距离起投，中了，三分有效。又是一阵高亢的喝彩声和热烈的掌声。

创再不敢大意，赶紧收回心绪，向下场发球的狼冲去。创知道，前锋队员跑向后场，有违战术规则，但大李的三分远投激怒了创，他还是跑了下去，接了狼发过的球。创并不急于传球，他似乎也想来一个三分远投，就以花哨的动作，运球穿场。闯过了一关又一关。虽然中锋队友在他身边左穿右插，要他快速传球进区，但创却像要执意表演一样，在场上变着花样过人闯关。见其他队员阻挡不住创，大李冲过来要亲自下手，创却像故意要逗大李一样，在大李身边前腾后挪，动作或假或真，玩出了许多意想不到的花样，使大李也无法得手。就在这时，意想不到的怪事发生了。只见白玉兰突然撂下手中的毛衣，显得极度亢奋，涨红了脸，跟着场上的创，操着南方普通话，尖声大叫："大一张！大一张！大一张！……"白玉兰的表现，足以使○二厂的啦啦队员跌破眼镜，甚至忘了叫喊助威，连商业局的啦啦队，也停止了叫喊助威，全场只剩下白玉兰一个人在追着创，忘情地又跳又叫。场上的创，并不知道场下发生的事情，仍在场上忘乎所以地运球表演。刚过中线，创就猛收脚步，发力弹跳，举手，投球，一连串动作，瞬间完美完成。"唰"的一声，球入篮筐，三分！

哇——全场响起一片掌声、尖叫声，还夹杂着刺耳的口哨声。

这些声音里，有对创的赞扬，也有对白玉兰的嘘声。

在这沸腾的场景中，谁也没有注意到，坐在记分台长条桌子后面的一位领导，对身边的一个工作人员说着什么，并不时地对创和狼指指点点。大家都已陷入篮球比赛的狂热中，谁也没有注意到他们究竟说了些什么。

中场休息时，创和队员交换着比赛的看法，总结着下半场要注意的问题。创上半场的超常表现，达到了美不胜收的效果，让观众大饱眼福的同时，也让创出尽了风头。这时，创擦着汗，不时瞟一眼对面的白玉兰。而此时的白玉兰，又坐在那里专心织她的毛衣，表情淡漠，和刚才场上的她简直判若两人。

她是什么时候从上海回来的呢？创又一次想。

很快，全场比赛结束，商业队以一分之差险胜〇二厂队。这一分还是全场将要结束时，创被罚球赢来的。

接下来是县中队和农机厂的比赛，也是两支实力较强的球队，但观众已走了一大半。

创肩上搭着衣服，快走出篮球场时，又无意地往回看了一眼。白玉兰刚才坐过的地方，早已变为空地，连同她坐过的凳子。

第二天晚上，是商业队和县中队的比赛。正在创和狼一块商量如何猛灌县中队一场时，创却被通知，根据领导的意思，今晚的比赛创不要参加了。

这个决定，不但让创，更让商业局以及球队的队员们感到措手不及，这太意外也太不合乎常理了。

“为什么呀?”创愤愤地问队长。

队长火气冲天地说：“你问我，我他妈的去问哪一个去!”

第二天，创便得到了正式通知，创以后可以参加练球，但不准再打任何公开赛。

这次事件，让创又一次受到了沉重打击，情绪一落千丈。他到底想不明白，这是为什么？

再后来，一些消息从小道流出来。原来，那天商业队和〇二厂的第一场比赛，在这个山城小县，实在太精彩了。不巧的是，那天晚上来观摩比赛的领导，是县革委会的一位副主任，也是在“文革”中上台的革命干部。观摩中，他被创的高超球技和精湛表演所折服，就指着创问他身边的一位秘书。更不巧的是，这位秘书竟是几年前和县武装部的寥参谋一起扒过创的新兵服装的刁部长，就把创当年因参加过“红字号”而被取消了入伍资格的事说了出来。更让人惊异的是，这位副主任多年来就一直不能听“红字号”三个字，一听就要抽筋。他当即表态说：“我说呢！这个人怎么这么张狂，在球场上忘乎所以地上蹿下跳，完全是个人英雄主义嘛。你马上通知他，以后不准再参加任何比赛，让我不要再在赛场上看到他……”

就这样，创被剥夺了参加篮球比赛的资格。

六

当创弄清了他被罢赛的原委后，心里反而释然了。当年在南坪报名参军，眼看就要上车前往军营了，却被公社武装部的刁部长和县武装部来的寥参谋一起强行扒去了他身上的新兵服装，取消了他的参军资格，毁灭了他想当解放军的人生理想。仅仅过了三年，在这个不大的小山城里，在他新生活刚刚起步的时候，又被强行终止了他的篮球参赛资格，而且都是同一个理由，两次竟然都是遭遇了刁部长抑或是刁秘书的黑手。冤家路窄吗？也不尽然。创觉得，也许这就是人生的宿命。

创向商业局领导提出，不让打比赛可以，不过，他也不再参加球队的篮球训练活动。“从此以后，让我干什么都成，就是别让我再摸篮球。”创说。

“红字号”三个字，成了创的人生魔咒，也成了创的人生阴影。每在创的关键时刻，它就像从阴曹地府里飘出来的冤魂一样，一次又一次残酷地斩断了创的人生希望。

在强权的践踏下，创只能悲愤而绝望地长叹一声，命啊！

释然之后，创也不再过多计较，他回到批发部，只想干好他的保管工作。

又发回来一车烟，三百件。王二广打电话叫装卸工时，创按住了电话，说：“王会计，不要叫装卸工了，我来卸。”

王二广又挑起一只斜眼看了创一会儿，好像突然明白了什么，说：“就你，一个人？”

“就我一个人卸。”创说着，就脱去了外衣，连围裙和袖套也不带，只穿了一件背心，就车上车下地干开了。

现在的创，正在强迫自己学会忘却。他要用强体力劳动，遏制自己对过去事情的追忆，在劳累中忘掉过去。

气候刚进入秋季，这个地处中条山下的小山城，就早早地显出了秋的萧瑟。树叶急急忙忙地发黄飘落，野草衰败枯萎。人们早已穿上了厚厚的外套，创却只穿了一件背心，从车上到库房，一趟又一趟，干得汗流浃背。

王二广靠在业务室的门上，有些开心地挑起一只斜眼，看创在挥汗忙碌。他乐意看倒了霉的人自己惩罚自己。

水流长作为创的同事和师傅，似乎有些不忍，就过来也从车上往下卸，却被创夺下烟来放回车上，赌气地把他推回了库房。小叶看看挥汗如雨的创，就从业务室拿出一条毛巾要递给创，却被创一把夺过扔在了地上。

“骡!”小叶骂一声，返回业务室。

创就是这样，在自虐中学会忘却。许多时候，创实在无事可干，就双手把自己吊在院中的老海棠树上，吭哧吭哧地上下拉动，每当这时，就会引来王二广那不能理解的斜斜的目光。

晚饭后，创没有回宿舍，他想去申家里借几本书，以便打发长夜无聊的时光。当推开申家的小木门时，创的心里一懔，他看到申正爬在两副摞起来上面还苫了一张布的白茬棺材上写东西。申见创不请自来，很高兴地站起来，吟道：有好友来如对月。创略一思索，想起自己是来借书的，便随口回道：得奇书读胜观花。

“哈哈哈。”二人随即大笑。笑声中，申明白了创的来意，创也暂时忘却了自己的烦恼。

两副摞在一起的白茬棺材，阴森森地摆在那儿，总是让人有些惊心。但申却能毫不在意地把它当成书桌，而且能夜夜爬在上面安心地写东西。

申把创让到一张因缺了一条腿而靠着墙的椅子上，问：“最近忙什么?”

“装车卸车。”创随便回答一句，眼睛却浏览着一个小小的书架上的书。

见创心不在焉的样子，申疑惑地问："怎么装车卸车，你是装卸工吗?"

"我自己想卸。"创说着，就走到棺材旁边，想看看申在写什么，却惊奇地发现，他正写一本医学方面的书，草稿已写了厚厚的一摞。翻过首页，上面写着"蚕蝌避孕散的临床应用"。创的心里涌出一阵钦佩之情来。觉得这个申很不简单啦，白天当医生给人治病，晚上写医书探讨学术。租住的竟是这么一间小破屋，里边还挤着房东的两副令人心惊的空棺材。

创正胡思乱想，申又问："碰上什么不愉快啦?"

听了申的问话，创觉得他好像已窥见了自己的心灵，又认真看了申一眼，觉出这是个见多识广，有一定的学识水平的人，似乎是一个可靠的倾诉对象，就把自己最近遇上的糟心事给申说了。说着又勾起了创的不平和悲愤来了，不由地骂了几声娘。

申听了，并没有安慰他，而是很平淡地说："现实生活中，这是件很平常的事，你之所以在意，是你经见得还太少。很多时候，强权剪除的总是弱者，更何况你的头上顶了一顶他们已经看不惯的红帽子，仍在他们的视野里招摇，张扬，而不时地触动着他们心中的某一痛点。他们对你做出的这一莫须有的决定，是他们对一个社会阶段的无聊发泄，而对你却产生了伤害。"听了申的话，创觉得他说得太有道理了，但又不知道道理在哪里。"所以，做人要平淡，行事要低调，凡事不要强出头，记住，枪打的是出头鸟。咱们都是小人物，生活在社会的最底层，我们最好只当观众，不要去当演员。曾有一副对联说得挺有意思：凡事莫当前演戏何如看戏好；为人须顾后上台终有下台时。其中，包含了许多做人的道理。"申一气说完，看了看创。

现在的创，只有听的份了。只有修炼到一定的境界，才能说出这些震聋发聩的道理来。

"我们应该去认真对待生活，但又不能太在乎细节。古人所说的游戏人生，修炼不到一定的境界，是总结不出这样的话来。创，多读书，读好书，就能悟出一些人生真谛。"申说。

"我不知道该读些什么书呢！平时就是拿起什么看什么。"创诺诺地说。

“中国有好书，外国也有好书，要不，我可以给你列一些外国书，大部分我都有。”申说着，从小柜子里拿出一个黑黑的小锅，倒些水坐到火上，又拿出一个小铁皮罐子，从里面往外倒了一些黑色的小颗粒，投入锅中。一会儿，当锅中的东西煮起来时，申用一把长柄小勺搅了搅，又往锅里加入一勺白糖，锅里就飘出一股奇怪的香味来。

申端下小锅，给创倒了一杯，说：“给你煮了一杯黑咖啡，你尝尝，如果苦再加些糖。”

创从没见过这种叫咖啡的东西，更没有喝过。他有些好奇地端起来闻闻，一股苦香味直冲鼻腔，像煮熟了的苦荞麦，却比苦荞麦香得浓烈、悠长。

“咖啡提神，我给你煮了一杯，让你清醒清醒头脑。”申笑着说，“这还不是最好的。地道的喝法是用咖啡豆现磨，现煮，现喝。”说着，申端起另一杯，吹吹上面一层厚厚的浮沫，喝一口，又说，“今晚煮得还行，你喝喝看，要喜欢，我送你一些，让你回去不断地清醒着。”说完大笑。

创也笑笑，端起来，撮起嘴唇喝了一小口，感觉微苦且有一股淡淡的香味，后味很长，就几口喝完，准备回去。他没拿申的咖啡，拿了申一本《基度山恩仇记》，一本《斯巴达克思》。创很高兴，不仅仅是今晚喝了申的能提神醒脑的咖啡，觉得能交申这样一个有学识的朋友，是一件值得高兴的事。

当创走回宿舍时，远远地看见门前站了一个人，焦急地走来走去，像在等人。走近了，才看清，竟是白玉兰。

白玉兰看到创回来，显得老朋友一样，很熟络地靠过来，责怪地说：“大张，晚上你去哪儿了，让我一个人等了你大半夜。”

听了白玉兰的话，创也很高兴地说：“不知道你要来，要知道我还能故意出去？”

白玉兰把手里的包往肩上一摔，跟着创进了宿舍。

宿舍里很零乱，处处显示出单身男人的生活现状。创指指椅子，白玉兰却不坐，急急地打开包，拿出一件黑色的毛衣来。创看到，这正是前几天她在篮球场上织的那一件。

白玉兰抖开毛衣，把创拉过来，让创伸出胳膊，说：“我回上海时，买了二斤毛线，用了八张工业券呢！给你织的，穿上试试。”

创能听见自己的心跳声。能穿上一件上海姑娘亲手织的毛衣，创感到幸福和满足。他对白玉兰说：“我怎么敢穿你亲手织的毛衣呢，可惜了吧？”

“看你说的。我回家，你给我带了那么多好东西，我妈妈让我特意感谢你的。”白玉兰的脸微微地有些红了。

“那些东西，不值得你谢。买毛线多少钱，我给你吧。”创穿上白玉兰织的毛衣，感到身上和心里都暖暖的。

“说什么呢！”白玉兰一边前后为创抻毛衣，一边说：“大小还算合适。”

在白玉兰为创穿毛衣时，创又一次闻到了白玉兰身上的少女气息，就有些冲动。他也拉拉身上的毛衣，真想抱抱眼前这个让人神醉情迷的上海姑娘。

这一晚，创真的失眠了。不知是因为喝了申的能提神醒脑的黑咖啡呢？还是因为穿上了白玉兰织的暖人心窝的黑毛衣？

创一个人在床上折腾了大半夜，天快亮时才合上眼睛，满脸笑意地浅浅睡去……

……创起早走出家门，发现地上落了薄薄的一层雪，看看天空，很好看的雪片仍在慢慢腾腾地飘落。创先就吃了一惊。昨天下午刚种上的苦荞麦还没出土呢，怎么就遭了这一场雪呢？多亏才种下，要是已经出了苗，肯定要被这场雪冻死。创想着，就返回去想问问母亲，要不要用草帘子把刚种下的苦荞麦苫起来。母亲不在家，创就大声喊了一声“妈，你在哪里？天已经下雪了，要把种下的苦荞冻死了呢。”扭转头，却看见母亲就站在他身边，也很着急地对他说：“赶紧些，抱上被窝，把苦荞麦苫好，千万别让冻死了。”听了母亲的话，他就有些糊涂，窑里明明有草帘子，为什么非要用被窝苫苦荞麦呢？创还想再问，母亲却已变了脸色，指着他要骂。更让创吃惊的是，父亲突然不知从哪儿钻出来，像大家伙一样，跳着一只脚，手里举了一根木棒要打他。创见势不妙，也不敢再争辩到底用什么去苫苫荞麦更好，赶紧朝大宅门外逃去……

大宅门外，却和院子里是两番景象。外面根本没有下雪，却刮着很大的西北风，直刮得大宅门外那株百年老槐在沉闷地低吼，听上去像一个老人在悲伤地恸哭。老槐树的根上，刚长出了一株南瓜，青油油的，很是可爱。创欣喜地蹲下去，用手扶了扶嫩嫩的南瓜秧苗，南瓜就慢慢地长出了瓜蔓。创惊奇地看着，翠嫩的南瓜蔓在不断地生长，延伸，向前爬去，最后穿过了门前的一条小河沟，爬进了河边上的一块小菜园里才停下来。创看看，小菜园不是自己家的，这是谁家的菜地呢？创想不起来。他又看见，菜地的一头，有一匹很可爱的小枣红马，不停地来往驰骋，还不时发出一两声令人恐惧的笑声。创怕不停奔跑的小马踩坏了这株可爱的小南瓜，就对着小马大声喊，别跑，当心踩坏了我的南瓜……

创在喊叫声中汗津津地醒来，却发现自己狼狈地躺在地上。被子堆在门边。创坐起来在地上想了一会儿，不明白自己刚才怎么就做了一个这样奇怪的梦，而且从床上掉到了地上。他朝地上狠狠地啐了一口，什么个意思呢？

创回到床上，一直想着刚才的梦。明明是长在自家门前老槐树根上的一株南瓜，为什么瓜秧偏长到别人的地里去了呢！还有那一匹小红马，发疯一样在地里奔跑，还发出了人一般的笑声。这些，都是什么预兆呢？创一般不相信梦，但他认为他历来做的梦，事后都得到了精准的验证。他现在还不能知道这个梦对他是吉是凶。不过，仅仅过了十年，创做的这个梦就得到了可怕的应验，使他的良心一生倍受折磨，洒尽了懊悔悲伤的思亲泪。

饭后，创到批发部照常上班。看看一切正常，并没有要发生什么事情的迹象，一颗悬着的心才慢慢放下来。

九点钟，当创刚给一家基层社出完货，就听见王二广在业务室大喊：“创，你的信。”创听见王二广喊有他的信，就想，要来的还是来啦，便怀了一颗忐忑的心进业务室拿信。原来是一封很平常的家信，大妹写给他的，见此创的心稍为平静了一些。

没有人出货，创就走到老海棠树下，打开了家信。

……嫂子昨天坐月子了，生了个女儿，大小平安 ，放心。小侄女很娇，很乖，妈妈说，你要不忙，就回来看看女儿……

创看完信，高兴得差点跳起来大喊，我有女儿了，我也做爸爸了。但是他没有，虽然心里的高兴劲儿难以掩饰，他还是很平淡地把信装进口袋，就像什么也没发生过一样。他在尝试着低调做人。

创一整天都处在激动的兴奋状态中。每想到自己也做了父亲，他就急于想告诉朋友，也想告诉同事，让大家一起分享他的快乐。不过，他最终决定先告诉申，还有小叶这个调皮可爱又狂放无羁的小满满。白玉兰呢？告诉她吗？

自从上次以后，小叶每见了创，就有意无意地躲着他，流露出一种被人小瞧了的自卑情绪。创也觉得对不住小叶，也曾后悔过。如果那次依了她，是否一切将会发生改变？不过，法律是铁面无情的。创知道，一个人有事没事，最好不要去和法律开玩笑。

下午上班后，创走进业务室。只有小叶和一个高高大大的男青年坐在那里，兴致很高地谈笑着。男青年见创进来，站起来很礼貌地和创点点头，算是打过了招呼。小叶却绷着脸说："王会计开会去了。"就不再说话，好像厌弃创的进来。创不认识这男青年是谁，就站在小叶的桌子前说："小叶，我是想跟你说……"创正准备把口袋里的喜糖掏出来，男青年马上站起来又朝创点点头，用很标准的普通话说："你们忙，我先走了。"说着，就往外走去。小叶也站起来，走过去，帮男青年抻抻衣角，很亲热地对着男青年的耳朵，悄悄说了句什么。创没有听清，直着眼睛看着二人走了出去。

过了好一会儿，小叶才回来，一脸正经地问创："我谈的男朋友，怎么样？"

"小伙很帅，风流倜傥，和你很般配。"创恭维地说。

小叶脸上掠过一丝笑意，朝创翻了翻眼皮："真的？不过我觉得还是不如你。"自那次后，小叶和创在一块，总是找机会挖苦他。

"屁话。"创赶紧从口袋里掏出糖果来，放到小叶的桌子上，岔开话题说："你吃糖。告诉你，我当爸爸啦。"

创刚说出口，小叶就从桌子后跳了起来，差点儿带翻了椅子："真的呀，我以为你他妈的一直在骗我呢。"

"我从来就没有骗过你。"创认真地对小叶说。

"原来你真的结了婚呀。"小叶像是突然明白了。"你呀，只是长了个傻大个子，其实生了张娃娃脸。妈的，你还能骗许多姑娘呢。"小叶有些愤愤地说。

创听得有些不是味，说："你吃糖吧，别再满嘴喷屁了，我可从没骗过你。"

小叶从桌上拣了一颗酸溜溜，把其余的又推到创跟前。创说："都是给你的。"

"一颗足矣。"小叶吧唧几下嘴巴，"本姑娘就爱吃酸的。"

创也笑笑说："明天跟领导要求一下，最好把你调到加工厂做醋去。"

晚上下班后，创又急急向申的家走去。当走到院门外，远远听见了申家里传出一阵悠扬的胡琴声，听上去有些凄凉，像一个沧桑老人在向人诉说着自己的人生不幸。创想，难得申今晚有空，竟有心情拉琴，就是拉得有些悲怆。

创推开门时，看见坐在棺材盖上面拉琴的并不是申，而是一个清瘦的青年。苍白的脸上显得有些病态，架了副白框眼镜，见创进来，就停止了拉琴。

申正低头炒萝卜菜，见创进来，向青年介绍说："创，糖业公司的保管，朋友。"又指了指拉琴的青年，对创说："康仁，农机厂工人，我的老乡。"

叫康仁的青年和创拉拉手，说："很高兴认识你。"

创也笑笑："你的琴拉得挺好。"

申接过话头："康仁最近心情不好，刚才拉了一段《病中吟》。"

申和康仁一边吃饭，一边给创说了康仁的事。原来，康仁最近遇上了婚姻上的一件麻烦事。他在厂里谈了个女朋友，已发展到了谈婚论嫁的阶段。女方的家里倒没有什么，女方有一个在县委车队当队长的干爹，却不同意，说康仁的家庭成分有些高，怕影响了干闺女将来在社会上的生活地位，就给厂里和公社打了招呼，不准给他们开领证证明，更不让公社秘书给办理结婚登记。康仁和女朋友上下跑了一个月，仍然办不了结婚登记手续。这一对着急结婚的恋人为此事很伤心，也很无奈。眼看着这对自由恋爱的青年的婚姻将要无果而终。

创听完，气愤地在棺材上踢了一脚，棺材发出了一声很空洞的闷响，说："他妈的，这算什么事呢！这样吧，这事让我来想想办法，我就还不信了，只许州官放火，不许百姓点灯！"

当创又一次踏进南坪村时，已是深秋的一个黄昏。创是搭了林场的拉货卡车回来的。村子里很宁静，劳累了一天的村民有些已经早早躺下了。创背着他的挎包推开了屋门。一股月子房里特有的气味，伴随着一股很浓的奶腥气味，冲创散来。小妹先看见了创，欣喜地叫一声："我大哥回来啦。"

创放下挎包，向炕边走来。二巧的头上严严地包了一块包巾，靠在被垛上。她看一眼创，脸上布满了居功的神情。母亲坐在炕边抱着孙女儿，高兴地一边晃动身体，一边喃喃地和孙女儿说着听不清的悄悄话。

创看一眼躺在母亲怀中的女儿，女儿粉嘟嘟的小脸上五官端正，睁了一双水灵灵的大眼睛看着奶奶，像要努力听懂奶奶在跟她说什么。

"过来抱抱你闺女。"母亲对创说。创过去盘腿坐上炕去，接过母亲怀中的女儿，也学着母亲的样子，一边摇着女儿，嘴里却不知道该说些什么。他低头打量着女儿，在女儿的脸上寻找着和自己一样的地方。他觉得女儿哪儿都像自己，就是小鼻子翘翘的，像二巧。

大概是创不会抱孩子，女儿在他的怀里只躺了一小会儿，就咧开小嘴哭了。

二巧过来，从创的手上抱走了女儿。

七

天气越来越冷了，创在糖业烟酒公司当仓库保管也快够一年了。商业惯例，每年年底，各公司的所有仓库和零售门店，都要彻底清盘一次，看一年经营有无出入。糖业烟酒公司的库房，库存量较大，每清盘一次，都要把货物搬来搬去，很费力。清点完存货还要算账对账，大概需要一星期的时间，才能彻底盘完，开仓批货。

创和水流长经管的烟酒仓库，已经整整地清点了三天，创也整整地搬了三天的烟酒。光卷烟的品种就有二三十种。低中档卷烟的存量较大，像绿叶、马樱花、黄金叶、金钟等大众化卷烟，每种都在一百箱以上，而大前门、大生产、飞马、恒大等高档卷烟，每种也就是几箱或十几箱。由于长年在烟库出入，创的身上总是飘散着一股淡淡的卷烟味。

根据规定，每年盘库，公司都要派专人监盘，但今年派来的监盘人，只在盘库的第一天监盘了一上午，就再也没有来。他给王二广说，他有点事，让自己盘，盘点表上他签字就是了。

创是第一次参加盘库，清点时就要把货物搬来搬去，这活儿主要靠他。水师傅和王二广一箱一箱，一条一条，甚至一盒一盒地清点卷烟。小叶拿了盘点表，一样一样地仔细填写。创觉得虽然搬货累了点，但盘库工作有条不紊，进行得还算顺利。创在百忙中时不时地就想起了自己粉嘟嘟的女儿来，禁不住一阵激动。烟库盘点，只用了三天，基本就清点完了，创觉得一阵轻松。接下的工作，就是计算合账，这活主要靠王二广和小叶干，水师傅则坐在旁边抽烟，有时也帮王二广打打算盘。

最近，听和创一起参加工作的同事私下传递的消息说，他们这一批新招的职工，年底可能要提前转正。只要没犯什么错误，身体没什么大毛病，一般都可以转为国营企业的正式职工。转正后的工资，将由试用期的二十块钱增长为二十八块五毛钱。创庆幸自己今年的运气，虽然中间小有不快，但也无伤大雅。自己成了正式工，又涨了工资，更让他欣喜的是自己有了女儿，做了爸爸，可谓喜事连连。且不说自己还有两个赏心悦目的朋友。高兴着就想起了答应过朋友的事，就决定去给康仁把《结婚证》的事打听一下，看能不能办得了。

找谁呢？创想，这事既然在城里被阻挡着办不了，就只能到乡下的哪个公社去碰碰运气了。他想起了在潘家园供销社当主任的老孔和他在一起喝过几次酒，就在电话上把想办的事给老孔说了。过了半天，老孔才在电话里说："你屌不是在给老子出难题吗？哪有没见人就敢扯证的，犯法呀！"

仅仅过了一天的时间，创坐院子里的老海棠树下正想《结婚证》的事呢，王二广和小叶他们在业务室噼里啪啦地打着算盘对盘点表。创一抬头，看见大门外站着灰头灰脸的老孔，正在鬼模鬼样地朝他招手。创一阵窃喜，《结婚证》的事有门了。

"啊，老孔，你上来啦，办成了吧。"创跑出去，急着问。

老孔大概刚下车。他在脸上摸了一把，说："你也不问问我吃了没有，就先问你那屌事。"

"走走走。"创把老孔推进了对面的小饭馆。刚坐下，老孔就从怀里掏出一卷包得严严实实的东西来。他先看看四周，把手伸到桌子下面慢慢打开，两张空白《结婚证》呈现在创的面前。老孔慢慢地说："你千万别说出去。我姐夫在潘家园公社当秘书，我从他那儿弄的。你可千万别连累了他老人家，还有我姐呢！"

创高兴地捣了老孔一拳，说："操，我请客，炒饸饹管饱。"

晚上，创进了申的家，他要把这两张担着风险搞来的空白《结婚证》送到康仁的手里，使他们尽早成为合法夫妻；也想让康仁女朋友的那个在县委小车队当队长的什么干爹，知道知道在这个世界上，还有一个比他"魔高一丈"的人。刚进申的家门，就看见了康仁那张隐在浓重的烟雾中的哭丧脸。创再不忍心看，急忙拿出空白《结婚证》来，很豪气地往棺材上一摔："给！"申拿起来仔细看了半天，才如释重负地说："创，你真行啊！"说完，还跷了跷大拇指。

申拿出笔来，爬在棺材盖上，很郑重地在两张空白《结婚证》上分别填上了康仁和他女朋友的名字，然后递到康仁的手上，说："填上名字，就正式生效了。康仁，从现在起，你们就是受法律保护的合法夫妻了。我和创都祝贺你。"说着，他一手拉了康仁，一手拉了创，说："非常感谢你，创，你为朋友办了一件大大的好事呢！"

康仁双手捧过这两张映着红光的《结婚证》，像捧着自己未来的家庭，更像捧着自己的人生，激动地差点儿没给创跪下。他的眼里闪着泪光，看一眼《结婚证》，再看一眼创，颤着嘴唇说：“兄弟，我真不知道该怎么感谢你。不过，大恩不言谢，如果我姓康的还有出头之日，也一定要为兄弟办一件像模像样的大事情，请你记住，我绝不食言。”说着，就要给创鞠躬，却被申扶住了，说：“大家都是朋友，就不必讲过头话了。创现在的工作条件，决定了他的办事能力，给你搞两张空白《结婚证》，对创来说，也只是拉拉关系走走后门的事，说白了，就是一种交换行为，你也不必太在意了。”

说话间，康仁出去转了一圈，买回一瓶白酒来，说要和朋友一起同饮一杯，以示庆贺。申当即从一个小缸里捞出一个咸萝卜，用刀一劈三瓣，三个人就围着棺材喝起酒来。

又过了一天，王二广他们才把盘点表核算完了，创却觉得气氛有些不对。看见王二广阴着一张脸，也顾不上再挑那一只斜眼，一整天坐在桌子后面，把一沓沓的进货单不停地翻来翻去，还不时地拨拉几下算盘。过一会儿就和水流长嘀咕几句，再一起跑进库房，数数某一种商品。

创只以为是把哪一种烟点错了，几次想问，但看看王二广凝重的表情，也不便插嘴。王二广和水流长也不管创和小叶在干什么，只是不停地翻进货单和盘点表，不停地打算盘，不停地在库房跑进跑出。

虽然没小叶什么事，但她也知道肯定是盘点盘出问题来了，坐在那儿不敢离开，却没心没肺地嗑着瓜子儿。

创闲得无聊，又跑到老海棠树下开始拉臂。王二广和水流长从库房出来，突然，王二广停下不走了，又挑起那一只斜眼，有些恼怒地对着创看。这一次，创觉得王二广那只斜眼在往外喷火，而且是朝他喷过来的，心里就有了一丝惧怕，忙把自己从老海棠树上放下来。他想，正着急上火的王二广，说不定会冲过来踢他一脚。

又一天过去了。烟库的盘点仍没有明确的结果，创的担心加重了。因为，快到年底了，也就是传言中他们也就要转正了。如果烟库在这次盘点中万一有什么事，让他已经辛苦了一年才盼来的好事，就要泡汤了。他每次进了业务室，都想问问结果，但每次看到王二广和水流长的表情和忙碌的样子，就打消了问的念头。

创有了一种预感，肯定是错货了或者是短货了。

又过了两天，早已过了原定的盘库时间。着急进货的供销社和各门店不断地打电话询问，公司也一直催问盘点结果，公司派的监盘人也来了好几次，都被王二广糊弄走了。

盘库的第九天下午，批发部才开了个会，决定会后就开仓批货。会上，王二广讲了一下盘点情况，说，这次盘点出了点儿小情况，正在查找，不过不会是什么大问题。创因为担心出了问题会影响自己的转正，就问："王会计，这都好几天了，究竟是什么问题，是短了货还是短了款?"

"都一样。货也是款，款也是货。"王二广并不正面回答创，绕着说。

小叶和创怀着同样的担心，就说："王会计，你作为批发部的负责人，应该及时地把真实情况通报给我们，我们也在批发部工作，担着同样的责任呢！我们也有知情权呀。如果真是短了货或是短了款，我们大家要积极想办法，千万别拖成了大问题。"小叶嘎嘣儿脆的北京话，说得合情合理，也说得王二广再没有绕圈子的退路了。王二广挑了挑斜眼："短款？短了还了得，告诉你，这一次是长了款呢！"

一听王二广说长了款，创的心一下子就落了地。长了总比短了强呀！长了款虽说大家不能分，总比短了款要赔强吧。只要不短，就形不成事故，也不会影响他和小叶的转正了。

这时，水流长却慢慢腾腾地说："长了款也不见得就是好事情。库房的货，是一个萝卜一个坑，哪能平白无故就长出钱来呢？有长必有短！"

水流长的话，又让创已经放下的心提了起来。他虽然不懂"有长必有短"意味着什么，但他毕竟是从农村出来的，萝卜和坑的关系他还是知道的。小叶显然也沉不住气了，她对水流长说："水师傅，既然长也是短，短也是短，不如我们先把这钱补上，免得我们批发部成了事故。"

小叶还没说完，就被王二广打断了。他瞪着小叶说："赔，赔什么赔！你姓赔呀？你能有多少钱赔！不管是长了，还是短了，肯定还是错在哪儿了。除非是你遇上了傻子，交了钱不拿货。"

盘点表上明明是长了钱，怎么非说是短了款呢。创听得都有些糊涂了，不知道这究竟是长了钱还是短了款。

王二广说："明天，我们就开始下单出货，要进货的都等不及了。不过，这次盘点的情况，在没有彻底搞清楚之前，都不要出去乱说。咱们都再好好回忆回忆，看有没有下单没提货的情况，我再跟咱们供货的上家对对，看有没有出入。关键的话，我再说一遍，问题未搞清，对外人不要乱讲，千万别影响了你们年底的转正。"王二广的这一番话，听上去好像是专门给创和小叶两个人讲的。

糖业批发部烟库，因年终盘点停止了九天批发业务。刚开始营业，就显得十分忙乱。批发部的院子里，挤了很多人，还有平车、毛驴车、拖拉机、汽车，一时间把批发部的院子里搞得乌烟瘴气，空中飘散着刺鼻的柴油味和热气腾腾的马粪味。

业务室，小叶的桌子边围满了人，手里拿着进货单等着小叶给出库单；王二广在另一张桌子后边蹙着眉，挑着一只斜眼，看着这些忙碌的人。烟库门边，水流长把要进货的人全挡在门外，手里拿着出库单，对创念着：大光烟三件。就等创把三件大光烟搬到库房门口，再由进货人搬到车上。经过这一次盘库，水师傅不像以往一样，进货人也进库搬货。现在，让创一个人搬，每搬出一样，他就在出库单上打个钩，这样，就给创增加了很大的劳动强度。创虽然觉得累，却也无可奈何。现在，正处在节骨眼上，表现得好一些总不会吃亏。再说，总不能让王二广也来搬货吧。

一连四五天，创每天都这样。狠狠地忙了差不多一个星期，出库业务才少了一些。创从来就是一个闲不住的人，刚有了空闲，他又把自己吊在老海棠树上拉臂。不过，王二广不再倚在门上，挑起一只斜眼看创了。他坐在桌子后面，不甘心地翻着一沓沓的进货单和出库单，还不时拨拉几下算盘子。

创正把自己吊在老海棠树上，看见小叶一手托了腰，咧着嘴，一只手里拿了一封信，正歪歪斜斜地向他走来。

创不知道这个小满满今天又要出什么鬼，就下来问："小叶，你那是干吗呢？"

小叶又咧咧嘴："干吗，还不是这几天累的。"

“累的托腰干吗，你是在用腰下单吗?”创想调侃她。

小叶把手从腰上拿下来，举举另一只手里的信，说：“你甭跟我贫，看，这是什么?”

“你能有什么，还不是你男朋友给你写的情书。”创继续和她调侃。

小叶走到创跟前，把信在创脸前晃晃，说：“你要不要，不要我让狗撕啦!”

创看了一眼，是自己的信，就要抢。小叶把手一闪，说：“叫姐。”

创抱住小叶，把信夺过来，跑一边去看了。信是从张峰灌区一个施工队寄来的，创有些奇怪，撕开看了，才知道是弟弟从灌区给他寄来的。弟弟已不再读书，和队里的几个人被派到张峰灌区去当民工。弟弟在信中写道：……哥，我来水库干活已经三个月了，这里很冷，也吃不饱，活很重也很危险。我来时只穿了一件衣裳，平时连换洗的都没有。哥，如果你有多余的衣裳，给我捎来一件，队长说了，到过年时我们才能回去……

创没有看完，双眼已蒙上了一层泪水。弟弟还小呀，过了年才够十六虚岁，就已经出门去挣工分了。泪眼中，创似乎看见了，荒草起伏的山梁上，弟弟吃力地举着镢头，躬着腰干活，寒风中，一件单薄的衣服在弟弟瘦小的身上飘荡……

创再也读不下去了。他走进业务室，向王二广请假，要去张峰看弟弟。这一次，王二广没有啰唆，只问创需要几天，就继续埋头去翻单据打算盘了。

回到宿舍，创把自己所有的衣服都翻出来，也没有几件。他把自己唯一的一件棉袄，还有两件单衣，连打篮球时商业局给发的背心、短裤全部都塞进了包里，最后想了想，又把床下发的一双“回力”球鞋也塞进包里。他还想给弟弟带些吃的，想了一会儿，就去饭馆把二两粮票六分钱一个的火烧买了二十个，鼓鼓囊囊地装了一大包，才觉得差不多了。

县城到张峰根本不通班车，看看已经下午两点多了，创急着要见到弟弟，想来想去没有别的办法，就跑去邮电局，找到一个跑乡邮的老乡。老乡也很痛快，当即发动“250”摩托车，载着创向张峰飞去。

因是专车往返，创于当天晚上九点就返回了城里。创在张峰灌区看见了弟弟，弟弟又黑又瘦。虽然个子长得也差不多，但毕竟年龄小，就显得很单薄。身上穿的衣裤，还是上学时母亲给他缝的家机布衣裤，又旧又小，还破了几处，被弟弟粗针大麻线地缝着。为了防寒，用一根旧草绳捆在腰间，远远看去，弟弟几乎成了一个花子。创难过得几乎要哭了，赶紧把一包东西递给弟弟。弟弟看见哥哥时，没有哭，还勉强笑笑，就更让创觉得心酸。他知道弟弟不想让家里人难过，他的笑是强装出来的。

创在后来的很长一段时间里，想起弟弟的穿着以及一家人的生活现状，心里就一阵一阵地难过。他不知道怎样才能改变家庭的生活现状，改变这些亲人的命运。

明天就是元旦了。公司提前召开了干部职工大会。对全年的工作做了总结，对新一年的工作也做了详细的安排，各零售部门和批发部的销售任务，比上一年又递增了百分之十。闫书记讲话的时候，创很担心他把烟库长款的事说出来。不过，闫书记好像压根就不知道这事一样，一个字都没提起。最后，会议宣布了新职工转正一事。糖业公司今年四月一日参加工作的新职工共十三个人，其中包括四个外省籍的插队知青，全部转为企业的正式职工，转正后的月工资按二十八块五毛钱执行。会上还表彰了一批先进工作者。令创大感意外的是，他也作为年度先进工作者领到了一张奖状和一双皮手套。兴奋之余，创又想起了王二广那一只恶毒的斜眼，怎么会把他也推荐成了批发部的年度先进工作者呢?

公司散会后，王二广又召集批发部的人开了碰头会。碰头会上，王二广那一只斜眼不时地翻创一下，翻得创心惊胆战。他不知道，这个碰头会对他将意味着什么。

碰头会的主要意思是：盘点长出来的那笔款该怎么处理。创心中暗想，是不是要分钱啦！如果真是要分钱，那我今年的好事都撞到今天啦。又转正，又长资，又领奖，还分钱。正想着，小叶说：“王会计，咱都别发愁了，不如先把……”她的话没有说完，就被王二广那一只斜眼给翻了回去。

水流长像老和尚念经一样，还是慢慢腾腾地说：“我还是那句话，有长必有短，这不是好事情。”

“我们寻了一遍又一遍，哪一家的账目都是对的。”王二广说，“不过，这事也不能再拖下去了，公司已催了好几次要盘点结果，监盘的方干事也找了几次要签字，今天必须拿出个办法来。”说完，叹一声坐下，用一根胖手指无奈地敲了敲桌子。

过了一会儿，水流长试探性地说：“最好的办法只有一个，就是把这次盘点的情况先放放，再重新做一份盘点表，表上把长出来的款压下去，先把账走平，以后如果找出了问题，再把库存用长出来的款升平。这是为了大家好，但我们谁也不能说出去，唉！这也是没有办法的办法了。”说完，他还真的叹了一声气，像很为难的样子。

王二广好像早就知道这是唯一的办法了，他对创和小叶很认真地翻了一会儿斜眼，没有说话。

创和小叶听得似懂非懂，不过，也只能听之任之。

过了好一会儿，王二广才说：“这次盘库的盘点表，是很关键的原始凭据，以后有什么问题，只有它才能说得清楚，所以，这份盘点表，不能乱放，必须由一个人专门保管，也不能随便让人看，到需要的时候再拿出来。我看这份盘点表就由创负责保管。”说着，他又拿出一份一模一样的盘点表来，说，“这是我又复制的一份盘点表，这次盘库长的款，在上面已经看不到了，也就是说，我压下了五百七十七元钱的长款，以后找出问题来，再用长款顶平。”

创虽不太清楚其中的玄机，但觉得也只能这样了。他们都是老职工，敢这么处理，自有这么处理的道理。他们也说了，这都是为了大家好，想着心里还有了几分感动，就走过去，在王二广复制的盘点表上签上了自己的名字，才看见新复制的盘点表上，王二广和水流长已经把自己的名字签在了上面，还盖上了批发部的业务章。

也在这次碰头会上，创没有想更多，就接受了王二广的委托，双手接过了王二广递过来的原来的盘点表。令创想不到的是，接过这份盘点表的同时，他也接过了一场险恶的阴谋，背上了这一辈子都没有洗清的污名。

元旦这一天，全公司在单位灶上聚餐。从饮食服务公司请来的郭师傅，为职工做的是“十大碗”。这一顿“十大碗”，让创大饱口福，也大饱眼福，因为他从没吃过这么好吃也这么好看的“十大碗”。

酒足饭饱后，创本想回宿舍写封家信，问问女儿吃胖了没有，长大了没有，然后再好好地睡上一觉。不料，刚进宿舍，白玉兰就跟进来了。她想让创和她一起趁元旦休息，出去玩玩。

虽然创也很乐意陪白玉兰出去玩玩，但小城里毕竟熟人太多且嘴又杂，又不知道该去哪儿玩才好，就说：“天这么冷，去哪儿玩呢？”

“我们去看电影吧。”白玉兰今天的兴致很高，创只好同意了她的提议。

创和白玉兰人高马大地并排走在街上，显得很招摇。但能和这样的美女一块儿在大街上招摇，创很自得，也很满足。在礼堂门口，创花二毛钱买了两张电影票，却是三排的边座。创看看票，在心里骂一声：“这烂票都能把人的眼睛看瞎。”

白玉兰倒显得很无所谓的样子，从创的手里拿过票，走在前面进了礼堂。

下午场放是《青松岑》，电影已经开始了。在青松岑上，赶车老汉正甩着大鞭唱：长鞭那个一甩呀，叭叭地响哎……

这电影看得都能背下来了，但为了白玉兰，创也只好跟着她，找到座号坐下来。离幕布太近，晃得人头晕眼花。白玉兰一坐下来，就靠到了创的身上，黑暗中，又把头枕到了创的肩上，好像她根本就不是来看电影的。闻着白玉兰身上熟悉的气息，创慢慢地把手放到了白玉兰的腿上，白玉兰轻微地颤了一下，随即又平静下来。创也不说话，干脆闭上了眼睛，握住了白玉兰悄悄伸过来的一只手。

“今年春节，你和我一起回上海过吧。”白玉兰突然没头没脑地对创说。

创听见这话，像从远古时代传过来的声音。过了一会儿，才问：“谁回上海？”

“你呗，和我一起。”说着，白玉兰的头在创的肩上用力蹭了蹭，像想要靠得更舒服一些。

“你没听见？”白玉兰的声音高了一些，创才确信她是在问自己。他无法想象自己突然去上海，在一个从未谋面的家庭里，和一些陌生的人一块儿过年会是什么样子。他一下子就想起了南坪，南坪家里的亲人，还有二巧和胖嘟嘟的女儿，以及南坪村里他熟悉的年味……

“嘿嘿。”创用意不明地笑了一声。

白玉兰却突然坐直了身子，提高了声音说：“你笑什么，我爸妈他们……”她没有说完，礼堂的灯一下子就全亮了，人们都哗的一声站起来，电影散场了。

八

每年一过元旦，就接近了中国人特别重视的春节，节前是商业系统最为繁忙的时节。商业七大公司，要从各个渠道组织货源，以备春节的市场供应。糖业公司主要的供应商品也就是烟、酒、糖和一部分副食品。除二级站按比例统配的商品外，另外还要组织人力，从生产厂家直接采购，以补充春节市场供应的不足部分。

公司已做了精心安排。主要以多渠道采购烟、酒、糖三大类商品为主。今年，公司安排创配合公司的专职采购，到云南的红河卷烟厂采购一批较受市场欢迎的外省烟，要求元旦后就出发，坐镇烟厂，货发得差不多了才能回来。

这是创第一次出远门。跟着老采购张良从晋城坐火车一路南下，直奔红河。这也是创第一次真正地坐火车。在学校大串联时，和老师同学晚上坐过一次火车，是黑咕隆咚的闷罐子。上百号人挤在伸手不见五指的车厢里，吃喝拉撒全在里边，差点儿没被闷死。天黑上车，天不亮下车，坐了一夜火车，火车是什么样创都没有看清。整个白天，创的耳朵里一直是叮咣叮咣火车轮撞击铁轨的声音。

创这次和张良坐的是硬座客车。张采购把自己的水杯，恒大烟，还有火柴，很显摆地放在车窗前的小茶桌上，头靠在车窗玻璃上，很惬意地半闭了眼睛，看着车窗外掠过的田野和村庄。虽然天很快就黑了下来，但创很明显地感觉到，越走越热了。在车上坐了两天一夜后，创已把自己的衣服脱得只剩下衬衣了。这让创很惊奇，惊奇于中国的南疆北域，温差竟是如此之大。

又过了一个晚上，创和张良终于到了红河。创觉得似乎又回到了夏天，田野一片绿色。大街上有些皮肤黝黑的行人，塌鼻凹目，头上顶了一顶硕大的草帽，脚上是用两根脚趾头夹了块木头板板，呱嗒呱嗒地走来走去。走到郊外，更让创惊奇不已，在连片的田野里，许多烟农在收拾已经发黄的烟叶。展眼望去，不见一株庄稼，全是泛着金光的烟叶。地塄边上站了一长排一尺高粗粗的竹筒，列队一样排列得很整齐。不时有烟农跑过来，端起一个竹筒，在筒边上一个伸出来的小竹棒上按一撮烟丝，就把嘴巴伸进竹筒，一边点火，一边就噜噜噜地吸几口，然后抬起嘴巴，仰脸朝天，满嘴满鼻地喷出一片浓浓的烟雾来，一副很陶醉的样子。张采购告诉创，这是云南老百姓一种特别的吸烟方式。竹筒里装的是水，烟通过水的过滤，就去除了对人体有害的成分。云南人叫这是水烟筒，道理和我们北方人吸的水烟袋是一样的。创听了，就想，我回去的时候，也想办法带一个回去，让小城人也见见稀罕物。

创和张采购就住在烟厂的招待所，全国各地来这儿搞烟的人还真不少，但不是都能搞上烟的。计划经济时期，厂里也有制度，不会随随便便就把货发到销售终端去。当天晚上，创在张采购的带领下，去了一趟业务副厂长的家。去时，创在张采购的安排下，给业务副厂长扛了五十斤小米，这在南方可是稀罕东西。看上去张采购和副厂长很熟络。只坐了一小会儿，副厂长就很痛快地说："咱们都是老业务关系了，老张，明天你就准备车，先给你配两百箱烟，还按老规矩办。"张采购听了，显得非常高兴，拉着副厂长的手说："老朋友，你真给我面子。"说着，斜瞥了创一眼，意思很明显：小子，看见了吧，还是老姜辣。

回到招待所，创高兴地问："我们这么快就搞上了烟，你真厉害呀。我们就可以装上烟回去了吧。"创想知道什么时候返回，他好早点去搞一个水烟筒。

张采购龇龇牙，做出一副不屑的神情："才出来就想回去呀，公司要咱俩今年搞五百箱烟呢。后天我先押车回去，你在这儿盯着点，再搞上三百箱中、低档烟，今年咱的卷烟采购任务就差不多了。"

创一听张采购想把他一个人留在这儿，就毛了手脚，说：“我第一次出门，人生地不熟，怎么能再搞上三百箱呢！还是你留下吧。”

张良又想了想，说：“这样吧，反正咱们的五百箱任务已搞上了两百箱，我把你交代给副厂长，你每天缠着他就行。我回去再到河南新郑烟厂搞一部分，咱双管齐下，早点儿完成任务早点儿回家过年，你说呢？”创想想，也只好同意了。

令创没有想到的是，见了张采购很热情的业务副厂长，根本不买他的账。创去找了他几次，好像不认识创一样，总是以各种理由推托。创想，我操，五十斤小米，也就换了两百箱烟，看来没有多大指望了。可自己又不能两手空空地回去。张采购一走，再无消息，在河南新郑搞上了烟没有，创无法知道。

和创一起住在红河烟厂的采购人员越来越少了，他们都通过各种手段或多或少地搞了些烟，陆续返回了，唯有创和不多的几个外省采购还住在这儿。这一住就是二十多天。在这儿，除了找找业务副厂长外，创也没有啥事，就常到烟农的烟地转转，和当地的一些烟农也混熟了。云南人很大方，他们送给创六个水烟筒，其中有一个很精美，下面雕了些很好看的龙凤花草图案。也许主人用的时间长了，摩挲得油光滑亮。创很喜欢这一个竹烟筒，也学着当地人的样子，端在手里，把嘴伸进去，吸出很响的呼噜声。

已进了腊月。创在焦躁无奈中又等了十天。当地的人已经在杀猪宰鹅了，创打算再找一次副厂长，给不给烟也要返程了。这一次，副厂长终于答应了，但只给了一百箱中、低档烟。创赶紧出去找车，谁知年前司机都不想跑长途了。最后，创出了比平常贵一倍的车价，才找了一辆加长工具车，当天装货，连夜返程。

星夜兼程，创终于在零星的鞭炮声中返回了北方小城。阔别了一个多月，小城更显得灰头灰脑。和平时不同的是，逼仄的街道上，多了许多置办年货的人。创长长地呼出一口气，终于回来啦。

批发部的人都出来卸货。当创从驾驶室里抱出六个战利品一样的水烟筒时，感觉到了王二广那因惊奇而斜挑得更厉害的目光。当王二广听创说了这一趟的运费比平时贵了一倍时，那只斜挑着的眼睛甚至还跳了几下，用力地看了创几眼。

把一切安排顺当后，已过了腊月二十四。创从财务会计那儿领了当月的工资，报销了去云南的差旅费，又提前支了一个月的工资，拍了拍口袋里鼓鼓的将近一百块钱，觉得很满意，就准备去买些年货回家过年。今年的年可不比往年了，家里新添了人口，所以准备的年货，就要精致一些。不料王二广突然对创说："今年过年，你给咱看库值班吧，过年上了班，再安排你休息。过年值班期间每天多发五毛钱的值班补贴。值班名单公司已报到了局里。"说完，翻翻眼珠，等创表态。

创听了，像被当头浇了一盆冷水。第一年工作，就不能回家过年，这是创不能接受的。但王二广说，已经把他的名字报到了局里，也只好答应了。只是，他不能不回去送年货，一家老小这会儿正眼巴巴地指望着他呢。于是就对王二广说："我年前也得回去看看，把家里安顿一下吧。"

"行。"这一次王二广答应得很干脆，也没有再挑他那只斜眼。

创买好东西，已经没有去南坪的车了，只好再去邮局找老乡。快过年了，老乡似乎也不想再出门了。创见状，答应回来给他几盒好烟，一瓶好酒，老乡才答应和他跑一趟。

创能感觉到，这次回家，父母的脸上明显地挂满了喜色。创给家里每个人都买了东西，给母亲和二巧还留了点钱，还另外给了女儿五块钱的压岁钱，却被二巧急急地收到口袋里。

腊月三十晚上，创一个人坐在库房边的值班室里，听到外面噼噼啪啪的鞭炮声，自己却孤独地坐在这里，四周一片冷清，就有些伤感。他一边呼噜呼噜地吸着水烟筒，一边想着家，更想着自己的女儿。他像看见了女儿睁着一双水灵灵的大眼睛正冲他浅浅地笑。创也笑笑，从水烟筒上抬起头来，茫然四顾，仍然是一片冷清。在这个举家团圆的除夕之夜，在此起彼伏的鞭炮声中，更加重了创的思乡之情。

甲寅年大年初一的早上，创醒来时，桌子上的小闹钟已指向了七点。他匆匆起床。因为昨天晚饭时，灶上的大师傅就交代，初一早上吃饺子，要自己包。创不会包饺子，但他不能不去。

按照农村的习惯，大年初一早上，要先放“开门炮”。尤其是本命之年，一定要把开门炮放响，不能有一点闪失。创拉开门，手里拿了一个大雷炮，用香烟去点。或许是紧张的缘故，创觉得已经点着了，就赶紧向空中扔出去。过了一会儿，没有听见炸响，大雷炮却重重地栽到了老海棠树下。正在这时，王二广不知从哪儿冒了出来。大概他已经看见了创在放“开门炮”，就没有过来，只是挑起斜眼看看创，又看看那个没有响的“开门炮”，扁了扁嘴，什么也没说。要按照农村的说法，如果大年初一的“开门炮”没放响，将预示着新一年的不顺利或者将会倒霉。创的心怦怦直跳，拿着烟跑到老海棠树下，把大雷炮翻过来站起，又用烟去点。这一次确实是点着了，创看见炮捻迸着火花，发出嗤嗤的声响，就赶紧跑开了。但大雷炮只是嗤嗤了几下，又灭了。大雷炮第二次没有炸响，更加重了创的心事。他朝地上啐了一口，心里骂一声，真是见了鬼了。他看一眼王二广，王二广仍站在原地，斜盯着大雷炮看，好像在研究这个大雷炮怎么连点两次都不响呢！这时，创恨恨地跑到老海棠树下，把大雷炮拿在手里，吹了吹右手里的纸烟，发狠地把烟头朝左手里的大雷炮的炮捻按上去。嗤——，这一回可真的是又点着了，但创并没有把大雷炮扔出去，而是瞪着眼，看着左手里冒着烟的大雷炮，眼角的余光看见王二广正惊恐地张大了嘴巴。

“咣”——大雷炮终于在创的手里炸响了。但创却甩着左手，嘴里不断地嘘着声，一脸痛苦地在老海棠树下跳来跳去。

不远处的王二广微微地摇摇头，又咧了咧嘴，脸上划过一丝用意不明的笑意。

仍是小城惯例，过完了正月十五，才算真正地过完了年，一切工作才能步入正轨。

要发生的事情终于发生了。晋城二级站突然来了两个人，一个是仓库保管，一个是批发会计。进得批发部就开门见山地对王二广说，去年六月份给你们发的烟，漏转了一张出库单，三箱大光和两箱马樱花，二级批发款四百七十五元。

王二广接过出库单，是去年六月十三号下的单，上面有采购张良签的字。现在单在人家手中，又有采购的签字，烟肯定是收了，也卖了出去，年终盘点长出来的五百七十七元款，就是这五箱漏了单的烟。王二广心里很明白的，便对晋城来的人说："既然是漏了单，我们也再对对账，过几天，就把烟款给你们划过去。"来人见王二广答应转款，就告辞了。

二级站的人刚走，王二广像傻了一样，盯着那张漏单一直眨巴着眼看，还不时翻一眼另一张桌子上的小叶。

下班后，小叶就把这事告诉了创，有些高兴地说："去年盘库长了的款，总算有了着落。"创也和小叶一样，很高兴，心想我也可以交差了，再不用保存那份盘点表了。

两人还没走出大门，就被赶出来的王二广叫了回去。他对创说："问题已经找出来了，是二级站发货时漏转了一支单，你明天上班时，把原始盘点表拿出来，我做一下平库处理。"

创说："我现在就能给你，不用等明天。"说着，又返回库房，在抽屉最底下去拿王二广让他保管的那份原始盘点表。然而，这一回可真是见鬼了，创几乎把整张桌子也翻过来了，他原来还做了伪装保存的那份盘点表，却再也找不见了。

因为公司会计要给二级站汇款，丢失盘点表的事很快让公司领导也知道了。公司的党支部书记兼经理，行伍出身，转业来到糖业公司，平时遇事急了就不分场合大喊大叫，人送外号"闫大炮"。但普遍认为人还是不错。他知道此事后，就先把王二广叫到公司，没头没脑地轰了一通，末了问："你去年夏天就把人家的烟卖了，钱呢，年终盘点怎么没反映出来？有长的款吗？"

"不长也不短。"王二广低声说。

"什么？不长也不短？"闫书记几乎气昏了，"那么，烟还在吗？"

王二广又摇了摇头。

闫书记抽了一支烟，平静了一下情绪，又问："这么说，烟库现在是短了款？短了整整五箱烟的款，对吧？"

王二广把那只斜眼用劲眨了眨，不说话。

当天晚上，公司领导在批发部开会。闫书记把这次发生的事说了一遍，最后说："为了把这次事故彻底搞清，烟库现在开始连夜盘点。"

因为刚过完春节，库房已经没有太多的存货，连夜盘库到第二天早上八点，就把所有的存货点了一遍。公司的财务会计、统计、办公室干事、出纳都在业务室帮忙核实单据。下午六点，这次突击盘库的盘点表就做出来了，和公司财务掌握的总库存几无出入。也就是说，这次由公司领导亲自监督参加的突击盘库的结果，并没有发现那五箱漏了单的烟或者长余出这五箱烟的款来。

事故终于形成了，烟库确实短了五百七十七元的货款。

商业业务在经营过程中，长长短短是常事，并不稀罕，但仓库成批地丢货短款，就太不正常。

烟库短款已成了事实。公司又连夜召集批发部人员开会，要每个人都谈谈事情的经过和对事故的处理意见。其实，公司领导的意思很明白，要批发部的相关责任人，先把这笔短款赔上。如果以后还能找出来，再给大家退回去。尽量地把这次事故大事化小，小事化了，大家都能落个清白身。

一听说赔钱，创不干了。他想，这怎么能叫短了款呢？钱明明长在账上，只能说暂时找不见原来的盘点表，就要无辜赔钱，这算什么事呢？创几次欲言又止的样子，让王二广看在眼里。由于激动不安，创就有些尿急。他出来跑到了厕所，刚拉开裤链，水流长就跟了进来。他先朝外看看，然后压低声音对创说："你刚参加工作，经见的事情还不多。大事面前，该说的说，不该说的割了脑袋也不能说。"说着，还把手掌放到自己的脖子上，做了一个割脑袋的动作。"世界上，除了割脑袋疼，就是出钱疼了。千万别因为一两句不该说的话，把自己陷进去。记住，什么时候都是天塌大家死。"说完，水流长也没有撒尿，就匆匆地出去了。创没想到，水流长来厕所特意跟他说的这一番话是什么意思。难道他已经察觉到了什么？不过，水师傅有一句话说得很在理，出钱确实是一件很令人心疼的事情，因为，他不想出钱，他也没钱出。二级站漏了单的这五箱烟款，盘库时是已经盘出来了，明明已长在了盘点表上，王二广为什么不把真实情况说出来？水流长为什么又要特别地告诫自己不要乱讲话呢？为什么？为什么？这一切到底是为了什么？

思来想去，创决定，为了自己不无辜赔钱，为了不使大家尤其是叶赫娜这个北京小满满无辜蒙冤，必须把实际情况说出来。说出来也没有什么大不了的，只不过是用盘库时长的款把库存顶平，并不像水流长说得那么可怕。

当创对着公司领导的面，把原来的盘库情况和盘端出来后，公司的领导很吃惊。闫大炮的一双牛眼直直地瞪着王二广。这时的王二广，看上去反而放松了，只是很平淡地说了一句："既然创说有什么原始盘点表，上面长有这笔烟款，就快点把它拿出来吧，省得大家都背黑锅，赔冤枉钱。——嘁！真是胡说八道。"

情况发生了戏剧性的变化。这是创根本就没有想到的。这个平时挑着一只斜眼的王二广，怎么一下子就变成了另外一个人。

王二广的突然反目，也把小叶惊得靠在桌边说不出话来，眨巴着一双惊悚的眼睛看着王二广。现场只有水流长表现淡定，好像早就预料到事情会这样发展。

突然出现的情况，也令公司领导措手不及。过了好一阵，闫书记才问王二广："这到底是怎么回事？"

"事到如今，恐怕只有创能说得清楚了。去年盘库，我们盘得清清楚楚，创也在盘点表上签了字的，他现在却说有什么原始盘点表，而且上面有这五箱烟的长款。现在，只要他能拿出他说的盘点表来，我们马上可以做平库处理；他要拿不出他所说的盘点表，这笔短款谁也负不了这个责，现在，也只有他才能说得清楚。"王二广的一席话，听上去似有道理，他把这次烟库短款的责任，全部阴险地推到了创一个人的身上，把他和批发部的其他责任人撇得干干净净。

听了王二广的恶毒诬陷，创怔在那儿，一时说不出话来。

全商业系统就沸沸扬扬地传开了。糖业公司的烟库保管张创，参加工作刚刚转正，就监守自盗，贪污了五箱烟款，五百多元呢。

在那个年代，贪污腐化是个很敏感的话题，也是一项很严重的罪名，是最让人看不起的行为。糖业公司当即作为一件大的事故，上报到商业局。“一打三反”运动尚未完全结束，就又出了这么大的“贪污”事件，这简直是胆大妄为，顶风作案。商业局当即派了办公室主任到糖业公司协助处理此事。

商业局派去的这个主任，叫章刁红，年轻气盛，不可一世。他身高不足一米六，却工于心计，很善钻营，机关里的人都不待见他，就送他外号叫“蛆”，意思是又小又臭。张主任到了糖业公司，就直接找创谈话，但却不谈这次事故，只问创参加工作前后的一些事，绕到最后才告诉创：“这件事并不复杂。你是烟库保管，这五箱漏了单的烟，也只有你能先知道。处理掉烟，再臆造出一份什么盘点表来，把水搅混，人人自危，谁也脱不了干系，不是吗？”

听了蛆的这一番推理，创差点儿没有气昏过去，他真想上去把这个小小的蛆扔到脚下踩死。创同时又恨自己，再也拿不出那份关乎身家性命的盘点表。明明就放在库房抽屉的最下层，现在却怎么也找不见了。

蛆继续对创说道：“党的政策你是知道的，坦白从宽，抗拒从严。主要是，你要考虑一下自己的这份工作，参加工作才一年……你好好想想，这五箱烟你都卖给谁了，钱都干了什么？”蛆越说越离谱。创觉得他好像在给自己讲故事，但看他一脸认真的样子，创感到一股寒气正从脚底升上来，他打了个哆嗦，心里觉得有点害怕了。

当然，创没有监守自盗，也不会承认自己贪污烟款。他觉得这是一场早就设计好的阴谋，自己现在已经掉进了别人早就挖好的坑中。

现在，蛆每天都盯着创，软磨硬逼，不断拿工作和家庭要挟创。他常说：“现在参加工作多不容易，别干因小失大的傻事。只要你态度好，主动承认了错误，我们的党是宽宏大量的，你该干啥还干啥。不过，你敢顽抗到底，那就只有一条路了，谁也救不了你。”

一个多月了，创被蛆逼得几乎就要崩溃了。有几次他想，还不如就冤招了，大家就都解脱了，像蛆说的那样，该干啥还干啥。反正，唯一能给自己证清白的原始盘点表，再也找不见了。近来，创整夜失眠，人也消瘦了许多。

创又一次在商业系统的全体职工大会上做检查。面对黑压压的几百号人，他觉得自己眼发花，头发晕，感觉自己的人生已经走到了尽头。但对这一场无辜的陷害，他本能地挣扎着，反抗着。在检查中，他终于不可遏制地暴发了，歇斯底里地大声叫喊：“我可以对天发誓，我没有做下对不起党，对不起人民的事情，我没有卖过这五箱烟，也没有贪污过一分钱烟款。你们这是在逼良为娼啊。我要真拿过国家一分钱，就让老天爷用雷劈死我吧。你们这样对待我，我死都不甘哪……”创说完，大叫一声，晕倒在地上。

九

创终于病了。在商业局办公室主任蛆的长期的精神折磨下，在强大的社会舆论压力下，他虽然还想强撑下去，但感觉到自己已经彻底失败了，而且败得一塌糊涂。已经到了无路可走的地步，创只好把自己送进了医院，像逃亡一样，躲避着蛆对他没完没了的摧残。

以前和创相熟的人，现在见了他，都不敢相认了。他们无法相信，以前人高马大、精力充沛的创，竟变成了这么一副弱不禁风的模样。看来，精神折磨竟然如此可怕，可以把一个人搞得形销骨立，生不如死。

创对自己的失败虽然不服气，但不得不承认，自己从一开始就不是这些老狐狸的对手。即使自己有天大的冤屈，拿不出盘点表来，就成了坐实他罪名的证据，就把他永远钉在了“贪污”的耻辱柱上。“商场如战场啊！”他长叹一声，爬在了病床上。

申穿着白大褂，脖子上吊着听诊器进来了，后面跟了一群查房的护士。创睁开眼睛看看他们，又疲惫地闭上了眼睛。

现在的创极度虚弱，神经也相当敏感。稍有点儿动静，他就会惊坐起来，瞪着一双惊恐的眼睛，四处探看。他常常对了空中，自言自语地说：“这是为什么呀！”把周围的人吓了一跳，说：“这小伙儿八成是神经出了毛病。”

申是创的主治大夫，他有足够的理由把创安排在一个单独的病房里。当其他护士都出去了以后，申在创对面的一张空着的病床上坐下来，他忧伤地看着创，不知道该怎么去安慰自己的朋友。病床上闭着眼睛的创，似乎感觉到了有人在看着他，微微地睁开眼睛，很吃力地朝申笑笑，申感到了一阵心酸。过了好一会儿，才对创说："你要振作起来，一切都会过去的。"

创听了，无声地摇摇头，两滴大大的泪珠，在他清瘦的脸上慢慢地流落下来。这是出事以来，创第一次对着人流泪。面对老朋友的安慰，创的心里头有说不出的委屈。

难过中的创，想起了事情刚开始时，水流长在厕所里给他说的那一番话。一直以来，他捉摸不透这些话的真实含义。水流长是想保护他才告诉他不要乱讲话呢？还是诱骗他把真话讲出来使他成为替罪羊呢？创把事情发生的经过都说给了朋友。申听完后，很肯定地说："第一种可能性最大。他是历次运动的老对象了，又是商业老职工，事情的突然发生，让他察觉到了这不合乎商品流通常理，其中必然有问题。但问题在哪里，他也拿不准。他清楚商业经营中，一旦短了款的常规处理办法，在没有证据能说明是哪一个人的问题时，就是分责任大小集体赔偿。具体到这一次事件上，他已经预见到人人赔钱是最好的结局。因为你刚入职，他相信你不会有问题，也不想让你无辜蒙冤，才警告你别乱讲话，以便自保。"

创似乎听明白了一些，说："这么说，他是在保护我？"

"有可能。"申说。

"如果是这样，他不是也要跟上赔钱吗？"创疑惑地问。

"也许，他隐藏得更深，捞的比赔的更多。"

创和申正在一步一步地分析时，病房的门被推开了一条缝，一个姑娘先伸进头朝病房里看看，脸上带着焦急的神色，像在找人。

躺在病床上的创，已经先认出了她，是白玉兰。想想自己目前的狼狈处境，就闭上了眼睛。

申却站起来问："姑娘，你找人？"

白玉兰点点头，又退出门外，看看病房门上的床号，再把头伸进来，对创认真地打量起来。当她终于认出了躺在病床上已经脱了相的病人就是她要找的创时，竟失控地扑到创的身上，带着哭腔喊了一声："哥哥。"

创再也装不下去了。睁开眼睛看着床前这个美丽又多情的上海姑娘，嘴唇动了动，却不知道该对她说什么。

“哥，你说话呀，到底发生了什么？你怎么突然就会成了这个样子了？”白玉兰摇着创的肩膀，两颗很大的泪珠滴在了创的脸上。

面对眼前这个上海姑娘身上迎面袭来的阵阵熟悉的热浪，创觉得这相违得太久太久了。他如醉如痴，不由得闭上了眼睛。

过了一会儿，创只好坐起来。他轻轻地拍了拍白玉兰的后背，强笑着说：“没什么，一切都已经过去了。”他忍着心中多日来被人诬陷的屈辱，真想抱着眼前这个知热知冷又多情的姑娘，痛痛快快地哭上一场。

申不知什么时候已经出去了，并轻轻地带上了门。

白玉兰今天对创是第一次叫哥哥。创虽然感动又觉得亲切，但他已明显地意识到，自己还没有从这场可怕的诬陷中拔出脚来，又要栽进另一场不会有任何结果的误爱中了。

几天来，白玉兰只要下了班，就会到医院来陪创，创的情绪也在慢慢地好转，就是有时候突然想起自己可能要无辜赔五六百块钱时，就觉得锥心地痛。他不知道，自己将从哪儿去弄这么多的钱。但他又安慰自己，只要能保住工作，就比什么都强。“留得青山在，何愁没柴烧。”创甚至恨恨地这样想。

中午，白玉兰推开病房门的时候，手里端了一个饭盒。她把饭盒放在床头的小柜子上揭开，一股浓烈的香味马上溢满在这间小小的病房里。创看见饭盒里是半只炖鸡。啊！久违了。一个多月来，凡创吃过的东西，他都不知道是什么味道。

白玉兰从口袋里掏出一把小勺递给创：“哥，你快尝尝，这是我今天上午溜号在宿舍里用煤油炉子炖的。”白玉兰说完，睁着一双会说话的眼睛，催创快吃。

创拿起小勺尝了一口，又放下。他不想拂了姑娘的好意，又不想让姑娘在感情上陷得太深。

创若有所思地靠在那儿，下意识地捏了捏口袋。但这一细小的动作，还是被白玉兰看在了眼里。她问：“哥，你是不是没烟抽了？”

创对白玉兰笑笑，想，这真是一个聪明绝顶、善解人意的好姑娘。他确实是好几天没抽烟了，不是戒了，是口袋里早就没有一分钱了。有时候，烟瘾逼得他真想去地上捡纸烟头。

晚上，白玉兰又来了，手里拿着一包用旧报纸包着的东西。当她在病床上把报纸打开，把创喜得真想亲白玉兰一口，里面包着的竟是两条白皮烟。她又从怀里掏出一条大前门来，对创说："要吸就吸好烟，这是什么破烟，连个名堂也没有。"说着，指了指床上的白皮。

创不知道白玉兰是从哪儿搞的白皮烟。这烟只有糖业公司内部人才能抽上，就问白玉兰："这白皮烟你是从哪儿弄来的？"

白玉兰调皮地对创扮个鬼脸，说："你猜。"

原来，白玉兰知道创好几天没烟抽了，就想给他买几盒好烟。但跑了好几个门市部，都买不到好烟，就直接去了批发部。刚进门就碰上了小叶。她已经记不得小叶了，小叶却知道她就是在篮球场上追着为创加油的那个上海姑娘，就问她是不是来找大张的。当小叶知道了创现在已沦落到连烟也抽不起的地步时，不禁有些怆然。她给白玉兰下了一条大前门烟，在白玉兰临走时，从抽屉里拿出留给她男朋友的两条白皮烟，用旧报纸包好，递给了白玉兰，说："代我向大张问好，我过几天再去看他。"

创知道了烟是叶赫娜送的后，很感念她，心里泛起了一丝歉意。

一个人在落难的时候，能得到别人哪怕是一丝一毫的帮助，就会永世不忘，感念一生。

面对眼前这个飘逸不凡的上海姑娘，令创感到万般为难。目前，白玉兰对创已深陷情网而难以自拔。她不相信创已经结婚生子，更无法接受这个现实，虽然创多次向她说过自己的婚姻现状。她只相信自己，以为这是创不接受她这个来自大城市的外地姑娘而编造出来的理由。越是这样，白玉兰就越觉得离不开创，越是不顾一切地蹭着他。正如申说的，当一个女孩毫无理由地爱上一个男人时，上帝首先蒙上了她的眼睛，让她看不见真实的东西，呈现在眼前的只是对方的优点和特长。这正是白玉兰的可悲之处。目前，他和白玉兰之间，只隔了一层透明的薄膜，大家都看得很清，但都在努力地坚守着，一旦捅破了，一切就变成了残酷的现实。创觉得，美丽的东西，就应该让其永远美丽，不要轻易撕破，如果撕破了，就会变成一堆惨不忍睹的败絮。对于这个清纯美丽的上海姑娘，创只能把她当作圣女，高高地祭在心底的圣坛上，让美丽和牵挂伴随着他们，直到永远。为此，创时时冷静地告诫自己，决不能轻易就毁了她。如果这样，就像亵渎了神灵一样，摧残了一株不该摧残的带着晨露的含苞待放的玉兰花。伤害的不仅仅是她的身体，更深深地伤害了她圣洁的灵魂，他的良心将永生难安。

这个世界上，男女之间，难道除了性就没有更值得珍藏的东西了吗？创常常这样扪心自问。

创在医院已经住了半个月，在朋友的医治和安抚下，身体也基本恢复。住院期间，令创唏嘘不已的，是医院灶上一位刘姓大师傅，一个整天乐呵呵的胖胖的好老头儿，每天早上七点钟，就会准时给创送来一碗冲好的鸡蛋花。冒着热气的碗里漂浮着一层均匀的蛋花和细碎的葱叶，几小片香油在碗里闪着诱人的光亮。这是创一生都无法忘记的鸡蛋花。创在后来的日子里，常常为这个好老头儿祷祝：好人一生平安。这半个月里，有了申的精心医治和调理，还有白玉兰每天的关照，创真想在这个世外桃源般的病房里长留不返。

昨天，申查房时告诉创，商业局那个办公室主任已找过他好几次了，要求给创办出院手续，回单位继续落实问题。申对办公室主任说：“进了医院，就是我的病人，我就要对他负责。对于你们单位的事，也只能等病人好了以后，或者他本人要求出院，我才能给开出院手续。”

创听后，觉得一直拖下去也不是办法。长痛不如短痛。早点儿把事情下了结论，自己也就放下了包袱，免得天天悬着颗心。创这样想着，决定一两天就出院。

当创把他想出院的意思讲给申时，申说：“我也是这样想的。这就像犯人在判决前，天天提心吊胆，坐卧不安，一旦被宣判了，不管判了多少年，也就能心安理得地去坐他妈妈的牢啦。”

创亦有同感地和申一起大笑。这是创几个月来的第一次放声大笑。

又是一个响晴的天。初夏的太阳照在病房的玻璃窗上，病房里显得温馨而安宁。几只苍蝇在玻璃窗上使劲地飞着撞着，把玻璃碰得叮叮响。创躺在病床上，无聊地看着这几只用劲碰撞的苍蝇。门边的地上，白玉兰在用一只小煤油炉子做饭。其实，白玉兰根本不会做饭。她只不过是等锅开了，把蔬菜和面条一起煮进锅里，用勺子搅几下，再调一点盐，就算做成了一顿并不是太好吃的饭。但白玉兰每次端下锅的时候，都会高兴地为自己庆贺一番。创对这一顿顿并不太好吃的饭已经很满足了，他想要的就是这种氛围。

病房的门被推开，挤进来一个肩膀上扛了一个鼓鼓囊囊的编织袋，披散着头发的女人。女人是低着头进来的，创正惊疑间，白玉兰站起来，挡住了进来的女人，说："你找谁呢？快出去，你走错房间啦。"说着，就要把女人往外推。女人站住了。当她抬起淌着汗水的脸时，创才认出来，进来的竟是二巧。创的心一下子就跌进了冰窟里，张着嘴说不出话来。

白玉兰还要往出推二巧，二巧这时才吃力地放下编织袋，用手在脸上抹一把汗，再在衣服上随便擦擦，也不看白玉兰，问创："你好些啦？"

创嗫嚅了一会儿，才说："你怎么也不预先打个招呼就来了！"

二巧没有说话。创看看僵在门边的白玉兰，她红红的脸上堆满了难堪。很快，白玉兰像是终于明白了什么，也不再管小煤油炉子上正煮着的面条，以绝望和不舍的眼神看了创一眼，拉开病房的门就走了。

创的心里滚过了一阵说不清的难过。现实无疑给了白玉兰当头一棒，一定把她击得昏昏沉沉，难以接受。虽然，创从来就没有欺骗过她，但她对创已经有了家室的事从不相信，依然在竭尽全力地编织着自己的爱情花环，梦想着终有一天她会把这个美丽的花环戴在创和她自己的脖子上。可是，今天，她意外地撞见了这个拾荒者一样的乡下女人，怎么可能是他的妻子呢？然而，现实是残酷的，这个不该出现的疯女人，被创——她心仪一年的"哥哥"当场确认。创心痛地感觉到，现在的白玉兰，一定是委屈难言，觉得自己被感情欺骗了。可是，是谁欺骗了她的感情呢？是创，还是她自己？

办完出院手续的当天下午，创就被蛆叫到了公司会议室，继续落实他的"问题"。蛆仍是一副不可一世的嘴脸地老调重弹，要创交代这五箱烟款的详细下落。

创住了半个多月医院，精力已经回复了许多。住院期间，他也不断地总结反思，觉得自己既然败了，也要败得豪气一些。一直这样婆婆妈妈地扯过场，不但是一种精神折磨，也是一种精力浪费。既然要坐实我的“贪污”罪名，就没有必要逼问根本就不存在的“贪污”过程，直接处理得了，痛快一些，大家都好。这样想着，就对蛆说：“你也不用再问我什么贪污过程了，你搞的这个所谓的贪污案，就是一件莫须有的冤案，既然非要强加于我，我承认就是，怎么处理是你们的事，别再指望我能给你说出什么贪污过程来，因为我根本就没有干过那些屌事。”说过以后，创再不开口。一连几天，无论蛆怎么问，创只是坐在那儿不断地抽烟，不断地往空中吹出一串串的烟圈玩。再不就是用手指轻轻地敲着桌子，一脸揶揄地看着蛆，就是不开口说话。

这样的办法，似乎起了作用。以后几天，蛆也再没有找过创让他“交代问题。”

这样平安无事地过了十几天，每天创在宿舍和二巧用白玉兰落在医院病房的小煤油炉子做饭吃。既不上班，也不乱跑。不过，他的心仍是忐忑的，不知道会怎么处理他。他最害怕的就是被开除了工作。

在忧心不安中，创终于等来了结论。一个星期六的晚上，在公司的大会议室召开全体职工大会。会议室的两只一千瓦大灯泡下，主席台上坐着商业局来的一位副局长和办公室主任蛆。公司的主要领导也坐在上面。创照例在灯下把他以前重复过几十次的检查又重复了一遍，公司的办公室主任宣布了对创的处理决定：一、退出监守自盗所贪污的五百七十七元钱的烟款；二、行政处分，开除团籍。

当创听到要他一个人赔偿五百七十七元时，还是心疼地呻吟了一声；听到行政处分是开除团籍时，在心里禁不住笑了一下。他甚至已想不起来自己是什么时候入的团了。在学校，只上了一年课，就开始了“文化大革命”，他不知道团在哪里；在农村，只顾得辛辛苦苦地过穷日子，就根本想不起这个事。而今天竟被莫明其妙地“开除团籍”！

公司宣布完对创的处理决定后，又宣布了一件令创颇感意外的决定：王二广调离糖业批发部，到离城五十公里的乡下，在公司的一个糖业烟酒站去当负责人兼批发会计。小城糖业烟酒批发部由叶赫娜负责。创听了这个决定后，看了王二广一眼，想知道他此时此刻的心情，但这一次王二广却意外地没有挑他的那只斜眼，显得一脸平淡，好像他早已知道了公司的这个决定，创不禁一阵戚然。

处理决定宣布后，创也轻松了不少。谢天谢地，总算没有被开除了工作，打发回南坪去种地。他又回到了烟库，继续他的保管工作。不过，创的当务之急，是去哪里筹五百七十七元钱的赔款呢？对创来讲，这确实是一件太棘手的事情。

十

光阴似箭，倏然十年已过。

当有一天早晨，南坪人睁开眼睛时，发现一切好像都变了，变得连他们自己都无法相信。昨天还在北坡和社员们一起给生产队锄苦荞麦，今天就突然把土地分到了各家各户，连同生产队的农具、牲口都作价分给了社员。突然发生的事情，是喜是忧，一下子让南坪村这些过惯了苦日子的老百姓措手不及，一下子难以适应。但有一件事却是真实的，就是以后上地再也不用大家伙去敲碾道老核桃树上挂的那截烂铁了，再也用不着大家伙站在村头乱吆喝了。老百姓从此以后，就都自由了。

前两年，创的一家四口就被父母给分了出来，住在南厦屋单挑另过。这一年，创的大女儿金玲儿已经九岁，在南坪小学读书；二女儿金媛儿五岁，能够每天提了个小篮儿，去糖圪料（矿渣）坡拾煤核了。孙女儿是奶奶的小尾巴，有事没事，老缠着奶奶。母亲一会儿不见孙女儿，就觉得身边缺了啥，就会站在大宅门外喊：玲儿——，媛儿——。

也是在前两年，大妹已出嫁。家里只有父母和弟弟、小妹一块生活。小妹也不再读书。弟弟在南坪煤矿下窑。创一家分出去另过，父母也有无法言说的苦衷。

创在糖业公司干专职采购已经七年了。当年因“贪污”问题受了处分后，又在批发部仓库当了一年烟酒保管，公司就给他调换了工作。工资也在这一年的普调中，增加到三十四块五毛钱。当年被提拔成批发部负责人的北京知青叶赫娜，在前年的知青返城大潮中，也随了当局长的丈夫，调回了北京。创有时想起她来，还会发出一声戚然的感慨：唉！这个小满满！

早春二月，正是南坪人顶凌下种的时候。其时，创正在广西的钦州糖厂等着往回发货，却接到公司打来的电话，说老家有事，望其速归。创想要再问什么事时，因长途占线，电话断了。家里能有什么事呢？创惶惶然地揣测着，就一边安排随后发货，一边就准备回去。他恍惚看见了老父亲臃肿的半边脸，三叉神经痛已把父亲折磨得痛苦不堪。早年，申曾在太原和几个老中医合拟了一个专治三叉神经痛的药方，其中多是些全蝎、蜈蚣、蝉蜕、僵蚕、白芥等去风寒的猛药，父亲服后也可以缓解一些，但终究不能根治。据申说，这是父亲耳后的一根神经被压迫所致，如果要根治必须进行开颅手术，但世界上除美国外，尚无别例。创听了，想，申呀申，你他妈的简直是在和我开国际玩笑。忧心如焚的创，只怕父亲有个三长两短，在火车上颠簸了两天，中午才回到小城。没有发南坪的班车，创干脆蹽起长腿，骑上批发部的自行车，向老家奔去。

当创进到南坪村时，太阳已经西坠，心也难免怦怦地跳。他不知道家里究竟发生了什么事情，更怕自己的担心变成了现实。远远地他看见了自己住的四合大院，不由地先就收住了脚步。他先朝大宅门外看看，是否有人穿了白衣白裤走动。他又竖起耳朵仔细听听，是否有家人的号哭声。观察了一会儿，并不见有什么动静，才在狗的吠叫声中慢慢踅进院门。

家里，母亲正和小女金媛儿坐在门墩上叉着手指“翻交交”。女儿瞪着一双大眼睛认真地和奶奶翻着，他们并没有察觉到创进来。这时，创悬着的心才放下来。

当创从母亲的嘴里知道了家里并没有发生什么事，也没人给公司打过电话时，就有些生气，想，这一定又是二巧干的。

傍黑，父亲并没有歇牛，还在二巧分的地里一手扶着犁杖，一手捂着半边脸在犁地。二巧跟在后面溜苦荞籽。创看见父亲的一刹，觉得父亲更消瘦了，精神也不如从前。他从老父亲手里接过犁杖，心想，我的一家四口这样拖累着父母，何日才是头哇。

二巧见创回来，显出几分高兴的样子，当创问起谁往单位打的电话时，二巧便对了父亲大声嚷嚷：“我不给你打电话给谁打呀，别人家的地都早早就种上啦，咱家连地还没犁。眼看就误了下种，我娘仨今年吃啥啊？喝西北风呀！”

创本来含了一肚子怨气，听二巧这么说了，一时也无话可说。是呀，自己一个月领三十四块五毛钱，常年在外跑，本来开支就大，每月能孝敬父母，接济二巧的，也就是能看得见的几个小钱了。如果再打不下口粮，一家人真是要饿死了。

天快黑下来时，创才歇了牛，准备收工。却见小妹挎了一个大荆条篮子来了。小妹长得更高也更瘦了。看见了大哥，小妹欢快地走过来。创看见小妹的脚上穿了一双开了裂的半高靿雨靴，由于靴大不跟脚，小妹走起来就会发出很大的呼嗒声。小妹看见大哥在看自己的脚，就有些忸怩地站住了，两只脚不好意思地搓来搓去。大晴天，小妹却穿了一双烂雨靴，很显然，这一定是父亲在哪儿给小妹捡回来的。创想，大概小妹除了这双破雨靴，再没有其他鞋穿了。创知道，虽然分了家，父母的日子依然过得艰难。已经十五岁的小妹，都成大姑娘了，还穿着这么一双破靴，在村里地头呼嗒呼嗒地走来走去。创哽着喉，不知道该和小妹说什么。

过了一会儿，创才拉拉小妹的手，问：“天都黑了，还去找猪菜？”

小妹低下头来，有些羞惭地又看看自己的脚，低声“嗯”了一声，然后挎着篮，呼嗒呼嗒地走了。

又是去找猪菜，挎了那么大一个篮子，天快黑了，还穿了这么一双烂雨靴，呼嗒呼嗒地……可怜的小妹！

第二天上午，创卸了牛，也没回家，就急急地去了镇上。他花二块四毛钱给小妹买了一双红底碎花的平绒方口带襻儿的布鞋。当他回来给了小妹时，小妹高兴地穿上再也不肯脱下来。母亲却说：“少穿一会儿，放起，过年再穿。”

下午，当创从地里回来，洗了手准备吃饭时，却看见小女儿正趿拉着上午他给小妹买的那双红底碎花的平绒方口鞋，在地上炫耀地走来走去。就问小女儿：“嫒儿，这不是小姑的鞋吗，你怎么穿着玩呢？”

小女金嫒儿又在地上嚓啦嚓啦地拖了一个来回，才得意地告诉创：“妈妈说了，这鞋是爸爸给嫒儿买的，被小姑姑抢去了，妈妈就去给我要了回来。”

一股怒气，直冲脑门。创想想，这不是女儿的错，就对金嫒儿说：“嫒儿听话，这是爸爸送给小姑的鞋，快脱下来给小姑送去。”

“就不脱。妈妈说了，这就是嫒儿的鞋。”小女儿趿拉着鞋，就要朝门外走去。

创终于暴发了，大喝一声：“听话，脱下来。”

这一声喊，把小女儿吓得哇哇大哭，创过去就要从女儿的脚上往下脱鞋。这时，二巧回来了。见创为了一双鞋，竟把女儿吓得哭了，也变了脸色，喊叫着说：“你对女儿发什么火，有本事你把钱拿回来呀。为了一双烂鸡巴鞋，搁得住吗?”说着，就从女儿脚上把鞋扒下来，狠狠地摔在了院子里刚泼出去的洗脸水上。上午刚买的一双红花鞋，在院子里的水渍里翻了几个滚，委屈地趴在地上不动了。

创见二巧竟敢这样，简直气疯了。他跳起来，真想过去搧她几巴掌，但看看仍在哭泣的小女儿和刚刚进门站在床边吃惊地看着这一切的大女儿，又把手放下来。

创走到院子里，拿起鞋来看看，本来很好看的一双鞋，已被院子里的尘土和水迹弄得很不像样子了。他用手指掸掸鞋面上的灰尘，再用袖口擦擦上面的水迹，又给小妹送了过去。

大屋里，母亲坐在锅边伤心掉泪，小妹坐在地上，一边择野菜，一边默默地饮泣。见创把鞋送回来，母亲有些紧张地对创直朝门外摆手：“拿回去吧，再过几年，玲儿就能穿了。你也是，就不该给你小妹花钱买鞋，她啥不能穿。”母亲说着，用下巴指了指小妹脚上又穿上的破雨靴。小妹嘤嘤地哭出了声。

创以前就听人说过，媳妇不是婆养的。看来是真的了。

当创把分给自己家里的三亩多地种完后，他在家里已过了四天。单位也把电话打到了南坪村委会，要他赶快回去组织一批货，因为小城又恢复了过去的老庙会，时间是农历四月初八。

创回来在家住了四天，起早贪黑，累死累活地种了四天地。因为给小妹买了一双鞋，还和二巧怄了一场气。匆匆忙忙的四天中，他没有时间和父母坐下来说几句话，也没有问父亲的病情和母亲的身体状况如何，就又要急急地回单位上班了。

第五天一早，创就要走了。当他从厦屋出来，路过父母亲住的南屋门口时，无奈地捏了捏空瘪的衣袋，稍停了一下脚步，叹一声，走出了大宅门。

创不知道，当他路过父母的屋门时，母亲早已站在了门后，伸出手做出随时要为他拉开门扇的姿势。

晨曦中，创走到村边，看见别人早已种下的苦荞麦，已透出了黄黄的嫩尖。

四月初八的庙会，是这座小山城的古庙会，相传已百年有余，但却中断于“文革”。现在能重新恢复古庙会，无疑是对传统文化的解禁，也是对小城百姓思想的解放。小城的古庙会，每年春秋二次，承继了古庙会的历史习惯。春季庙会是四月初八，秋季庙会是九月初一。当然，这两个时节起会，在过去肯定是有说辞的，现在则改成了春季（秋季）物资交流大会。

创又经过了一段时间的忙碌，为公司把赶会的必要商品也采购得差不多了。采购工作就是这样，仓库只要不缺货，采购也就是闲人，公司一般也不会安排其他工作。创目前就处于休息阶段。他一闲下来，就想起家里永远也干不完的活。他知道，为了养家糊口，就要为这个家一直操劳忙碌，这是一个男人一生的担当。创想趁赶庙会的空闲，回南坪看看他种下的苦荞麦出来了没有，长势如何，是否需要锄草了。在农村，地块相邻，如果谁家地里的庄稼长得不好或者草高苗低，那是常常要被人耻笑的。创虽在小城上班，但他并不想被人耻笑，所以，工作之余，便常常想着家里的事情。一头是工作上的忙碌，一头是家庭里的操劳，很难做得两全其美，常把创搞得焦头烂额。

下午，创在街上碰到了同学马得子。现在，马得子早已不在县运开卡车了，被调去县政府小车队给领导开小车了，所以，马得子常常装出一副很拽的样子。他看见创，说："创，以后有事就说，我用小卧车拉你去办。"创对马得子笑一下，说："你先别吹。去，把你的小卧车开来，跟我回南坪跑一趟？"

马得子很认真地翻翻眼珠，往地上啐了一口，说："现在不敢，小心领导有事。晚上怎样？你要真回，我晚上把你送回去。"

创也往地上啐一口，说："我晚上回去有毬的事？"

"就是就是！"马得子说完，朝创笑笑，像突然想起了什么，说："我刚才见雲了，叫我现在去她家玩，咱一块去吧。"

创也没事，想想，就和马得子一起向东关走去。

雲随丈夫住在他单位分的家属房里。创和马得子还没有进门，就听见里面传出噼里啪啦的麻将声。创站住了，对马得子说："我不想进去了。"

"为什么？已经来了。"马得子觉得奇怪，就问。

创只好实话实说："我向来听不惯这声音。"

马得子听了，就笑创说："都什么年代了，你还听不惯这听不惯那的。没听说十亿人民九亿赌，还有一亿在发愁吗？走走，进去。"得子一边说，一边就朝屋里喊："雲，创也来了！"

门帘掀起，出来的不是雲，却是秋雯。见是秋雯，创一下子就怔在了那里。创已记不起有多少年头没有见过秋雯了。刚上班的时候，大家还经常在一起坐坐，后来听说她随夫去了太原，工作却一直调不到太原去。在太原晃了一年，又回到了这个小山城里，仍在她原来的单位上班。不过，听同学讲，她和丈夫的关系一直处得不好，现在怎么样了，他不知道。不过，马得子却对班里每一个同学的情况知道得清清楚楚。回头问问得子，这事不好直接问秋雯。创想。

进了雲的家，麻将已经撤去。桌子上摆了几样菜，中间摆了一个铜火锅，看样子，雲和丈夫今天是有准备地请了几个同学来坐坐，却没有直接通知创，就觉得不请自来，是否有些多余。

当七八个同学围了桌子准备开吃的时候，创特别留意地看了一下这个双职工小家庭。眼下在市场能买得到的东西，他们都买了。创看到靠墙的桌子上，居然还摆了一台电视机。这在当时，可是稀罕物，全城也没有几台。小城里还没有转播台呢，即使安上室外天线，也只能收一两个台。电视机被一块专用布盖着，是黑白机还是彩电，创无法知道，但家里能有一台电视机，已经很了不起了。双职工小家庭里，到处氤氲着温馨和富有，雲和她丈夫的脸上不时流露出高傲和满足，也让创感到了佩服和向往。

看着雲的小家庭，创的心里涌起了一浪又一浪的波澜。他想起自己，一边奔工作，一边奔地头。既要常年在外四处奔波地为公司采购货物，又要起早搭黑忙里偷闲地为家庭种锄收藏。一年累到头，口袋里也剩不了几毛钱，自己不好过，二巧和孩子也不一定就好过……

砰！创的思维深处，洞开了一条缝隙，一条幽幽的暗光慢慢地泻出来。创浑身一懔，像突然感应到了什么，待进一步探索时，缝隙却慢慢地合上了，随之，那条幽幽的暗光也消失殆尽。

同学们一边吃喝，一边谈笑，显得亲切而热闹。创却一直打不起精神来。他只是一杯接一杯地喝酒，很少动筷子搛菜。在这次同学的聚餐中，他也知道了一个让他喜忧参半的消息，秋雯离婚了。

当创最终从马得子的嘴里确定了这个消息的真实性时，他盯着秋雯看了好一阵，刚才脑缝里漏出来的那束光似乎又在创的眼前闪现了一下。创不管不顾地又喝了几杯酒，觉得已把持不了自己了，就趴在桌子上，低低地唱起了南坪人常常唱起的小曲。

活得不如人呀，提起来好伤心……

婉转动听的小曲，惊动了在座的老同学，一时鸦雀无声，大家都听着创唱。马得子觉得不对劲，当他过去想扶创时，创却一边不断地重复着唱，一边不知羞耻地大哭起来，直把鼻涕眼泪糊了一脸。狼一样的号哭，听起来伤心绝望。直哭得今天的东道主，他们的班花雲也花容失色，陪着创不断垂泪。秋雯大概也被创哭到了痛处，竟也低声抽泣。把今天一场本该高兴的同学小聚，搞得一塌糊涂……

小城四月初八庙会期间，创没有想到母亲会来，母亲是一早坐了南坪村的一个技改拖拉机来的。当母亲一身灰尘地找到创时，他还是吃了一惊，虽然母亲能来小城赶会他很高兴，但创确信这不是母亲的本意，母亲肯定有其他要紧事找他。不然，她老人家宁肯坐在家里和小孙女儿“翻交交”，也不会大老远跑到城里来。

母亲打开从她见到创就不曾离手的一块包巾，里面却是一包黄灿灿的杏子。因为过熟，有些已经在车上被挤烂了。母亲有些难过地说：“现在青黄不接，没啥给你拿的，老杏树上的杏早就熟了，你也不回去，你快尝尝，好吃不。”母亲说着，在包里拣了几颗好些的递给创。创吃了一颗，酸酸的，苦苦的，也不见得有多么好吃。

原来，母亲是来看病的。她的牙床已经肿了很长时间，村里的赤脚医生说，快到外边去看看吧，怕是走马牙疳，很凶险的一种病。母亲又耽误了几天，实在疼得顶不住了，才来城里找儿子看病。

创听了，也有些怕，想起了人们常说的，牙疼不是病，疼起来要人命。就赶紧带着母亲到医院找申，申又让创带着母亲去牙科做了检查。申看了检查结果，说是没事，就给开了三副草药。方子上的字，和天书一样，创认不出，只认出一样叫黄连须的草药。申安慰母亲说：“老太太，别怕，这只是牙龈发炎了，吃了药就会好的。”母亲听了，一下就轻松了不少。

创带母亲在外面吃了一顿饭，回到宿舍坐下来时，创终于试探性地对母亲提起了自己十几年来就一直想对母亲说的话。他小心地对母亲说：“妈，你看我现在，里一下，外一下，一个月挣上三十几块钱，这日月过得也没啥意思。”

母亲吃惊地看着儿子，说：“这不是好好的吗？人活着就是这回事。知足者常乐，咱比上不足，比下有余。两个闺女长得又娇又乖，你挣得虽然不多，可每月也有几个活钱，比起前头院的帮柱，外下院的高红强多了。咱慢慢地过，慢慢地盼吧，娃都长大了，也许就好了。”

母亲没有听明白创的意思，反而对儿子进行了一番说教。

“我是说，我和二巧的事，你也知道……”创怕一旦说多了，母亲会在这儿跳脚骂街，不敢急着把话说完。

“妈知道。当初你不愿意二巧，可现在，俩闺女都这么大了，我说还是凑合着过吧。”母亲劝创。

创见母亲终于明白了自己的意思，就直接对母亲说：“妈，我想和二巧离婚哩。”

“你说啥?”母亲听了创的话，一下子就瘫坐在床上了。

创知道母亲的心脏不好，平时有什么动静，母亲就被惊吓得歇半天才能缓过劲来。过了一会儿，母亲才对创说：“结婚都快十年了，你怎还在想这事呀！创呀，花花世界看不完呢，你可要好好想想，千万别做下后悔的事呀。”

创又想起了雲的双职工小家庭，冲动地对母亲说：“你总不能眼巴巴地看着你儿子就这样受一辈子吧。”

“你受了啥啦?你现在不起早，不摸黑，比你在农村时强多了。唉！你要是当初不出来，也许你就不会有这想法啦。”母亲说。

创想说服母亲：“可是，我现在已经出来啦。你看看，我现在农民不像农民，工人不像工人，又上班，又种地，弄得两头都顾不好，谁都不好过。还不如干脆和二巧分开，种地的安心种地，上班的安心上班，大家都能过上安稳顺心的好日子。”

“好日子，好你……”母亲终于暴发了。但她还是收住了要骂出口的话，气哼哼地对创说：“离了婚，大人倒是好过了，两个小闺女怎么办，你就没替她们想一想?”

“我想好啦，一人带一个。”创坚持着。

“你想得美！你以为二婚日月会好过吗?没听人说过，二婚夫妻搁犋牛，绳索断了两分头。二婚必然怀了二心，哪如儿女夫妻好。”母亲想劝创回心转意，不要再离什么婚了。

“以后，只要双方多关照一些，多体谅一些，我对她好，她就会对我好的。”创甚至已经憧憬着未来了。

“你对别人的好，难道就不能给了二巧，给了两个孩子?”母亲质问创。

创被母亲的话给堵死了，气恼地说：“妈……”

母亲似乎真的生气了，说要回南坪，现在就走。她从桌上拿过自己的药，就要出门，创赶紧挡住母亲：“现在没车，你怎么回去?”

“我走着回去。”看来，母亲真的生气了。

十一

刚进腊月，小城的上空就飘溢着年味。成群结队的人，也不管腰里别了几个钱，都在小城逼仄的街道上拥来挤去地置办年货。这是一年中商业经营的最旺季，一般要在第一季度完成全年销售计划的近百分之五十。创也早早地根据公司的安排，腊月前就把春节要供的货，发回了仓库。

一大早，在凛冽的寒风中，创在库房装好了一车白砂糖，准备去运城糖厂加工，这是几天前创就联系好的。白砂糖在这个小山城的销售不是太好，每年也只有加工糕点、月饼时才能卖出一些。老百姓只买白绵糖。所以，作为统配货的白砂糖，在库房就囤积了一部分。公司想趁春节前白绵糖的市场销量较大，把白砂糖加工成白绵糖上市销售。

汽车刚驶出批发部的大门，坐在驾驶室里的创却看见二巧头上包了块大包巾，被冻得红鼻子红眼地站在大门外。创让车停下，下去问二巧："你怎么这么早就来了，有啥事?"说着，掏出宿舍的钥匙给二巧，说他过一两天才能回来。

二巧却摇摇手，吸着鼻子说："我是一早搭顺车来城给闺女买过年衣裳的，你给我些钱就行，不耽误你的工作。"

又是钱。创本想给二巧说，过年的工资就还没发呢，过几天再买。但看她这样子，自己又急着赶路，只好从口袋里掏出昨晚刚从会计那儿支的两百块钱的加工费来，从里面抽出二十块钱给了二巧。二巧看一眼，说："二十块钱够干啥。一个闺女就得二十，两个闺女四十块钱，还不算我的数呢!"

创又抽出十块钱，二巧接过钱却站在车前不动，也不说话。司机不认识二巧，见创和这个女人没完没了，就心急火燎地下了车，推了二巧一把，说："你怎这么难缠，短你的钱他回来再说，你挡在我车前是什么意思?"二巧见司机对自己发了火，委屈得要哭的样子，走到一边。创也没办法，只好先上了车。司机一脚油门一声喇叭，汽车绝尘而去。

今年过年，说实话，创一直不想回去。不想回那个让他惶恐的家。虽然他也思念父母和两个女儿，但一想到那个多少年来一直让他心底不爽的二巧，就想远远地躲开。永远离开，不再回去。还有，春上他把自己想和二巧离婚的想法给母亲说透后，老娘从此就怀了一肚子心事，担心创的想法有一天变成了现实，而自己却无能为力。更害怕自己的两个孙女儿从此后要哭哭啼啼地生活在别人的家里而自己却不能知道她们的冷热饥寒。母亲常常一个人暗自垂泪。老娘也知道，在这件事上，自己阻挡了儿子十年，这一次恐怕是再也管不住了。

创一直拖到腊月二十七，公司里要回家过年的都回去了。灶上吃饭的只剩下过年值班的几个人，都问创怎么还不回家过年，创张张嘴，也没找下什么不回去的理由。再也拖不下去了，创才无精打采地背起挎包，出去找车回家过年。

回到家时，天已完全黑了。外面的窗户纸上，跳跃着昏暗的灯光。创没有先回自己的屋，先回到了父母的家里。两个女儿不知是听见爸爸回来了，还是二巧让她们过来的。她们跑进来，大女儿背起创的挎包，小女儿拉着创的手，说："爸爸，妈让你回咱家呢!"

创蹲下，抱了抱小女儿，说："你俩先回，爸一会儿就过去。"

"就不就不。我让爸爸回去看我的新衣服，看媛儿穿上好看不好看。"小女儿缠着创。

"媛儿听话，爸爸要和爷爷说话呢。玲儿，把妹妹拉回去。"创总算把两个女儿哄回去了。

父亲不吭气，母亲不说话。弟弟妹妹见父母拉着脸，也不敢多嘴。

创知道，自己想离婚的事，春上既然给母亲说了，父亲一定也知道了。他们也曾对人说过，在创的婚姻问题上，他们已经整整压制了创十年，现在非要离婚，大人倒没有什么，就是可怜了两个小孙女。已经这么大了，又懂事，又听话，真不忍心看着她们两个小小年纪就生生地离开张家门槛，到另姓旁人的屋檐下去看别人的眉高眼低。为了两个孙女儿，两个老人也不知相对着哭了多少回，流了多少眼泪。

但是，创这次却是王八吃秤砣，铁了心地要离婚。他计划，两个女儿一人带一个。自己带哪一个都行，让父母先养着，也免去了他们的思孙之苦。和二巧这一场从一开始就不该存在的婚姻，不能再自欺欺人地凑合下去了。这一场没有爱情的婚姻，对谁都是痛苦的，不道德的。自己整整想了十年的问题现在已到了非解决不可的地步。离开后，两个人从精神上就彻底解脱了，生活上也不再相互牵扯，处处为难了。

创下了最后的决心，就对正在端着碗喝饭的父亲开了口：“爸，我要和你商量一件事。”说着，小心地看了父亲一眼。老头子好像没听见，仍噘着嘴，对着碗边，很响地吸溜着碗里的稀饭。

“爸，我想和二巧离婚。”创刚说完，父亲就突然站起，把手里正喝着的一碗稀米羹朝创没头没脑地撇过来。

创也能沉住气。眼看着朝他飞过来的饭碗，躲也不躲，甚至连眼皮都没眨一下，承接着父亲这一碗积聚了多日的发泄。碗砸到了创的身上，又滚到地下，碎了。稀米羹从创的头上流到脸上，然后再顺了衣服慢慢流下。小妹赶紧拿了一块毛巾，哭着给创擦脸上、身上的稀饭。

创知道，父亲的火迟早是要发的，这一碗稀饭迟早要朝他撇过来。反正，摔碗也好，打骂也罢，这婚还是要离的。

二巧听到动静，也拉着两个女儿过来了。她一手牵一个，像秦香莲告状一样，站在门口，不哭，不闹，也不说话。

母亲走过来，一言不发地把创和他的一家人推出门外，然后关上了屋门。

回到厦屋，创看看炉后，饭还在锅里。看样子，二巧和两个女儿还没有吃晚饭。创的肚子虽然饿得咕咕叫，但他还是愁眉苦脸地拉开被子，衣服也不脱，就蒙头睡下了。

当创一觉醒来时，已是第二天的中午了。看一眼二巧给他煨在炉后的饭，又饿着肚子走出了屋外。在屋外，创才看见，天下雪了。大片大片的雪花，漫山遍野地飞舞，天地间灰蒙蒙一片。创想起昨晚挨了父亲一碗的事，气恼地往地上啐了一口。却看见高红手里举着一把菜刀，在雪地里追赶一只飞扑的大公鸡。公鸡已经受了伤，一边撕心裂肺地叫着，一边在雪地里跌跌倒倒地逃命，雪上留下一滴滴殷红的鸡血，看上去很刺眼。高红一边追着公鸡一边骂：“我才杀了你一刀，你就挣脱跑了，你跑了老子拿什么过年？”他终于追上了逃亡的公鸡，就一刀狠狠地剁下去，公鸡挣了几下，就再也不动了。高红却咧着大嘴，坐在雪地里喘气。

创看了一会儿，觉得没意思，又往地上啐一口，返回了厦屋，他决定和二巧摊牌。这事既然弄开头了，就要弄到底。

二巧一个人满腹心事地坐在火边，一副温顺的样子。见创进来，挪了挪屁股，把炉后的饭往创跟前推推，也不说话，像是知道创今天要对她发难一样。

创终于开口了："二巧，你说，咱俩一直这么半死不活地过着，有意思吗？"

"有呀，太有意思啦！没意思我和你过了快十年了，还给你生了两个闺女。你说，没意思还能生出娃来？"二巧思路清晰，说话干脆，几句话就把创逼到了死角。

过了好一会儿，创才说："你也不要生气，咱们是怎么生活的，大家心里都有数。我是说，一直这样凑合着瞎过，不如咱们分开过，谁也不要连累谁，是不是更好些！"

"有想法早说呀，凭啥耽误我十年！和你结婚的第一天，我就知道这一天迟早要来。你知道吗？我等你这一句话，整整地等了十年，等得我从闺女变成了媳妇，从媳妇快变成了老太太；等得我生了两个女儿，老大已经九岁，老二也五岁；等得我头上已经有了白头发，等得我觉得没有希望了的时候，你才说出来，这是不是太欺负人了。"二巧说着，红了眼睛，但她始终没有掉下一滴眼泪。

创想和她商量些实际问题，就问："我知道，你虽然辛苦了十年，但我也努力了十年，可是，我在咱俩身上，还是找不出夫妻的感觉来。你说吧，离婚，你有什么要求？"

"这一点你尽管放心。在你以后的婚姻中，也许能找到你想要的夫妻感觉来。不过，我相信，当你找到所谓的夫妻感觉时，你恐怕是哑巴卖屁股——告诉不得人。不相信我的话，是吧？只要你敢再结婚，我的话马上就会得到验证。"二巧说完，还诡异地朝创笑了一下。

创听了二巧的话，像要重新认识她一样，看了半天。觉得今天的二巧，是他从认识以来，都不曾有过的清醒和理智。刚才说的话不但逻辑清晰，而且还带有哲理性的玄机。他甚至怀疑，二巧也许从来就是一个深藏不露的高人。

“我们也没有什么共同财产，就是……”创想继续商量离婚的具体事宜，但他还没说完，二巧就抢过话头，说：“怎么没有？现在住的这房，虽然小了些，但毕竟也是财产，而且是固定财产。”

我操！二巧今天像脱胎换骨了一样，很上水平的话接二连三，把创惊得一愣一愣。

“现在住的房是祖产，并不是咱俩结婚后共同所置，根据……”

创没说完，二巧又抢过话头：“屁话！怎么就不是共同财产？我这十年生儿育女，辛勤劳作，就白白地付出了吗？只能说，我的付出是可以间接地转换成房产的，不是吗？我总不能白白地付出十年吧！”

创听了二巧的话，觉得眼前这个曾经不起眼的村姑，今天竟变成了一个学博识广的淑女，自己不但难以应付，而且已经在节节败退了。他还是硬着头皮，要和二巧把离婚所涉及的事情协商到底。

“这些都好说。关键是女儿，两个女儿由谁抚养？”创抛出了关键性的问题。

“这就更没啥可说的，我生的闺女，我不养谁养！女儿随娘，天经地义，在女儿跟谁的问题上，你想都别想。”二巧说得很干脆。

创想起了老娘对孙女的难舍之情。不行，一定要带走大女儿金玲儿，不过，小的也行。就说：“咱一人带一个，这样也公平。要一个人带走，是不是负担……”

二巧再一次打断了创的话：“我一个人在家养了十年，她们都长大了。你睁开眼睛看看，她们哪儿少了一块？我是不会让你带的，一个也不会让你带。没听人说，硬要叫花佬娘，不要做官爹。她们跟上我，才不会受人欺负哩。”

“可女儿毕竟是我们两个人的，我也有抚养她们的权利和义务。”创努力争取女儿的抚养权。

“哼哼，你只不过生了她们。她们小的时候，你给她们刮过屎吗？把过尿吗？亏你还能说出口，不怕闪断了舌头。”二巧讥讽地说。

创想自己在这些生活细节上，确实做得不够。但也不能仅凭这就剥夺了他这个做父亲的对女儿的抚养权嘛！过了一会儿，创说：“反正我要带一个，就金玲儿啦 。”

“你说了能算吗？去，你去问问金玲儿，她愿意不愿意跟你。不过，你可要小心一点儿，别让闺女啐你一脸。”二巧有几分得意地说。

创坚持说：“反正我也要带一个，即便说到天庭地府，我和两个女儿的血缘亲情是说不断的。”

“没人能说得断。不过，你就是带不走，不信你就试试。哼！有了后娘就有了后爹啦，我不能眼看着我的闺女在后娘跟前低声下气地受活罪。”

“可是，你敢肯定有了后爹就不会有后娘吗？”创终于翻过来一句。

“我并不会像你，着急和别人去结婚，所以也不会有什么后爹。不把两个女儿养大成人，我就不会去踏别人家的门槛，去接别人的哈喇水。”二巧像对创发誓一样，说得斩钉截铁。

“嘿嘿。”创笑笑，并不相信二巧的话。他又以乞求的口气说：“你就让我带上金铃儿吧，就算是为了咱爹咱娘……”

二巧听了，眉头蹙了蹙，话也软下来。想了一会儿，她才说：“如果是为了老人，咱以后再说吧。”

创赶紧说：“你同意啦，那咱过了年就去办手续。”

“离婚的事，我可以答应你，什么时候去办离婚手续，这你说了可不能算。”

“那你说啥时候办？”

“这要等到我想通了的那一天，”二巧看了创一眼，“你就有点儿耐心吧。”

腊月三十晚上，村里人在断断续续的鞭炮声中，正式拉开了过年的帷幕。创的心里却拥堵着一家人即将要散伙的块垒，心里也涌起一阵阵凄凉的感觉。看着两个进进出出的女儿，想着明年的今天她们也不知将流落何处，不禁悲伤哽咽，双眼蒙泪，不忍心再想下去了。

二巧却显得毫不在乎。当她听到村里有了鞭炮声时，就把两个女儿过年的新衣服拿出来，一件件给她们穿上，上下远近仔细地打量一番，又给两个女儿把衣服抻展理平，就连新衣服上粘着的一根线头，都要在灯下用心地拣去。然后推推女儿，说："去，让爸爸看看好不好。"女儿过来站在创的跟前，却不说话。创只得应付着说："好看。"两个女儿在娘的打理下，也有了一点儿新年的喜庆，唯有大女金玲儿时不时心事重重地瞟创一眼。二巧像什么事情也不会发生一样，也把自己的一身洗得干干净净半新不旧的衣服拿出来换上，在昏暗的灯前照来照去，然后再拿出腊月天刚买的一双黑方口平绒布鞋穿上，在地上走了走，故意问女儿："玲儿，媛儿，妈妈今天漂亮不漂亮？"金玲儿没回答，金媛儿却拍着小手说："漂亮，妈妈今天晚上都要漂亮死啦！"二巧赶紧捂住金媛儿的小嘴说："过年呢，不许乱说话。"金媛儿睁了惊恐的大眼睛，东看西看。

饭后，创掏出两张十元的压岁钱来，先给金媛儿一张，小女儿高兴地接过钱，对二巧说："妈妈，爸爸给了我一张压岁钱。"当创把另一张给金玲儿的时候，大女儿站在床根，低了头，不接钱，也不说话。创低头看看，大女儿的脸上挂着一串泪滴。创用手抚着大女儿的头，不知该说什么好。这时，二巧却说："玲儿，接着，这是爸爸给你的压岁钱。不过，你们俩以后要记得，爸爸今天晚上给了你们一人一张压岁钱……"二巧说着，不断地吸着鼻子，有些难过的样子。

一时间，创的心里荡起一丝悔意……

创在睡意蒙眬中，被不断响起的鞭炮声惊醒，又迷迷糊糊地继续睡，反复几次，才沉沉睡去。村子里也渐渐地安静下来，大概，夜已经很深了。

突然，创被一阵很大的噼啪声惊醒了。他不知道发生了什么事情，就从床上坐起来。响声仍在继续，而且越来越大，一声紧似一声。他听出来了，声音来自他住的厦屋的楼上，像有人在拉着楼上的门扇用劲地里外晃动。大年三十儿，夜已经很深了，是谁在推楼门呢？创拿起手电筒，朝屋门的天窗上照去，并大声地斥问："谁？"没有人回答，但声音仍在继续。这时，好像有人从石头楼梯上走下来，并伴随着厚重柔软的脚掌在石梯上的摩挲声。推拉楼门的声音也停止了。创吓坏了，又抖着声喝了一声："谁？"仍旧没人回答，楼门却又响起来，只是没有刚才的声音大了。

这突然出现的不明声响，也惊动了隔壁屋里的父母。母亲大声地说：“快放炮，快放上一个大雷炮。”

听了母亲的话，创更加害怕了。便摸了黑，颤着手，从桌子上拿了一个大雷炮，点上一支烟，抖着腿摸到门边，慢慢地拉开了门，也不敢往外看，哆哆嗦嗦地点着了大雷炮。

“咚”的一声巨响，震得窗户纸唰唰地抖。炮声响过，一切复归宁静，楼上也不再有动静了。

创再也睡不着了，坐在床上，觉得浑身发冷，四肢发僵。他一边吸烟一边想，大年三十儿，怎么会发生这样的怪事呢？深更半夜，大宅门关得紧紧的，人人都在过年，绝对不会有人开这种玩笑。大声喊叫，它却不怕，炮声一响，便了无声息，难道真有了什么说道？难道是什么不可知的力量在冥冥之中向我宣示什么吗？

创在此后几十年或好或歹的生涯中，一直对这件奇怪的事情难以释怀，但终究没有得到一个满意的答案。

创在惊扰和忧虑中，匆匆忙忙地过了一个年，初六就按时报到上班了。他每天主要关心的一件事，就是什么时候才能和二巧把离婚的事办妥当呢？

创知道，这事不提便罢，一旦提到了桌面上，就要速战速决。如果中途有人给二巧递上些小话，二巧一反悔，就难办了。何况，这事已经一名二声地张扬出去了。创还知道，二巧要带走至少一个孩子，自己一定要给孩子抚养费，一般是一次性算到十八周岁。在这个问题上，创有些发愁，哪有那么多的钱呀。想来想去，想到了在工行上班的一个朋友，为了办妥此事，只有贷款了。于是，创就通过工行的朋友，先办了六百元的生活贷款。他把这六百块钱作为专用基金，存在了家乡的信用社。

在以后的一段日子里，创又催了二巧几次，二巧总是回答说：“我还没想好呢。”

创无法，也只好等着。不过，创也想好啦，如果前半年二巧还不去办，他必须想其他的办法了。幸好，二巧并不食言。刚过了清明，创回家准备再催她的时候，二巧在一个大清早，把自己粗略地收拾了一下，突然对创说："走吧。"

创一时没明白二巧的意思，瞪了眼睛看着她。二巧又说："走呀，去镇里办离婚呀，你不是快憋不住了吗?"

当创终于听明白了，今天就可以和二巧一起去办离婚手续时，有几分不敢相信，但看二巧已走出了大门，赶紧匆匆地跟上。

道路旁边，一些不知名的小草，已在这寒冷的早春，急急地顶出了嫩芽。它们急切地盼着阳光的沐浴、雨露的滋润，但它们却没想到秋风的萧瑟、寒冬的摧残……

地里，父亲正在吆着分给他的那头弯角老牛，给二巧犁地。母亲跟在后面溜苦荞籽，小女金嫒儿一手拽了奶奶的衣角，也握了小手，学着奶奶的样子，往犁沟里撒苦荞籽。大女金玲儿看见爸爸妈妈往镇上走去，睁了一双忧郁的大眼睛，默默地看着他们。

"嘚!"父亲忽然发狠地抽了老牛一鞭，猛喊一声，随了老牛慢慢地往前犁去。父亲和母亲始终没有抬头看创和二巧一眼。倒是在邻地干活的人停下手，疑惑地看着创和二巧往镇上走去。

创和二巧终于进了镇政府行政办公室。秘书仍是高强。创在农村时，高强就是行政办的秘书，创认识。创朝高秘书笑了一下，递上一根烟。高秘书接过烟，放到桌上，绷着脸说："说吧，什么事?"

创又对高秘书笑一下，说："高秘书，想麻烦你给我们办一下离婚手续。"说完，看看二巧，二巧却仰了脸，不说话。

高秘书从自己的口袋里掏出一根烟，点上，猛吸了一口，等他把吸进去的烟从嘴里喷完之后，才看了创一眼，说："离婚?你是让我给你办离婚?你今天还没有睡醒吧!怎么找上了我?你现在是县干部，按属地管理原则，应该在县里办。我这里是乡下，不要踏错了门槛。"说着，他指指门外挂着的牌子："乡下哪能管得了县干部的事情。"说完，又开始吸他手里的烟。

创已经意识到，根据他目前和二巧所处的位置，人们都是同情二巧，痛恨他的。才出去工作了几天，就不要自己的农村老婆了，这不就是一个现代的"陈世美"吗?刚才高秘书对创的无情挖苦，犹如把一泡稀屎喷到了创的脸上，疼倒是不疼，就是臭气难闻。但创还是忍了，又对高秘书说："这事就是得你给办呀，即便你不给办，也应该听听我们的离婚理由，走走程序嘛。"说完，创又看看二巧，二巧依然仰了脸，不动，也不说话。

高秘书听了创的话，突然站起来，涨红着脸，发了火："你说鸡巴的是狗屁！谁说就非得我给你办，啊？民政局不能办？法院不能办？再说了，你能有什么离婚的理由，还不是喜新厌旧吗？"说着，朝创叉了叉手指："走走！我要下班啦，没时间和你瞎扯。"说完，就走出了办公室，二巧也跟着出去了，屋里只剩下创一个人。

创受了一顿气，窝着一肚子火，不由得也骂了一句："这个高秘书，怎么变成了这么个屌玩意儿！"

出了镇政府大院，创才彻底明白了，离婚，在家乡竟是这么不得人心。他没有回南坪，也没再理会二巧，而是搭了个顺车，直接回到了城里。

创在闷闷不乐中又过了一个月。他一闲下就想这事，用什么办法才能很快地把这事给办了呢？还是那句话，夜长梦多，拖得越久，越对自己不利。在老家，舆论已经是一边倒，都同情二巧，骂创是陈世美。才挣了仨核桃俩枣就嫌弃自己的结发妻，更可恶的是还要抛弃自己的两个亲生女儿。呀呀！现在的创，在老家已成了千夫所指的罪人，成了一摊无法收拾的臭狗屎。

不过，创就是创，他有自己的主意和打算。不管人们怎么说，婚还是要离的，而且是越快越好。他妈的，开弓没有回头箭！只要我把婚离了，看你们还说个鸟！爱说说去吧，好也是三天，歹也是三天。

当务之急，先把高秘书这道堡垒攻破，只要拿下高强这个混蛋，离婚就会变成现实。

"我操！舍不得娃子套不住狼。"创又骂一句，也不知道是在骂谁。他已打定了主意，要用好烟好酒狠轰高强这小子。

由于心里有放不下的事，创黑着脸进了批发部业务室，对下单员说："给我下两瓶茅台酒、两条中华烟。"他本来想下一瓶酒一条烟，但又觉得，想一次就把高强这狗日的搞定，就得用重磅"炸弹"才能把他拿下，让他在这些高级烟酒跟前心发抖，手发颤，不敢拿，不敢抓才行。但创还是心疼了一下，因为两瓶茅台酒和两条中华烟几乎要用去他一个半月的工资。

下单员抬头看了创一眼，小心地问："张师，你有领导的批条？"这一句话又勾起了创的无名火，脸也更黑了。他对下单员说："没批条，回头我还你货就是。"创进货时，也能从二级站搞一些紧俏商品。

创又出了一趟差，回来后，装好烟酒就准备去"轰"高秘书了。这一次，创学精了。他不再去高秘书的办公室，而是趁中午去了高秘书在村东街临时租住的家里。

高秘书一家人正在吃饭，见创提了一个包进来，看创一眼，没有吭声，继续低头吃饭。创也不说话，把包很响地放在另一张桌子上。听到响声的高秘书，又抬头看了创一眼，仍没有说话。也许是看见创是提着包进来的，态度明显地缓和一些。创仍然不说话，自己坐到另一把椅子上，点上一支烟，吸了起来。高秘书似乎沉不住气了，匆匆地吃完饭，想站起来。但创比他更快，扔掉手中的烟，打开包，先拿出两瓶茅台酒来，"咚咚"两声杵到桌子上，又拿出两条中华烟来，"啪啪"两声拍到桌子上，然后指着烟酒对高秘书笑了一下，说："高秘书，这是我出去进货的时候，顺便给你带回来的。"

当高秘书看到这么高级的烟酒时，第一反应是张大了嘴巴，再看第二眼时，眼睛里就放出了一道绿光。他咂巴着嘴，指着桌上的烟酒，问："这些，都是给我的？——呀呀！你这个创，到底是县干部，出手真不凡哪。"创听了，在心里就回了一句，我舍不得烟酒套不住你呀。高秘书拿起一瓶酒，在手里小心地转来转去，仔细地看着，说："这就是茅台酒呀，我还是第一次见到呢。"说着，在瓶子上闻了一下，然后抽抽鼻子，又问："这一瓶得多少钱呢？"创故作轻松地说："也不算太贵，只要八块二毛钱。你要是喜欢，我过年再给你弄几瓶。"创说完，真想在自己的嘴上打一巴掌。不过，就这一句话，就把高秘书搞晕了。他高兴地拍拍创的肩膀，好像早已忘了上次的不愉快，突然说："你的事，如果一定要办，要越快越好。"

创见高秘书主动说起了正题，就说："我也是这个意思呢。"

高秘书说："这事吧，要想快，最好进入司法程序，我下午就把你的事转到法庭去。"

创见高秘书要往法庭转，想，刚刚收到东西，就想摆脱干系，老狐狸！但他却朝高秘书摆摆手，说："还是你给我办吧。"

创以为高秘书要往县法院转，怕按下葫芦浮起瓢。再在城里造成影响，对自己更不利了。

高秘书似乎窥破了创的心思，有些讨巧地说："不是县法院，是咱镇上的法庭，属县法院的派出单位。"

"是这么回事呀。"创呼出一口长气，说："不过，我还是想让你给办。"创觉得，你收了我这么贵重的东西，却想把事情推出去，自己落个清净享受，真不是鸟。

高秘书给创解释说："镇政府是行政机关，只能调解，如果有一方不同意离婚，我这儿也不能硬办。"

听了高秘书的话，创也只好同意转到中心镇法庭去办，但心里一直有些痛："我操，你他妈白白地浪费了我一个多月的工资。早知道这样，还不如我一开始就去中心镇法庭办呢!"

创下午就拿着高秘书开出的盖了镇政府大红印章的介绍函去了中心镇法庭。接待他的是个姑娘，当即凭镇政府的公函立了案。创又等了一会儿，打着哈欠的庭长才进来。看上去，庭长是个很和蔼的老头，听了姑娘的汇报，又看了看镇政府的介绍函，姓张的庭长只简单地对创说了一句话："回吧，在单位等传票。"

听张庭长说要往单位送传票，创急得一下子就站起来，说："张庭长，传票就不要麻烦送了吧，你现在就说，哪一天开庭，我哪一天准时到庭。"创怕把传票送到单位，公司的人都知道了自己要离婚的事，对自己太不利了。

"我们这么忙，还不知道哪一天才能给你开庭。再说，送传票也是司法程序。"接案的姑娘对创解释说。

创想了一会儿，就恳求张庭长说："庭长，我的工作是采购，经常不在单位。要不，你们把传票送到别处，别人代我收了再通知我，你看行不行?”

“也行吧。只是你要把寄送的单位和代收人的姓名给我留下。”庭长说。

创已想好了，就让县政府小车队的同学马得子代办这事，以政府车队的名义，也许对自己能有帮助。在当时，千万别小看了给领导开小车的司机，他几乎就是领导的生活秘书。上地区开会，去基层下乡，和领导一左一右地坐着，有些要办的事，一般在车上就能搞定。

果然，当张庭长看了创写下的传票的转送单位和收件人的姓名后，态度马上变得热情了，说：“是小马呀，刘县长的司机，不错不错，一个挺好的小伙儿。人品技术都过硬呢!”

听了张庭长的话，创又放了一道心。心想，妈的，原来权力比金钱更威风呀!

没过一个星期，马得子就跑到单位找创，说中心镇法庭给他打电话，让转告创，十五日上午在中心镇法院开庭。创以为还有传票，就伸手问马得子要东西。马得子告诉创，张庭长昨天晚上给他把电话打到了家里，说了此事。“人都没见，能有什么东西!”马得子说。创这才高兴地知道，人要是熟了，连必需的法律程序也可以免去。

十四号，创就回到了中心镇。这一次，他下了打持久战的决心，向公司请了一个月的假，也不回南坪的家里去住，在中心镇的一个小招待所开了一间房，住下来专心办自己的事。

十五号，当创七点五十分走进中心法院的时候，二巧早已坐在了一张椅子上。一个月不见，二巧有些瘦了，不知是家务劳累，还是其他什么原因。虽然穿了一身旧衣服，却洗得干干净净，一尘不染。人看上去还算精神，脸上却不时掠过一丝愁容。法庭在经过一些例行的程序后，进入了自诉阶段。二巧没有多说，好像已经走过的十年婚姻生活，并没有给她留下太多的记忆。而创却泛泛而谈，从毕业订婚说起，到二人生活中的一些思想矛盾再到家庭纠纷以及目前二人的夫妻关系，强调二人没有感情基础，矛盾已到了无法调和的地步，二人还是分开为好，免得再给二人造成更大的精神伤害，给女儿造成更大的心理阴影。在接下来的法庭调解中，先问到财产分割，创同意把祖产小厦屋给二巧住。这时，二巧插话说："必须说清楚，房子不是给我，是给两个女儿住。"紧接着，就谈到了女儿的抚养问题。这一次，二巧抢着说话了。她说："两个女儿，当然要归我养。"张庭长略显吃惊地问："两个你全带，你一个女人，能行？"

"我肯定都要，我生的闺女，谁也别想带走。"二巧说着，几乎要哭。

创以商量的口气说："咱慢慢说，还是一个人带一个，这样……"

创没说完，二巧就歇斯底里地对张庭长叫喊起来："不行，谁也别想把我的闺女带走。"说着，就大哭起来，像憋了十年的冤屈，在这一瞬间暴发了。

张庭长看无法再进行下去了，只好宣布休庭。二巧在法庭上，显得伤心欲绝的样子，一个人趴在桌子上，哭得抬不起头来。边上站了一些来旁听的人，有些也红着眼睛掉泪，一边还龇着牙，骂创是该上狗头铡的陈世美。法庭的姑娘拉了二巧几次，也拉不起来。这时，张庭长说："下午叫上俩闺女来，法庭也听听她们的意见。"

下午继续开庭。创的两个女儿金玲儿和金媛儿都被二巧带来了。她们穿着过年的新衣服，依偎在二巧身边，拉着妈妈的手，一步也不离开。

程序过后，张庭长当庭给两个女儿说明了她们目前所处的情况，他先问大女儿："父母离婚后，你愿意跟谁在一起生活呢？"金玲儿没有说话，小女儿金媛儿带了哭腔抢着回答："我们都要跟妈妈。"说完，看了创一眼，就捂着小脸哭了。大女儿依然没有说话，却一手拉着妈妈，一手抱着妹妹的肩头，也哭了。一时间，两个女儿在法庭上抱在一起，哭成了一堆。整个法庭笼罩在悲伤的气氛中，现场催人泪下。创看着两个哭成一堆的女儿，心里又泛起了一丝悔意。看看二巧，她没有哭，又变换了一种姿势，仍是双眼盯着屋顶，一言不发。但创知道，此时，她的双眼里一定蓄满了泪水，只是强忍着，再不让它轻易掉下来。

过了一会儿，二巧在脸上抹了一把，哄着两个女儿不哭了。庭长让二巧把两个女儿带出法庭，交给了别人。

法庭调解继续。因为二巧的坚持和女儿的表态，创觉得想带大女儿已经没有希望，只得放弃。第三个问题是关于两个女儿的抚养费，仍是二巧先说话："抚养费的问题，我不强逼硬要，和创在一起，十年已经过去了。有钱没钱，好过歹过，我和两个闺女都已经过来了。现在，钱对于我们母女来说，当然是很重要，但更重要的是，创应该拷问自己一个做丈夫的良心，拷问自己一个做父亲的责任！第二个是，创既然不顾一切地要离婚，为的就是要再结婚，我知道他有几个钱，所以，他可以根据自己的情况，看着办！"

创听了二巧的话，觉得今天的二巧，已不是昔日的二巧，不但变得豪情仗义，还表现得从容镇定。创钦佩的同时，还有几分感动。

下午四点钟，法庭对创和二巧的离婚调解结束，达成了《离婚（调解）协议书》：一、经调解，男女双方同意离婚，准予离婚；二、房产，小厦屋楼上下四间归女方；三、两个女儿归女方抚养；四、男方一次性给付两个女儿抚养费四百元。最后双方在《离婚（调解）协议书》上签下了自己的名字，并摁上了手印。同时，法庭告知他们：一、如果没有什么变化，十天后到法庭拿正式的《离婚调解书》；二、两个女儿的抚养费四百元，创五日内交到法庭。

至此，创扛了十年的婚姻枷锁，终于被卸了下来。创看了一眼法庭桌子上的台历，台历显示的时间为一九八〇年七月十五日。他顺手撕下这一张来，想想，就趴在桌子上，在上面写下：

是日下午四点，于中心法庭与二巧离异。大女金玲儿，时年十虚岁。小女金嫒儿，时年六虚岁。

想想，又写上：大女儿生于一九七一年（辛亥）农历八月初九。小女儿生于一九七五年（乙卯）农历四月十三。永记。

创一走出法庭，顿觉浑身轻松。仰首西天，晚霞映红的天空，竟飘着缕缕雨丝，让人爽凉舒心。

突然，创的心中一凛，想起今年大年三十儿的除夕之夜，厦屋楼上的怪异声响。他真想叩问苍天，这究竟是在预示什么？

他无法知道，命运之神又要将他抛向何处！

下　篇

一

创一家人刚吃过午饭。妻在收拾碗筷，创站在床边，一手端了个小碗，一手拿了个小勺，正在哄儿子吃饭。

“快过来，再吃一口。”创在床边两头来回跑着。刚一岁半的儿子太调皮，在床上跑来跑去，尽量躲避着创手里的小勺，不好好吃饭，还不时把手里的玩具木枪指向创的脸，嘴里不断地发出“突突突”的声音，把嘴里的饭喷得到处都是。

只有一间半的住房，拥拥挤挤地放了一炉、二床和两张不大的桌子。由于家小火旺，创在地上跑来跑去地哄儿子吃饭，就觉得有些热，额头渗出了一层细密的汗珠。他抬头擦一把，看一眼已把碗筷收拾停当的妻，又朝儿子伸出小勺里的饺子。这时，妻说：“他要真不吃就算啦，别再跟他费劲，一会儿饿了，自然会吃的。”

创听了，长吁一口气，放下手里的小碗和勺子，就想出去在走廊上抽一支烟。创的饭后这一支烟，已经成了他多少年来不变的习惯。毕竟，“饭后一支烟，赛过活神仙”嘛。

突然，创听见一阵很大声响的蒲剧唱腔，顺了楼梯上来进了走廊。声音越来越近，也越来越大：

三百两银子你拿回去
送儿到南学里把书念
多念书来少做官
你看我做官的难不难

创能听出来，这是著名蒲剧《秦香莲告状》里，青天大老爷包拯显得最怂的几句唱词。

创正惊疑地想要出去看个究竟时，门却被推开了，秦香莲带着哭声的长腔伴着震耳欲聋的音乐，立刻挤进了这一间半小小的家属房里。儿子被吓得摔掉木枪，在床上哇哇大哭。

恼怒的创正要发火，看见进来的竟是父亲，随着声音和父亲进来的，还有南坪村的老支书、小会计天云，最后进来的，是随了音乐舞蹈一般一跛一拐的政治队长大家伙。

进得屋来的父亲，满脸得意地把手里的收录机高高地举着，像要向全世界宣告什么一样。过了一会儿，见孙子被吓得哭了，赶紧伸出一根又黑又粗的手指头，在收录机上乱戳按键，却把声音戳得更大了，就更加慌乱地乱戳一气。最后，还是小会计上来，也没看清是摁了一下哪个键，收录机才没了声息，屋子里才安静下来。父亲有些遗憾地咂咂嘴，把手里一直举着的收录机放到桌子上，再用手掌在上面拍了拍，才在床沿上坐下来。

坐下来的父亲见孙子还在哭，就满不在乎地从怀里掏出一小沓钱来，很小心地从里面抽出一张十元票子，拿在手里很显摆地甩了几甩，搞到孙子跟前，说："别哭啦，去，买糖吃。"

孙子并不理他，而是拿起玩具木枪，瞄准他的脸，嘴里"突突突"地响成一片。父亲翻起眼珠，很认真地看看孙子的枪口，好像怕里面真会有子弹朝他飞来一样，然后自嘲地对其他人笑笑。

妻把儿子抱进了里间，哄儿子睡觉去了。

创看一眼坐满了屋子的四个人，又看一眼满脸得意的父亲，才问："爸，你在哪又弄了这么大一个收录机呢？"

父亲并不回答，而是一脸得意地看一眼老支书。老支书咳嗽一声，才对创说："这是你爸在这次'三干会'上得的奖品。"说着，把进门就一直夹在胳肢窝下卷着的一面锦旗拿出来，站起，唰的一声抖开，满脸放光地说："看，还给你爸发了锦旗呢！"

创看见，大红平绒的锦旗上，贴着"发家致富带头人"几个黄字，心里也一阵高兴。受了多半辈子穷苦和窝囊气的父亲，总算活出个样子来了。受苦受难的南坪人，也许从此就要过上真正的好日子啦！

“你爸爸真家伙呢！现在成了咱南坪村的第一个万元户啦，是咱南坪村第一个先富起来的人。”大家伙由衷地说着，脸上挂满了羡慕的神情，仍不忘擦一下嘴角要流下来的口水。

其实，父亲已经连续三年以南坪村里的第一个“万元户”、第一个“发家致富带头人”的身份参加了县里每年正月十五后召开的“三干会”。在会上领个收音机、奖状锦旗什么的。每次“三干会”后，父亲回到南坪村，都要兴奋很长时间，他拿上所得的奖品，自己再买上纸烟、糖果，挨家挨户地去“能”一番，显摆够了，才能安安生生地开始干活，过他的平常日子。母亲和弟弟虽然都烦他干这种多余又搭钱的事，却也奈何他不得。秉性，难改！

其实，父亲到底是不是“万元户”，他的口袋里，或者说他在银行里有没有一万元的存款，只有他老人家自己知道。目前的父亲，是不是已经成了一个“先富起来的人”，也只有他老人家自己知道。但有一点可以肯定，父母的一家，包括南坪村的这些穷苦百姓，这几年的日子，过得比过去要好一些了。虽然现在不是顿顿精米细面、大鱼大肉，起码每顿吃的都是正儿八经用粮食做的饭菜。粗糠加野菜的饭食，在这个历山脚下的高寒山区的平常小村子里，已经很难再见到了。

说起来可怜。父亲这个能年年到县里去开会领奖的“万元户”，也只不过是利用过去生产大队的骡马圈，支了一口大锅，靠墙根竖了十几口大缸，开了一个小小的醋坊兼做黑酱。干活主要靠弟弟，父母亲仍种着十几亩薄田。不过，在改革开放初期，在没有一分钱资金的情况下，在被禁锢了几十年的思想意识中，敢去想，去做，这就需要相当的勇气和胆识。后来的事实证明，在初期，只要是敢想敢干敢鼓捣的人，都成了“发家致富”的能人。当初，就是“要让一部分人先富起来”的时代召唤，加之国家政策在各个方面的支持，高速地推动着中国经济的发展。所以，当父亲把已经废弃了的骡马圈变成了醋坊之后，慢慢地也有了一些现金在手中流动，这在精神上给了长时间手指缝里见不到一分钱的父亲极大的满足和安慰。他老人家认为，好日子真的来了。每年过年，父亲总要想办法请一张时代的伟人像，规规矩矩地贴在大屋中央的中堂上，桌子上除摆上敬神时应摆的东西，还不惜花高价买来一盒“小熊猫”香烟为老人家拆开摆上；而且，像给伟人汇报一样，必须摆上“三干会”上领来的奖品。如果有收音机，就要按下一整天的播放键，把谁也听不懂的川剧放了一遍又一遍。每想到这些，创就觉出了父亲的幼稚和可笑，他至今弄不明白，父亲当初是从哪儿弄来的这些东西。

由于日子的渐渐好转，父亲的三叉神经痛好像比过去好一些了。虽然有时也疼，但看上去，父亲好像也没有以前那么痛苦了。也是因为日子的渐渐好转，母亲也不再像过去那样不停地抱怨唠叨，不断地发脾气，好像也比从前胖了些。小妹长成了一个大姑娘，家里也不需要她做什么，正在议论着让她去城里给大哥大嫂看孩子呢！

这时，妻从里屋走出来，对父亲说：“爸，我给你们去包饺子吧。”

“不用！”父亲很豪爽地挥挥手，说，“我们晌午在招待所吃的是蒸馍猪肉菜呢！那碗，比你那锅还大。”父亲说着指指案上创中午煮饺子的小钢精锅。说着，就从挎包里掏出一个很大的白蒸馍来，放在了案桌上。蒸馍的确很大。看样子，这一个大蒸馍至少得半斤或四两白面才能蒸成，创正在惊疑间，就见大家伙也掏出了一个同样大的馍放在了案桌上，老支书也把自己的馍掏出来放到了桌子上。他们像有准备一样，三个很大的白蒸馍挤在创狭小的案桌上，看着很晃眼，创赶紧挡住说：“这怎么行，你们中午就没吃？”

老支书听了，用劲龇了龇牙，说：“那碗真大，光菜就吃饱啦。”说着，像要证明他的话一样，一连打了两个嗝，四个人相互看一眼，就开心地笑了。

创是家里的长子，多少年来，亲眼看着一家人在贫困线上挣扎。但在当时的农村，除了去生产队的地里干活儿，稍有活动范围的，就是每人一分多的自留地。农民，被死死地限制在这个小圈子里，没有任何自由，没有任何指望和企盼。创参加工作后，也常常思考这个问题，怎么去改变一家人的生存条件，让他们能够生活得好一些，至少，能吃饱饭，不要挨饿，他就很满足了。

刚改革开放的那几年，创亲眼看到，小城三关的农民，每天早上也从自己在河滩淘弄的小块地里，刨出一些小葱、菠菜之类的时令鲜菜，挑上箩头在大街小巷荡来荡去，见有人经过，就轻声地问一声："老伙，新鲜菜，才拔出的，还带着露水呢！要吗?"如果有人要，便放下担子，拿出一把预先就已捆好的鲜菜，收过一毛或两毛钱，就挑起担子匆匆离去。他们从来不张扬地用秤称或讨价还价。

再后来，小城居然也有了从晋南往回贩菜的"二道贩子"，并在小城的街道两边公然摆摊出售了。虽然工商也来，但也只是每个小摊收上两块钱的"管理费"，并不再"割资本主义的尾巴"了。

至此，创欣然地知道，政策放松了，农民自由了，多少年来，想改善亲人的生活条件，让他们吃得更好一些，穿得更好一些的想法，又开始萌动起来。

想改善生活条件，首先就是要挣到更多的钱，让父亲和弟弟去干什么呢？思来想去，创首先想到了生产大队原来的车马大店。这几年，生产队能分的，都作价分给了社员，大车没有了，骡马也被卖到了晋南人的烧锅里，现在只留了一个仍在冒着马粪气的空大车店。创想，不如先把这一院房子占住，干什么用，再慢慢地想。当创把他的想法说给父亲后，父亲却睁了一双困惑的眼睛，看了创半天，才说："要那些空骡圈能干啥？你去住呀!"

创见父亲不明白自己的意思，进一步解释说："咱先占住，能干啥咱再慢慢地想。反正闲也是闲着，别让别人占了咱又后悔。"

创当晚就和父亲去了老支书家。当他把自己的想法给老支书说了，并承诺每年给大队交一些租金时，老支书却摆摆手，爽快地说："钱出不出先别提，关键是你计划用它来干什么。你八字还没一撇，我怎么答应你，你先想好干啥，咱再说。"

创和父亲在老支书家碰了个软钉子，只好灰溜溜地回家去想了。

创正在办公室翻报纸，却接了一个让他万分意外的电话。电话是从北京打来的长途，创听到第一句嘎嘣脆的京腔片子："大张吗？呀呀，真是你呀，你他妈的还活着啊！”

创听了这有些激动还有些亲昵的骂人京腔，不禁浑身战栗了一下，这不就是当年的叶赫娜吗，于是操着已不太准确的普通话说：“小叶呀，你这个小满满，都快想死我啦。”

“你怎么还鸡巴那么贫呀！”小叶在电话里夹带了一句小城粗话，“听说你又梅开二度啦！说吧，啥时请姐吃喜糖呀？”

“来吧，来了小城我就把你请上床，吃喜糖，哈哈……”创又想调侃小叶。

叶赫娜听了，竟没有马上说话，过了一会儿，才低声说：“姓张的，你记着，我恨你。”创在电话的这一头，能听出小叶轻微的喘息声。他不明白，时至今日，她为什么还要恨自己。又过了一会儿，才听小叶说：“你听好啦，喜糖，我只吃酸溜溜！”

创把听筒举在耳边，又怔怔地听了一会儿，直到再无声息，才叹一声，放下听筒。

酸溜溜，今天的叶赫娜，居然还只吃酸溜溜，什么个意思呢？创不禁想起，当年在糖业批发部，自己喜得女儿请小叶吃喜糖时，她不也是这么说的吗？“只吃酸溜溜。”难道说，难道说当年的小叶如今已快变成老叶的叶赫娜，还是当年的那个她吗？

“我恨你。”创的心头一凛，女人的恨就这么可怕吗，不但旷日持久，还要经世终年吗？

“酸溜溜！”创又想，他想起当年请小叶吃喜糖时和她开过的玩笑，要把她送到加工厂做醋去……

醋！创的心头似乎震了一下。醋，让父亲和弟弟就把大队的车马大店租下来，开个小醋坊，也行啊。做醋的工艺简单，生产流程短，启动资金少。更重要的是，醋是人们日常生活中几乎每餐都离不开的调味品，销路广，前景看好。

创一边想着，一边就下了楼，骑上车子去了小城的酱醋加工厂。一进加工厂的大门，就闻到了一股很冲的醋酸味。创禁不住抽抽鼻子，朝天打了个大喷嚏，几个正在院子里翻晒醋糟子的工人，看见创的样子，忍不住笑了起来。靠墙的阴凉处，放了一溜大缸子，是用来培养曲种的。创知道，这是做醋离不了的发酵原料，如果离了曲子，醋是永远也做不酸的。

创找到了同是来自南坪村的老乡，席师傅。当创把父亲要在南坪村做醋的想法讲给席师傅听后，席师傅高兴地说："行啊，这有啥不行！这东西好弄，而且利润也大。我本来还想着退了休也回南坪老家做醋呢！却让你父亲先干了。行，我支持，干吧。"

"可是，隔行如隔山呢，我爸和我弟弟他们都不会呢！"创为难地说。

不想，席师傅说得更痛快："我教呀。放心，只要你爸爸真心想干，我回咱南坪住上一段时间，直到教会他们。其实，做醋这活，说难也不难，只是个眼里活，只要掌握好原料发酵，做出来的醋又香又酸。发酵不到，淋出来的醋只酸不香，发酵过了，醋就又苦又涩。"

创见这个老乡说得真诚，赶紧出去买了一条差不多的烟和一瓶酒，回来递给席师傅，说："席师傅，今天我就代表我爸和我弟弟正式拜你为师了，只要您教会了他们做醋的本事，我知道该怎么办。"

"这娃，看你说的是啥……"席师傅当即给创开了一个小型醋坊的全部用具清单和一次能淋出一千斤香醋的原料，让创回去准备。等一切准备好了，他就请假回去，帮助创的父亲把这个醋坊办起来，并承诺把第一批醋淋出来。

两个月后，正是苦荞扬花的季节。南坪村基本过了春种大忙时节。人们正在思考着这一整个夏季的农闲，去哪儿打一季工，挣点儿零花钱的时候，南坪村的上空竟飘浮着一股淡淡的醋香味。这股淡淡的醋香混合着苦荞麦幽雅的清香，人们才知道了，南坪村有人在车马大店开办的醋坊，今天开槽淋醋了。

父亲和弟弟开办的小型醋坊，在席师傅的亲力亲为下，做出了第一槽食醋，共计十大缸，两千多斤呢！

也是在这一天，南坪村的历史，似乎多少有了些改写。从祖祖辈辈的刨土求食，到明清前后的开矿冶铁，直到今天的副食品加工，被创的家人轻轻地抹了一横——开创了南坪历史上副食品加工产业。

还是在这一天，南坪村的男女老少都来到原来生产大队楼下的车马大店里看稀罕。当然，乡亲们来时，也没有忘记拿上一个瓶子，或是小罐子，最不济也拿了一个大花碗。因为，当第一批食醋将要出槽时，父亲就兴奋地挥着双臂说：“能来的，都来尝尝咱南坪的醋，看看酸不酸、香不香；能往回拿多少，就往回拿多少，这第一槽醋就是准备送给乡亲们品尝的。”

当然，醋毕竟只是一种调味品，喝多了是要倒牙闹胃的，拿多了也不好意思，乡亲们还是很纯朴的。

父亲在开槽放醋之前，还很张扬地放了挂千字头大鞭。

下午，弟弟就用平车拉了两大铁皮桶香醋到中心镇去宣传，推销。一毛钱一斤，不到两个时辰，六百斤香醋就销售一空。

晚上，父亲和弟弟在十五瓦电灯泡下乐不可支地数着一大堆毛毛钱，兴奋地看着自己的劳动换来的成果……

其实，这仅仅是改革开放后南坪村，抑或是全国农民走上致富路的一个微小缩影。

很遗憾的是，创没有看到这一天发生在南坪村的故事，更没有看到父亲和弟弟心满意足地数毛毛钱的场景。当他在电话中听到老支书说到当天的情况时，他的心是高速跳动的，握听筒的手是颤抖的，两只眼睛是被泪湿了的。之后，创长吁一口气，自言自语地说，变了，也许一切真的变得和过去不一样了。但愿南坪能变得越来越好。

二

创现在的工作，是蔬菜公司办公室干事兼统计员，一个很清闲的工作。

三年前，为了满足小城居民的生活需求，县里根据上面的精神，要一手抓好居民的“菜篮子”，一手抓好农民的“钱袋子”。便决定把原来糖业公司唯一的一个蔬菜门市部分离出来，成立一个专业的蔬菜公司，把蔬菜生产管理和蔬菜储运销售统一到新成立的专业公司。在这次商业企业专业经营分离中，创被分到了蔬菜公司。

不过，在这次商业分离中，大部分职工还是留在了糖业公司，创作为一名老糖业，被分到蔬菜公司，却是他没有想到的。他在糖业公司跑采购，已经好多年了。每天在外边跑来颠去，长年不着家，虽然工作已经驾轻就熟，但由于年龄的增长和家庭环境的变化，却也不是长事。最主要的是，创在小城已有了自己的双职工三口小家庭，能随时顾到自己的小家庭，再能有一份清闲的工作，这不正是创多年企盼的吗?

一年前，当蔬菜公司还在筹备阶段时，创就知道了商业局有调他去蔬菜公司的打算。但三十好几的一个大男人，突然要去站柜卖菜，每天站在柜台后面，像展览品一样，被顾客喝来吆去，于创是百般不愿的。所以，他想知道局里对他的具体安排。

商业局现在的局长，是从地区一个人口大县的财委调回老家当局长的，听说是一个工作很务实的老头，最近却不知因为什么病住了医院。创觉得这是个最好的机会，就在一个午后休息时，去医院看望局长，想知道局长对自己这次工作安排的一个确切态度。

去医院看正在病中的领导，总不好意思空着手去吧，但又听说局长是从部队转业到地方的一个很正直的领导干部，一般不接受别人的东西。如果拿上东西，被老头给扔出来，那就真的是得不偿失了。创便选了一个人们正休息的午后，在医院门边的一个小卖部花一块四毛钱买了两个瓶装水果罐头，很小心地敲开了局长的病房。

局长刚吃过午饭，正一个人坐在床边，龇着嘴在剔牙花子，质朴平和的脸上，带着浅浅的微笑。局长看创一眼，又看一眼创手里拿着的罐头，再看一眼开着的门，没有说话。

创无法揣摩局长的态度，一手拿了一个罐头，表情讪讪地站在地上，不知该怎么办。

终于，局长动了动嘴巴，却没有说什么，只是用手指了指另一张病床，创这才敢把手里的两个罐头放到桌子上，问:“局长，您好些了吧。”

局长好像很无意地又看一眼门外，似乎还想了想，就拉开桌子上的抽屉，把两个水果罐头塞进去，然后看了创一眼，问:“最近没出去?”

“没出去。”创半个屁股挨着床沿，回答道。

“有啥事，你说吧!”局长停止了剔牙，很干脆地对创说。

创放松了一些，问："局长，听说糖业和蔬菜要分家，不知道局里对我是什么安排？"说着，很小心地看了局长一眼。

"你去蔬菜公司吧，不要老待在一个地方。"局长很明确地对创说，说完，也看了创一眼。

噢，果然如此！

"局长，蔬菜公司也需要采购吗？"

"干采购干上瘾啦？"局长说着，咧了咧嘴，但他并没有笑出来，"给你换换工作。跑来颠去的，也不是个长事。"

创听了，心里就有几分感动。到底是老领导了，不但平易近人，还能体谅到职工的难处。

"让我去门市部卖菜？"创突然问了一句。

局长又看了创一眼，说："我计划先把你安排到行政岗位上，这属于企业行政干部。除了经理是县里调来的，其余的岗位由局里统一调配。今天，我也征求一下你的意见，我计划让你去当财务会计，你看怎样？"

创一听局长要让他当财务会计，头一下子就大了。他一下子就想起了在糖业公司当保管时，给他强行落实的五百七十七元的"贪污"款，至今还背着处分呢！心里的抵触情绪油然而生，便脱口说："局长，我干不了会计。"

局长听了，似乎愣了几秒钟。过了一会儿，才看着创说："你过去的事，我也听说过，可能事情并不是他们落实得那么简单。后来，局里又派董副局长去重新落实这个案子，是你坚持不愿再提这件事，就又把这个事给放下了的。这次局里决定让你当财务会计，本身就是对你过去的一种平反，说明局里是信任你的，你总不能为这事抵触一辈子吧。你想好啦，如果你愿意，我马上安排你下个月就去财政局参加财务会计培训。"

创完全理解老局长的良苦用心。让他当财务会计，其实就是在心理上给他平了反。但创当年被冤定"贪污"罪名并强行在每月的工资中扣去了五百七十七元钱的"赃款"后，就对钱有了一种逆反心理。当无意中听到有人说"贪污"二字时，心就像突然被锥了一下战栗地难受，大脑不受控制地一阵冲动，常常表现出想要毁灭一切的急躁情绪来。现在，如果按局里的安排去当财务会计，创觉得这无疑又给自己套上了一副精神枷锁。所以，他只能很干脆地给局长表态说，不管局里怎么安排，自己坚决不干财务会计！

“不当会计，你干什么，你还能干点儿什么呢？”局长既像自言自语，又像在问创。

“只要不当财务会计，我干什么都行。如果实在不行，我还留在糖业公司跑采购。”创说。

“还干采购？你计划还干到啥时候！”

“干一辈子我也愿意。”创有些赌气地说。

“不！这一次，必须调换你的工作，也就是说，你必须到蔬菜公司去。因为，新单位的人员配备，关系到单位的顺利运行。我们要有全局观念，懂不懂？”局长说得斩钉截铁，没有给创留下一点余地。

创听了局长的话，又想了一会儿，觉得自己现在已经是三十好几的人了，工作的同时，也应该兼顾到自己的小家庭，不如就干一份比较清闲的工作吧。就试探着对局长说：“局长，要不，我就学着做统计工作吧。”

“怎么，你想躲清闲呀！”局长一句话就揭穿了创的心思，“你也算是一个老商业啦，希望你能为局里，也为我分点儿忧。”

听了局长的话，创只好低了头，不再说什么。

局长突然说：“你干统计也行，但一定兼上出纳。”

听了局长的话，创差点跳起来。兼上出纳，这不还是要摸钱吗？局长呀局长，你还是不了解我呀，我怎么才能给你说明白呢？但是，在工作问题上，自己也不能太过固执，免得领导认为他在挑肥拣瘦！

这时，医生进来查房了，创也只得匆匆告辞。

又过了半个多月，新单位终于挂牌成立。创也成了新公司的办公室干事兼统计员。

阳春三月，万物生机勃发。小城的南山北麓在苍松翠柏的掩映下，一簇簇山桃花姹紫嫣红，正开得闹腾。其间被一串串金黄的迎春花点缀得令人炫目，为山城平添了无限美色风光。在迎风摇摆的花枝下的石崖上，去冬崖中渗出的水结成了厚实的冰瀑，阳光下泛着耀眼的寒光，与山花相映成趣，其景美不胜收，令人叹为观止。

公司的门前，停着一辆大客车，创正在安排指挥一些乡镇的菜农上车。他们今天要去运城地区参观学习大棚蔬菜的种植技术和蔬菜市场的营销经验。

年初，在全县的工作规划中，有一项是要抓好居民的“菜篮子”工程，并大张旗鼓地提出，这是全年商业工作的重中之重。蔬菜公司要在整个管理和经营中，统筹规划，不但要讲求经济效益，更要注重社会效益。县里的一位姓崔的副县长主抓这项工作。

这次由政府组织，副县长带队的赴运城地区参观学习团，满满地坐了一大客车，创的主要工作并不是去参观学习，而是作为这一次活动的组织者，负责全团人员一路的吃喝拉撒。至于到什么地方参观学习，参观学习什么内容，则由政府设立的参观学习领导组，实际上也就是副县长决定。

忙忙碌碌的七天参观学习，很快就结束了。这次参观学习，确实让这个闭塞的山城小县的菜农大开了眼界。对县里规划的沁河沿岸的“百里万亩亿斤”蔬菜种植带，起到了相应的推动作用。菜农真正地见识了蔬菜种植的规模和意义。大棚蔬菜，外面天寒地冻，棚内却是温暖如春，外面树干叶落，百草枯黄，大棚里却是瓜果滴翠，叶绿花红。这次的参观学习是鼓舞人心的，小城的菜农们算是长了见识。

这几天，创正窝在办公室写全县的蔬菜种植和商品菜销售计划，他把自己关在办公室已经三天了，但每次报上去的计划都被县长否决了。为了写好这个计划，创已经查阅了大量的历史资料，包括本县的气温、土壤、地理、水文以及历史上农民种菜的经验和习惯，以及本地可能移植的蔬菜新品种，并涉及未来蔬菜的储存、调运、销售的各个环节。他实事求是地写了一遍又一遍，改了一次又一次，但仍没有通过。他不知道问题出在哪里，就很窝火。本来，编写计划，应该客观实在，确切可行，怎么就一次又一次地通不过呢？最后，还是商业局办公室把计划先送到政府秘书科，秘书科的人也只是改头换尾，冠冕堂皇了一番，又改了一些数字，材料居然通过了。

材料一经通过，创觉得总算放下了一件令人头痛不已的事情，心里轻松了不少。这一天，他正坐在办公室无聊地打发着下午这段漫长的时光，电话突然响起。他有些烦躁地接起，心想，说不定又有什么烦人的鸟事了，却听见一个深沉的男中音："喂，请给我叫张创，我是崔建。"

居然是副县长，而且点名找他，创的心一下就提了起来，赶紧说："县长，我就是。"

"下午忙吗？"副县长问。

"我不忙。您是要找我们经理吧。您稍等，我马上去给您叫。"创说得很快。

"不，我就找你。今天周末，我们出去放松放松，去龙山打野兔，怎样？"崔建一口气说完。

"好的，好的，我们去打兔……"创说着，心里一阵高兴。

一年多前，调来小城不久的这位副县长不知在哪儿听说创也爱好钓鱼打猎，而且，有一支很不错的金鹿牌猎枪，自动保险，膛线很好，不但安全，百米有效射程内，只要不是太臭的射手，都会有猎获。这支让创得心应手的猎枪崔副县长用过几次后，也很喜欢，就常邀创一起上山打猎。这支枪，是创当年一位当局长的猎友转让给他的。

创接了崔副县长的电话后，赶紧准备。他先把上次打猎还剩下的十几粒子弹装进弹袋，又拿出火药瓶和铅子一并装进猎包。这时，崔已推门进来了。然而，让创惊疑的是崔竟是空手来的。创有些不解地看看他。崔说："我的枪上次放在车上，就忘记拿下来。中午，司机开车回家了。我还是用你的吧，你不是还有一支吗？"

创听了，只能点点头，表示同意。他还有一支枪，打得也很好，十分馋猎物，就是用的时间太长，枪筒越打越短，射程已非常有限，几乎可以当手枪用了。

崔说着，从衣裤口袋里哗啦啦地掏出几十粒猎枪子弹来。全是商店里卖的那种用石蜡封了底火和弹口的原装弹，弹身在他的手里泛着红铜的光亮。

在龙山的一面阴坡上，创在山坡根庄稼地里横端着枪一面向山坡上搜索，一边慢慢向前走着。山坡的上端，崔也保持着和创一样的姿势，在慢慢地向坡下搜索前进。这是合猎者的一般技巧。如果山坡中间藏有野兔或者野鸡什么的，一旦被惊动，便会飞起或顺坡向上逃命。上下两支猎枪，便成犄角之势，猎物很难逃脱。

嚓——创的前方不远处，一只肥大的野兔从灌木丛下跳出来，向上坡逃去，显得有些迟缓笨拙。崔也发现了逃上来的兔子，就停住脚步，举枪瞄准。正在逃命的野兔，突然发现了上坡的人，一下子就把自己藏在了一丛小灌木后，停下不动了。它显得有些焦躁，又有些犹豫，瞪着一双大大的红眼睛，不知道该向哪个方向逃亡。创在下面着急地直朝崔挥手，几乎就要喊出声了。现在，崔与兔子之间的距离，正是绝佳的开枪时机。倘若野兔对自己目前的处境反应过来，便会不顾命地逃窜，机会将稍纵即逝。然而，创看到，崔却把已经瞄准了野兔的枪又慢慢地放下了。在高高的山坡上，他似乎还迎风叹了一口气，然后，又做了一个让创匪夷所思的动作。只见他一手拄着猎枪，一边弯腰从地上拾了一块小石头，朝那只依然藏身在小灌木后面的野兔丢去。肥大的野兔受到惊吓后，在灌木后面跳出来，又上下看看，好像才真正明白了自己的危险处境，然后晃动着笨重的身子，向前方逃去！

创也终于憋不住了，就大声地问："你怎么不开枪？"

崔站在高处，顶着呛口的风，大声说："是一只怀了娃子的老母兔。——算了吧！"

"唔。"创这才知道，副县长今天大发慈悲，放过了一只怀孕的老母兔。不，应该是放生了一窝小野兔。

春天，正是野兔怀儿产仔的高峰期。在这个时节，如果打十只野兔，至少有七只是怀了仔的母兔。每每剥开死兔的肚皮，首先掉出来的是一串胎中小兔，至少有四五只。所以，春天打猎，稍有善心的猎者都不会朝怀了孕的母兔开枪。这也是一个真猎手恪守的狩猎规则。

两个人一直搜索到山坡的尽头，再也没有发现什么野物，二人便坐下来休息。崔掏出烟来，给了创一支。自己点上后，好像在认真地吸烟，也不说什么，创也不便多说。

一支烟吸完，崔把烟头狠劲地摁进脚下的黄沙里，对创说：“我给你说一件事，看你是什么想法。”崔的表情认真，浓重的运城地区口音，像蒲剧道白一样好听。创瞪着一双疑惑的眼睛看着崔，不知道他的这位猎友一脸认真地要给他说什么。

崔又看了创一眼，才说：“我是想告诉你，今年，县里狠抓‘菜篮子’工程，为了工作配套，计划抽调一些人，成立蔬菜办公室，由政府直接领导，你想不想去。”他说完，又很认真地看了创一眼。

创听后，觉得猎友的话问得太突然了，一时拿不定主意，也不敢贸然作答。

“当然，蔬菜办公室不比商业各公司的工作热闹，只是一个拘于形式的清闲单位。不过，属于行政编制，是一个副科级小机构，人员不会太多，工作也不会太忙，但是，旱涝却能保收。如果你能去的话，以后你的档案属人事局管理，当然，也属于行政级别了。”崔说得很耐心，也很详细。

创一边仔细地听着，一边用一根树枝在地上胡乱画一气，然后又用脚抹掉。听了崔的话，他的心有些乱，一时也没了主意。他担心自己已在商业系统闹闹腾腾地干了十几年，突然转到一个只有几个陌生人的清闲单位，和一些他向来认为工于心计的人去长期共事，自己行不行，适应不适应和这些人去打交道，心里就有了几分莫名的担心。就抬起头，对崔说：“我知道你的好意，但这有些突然，让我再想想，行吗?”

“可以，但考虑的时间不能太长，星期一上午常委会定人呢!”

“这么快呀!”创惊叹一声，说。

夕阳西下。身处高坡，仰首西天，天际一片金光璀璨，为群山镀上一层蒙蒙光雾，令人心旷神怡。崔和创坐在沙梁上，看着天边，没有下山的意思，也没有再去搜寻猎物。

崔一副深沉的表情，对创说：“其实，你也应该看到，改革开放，已成定局，一定会深入开展下去。从南方的形势看，市场经济这一提法已经开始成为现实。市场经济意味着什么，也可以粗浅地理解为全民经济，一旦到了那种程度，社会将会变成一种什么格局，现在还不好说，但有一条，我们应该相信，只要有一种政治理论还在继续高扬，改革开放就会持续深入，不过，无论社会呈现何种局势，政府的行政管理是必须要存在的，这也是一个法制社会的基础，明白我的意思吗？还有，我总觉得，人生不一定要拥有多少财富，但一定要给自己营造一种有安全感的工作和生活环境；人生不一定要有多么显贵，但一定要活得自在。我不知你能否同意我的看法。”

猎友的一席话，创听得似懂非懂。有些他觉得很实在，很有道理，但有些他似乎还看不清，也弄不懂。

令创没有想到的是，崔，创的这个猎友钓友加朋友的一番话，竟像咒语一样，仅仅过了几年，就在这个山城小县得到了可怕的验证。中国国企七千多万下岗群落中，创也成了其中微乎其微的一员。遥想当年朋友的话，创不但悔青了肠子，直悔得差点儿没把自己吊死在煤球车上。

夕阳正在慢慢地落下去。创也终于没有给崔一个明确的答复。二人提了猎枪，慢慢地向山下走去。突然，就在路旁创的脚下，“扑喇喇”飞出了一只红花大野鸡，把他们吓了一跳。二人几乎是同时举枪，同时击发，然而，枪声响过，硝烟散尽，并不见有野鸡从空中掉下来。这是他们共同狩猎中少有的一次失手。

创只能瞪了一双失神的眼睛，怔怔地看着那只红花大野鸡在夕阳中向天边飞去，还发出一阵“咯啦啦”的嘲笑声……

三

因为山城小县搞的“百里万亩亿斤蔬菜带”项目，全公司的人马忙忙碌碌一个月，才把这项工作搞出了个头绪。创作为办公室唯一的工作人员，更是比一般人要忙。仅是接待运城地区派来的二十几个蔬菜技术人员，然后再把他们一个个送到各乡镇的蔬菜基地，就整整地忙了十几天。

这一个月，创明显地瘦了。一米八三的大个子，走起路来，背也微微地有些驼。一个多月不得要领的忙碌，创的心里生出了无尽的烦恼。这屌工作，说起来好听，是坐办公室的，其实就是管了全公司上下人员的吃喝拉撒、吊丧问疾这些鸡毛蒜皮的烂事。比起以前的采购工作，一个人出差，一个人当家来，要烦乱许多。这也让创多少有了些后悔。

创昨天已经给领导请好了假，今天他想回南坪一趟。昨晚，接了小妹一个电话，小妹代销店的香烟卖完了，问大哥有没有空，回去给她送几十条中低档的香烟。

昨天下午，创就去烟草公司批了三十几条香烟，光马樱花烟就批了二十条。在这个山城小县，无论哪一个客户，都不可能一次以一半以上的比例批这么多的马樱花香烟；这个牌子的香烟，在商店里是要从柜台下面往外拿的，架子上根本见不到货。这种烟只卖一毛四分钱，不但价钱低，而且劲儿大，吸起来特别顺口，是最受老百姓欢迎的一种卷烟。创一次能批这么多的马樱花烟，主要靠他以前的人脉。烟草公司也是从当年的糖业公司分出去新成立的一个专卖公司，除主要领导外，下面的业务主管和业务人员都是原糖业公司的人马，一些是创的老同事，有些甚至是创的徒弟。所以，创每次去批烟，有时就是自己动手下单。那时，还是一个很讲人情，很给面子的社会。

当创从烟库拿出一条条的香烟时，心里觉出了无可名状的激动。他把每一条香烟都在手里抚摸一番，再凑到鼻子底下闻闻，顿觉无比的陶醉和享受。似乎又想起了当年在糖业公司烟库当保管时的情景，也由此想起了叶赫娜，这个北京小满满 。小叶，你还好吗？创有些伤感。

当创从统计局农调队借出了一辆幸福250B型大摩托车时，东山的太阳才刚刚泛红。坐落在这条不是太宽阔的被梅杏二河交错相挟的山沟里的小城的上空，被浓重的雾岚笼罩着。乐于早起的人，已零星地奔波于仅有的几条逼仄的街道上。

哦！山城小县新的一天，又充满希望地开始了。

创把香烟捆好放在车后架上时，妻也拉着儿子下了楼。她要去上班，并顺便把儿子送到机关幼儿园去。

这一年，儿子已经五虚岁了。

从县城到南坪，这短短的三十七公里路仍是沙土路。车辆过后，就会扬起一股股浓烈的沙尘，但只要不下雨，路况还是不错的。此时，创正骑着摩托车，心情愉悦地以五十迈的时速平稳地飞驰在这条沙土路上。

这种新产的第二代幸福250B型摩托车，比A型的老车要轻巧许多。全车身都是钢化塑料外壳，流线型车身很漂亮，毛病是车的自身质量轻，行驶一超过八十迈，车头就会迎风发飘，不好掌控，所以，创虽然急于回家，时速却再也不敢超过五十公里。

驾车疾驰在山花荡漾的杏花谷，眼观山河美景，创兴奋地猛按几下喇叭，又情不自禁地迎风鼓起嘴巴，吹起了口哨。

妹妹你坐船头，哥哥我岸上走……

地处历山脚下的中心镇，经过了千百年的风雨沧桑，近十年来，才有了真正的变化。原来村边上那条除夏季下了暴雨才会汹涌一阵的干枯小河，已被水泥板盖上，上面修建了几十间商用小门面，聚集了邻省邻县和本地的一些客商，做起了小买卖。买卖内容不一而足。反正现在的经济形势好了，无论是国税、地税还是工商，也懒得再向这些小生意征税和收管理费。小城煤炭产业一年旺于一年，根本就看不起这些小门面的几个小钱。

土地下户后，村里的老百姓也变得清闲了。只要有点儿工夫，就凑在村边的娱乐场地甩扑克、翻麻将，或是扎堆儿胡编乱侃瞎高兴。当创骑了摩托车路过中心镇准备岔路回南坪时，却被娱乐场上一群甩扑克的人大呼小叫声吸引住了。远远看去，中间坐了几个上了些年纪的人在打扑克，其间有三个老头脸上已贴上了至少十张红红绿绿的纸条儿，有一个老头的脸上实在贴不下了，不知被谁往光头上放了一块油渍麻花的臭抹布，可能是从就近的饭店拿来的，看上去很可笑。一个老头显得志得意满，一双干巴的手青筋暴突，用很大的劲把一张牌摔在水泥桌上，一边咧着缺了一颗牙的嘴大喊大叫。

创也被感染了，不由得停下了车。他也切实感到了社会的变化，由衷地为自由自在的老百姓高兴，也想凑凑热闹，就靠了过去。

让创没有想到的是，甩扑克牌的四个老头中，除三个脸上贴满纸条的外，唯一一个脸上没有贴纸条的，竟然是父亲。

父亲看上去，不但比以前又胖了些，就连脸上的皱纹也红润了许多。大概是注意力全集中在牌上，也不见他的三叉神经疼了。父亲面前的水泥板桌面上，堆了一些零散的毛票，面值最大的也不过是一块的。

创觉得有些奇怪。既然是玩牌，就应该是各有输赢，为什么其他三个老头的脸上贴满了纸条，而父亲的脸上却一条也没有呢？还有，为什么三个贴了纸条的老头面前也没有摆放零钱，唯有父亲的跟前放着钱呢？

创正在想着，人群突然轰的一声叫起来，一个个极兴奋地拍着巴掌高声喊叫着：万元户——出钱！万元户——出钱！

直到这时，创才渐渐地明白了。原来四个人打扑克，有三个老头不愿出钱，便心甘情愿地往脸上贴纸条，而父亲却是宁愿出钱，也要保住他那张“万元户”的脸面。

创就有些生气地想，这不是在合伙捉弄父亲吗？这不是成心把父亲当成冤大头“吃大户”吗？

这时，创看见父亲在人们的喊叫声中很豪气地摆摆双手，起哄的声音立马小了下去。父亲装出一副财大气粗的样子，说：“都瞎叫唤个啥，我什么时候要过赖，嘁！——给。”说着，父亲就往三个老头跟前扔了几毛钱。其中一个老头低头看看面前扔过来的几毛钱，好像受了莫大的侮辱一样，晃着满脸纸条，跳起来说：“我该得一块，你怎么也给了我五毛？”父亲赶紧双手捂住桌子上的钱说：“就给五毛，不要就爬下去，立马换人。”

父亲刚说完，便得到了很热烈的响应，马上挤上来几个老头，摩拳擦掌地说：“对，不想要就爬下去，我们一盘只要三毛！”

见有人想占自己的位子，刚才喊叫的老头只好小声嘀咕着坐下来，重新洗牌。

创实在看不下去了，就挤进人群，对父亲说：“爸，我回来了，咱回家吧！”

父亲听见后，抬起头，瞪了一双困惑的眼睛看了创一眼，像是记不起这是谁一样，没有说话，也忘记了继续揭牌。

“快揭，快揭！”边上有人催父亲。

父亲看了看桌子上的牌，又抬头看了创一眼，好像才认出了面前站着的是自己的儿子。他淡漠地说：“回来了？回来了好。你先回吧，没看见我正忙着呢？”说完就低头揭牌。

创又好气，又好笑。觉得父亲刚吃了几天饱饭，手里才多少有了几个活钱，怎么就变成了这个样子。正要伸手拉起父亲回家，却见弟弟一脸怒气地闯进人堆里，二话不说，就把另外打牌的三个老头推得跌翻了两个。那个头上顶着抹布的老头，见势不妙，很敏捷地爬起来，也顾不了脸上贴着的纸条和脑袋上顶着的烂抹布，便夹着屁股跑得没影了。

弟弟怒气冲冲地把父亲面前已剩不多的零钱撸到一块，胡乱塞进挎包里，说："爸，你也太过分啦。让你来把这个月送给供销社的醋钱结算一下，你倒好，把辛苦了一个月的钱拿来打牌了。"

父亲在小儿子的呵斥下，自知理亏，又变得木讷畏葸起来，一只手又习惯地捂住了右边的脸颊。

创正在为父亲的尴尬感到难过时，却不料父亲竟站起来，梗着脖子说："叫唤啥，叫唤啥！不就是几个烂钱吗？有啥了不起！"说着，也不管创和弟弟，便背起手迈了八字步，朝南坪村走去。

唉！创长叹一声，不知是为父亲，还是为弟弟……

南坪村原来的大队部，早已改成了村委会，并搬迁到新盖的南坪小学的楼上。当年的一些大队干部，已被更年轻的新班子成员代替。当年的大队干部，有的改做生意，也有的外出打工，有的赋闲养老，有的已然撒手作古。当年修学校时，大队号召在外工作的南坪籍人员捐款，创当时还捐了三百块钱，是妻亲自送回交给大队会计的。现在学校外的石碑上，还刻有当年捐助者的名字呢。

这时，创正在旧大队的场部，从摩托上给小妹往下卸烟。现在的旧队部，全部被父亲以每年一千块钱的租金租赁下来了。小妹就在大门口的两间房里，开了一个小小的小卖部，主要是烟、酒、糖、酱、醋等，以副食为主，也卖一些针头线脑日用小杂货。有时候，小妹的商品也能用鸡蛋或废铜烂铁换，然后再把换回来的东西卖到镇上的废品收购站。每年小妹的这个小小的小卖部也基本维持了家里的日常开销。几年的磨炼，小妹也出落得更高更壮实，已经变成一个亭亭玉立的大姑娘了；穿着也很赶时髦，早已不是当年那个穿着父亲从破烂堆里捡来的烂雨靴，常挎了一个大荆条篮子去捋野菜的小姑娘了。

当创把烟交给小妹时，小妹一条一条地仔细看过，再一条条地放在一个不大的小货架子上。创注意到小妹还把两条马樱花烟悄悄地塞进了下面的抽屉里边，就打趣地问："小妹，还藏起来走后门呀！"小妹的脸一下子就变得通红，看了大哥一眼，支吾了半天，也没说出原因来。创也笑着看看小妹，没有再问。

小妹毕竟越来越大了，也该有她的小秘密了。创想。

大门上挂了一块"南坪村调味品加工厂"的木头牌子，尽管做工粗糙，字也写得稀松平常，但牌子的内容还是很吓人的。其实，所谓的加工厂，也不过就是十几口做醋用的大缸和十几张淋醋用的竹帘子，再有就是几口大锅和一些必需的零星工具。营业执照上的注册资金不过一万元，最值钱的就是弟弟用来送醋的那辆加重"白山"自行车。工人只有父亲和弟弟二个人，而父亲只想当甩手掌柜，很少干活。主要做酱油和醋，而醋做得要更多一些。每月只做一场，主要靠弟弟辛苦操作。父亲现在拽得很，头上顶着"万元户"的帽子，有人甚至笑称父亲为"厂长"或是"经理"，父亲便乐不可支，一副很受用的样子，并高声招呼说："好，好！哪天我在镇上请你下饭馆。"听的人便在企盼的哂笑声中满足地走开。

这就是现在以"万元户"自居的父亲。

创在车马大店看了一会儿弟弟做醋，又和小妹在小卖部坐了一会儿，小妹也把烟款照批发单据全给了大哥。一番推让后，创还是收起了货款。大部分是零票。十元的也有，但没有几张，所以，创装起了厚厚的一沓子钱，把口袋撑得鼓鼓囊囊，看上去，很有钱的样子。出得门来，创拍拍口袋，自嘲地笑一下，妈的，今天我也装一回逼吧！不过，下午就得赶紧送到烟草公司去，昨天进货时还打着欠条呢!

中午，创才回到家里，母亲也一改过去因穷困而常抱怨的毛病，对儿子比过去显得更客气，但其间创觉出了明显的生分，觉得很不自在。

母亲比上次创见时又胖了一些。她打量了儿子一下，问："你现在过得一定不错吧，儿子该上小学了？"

创看看母亲，低了头说："还行吧。儿子今年后半年就要上一年级了。"

母亲听后，也没有再说什么，返身朝门外走去。临出门长长地叹了一口气。创看见，母亲在门外用围裙在脸上擦了一下。

创疑惑地看着母亲的背影，不知道老娘这是怎么了。

不久，母亲返回来，双手端了一箅苦荞面粑。创高兴地迎上去，双手接过来，放到了桌子上。一股热气腾腾带了些许苦味的苦荞面的香味，立时笼罩了创。

母亲说："昨天听小妹说你要回来给她送烟，我一早就蒸了两锅苦荞面粑，怕你回来得早，一直煨在火边上呢；还有一箅已经凉了，你走时拿上，回去让你那媳妇和娃子吃。记着，吃时要在火上熘一下，千万别冷着吃。"

"妈，我记下了。"创说着，就急急地拿起一个，先放鼻子下闻闻，就大口地吃起来。

一会儿，母亲又给创端回一碗米汤来，还有一碟凉拌小菜。创朝碗里看看，米汤是用脱了壳的苦荞麦仁熬的，菱形的苦荞麦白白胖胖地漂在碗里。菜是生拌萝卜丝，闻着酸酸的，直勾食欲。

这时，父亲、弟弟和小妹也相继回来吃饭了。一家人围在桌边。父亲大大咧咧地坐在上首，很大口地吃一口苦荞面粑，又很响地喝一口苦荞麦汤，再用力咂咂嘴，显出一副心满意足的家庭主人的样子来。母亲仍是老习惯地坐在炉边细嚼慢咽。弟弟一边吃，一边在想什么，并不多说话；小妹喝一口汤，在碗边上抬起头小心地看一眼父亲，再看一眼两个哥哥，想说什么，但终于没有说。

看着一家人围在一起吃饭，创的心里总觉得好像缺了点儿什么，但一时又想不起来。缺了点儿什么呢？创还是想不起来。

创似乎觉得这顿饭吃得有点儿压抑。突然放下碗，扭回头问母亲："妈，也不知玲儿和媛儿现在怎样了？"

没想到，正在低头吃饭的母亲，听了创的话，先是突然一怔，接着就一手按着胸口，伸长了脖子，一手在空中乱摇乱抓，双脚在地上用力地蹬来蹬去，瞪着一双吓人的眼珠，嘴里发出一阵含糊不清的"啊……"声，说不出话来。最先发现异常的是小妹，她带着哭腔叫一声："妈妈，噎住了！”就撂下碗筷，奔过去扶住母亲，弟弟也奔过去，赶紧给母亲捶背，创手足无措地站在边上，看见母亲的脸色已变得惨白，不知如何是好。

“啊——啊！”突然，母亲很大声地哀号一声，吐出了一团黑乎乎的东西，才慢慢地倒过气来。缓过来的母亲，眼泪却像决了堤的水一样，不断地淌下来。嘴巴一张一合，像在不断地哀号，又像在极力地忍着，发不出一丝声音来。小妹哭着，在母亲的胸上一下一下地揉搓。弟弟却坐在椅子上，双手捂了脸，双肩不断地耸动。突然，父亲从椅子上站起来，暴怒地指着创，很大声地骂：“你，给我爬出去，立马爬回你城里去！”骂着，看了一眼桌子上还没有吃完饭的几只碗。

创见父亲发了火，就赶紧站起来，做好了随时爬出去的准备。因为，他见父亲发火的同时，还看了一眼桌子上的碗。一下子就想起了多年前因他对父亲提出了要和二巧离婚，被父亲狠狠地砸了一碗稀米羹的事。他又看一眼暴怒的父亲，再看一眼他手边的饭碗，怕说不定哪一只饭碗又会突然朝他飞过来，他也顾不上母亲，赶紧向门外逃去。

站在大门外的创，怎么也想不明白，一家人今天到底是怎么了？不就是无意中问了两个女儿一声，想知道她们现在的情况吗，何至于这样！创觉得委屈，也很伤感，便点上一支烟，在大宅门外的一块青石上坐下来。

这时小妹出来了。创赶紧站起问母亲怎样了，小妹擦擦眼泪，哽咽着说：“妈没事了。大哥，你吃好饭了没有？”

创没吭气。他看看小妹，仍觉得自己很委屈，委屈得也想大哭一场。

过了好一会儿，小妹平静了一些，才对创说：“大哥，你以后跟妈妈再也不要提起玲儿和嫒儿。这已经成了妈妈的心病。平时，我们常见她一个人偷偷地哭呢！爸爸也是，谁敢对他提起玲儿和嫒儿，他就把人家臭骂一顿，然后一个人什么也不说地坐上半天，谁也拉不回来。”

创这才知道，因为两个女儿当年随二巧改嫁离开了张家，竟给父母造成了这么大的伤害，这么些年过去，他们不但没有忘记，而且越想越厉害了。创不知该怎么对小妹说，也只能不断地唉声叹气。

过了一会儿，小妹才说：“小哥前年在北山村下煤矿时回来说，俩闺女受了罪啦，尤其是玲儿。再问，小哥就是哭，什么也不肯说。”小妹说着，竟哭出了声。

创听得心如刀绞，和小妹在大宅门外哭成了一堆。

小妹终于止住了哭，说："要不，你还是早点儿走吧，不要再回屋了，爸妈正生你气呢！过些日子，你再回来看看，爸爸妈妈，他们也越来越老了。"说着小妹抬头看看天："这天，我看后半晌不保险，你还是早点儿走吧。"

创觉得小妹说得有道理，也没有再回去看父母一眼，就骑上车，饿着肚皮向小城方向驶去。

创在车上一路心事重重的，脑子里全是两个女儿。一会儿，看见两个女儿穿得破破烂烂的，一会儿是两个女儿被打得青一块紫一块，一会儿又是玲儿和媛儿哭喊着找爸爸……创的心里乱极了，他不时地在脸上抹一把，继续向前驶去。

摩托车很趁路，轮子在沙土路上轻盈地滑过，发出一阵流畅的沙沙声。在爬小尖山的大坡时，机器发出一阵轻柔的轰鸣，这些愉悦的声音和路旁不断闪过的高大的栎树，都很难唤回创的好心情。

刚翻过小尖山山口，创就关掉发动机，一路下坡地向山下蹿去。他知道，只要下到山底，顺了杏花谷，再走二十几分钟，就可以回到小城了。

创无意中抬头向东看了一眼，却不幸被小妹言中了。东边的天上，也就是小城的上空，正被一片黑云覆盖着，看样子，天快要下雨了，而且不会是小雨。创一边想着，一边又打开电门顶着火，加油高速向前冲去。

刚下完山，创就看见公路两旁高大的杨树在大幅度地摇摆，还发出一阵阵吓人的咔咔声。呼呼的大风吹得他的摩托车也摇摆不定。创不敢大意，赶紧减油点刹，车速才渐渐地慢下来，即使这样，还是晚了，狂风横扫着暴雨，劈头盖脸地朝创袭来。暴雨打得创根本就睁不开眼睛，看不清路面，尽管创已把车速减到了一档，仍难以前行半步。轰轰的雷声，在头顶不断地炸响。大路紧靠着杏河，四周黑蒙蒙一片，分不清东南西北。朦胧中，创似乎看见前面不远处的雨幕下，有两辆农用三轮车靠在路边，就跌跌撞撞地推了摩托车靠过去。过去一看，果然是两辆农用三轮车，两个车手正钻在车下面躲雨，创的心总算踏实了些，也没有刚才害怕了。创支好摩托车，也不顾一切地钻进三轮车底。

三轮车手是两个很健谈的人。他们窝在车下，一边冻得不停地抖着，一边大骂老天和暴雨。一会儿，雨小了些，太阳也从云层后面钻了出来。三个人都从车底爬出来，准备慢慢地上路。创的摩托车被雨水一浇，却怎么也发动不起来了。创又急又怕，龇着牙猛蹬一气起动杆，车子就像冻住了一般，根本没有反应，创只得放弃。他知道再蹬也无用。雨水浇湿了火花塞。火花塞干不了，就别想点着火。想取下来擦擦干，又无专用工具，今天真是他妈的背透了。

虽然出了太阳，却还不时地飘着零星小雨。两位三轮车手已开始发动车子，三轮车冒着黑烟，发出了很大的“呼呼”声。创想了想，就上前试着问两位师傅，能否把他连人带车地捎回小城，没想到两位师傅很爽快地答应了。他们三个人吭哧吭哧地把摩托车抬上其中的一辆三轮车。创站在三轮车上，叉开两腿，双手扶着摩托车，他们才在泥泞的大路上慢慢地向小城方向开去。

一会儿，太阳完全出来了。四周氤氲着腾腾蒸气，路上到处都是积水和泥淖。快到五棵柳时，却听到不远处传来洪水可怕的咆哮声。廉河发大水了。大水从五棵柳村前的河道汹涌地漫过，浑浊的河水翻着巨浪，夹裹着泥土和庄稼，甚至还有整株的大树，无可阻挡地向下游泻去。

又等了一会儿，水比刚才落了一些，但翻滚着的恶浪，仍让人惊心！让创想不到的是，两个三轮车手却是急性子，嘴里不停地“屌”着，就要发动车从河里开过去，这可吓坏了创。他想劝劝两个开车的师傅，刚张开口，就被这两个人“屌”了回去。他想下车，自己又搬不动摩托车，再说，也怕被两个车手小看自己贪生怕死不仗义。没办法，只好在车上眼睁睁地看着这两个大胆阎王在对岸看热闹的村民的大呼小叫声中把车慢慢地开向河中。

车刚摇摇晃晃地驶入水中，马上就被翻滚的河水淹没了半个车斗。两个车手大概也后悔了，但一切都已经来不及了。河中被冲起来的大石头，在翻滚中互相撞击着，发出了“咚咚”的闷响，有时还把车砸得一阵颤抖，浪头在车边不时地喷上来。两个车手早已成了落汤鸡，他们只能露出上半身，双手紧紧地握着方向盘，铁青着脸死盯着车前翻滚的浪涛，不断地摇头甩掉脸上的水，一边嘴里仍要不干不净地“屌”一声。创的心越跳越厉害，双手扶了摩托车，随了车的颠簸来回摇晃。恐惧中，创两眼不断地往河里乱扫，寻思着，万一三轮车被冲翻，自己该往哪儿游才能够逃命。

老天保佑！两辆三轮车总算一摇一晃地过了河，稳稳地停在了一片开阔地。两个大胆的车手和创一起同时长长地呼出一口气，其中的一个又“屌”了一声，他们惨白的脸上才慢慢地有了血色。

两个师傅又帮创把摩托车抬下来。创受了这一场惊吓，当摩托车终于落地后，他才像还了阳一样，朝两位大胆的三轮车手道了一声谢。不过，两位师傅并没有认真听创的感谢，他们又庆幸地互相“屌”了一番，才开车向东蹿去。

当剩下创一个人的时候，他望着远去的两辆农用三轮车，似乎又觉出了一些孤单。过了一会儿，他才试着踩了一下摩托车的起动杆，不想，这次只稍微一踩，摩托车就轰的一声发动了。创有些欣喜地准备开车时，突然想起了口袋里装的烟款。他掏出来一看，一百多块钱，早已湿成了一坨。

四

今天是九月二十五号，到了统计报表的日子。创在公司除了办公室的工作外，还兼着统计和工会工作。虽然都是不太重要的工作，但到了时候总会忙上那么几天。有人说：统计统计，七分估计。但创历来是一个比较传统的人，平时工作虽不是太过于认真，但还是比较负责任的。他的工作底线就是不能授人以柄，不让人说三道四。

九月底的报表，不但有月报，还有季报。统计局昨天就打来了电话，二十七号前要把表报到县统计局和市统计局，过了节，要集中学习培训，参加年底全市的统计专业技术职称资格考试。所以，创也不敢大意，刚撂下碗，就往办公室跑。创想，专业技术职称还是要考的，听说，中级以上职称，将来是要和工资挂钩的，职称的级别越高，工资挂钩的比例就会越大。

当创走到公司大门前时，远远地看见大门外的一棵小垂柳下，有一个看上去很清秀的小女孩，正一手扒着树干，一手插在衣袋里一直盯着自己看，脸上挂满了期盼和渴望；一双水灵灵的大眼睛，显得焦急和羞赧，小女孩穿着清爽朴素，看上去也不过十二三岁的样子。见小女孩一直盯着自己看，创的心里不由得“咯噔”了一下，就站下了。创再朝小女孩看看，脑子里一闪，这是不是自己的女儿！是玲儿？还是嫒儿？他不敢肯定。十几年已然过去，两个女儿现在也该长大了。创又看了一会儿，似乎在这个小女孩的脸上已找不出一点儿当年的印象来。中间，小女孩曾把手从树干上拿下来，像要跑过来，但好像又不敢，畏畏缩缩的样子，如此几次三番。创想上去问问，却有些犹豫不决。这时，公司上班的人都来了，经理骑车过来，见创站在那儿，就说：“你站这儿干啥呢？快走，我下午要去财委开会，你给我写一个简单的汇报材料。”

“好，好的。”创一边答应着，又看了小女孩一眼。这时，小女孩的脸上已挂满了失望。

回到办公室，创拿出了稿纸，准备给领导写汇报材料，报表只能中午加班了。可是，创已经写了两页了，也不知道写了些什么，低头一看，稿纸上没写一句与汇报材料有关的东西，两张稿纸上尽写了些玲儿和嫒儿的名字，创气恼地把稿纸揉成一团，扔进了废纸篓里。

“妈的！”创骂一声站起。由于思想无法集中，他决定再出去看看。如果小女孩还在，他一定要上去问个究竟，看她是不是从南坪村，不，是不是从北山村过来的，是不是玲儿或者是嫒儿？

当创快走到大门口时，门房老卞掀起竹帘子朝创勾了勾手指头。创急着要出去看小女孩，也朝老卞摇了摇手，就向大门外走去。

“有人给你送的东西！”见创要往外走，老卞就朝创大声喊了一声。

创一下子就站住了。好像已经预感到了什么，急急地钻进了门卫室。

老卞把一个沉沉的纸盒递给了创。创急不可待地打开纸盒，上面盖了一张纸，纸上面有一个手工糊的信封。这时的创，觉得已控制不了自己，浑身战栗着，他的预感已被证实了。刚才的小女孩，就是自己的女儿，是哪一个，他一时无法确定。他强撑着，抽出信来，上面只有几句话：爸爸，我们今天给你送了一些苦荞面粑，这是我们自己做的，用的是今年刚收下的苦荞麦，让你尝尝，看我们做得好吃不好吃。落款是：你的玲儿、嫒儿。没有写日期。

创浑身发软地坐在床边上，巨大的后悔和哀伤一波又一波地朝他袭来。他无法控制自己的情绪，恨不得抽自己三百个大嘴巴。刚才怎么就不能多问一声呢？他失态地扔下东西，奔出大门外。大街上熙熙攘攘，小垂柳下已空空荡荡。老卞出来把创拉回了门卫室。他觉得肚子里有一团火在燃烧，便接了一瓢冷水，一口气灌下去，抬头问老卞："卞师傅，刚才来了几个女孩？"

"两个。一个大些，有十六七岁，小些的，大概也有十三四岁的样子。"老卞说。

"没问她们叫什么？"创不甘心。

"这我没问，只问她们是你什么人，俩女孩互相推了推，好像不好意思说，我也不便多问。"

"她们是朝哪个方向走了？"创像想起了什么，急着问。

老卞看了创一眼，然后耷下眼皮，说："人家只说要我一定把东西亲自交到你手上，说完就走了。我还能再追出大门外去看？"

突然，创像疯了一样，朝大门外蹿去，在大街上以最快的速度向县运车站跑去。他一路上不管不顾，几次撞上行人，引来一阵叫骂声。在拐上梅河大桥时，甚至踢翻了一个卖菜老头的箩筐，被老头举着扁担一直追过桥头。当创气喘吁吁地冲进车站，一辆坐满了人的客车正好开出来，创也顾不上问是去哪儿的车，就闯到车头，双手顶住了正要出站的客车。司机骂了一句什么，以为又是一个要上车的，就打开了车门。创上了车，就在车上一边寻人，一边大声地叫着："玲儿、嫒儿。"见无人答应，就蹿到车门口，一边咚咚地擂车门，一边喊叫着："下去，我要下去。"这一次，司机不干了，一边加速开车，一边问："你要去哪里？"

"中心镇，我找去中心镇的客车。"创直着嗓子喊。刚喊完，满车的人就"轰"一声笑起来，司机也忍不住笑了。

“你他妈的疯啦！不看清就乱上车。这是去加丰的车。”说着，就停下打开了车门。

创怔怔地看了一眼司机，也不想多说，就蹿下车去。

“傻逼！”

“神经病！”

背后传来一阵笑骂声。这时，创才发现，车早已出了城，过了杨河大桥。

创往四周看看，朝桥栏上狠狠地吐出一口，又蹽起长腿，向县城方向蹿回去。

这一夜，创几乎是彻夜难眠。每闭上眼睛，就看见了那个手扒垂柳盯着自己看的小女孩。长长的睫毛忽闪着，眼里充满了幽怨和渴望。一会儿又张开双臂，喊着“爸爸”向创扑过来，抱住创失声痛哭，向创诉说着多少年来的思念和哀伤，创也紧紧地抱着女儿，大哭不止。当创又一次在哭声中醒来时，床头灯亮了，妻坐在床边，无声地凝望着满脸泪痕的他，长叹一声，又关灯躺下。

整个白天，创都昏昏沉沉，无法集中精力。做饭时，竟把抹布丢进了正煮着饭的锅里；一不小心，又把已切好的菜倒进了垃圾桶。为了避免再出更大的错，他说去接孩子，就匆匆地出门了。

幼儿园门口，孩子们已经放学出来了。创站在固定的地方等儿子。儿子高兴地朝创跑过来，幼稚的小脸上充满了阳光，挂满了喜色。儿子对创说：“爸爸，下午老师让小朋友每人交一件折纸玩具，你会吗？”

创的心里很乱，根本没听清儿子在说什么，拉起儿子的小手往家走去。儿子却一直缠着他，要他回去就给做折纸玩具，创只好含混地答应着。就在快要拐进家属院的小巷时，儿子突然挣脱了创的手向一边跑去。原来，巷口前有几簇蒲公英黄灿灿地开着。儿子走到跟前，用小手指着问创：“爸爸，这是什么花儿？”就要蹲下去，想拔一朵。创弯腰拉起儿子的一只手，说：“快回家吃饭吧。”儿子不肯起来，拔了一朵，又要去拔另一朵，创就有些生气，用力往起拉了一下儿子，儿子突然大哭起来，手里的花儿也掉到了地上。

创赶紧蹲下去哄儿子。不想，儿子却表现得有些反常，哭得厉害了，直哭得脸红脖子粗，上气不接下气，脑袋上也开始冒汗了。创又哄着说："好啦好啦，来，爸爸抱上回家。"儿子刚想抬起一只手，却又不得已吊下去了。哭着说："拿不起来，爸爸，我的手……"创的心里惊了一下。他试着动了动儿子的左臂，儿子哭得更凶了。创才想到，可能是把儿子的臂拉伤了。想着，身上便冒出汗来了，赶紧抱起孩子，朝医院跑去。

已到了中午下班的时间。创一边抱着儿子跑，一边想着去了医院该找谁看。天热心急，又抱着儿子跑路，创的身上、脸上已是大汗淋漓。

医院正在下班。已脱掉工作服的医生或护士，不断地从医院的大门口拥出来。创抱着儿子紧张地东张西望，忽然，他看见一位姓董的老医生出来了，赶紧迎上去，挡住老医生说了情况，同时也做好了住院检查的心理准备。老医生很和蔼，站在路边，拿起儿子的小手，笑着问："疼不疼？"儿子没有回答，又很大声地哭起来。老医生对创说："你把他抱紧些。"然后，右手托住儿子的肘弯，又对创说一声："抱紧些！"就左手按住儿子的肩膀，右手猛地向上一推，隐隐听见一声响，儿子大叫一声，立马噤声不哭了。老医生松口气，对创说："好啦。孩子的臂被拉脱臼了。"说完就走了。创正惊疑间，以至连一句感谢的话也没来得及对老医生说，老医生就走了。创只记得，老医生讲着一口地道的晋南土话。

下午，创无心思上班，脑子里全是两个女儿的事。苦思冥想之际，他突然萌生出一个想法，把大女儿先弄到城里来，在哪个单位去上班。玲儿今年该有十八岁了，也应该能当了自己的家。再说，这是为女儿将来的出路考虑。无论二巧，还是别的什么人，都不会阻拦的吧！不管怎么说，这总是一件好事呀。很快，创又犯了愁。安排工作，必须有劳动局的手续，安排一个临时工，都要经过劳动局的同意才行。这虽是一件好事，却也是一件难事，再说安排到哪儿去呢？

病急乱投医。创突然想起了他的猎友崔副县长来。这事如果他愿意给办，那简直就是小菜一碟。可是，上次崔想调他去蔬菜办，创一直含含糊糊没有给人家一个明确答复，现在再去找人家，好意思吗？创这时才想起，好像已经很长时间了，他们既没有相约去打猎，也没有相约去钓鱼，为什么呢？

正无计可施时，创一下想起了他。妈的，真是越忙越乱，怎么就把他忘了呢？侯子。这老先生和创一起参加的工作，当初还在一起培训了半个月呢！创在糖业公司当保管时，逢年过节来，创从未让他空手走过。平时见了，打个哈哈，总说："创，有事没事？有事你说话！"这老小子，现在当了劳动局的副局长，还兼着办公室主任呢！妈的，县官不如现管，就是他啦！

隔天上午，刚上班，创就骑上车子，去了政府大院。

当创走进侯子的办公室时，他也才上班。创发现，这小子当了副局，果然发福多了。本来就人高马大，现在更是头大屁股圆，脸上时时显出一种得意的权力表情。见创找他，客气几句，便直截了当地问："说吧，什么事？"

创也不想和他绕，装出轻松的样子说："没什么大事，闺女大了，想让你给找个干的。"其实，创也紧张得很。现在的人，人一面鬼一面，还真不好说呢。

"你闺女？"侯子不相信一样，问了一声，马上又自嘲地笑笑，"噢！知道啦。闺女今年多大啦？"

"应该够十八虚岁了吧。"创说。

"妈的。你这个老陈世美，连闺女究竟多大了都不知道！"

创无言以对，只能笑笑。但听口气，或许能有点儿希望。

过了一会儿，侯子又问："你计划把女儿安排到哪儿上班？"

"我知道去哪儿，还找你干吗？"创虚着心，却装腔作势地回了一句。

"我说，这不是小事，也不是急事。要不，先安排到你公司上班，对你来说，这不是太难的事吧。我先给你办个亦工亦农的手续，定成在编职工。等局里有了指标，再给你转成正式工，然后咱再找个合适单位安排进去，你说，这样行不行。"

成啦！创心里一阵高兴，事情竟是如此简单。他有些冲动地从椅子上站起来，真想过去在侯子那肥脸上亲一口。

这时，侯子接了个电话，对创说："县长叫我哩，我得去一下。"说着，就要往外走。

创也站起来说：“老侯，谢谢你。要不，我们晚上一起……”说着，做了个喝酒的动作。

“算了吧！你现在又不当保管了，能有什么好酒，等把闺女的事办好了，再说吧。”说着，一溜风地出去了。

创从劳动局回到单位，一扫几天来的烦恼，心情开朗了许多。他这才发现，天仍是晴空万里，太阳依然光芒四射。

创想，如果能把大女儿金玲儿的工作解决了，女儿从此就离开了农村，也离开了二巧那个创现在尚不知底细的家庭。只要大女儿住到了城里，小女儿自然会常来看姐姐的，到那时，父女不是就团圆了吗！当然，女儿来城里上班，暂时还不能住到家里，只能先在外面租个房住着，这样才能不影响两头的家庭。玲儿将来一旦转成了正式工，也是对女儿的一种补偿，想到这里，创的心就放宽了许多。可是，由谁去给女儿说这事呢？虽然这是一件好事，创还是无法肯定女儿能不能听从他的安排，会不会把亲娘和亲妹妹放在一个尚无根基的家庭里，自己离开家去上班。想着，心里又充满了担忧。

不管怎样，事情总是要办的。几天来，创也想好了，玲儿来了，就暂时到他们单位的副食门市部上班，因为副食门市部的主任，是创的同学。然后，等劳动局往哪个用人单位派发招工指标时，侯子就把这事给顺手办了，大不了花几个钱。退一步说，如果劳动局真的办不成，创也只好动用他的猎友加钓友了。

创在女儿的工作问题上，谋划得可以说是滴水不漏。然而，正所谓“智者千虑，终有一失”，事情的结局，以失败而告终。

当创觉得自己的计划万无一失时，才把电话给大妹打回去，详细地说了自己的打算和安排，希望大妹和妹夫到北山村二巧家去一趟，尽快把此事敲定，以防夜长梦多。又嘱托说这件事，先不要告诉父母，免得万一办不成，又让他们伤心难过。办成了，也给他们一个惊喜。

这几天，创仍然按时上下班，按时接送儿子上下幼儿园。不过，创心里仍是忐忑不定。女儿的事情没有定下来不说，这事自始至终没有和妻商量。每次面对妻时，心里总有一种做了贼一样的心虚感。创认为，这事没给妻讲，也是暂时的，事情办成后，妻自然会知道，凭创对她的了解，也不会发生什么太大的不愉快。

创在企盼中又过了两天。第三天早上创刚上班，大妹和妹夫竟直接撞进了他的办公室。他们是一早坐了顺车来的，脸上、头上满是灰土。见了创，妹夫一边摇着手，一边显出愤慨和无奈，说："哥，快别提啦。这个二巧，真是个榆木疙瘩，这回我可算是领教啦。"

创一听，心里就凉了半截，知道事情进行得并不顺利。一边给他们倒洗脸水，一边问："没办成？是玲儿不来吗？"

大妹夫一边洗脸，一边往门外狠狠地啐了一口，说："不是闺女不来，是二巧霸住闺女不让来。我俩跑了两天，还跑到二巧干活的地方，说到最后，二巧干脆对着许多干活的人大骂起来，也不嫌丢人！"

"她骂谁？"创也很气愤，问。

妹夫顿了一下，坐下来喝口水，说："她敢骂谁，还不是骂你。"

在大妹和妹夫的诉说中，创才知道了他们这次去北山村找女儿说工作的全部经过。

前几天，大妹接了创的电话后，第二天上午就和妹夫两个人去了北山村。北山也是一个大村，进村一问从南坪来的母女仨，马上就有人指出了二巧的家门。他们一进门，就看见玲儿正坐在一个小凳子上摘菜，炕头上坐了一个老太太。玲儿一见来人，先是愣了一下，当认出是大姑和姑父时，眼睛就红了，要哭的样子。但玲儿站起来，背对着老太太强忍着。过了一会儿，才低声叫了一声："大姑。"

大妹终于忍不住了，抱住侄女儿失声痛哭。玲儿虽然强忍着，见大姑哭，也搂着大姑哭了。十几年了没见，玲儿已经长成个大姑娘了，穿着虽不是太好，倒也整齐干净，妹夫也拍着玲儿的肩膀，难过得说不出话来。

炕头上的老太太瞪着昏花的老眼看着这一幕，心里好像也猜着了几分，就走过来说："你们是玲儿的亲人吧？"

大妹赶紧擦擦眼睛，转过来说："婶儿，我是玲儿的大姑呢。"

"好，好！她大姑，来看侄女儿了，坐下，快坐下。"说着，扁了扁没牙的嘴巴，把两人往炕边上让，对玲儿说："玲，快给大姑和姑父倒碗水。"

妹夫放下手中的东西，就急急地问玲儿："玲，爸爸给你找下工作了，你想不想去上班。"

玲儿像有所顾忌地看了老太太一眼，没有说话。不料老太太的耳朵很灵，也听到了，就接嘴说："好事呀！玲儿，亲爸给你找下工作，就是说他还有些良心。玲儿，去，不去白不去，只是你工作以后有办法了，也不敢忘了我这个后奶奶。"说着，老太太擦了一把干涩的眼睛，又说："我就知道，不管玲儿，还是嫒儿，迟早是要走的，唉！狼皮终究贴不到羊身上。"

大妹和妹夫询问地看着玲儿，等着她表态。

过了好一会儿，玲儿终于说话了："大姑，我想去上班。可你们得去问问我妈和我爸，只要他们同意，我就去。"

"你爸妈在哪儿呢？"妹夫问。

"在南河滩拾铁呢。"玲儿说。

这时，老太太又插话说："唉！咱这穷地方，怎能和城里比！他俩天不明就去南河滩渣场上拾铁了，玲儿今天没去，在家做饭呢。"

二人谢过老太太，对玲儿说："不要怕，我们去给你爸妈说，说好了，就送你去城里上班。"告别之后，二人就直接往南河滩走去。

北山村口有好几座铁厂，有国营的，也有一座私营的。每天晚上放完炉后，天快亮时要往外倾倒炉渣。冶炼过程中，免不了一些铁水要漏到下面的废渣上，然后又凝成小铁块，铁厂就以极低的价格回收。那几年，老百姓拾铁，几乎成了一种职业，甚至引得河南、晋南的人也来拾铁。听说有两个河南人，来时抬了小磨盘大的一块吸铁石，只要两个人用一根竿抬着在炉渣上走一圈，就把所有的铁渣全吸走了，几乎断了当地人的营生，最后硬是被当地人打跑了。

当大妹和妹夫找见二巧时，只见她灰头灰脸，一手拉着个编织袋，一手拿了个小铁耙，正和许多人爬在渣场上认真地划拉呢！

大妹过去拉了二巧一下，她才抬起头来，睁了一双不相信的眼睛，看着以前的小姑子站在跟前。看了一会儿，才翻翻眼皮，撇着嘴问："你俩来干啥，不是也来拾铁的吧！"

大妹见这儿人多，就拉着二巧说："你起来，我想和你说几句话。"

二巧却不起来："有话说，有屁放，有啥见不得人。"

大妹向四周看看，才低声对二巧说："我来是想和你商量，让玲儿去城里上班呢！"

二巧听了，像被谁突然在屁股上踢了一脚，一下子就跳起来："真是扯鸡巴蛋呢！他张创这会儿才想起闺女来啦！见闺女长大啦，能给他干活啦，就要把闺女领走？"一边说着，一边拍拍屁股，又往地上狠狠地吐了几口。"早几年上学的时候，他张创钻在哪里了，怎么不去学校看看，没多有少，没十块，有五块，没五块，总有一块吧。小老婆把他管得当不了一分钱的家，还要想着认闺女！告诉他，想认闺女，不说门，窗都没有！嘁！真是扯了鸡巴剩下蛋呢！"说着又狠狠地往地上吐一口。

二巧的话多且拉杂，大妹以前就已领教过。这会儿，对上许多人，又大喊大叫，引得周围的人都停了手中的活，朝这边看着。这时，二巧现在的丈夫走了过来，听清了原委后，很恶毒地看了看大妹和妹夫，没说什么，就走开了。

大妹见二巧这样，心想多年来，二巧是憋了一股子怨气的，但也不能因大人的事耽搁了女儿的将来呀，就说："嫂子，咱能不能慢慢说，我们就是来和你商量的。"

"你真是在扯淡，谁还是你嫂子啊？"二巧突然涨红着脸，鼻子一抽一抽，声音也有些变腔。"商量，还有啥好商量的，你回去告诉张创，他这辈子就死了这条心，闺女是我养大的，绝不会再认他。"

虽然见二巧把话说得很绝，可大妹仍不死心，又说："我们已经和玲儿说好啦，她也想去城里上班，你还是替闺女想一想吧。"

"什么，你们已经把我闺女哄转啦？"说着，就朝大妹和妹夫挥动着手里的小铁钯说："你俩也不是什么好东西。滚吧！我还要拾铁呢，没工夫和你们费嘴磨牙。"

看看已经没有什么希望了，这个只认眼前，不看将来的二巧，还是和十几年前一个样，一点儿没变，跟上她把女儿的将来都耽误了。大妹气得不行，真想上去扇二巧几巴掌，但是二巧的丈夫正在不远处怒视着他们，只得作罢。

五

创什么都想到了，就是没有想到二巧会霸着女儿，不让玲儿来城里上班。他想不明白，二巧这么做，到底是为了什么！就因为和二巧离了婚，她想用这种方式报复，来阻止创和女儿见面团聚吗？还是把女儿当成了只属于她一个人的私有财产而霸住不放，难道二巧就没有为女儿的将来想过吗？

其实创对二巧的为人，还是有过十年了解的。虽然离开二巧已经十几年了，但他相信，像二巧这样的生铁疙瘩榆木块，变也变不到哪里去，尤其是对创的怨愤和痛恨，此生此世恐怕也难以消弭。因为，在二巧的潜意识里，是创欺骗了她十年，耽误了她十年，贻害了她十年，她有足够的理由阻止创和女儿来往，要让创在无尽的思念中，在无尽的折磨和后悔中，慢慢地变老，死去。

曾经，创还想亲自到北山村去找二巧和她的丈夫，为女儿的将来陈述利害，但他又想到了二巧的跳脚乱骂，还有她那个创不认识，也不了解的丈夫，就有些犹豫。他觉得和一个不认识的人去讲道理，简直太没意思了。

下午，创早早地就走出了办公室。他觉得心情压抑，只想找个地方，跑到山上，或者河边，哪怕是对天嚎叫一通，宣泄一下自己多日来郁结的心情。

山城虽小，却意识超前，微风才起，便草动树摇。

商业企业改革，作为县里的试点，已轰轰烈烈地展开，并要求一步到位。只不过，目前还没有吃透形势，也只能闭了眼睛“摸着石头过河”。最近，商业局已把蔬菜公司作为第一批改革的对象，并把商业局一个办公室干事派到蔬菜公司督促改革，主持公司的工作。

派来的领导姓任，职工称其为任主任。这个主任也确实厉害，来了不到十天，改革就初见成效。他先是亲自到劳动局，办理了包括老经理在内的三个人的退休手续。虽然有一个还差半年才到退休年龄，但他通过做工作，提前办了。并责令老经理七天离开公司，腾出家属宿舍和办公室来，不能影响了改革的顺利开展。而且，还大刀阔斧地清退了公司所有的临时工，只保留了三个有亦工亦农手续的职工。并对乡下的所有零售网点，做了合并或撤销处理，目的只有一个：减负增效。前几年，蔬菜价格放开后，财政已不再给蔬菜补贴，蔬菜公司便变成了一个自负盈亏的企业。

任主任对自己到蔬菜公司的“改革”动作，甚是满意，也彻底震慑了所有的职工。这几天，主任让创赶紧写出公司改革初期的总结报告，以期在全商业系统，甚至全县作为先进经验进行推广。

创为了尽快写出材料，常常整夜加班。他伸腕看一眼表，已经是凌晨一点了，便放下笔准备回去休息。这时，门却被推开了，主任一脸兴奋地进来，问：“完了？”

“快啦！还有个结尾。”创说。

“就再加一会儿班写完吧。明天上班送到局里赶紧打印出来，县里改革领导组等着看呢。”主任说着，从口袋里掏出烟来，自己先叼上一支，递给创一支。点着火，深深地吸一口，想想，又从口袋里掏出两盒烟来，拍到创的跟前，说：“你也辛苦了，加班吸吧。”创抬眼一看，奶奶个缺！竟然是两盒阿诗玛。这在当时是很高档的香烟，十块钱一盒呢，心里就生出一丝感动，忙说：“主任，还是你留着吸吧，我有呢。”

“有，我这还有。”主任说着，就拍拍口袋，朝天喷出一口烟去。

创坐下，整理一下思绪，准备加班再写。主任弯下腰，在地上摁灭烟屁股，然后坐直了身子，对创说：“我想和你说件事。”

创就有些吃惊。半夜三更，这小子像打了鸡血一样，兴奋地看着创。他想说什么呢？创看了看主任，放下了手中的笔。

“我想让你接替老瞿的会计。”主任说。

创更吃惊了：“为什么，老瞿不是干得很好吗！”

“不行。财政局和审计局，三天两头来翻他的账，这怎么行？财务会计的账，是谁想翻就能翻的？要不就是他有毛病，要不就是他顶不住火，反正，以后会计的账，不能让人想翻就翻，想查就查。所以说，我想换掉他，你来干，怎么样？”主任说完，两眼瞪着创。

这时，创想起了蔬菜公司成立时，张局长要安排他当会计，被他回绝了。因为，他觉得自己的“屁股不干净”，“有历史污点”。就是他参加工作头几年，在糖业公司当保管时，强加给他的“贪污”，自己不但冤枉赔了五百七十七块钱的“赃款”，还被开除了“团籍”。这一污名，至今没有洗干净。这件事在创的心中留下了一根尖利的长刺，时时在刺痛着他。他不愿意提起这件事，也不愿意再和钱打交道。今天，主任又提出让他当财务会计，创立马觉得这是在把一块烧红的火炭往他手里放。他不想接这块烫手的火炭，就很干脆地告诉主任：“主任，让我配合你干啥都成，千万别难为我当会计，因为我干不了，也不想干。”

“为什么？”主任很惊讶，不理解地望着创。在商业系统当财务会计，正是一般人求之不得的美差呢。

“我这人有毛病，见了钱就想往口袋里装。”创有些赌气地说。

主任显得更惊讶了，直惊讶得露出了一口黄牙。

过了好一会儿，主任像是才想明白了，龇了龇牙，说：“我知道了，以前的事，好像是一个冤案。”

“冤案也是案，留有案底。”

“当初局里曾派董副局长去给你平反，是你自己不想平反，为什么呢？”

创长长地打了一个哈欠，不再说什么，也不再理主任，拿上两盒阿诗玛香烟，朝门外走去，留下主任一个人坐在椅子上发愣。

第二天一早，创早早地吃过饭，准备去办公室把昨晚没有写完的材料赶出来，送到商业局去打印。正穿衣服时，却听妻说：“看谁来了。”

创扭身一看，竟是母亲。母亲进门来，显得很疲乏的样子，喘着坐到了椅子上，有些发黄的脸上挂着汗珠。

创过去问：“妈，你一个人来的？”说着给母亲倒了一杯水，又让妻赶紧给母亲弄饭。

母亲摆摆手，说："我不想吃，你们该上班就上班吧。"母亲说着，打了一个嗝，不由得用手在自己的肋间按了按，"我最近一直不得劲，不想吃饭，肚里也闷得厉害，老想吐。我来是想找个医生给看看。"说着，母亲勉强笑笑。

妻对母亲打了个招呼，就领上孩子走了。

"父亲和弟弟不知你的病?"创问母亲。

母亲见儿媳妇走了，好像才放心说话："唉！你弟弟一天在醋坊忙，一月也不见一个钱，家里的花销全靠你小妹的小卖部呢！你父亲，快别提他了，拽得都快想不起自己是谁了！只要口袋里有了几个钱，就被人拉上不是耍牌，就是下馆子喝酒，根本就不顾家。只有你大妹常来看看，我这次来城看病，你弟弟只给了我十块钱，还是你大妹又给了我二十块钱。"说着，母亲又叹了一口气。

创听了，也不知该说什么，就安慰母亲说："你先歇歇，我去单位说一声，咱就去医院。"

在医院，门诊医生连脉都没有诊，看了看母亲的眼睛，又简单地问了问症状，就说："早上吃饭了没有?"

"从昨天晚上到现在，连水也没喝，根本不知道饿。"母亲说。

"先去做个B超。"说着，医生就开好了B超单。

创看看表，已经快十一点了，就和母亲去了B超室。创想快点儿做了，再去接孩子。正好，B超室已忙过了一阵，医生正在桌子上整理B超单子。创一看，是一个天津知青，叫淑花，创认识。淑花插队时，和本地青年结了婚，知青返城时，因拖家带口，再没回天津去，就留在小城当了医生。

淑花给母亲检查得很仔细。大概二十分钟后，终于淡淡地说了一声："好啦，起来吧。"然后对创扬了扬手，又使了个"外面说"的眼色，先自己走了出去。

创见状，心就一沉，坏了，母亲可能被查出了毛病。创让母亲坐起来歇会儿，自己便跟了出去。

创跟着淑花一直走到走廊的尽头，才停下。淑花满脸凝重地对创说："老人家是肝硬化晚期，已经腹水，很有可能转化，开上些延缓病情的药，回去吧。别让老人家再受罪了。”说完，还在创的肩上拍了几下。

创听了，先是吃了一惊，接着就被巨大的悲伤笼罩了。再也憋不住的眼泪，不争气地对着漂亮的B超师止不住流下来……

过了好一会儿，创才抬起头，问：“你别吓唬我，不会有错吧。”

“请你相信科学，也请你相信我。”这一次，医生没有再拍创，有些伤感地说完，转身离去。

创怀着沉重的心情见了母亲，不知道该怎么说，面对母亲，他只能强装笑脸，把母亲搀起。不料母亲却说：“你们都到外头说话，我是不是得了很厉害的病?”

创只得安慰老娘说：“没有，只是一般的肠胃发炎，医生说了，开几服中药，调理一段时间，就会好的。妈，你千万不要多想。”创说到最后，眼泪又止不住地涌了出来，赶紧背过身去。

午饭，母亲还是没有吃。她说：“肚里一直满得慌，根本不想吃。”母亲斜躺在床上。过了一会儿，又说：“医生说没事，我后晌还是回去吧。”

创哪能就这样让老娘回去。下午也没上班，领着老娘，拿着B超单，又找着医院人称黄医官的一个转业老军医，给母亲开了十服草药。但黄医官开的草药里，有一味叫“白毛根”的却哪儿也配不上。创又骑车去中医院问了药师，才知道就是很平常的菅草根，野外地塄上到处都有，就又借了一把镢头，上山刨了许多，回来择洗干净了，给母亲包上，已经是下午五点多了。

今天，母亲不知是怎么了，非要回去。创怎么也劝不下，只好又给老同学马得子打了个电话，想让他开车把老娘送回去。

现在的马得子，早已不给领导开车了。成了政府行政事务管理中心的正科级主任，管着政府的后勤供应工作，当然，车队也属于他管。

老同学就是老同学，只隔了一小会儿，马得子就亲自跑过来说，他已派好了车，专程送老娘回去。创就有些不放心地问：“你不去，能行?”

马得子只是对创笑了一下，很响地往地上吐了一口，没有说话。

创见状，哑然无语。马得子这小子，现在当了正科级主任，管那么多的人和车，牛逼得很呢!

公司关于改革的事，总算告一段落，创也不太忙了。现在，他心里每天只装着母亲的病，虽然只能用药物慢慢调养，但想起来总是郁郁不快，像有一块石头压在心头，沉甸甸地难受。毕竟，母亲的年纪还不是太大，才只有六十五虚岁，就得了这样的病。创有时禁不住想，难道是我有什么前愆，影响了母亲的年寿，创想不出，便觉得更加忧伤烦闷。

忧烦中的创，老毛病又犯了，就想出去排解排解。便电话邀约了崔一起去沁河钓鱼。

玩儿，是每个人的天性。钓鱼打猎，已成了创多年的爱好。半个小时后，创和崔就坐在了沁河边。

好一会儿了，他们的漂不见有动静。崔一边吸烟，一边心不在焉地瞟一眼水中的漂，好像有什么心事。

创也不便探问。一手拿着烟，瞅了一眼自己的漂，见漂在水面上微微地点动了几下，便赶紧伸手捉竿，漂却又不动了，便松了手。看一眼崔，又低头吸烟。

不料，崔扔掉烟头，轻叹一声，说："创，你说，我们算不算朋友？"

创不知道崔突然问的这话是什么意思，便装作轻松地说："当然是朋友，至少，我们是渔朋猎友呀。"说着，对崔笑了一下。

"我操，你小子挺会说话。"崔也看创一眼，"你怎么不说成狐朋狗友！"

崔今天和创说话的口气，比平常随便了许多，让创惊疑的同时也觉得放松了不少，便说："我可不敢，你毕竟是七品县太爷嘛。"

"哎，创，给你正经说，我可能就要走了，调回老家去。"崔突然说，话里似乎带了几分伤感。

崔的话，让创更加吃惊。他瞪着眼珠看着崔，有几分不相信地问："不会吧，不是干得挺好的嘛！"

"没办法，老娘岁数大了，身体也不好，身边得有人照顾啊！再说，叶落归根，我也不能一辈子当浪子呀。嗨！从来就是忠孝难以两全啊！"崔说得很认真。

“噢！”创又想起了病中的老母，理解地点点头，不由得也叹了一声。

“我要走了，对你，还是不能放下心来。我总觉得，社会可能要有一些小波动，会直接影响到一些人的利益，提法已经很明确了。”崔有些忧心地看看创，说。

“不就是企业改革吗，我们单位早就开始了。”创倒显得很轻松。

没想到，崔却说：“是改革。你也应该有所准备，最好，”说着，认真地看着创，“最好离开企业，越早越好。”

创听了，有些懵懂地看看崔，不知道他说这些话，到底是什么个意思。

过了好一会儿，崔又说：“我很快就会走人。你要想离开单位，我走前尽力给你办好，这也是我们交往一场，给你办的唯一的一件事，也是我离开小城前给人办的最后一件事。”

听了崔的话，创想起了那些所谓的行政干部，每天除了看着顶头上司的脸色行事外，就是每月捂着口袋花的那几个死工资，买东西时讨价还价的样子；为了得到一盒好烟一瓶好酒而对营业员巴结讨好的神情，心里就“嗤嗤”地笑了几声，没有再说什么。

“哎，我的漂怎么不见了！”创突然叫起来，低头一看，脚边的渔竿也正在慢慢地向河里滑去。

“大鱼，中大鱼了。快起竿！”崔跺着脚，兴奋地朝创大叫。

当创抢起渔竿，要向上扬时，已经迟了。渔竿根本就扬不起来了，渔线已经被拉得笔直。创只得双手握竿，弓步向后，和水里急于逃脱的大鱼形成了拔河之势。

创的垂钓生涯中，也曾钓起过不少大鱼，虽然也有跑鱼的时候，但是从未出现过今天的这种情况。

“你怎么搞的，起竿太迟啦！”崔站在创的背后，埋怨地说。然而，此时的创，什么也顾不上了，只能和鱼拼力拔河，却一点儿也改变不了眼前的局势。

“嘣”的一声，二十分钟后，渔线再也承受不住不断增加的强拉力，终于带着尖厉的哨音崩断了。一条尚未谋面且不知名堂的大鱼，在创和崔的面前就这样消失了。

今年是个闰月年，天气却热得格外早。刚刚立夏，农村还处于春播的扫尾阶段，大街上就有人穿上了薄薄的T恤；一些爱美的姑娘，早已足蹬高跟凉鞋，身着花花绿绿的短裙，在闹市上“噔噔”地匆匆来去。

燠热的天气，让创又对母亲多了几分担忧。每年都是这样，天一暖和，母亲就热得难受，每天汗流满面，人也显得烦躁不安。创想过几天把母亲接来住上一段时间，一边看病，一边调养。然而，还没等创来得及回去接母亲，小妹就在一天早上，哭唧唧地打来电话，说母亲已经病倒在床起不来了，有时还瞪着眼睛说胡话哩。

听了小妹的哭诉，创吓坏了。母亲从发病到倒下，还不到一年时间，病情竟发展得这么快。创一边痛心地想着，一边就着急赶回去。

就在创请好假，准备回南坪的时候，又觉得一个人回去不妥当。觉得自己一个人回去也只能看看老娘，不如先找个医生，问一下母亲的病情发展情况，自己也有个全盘安排。这样想着，就把电话打到了市医院，找到了老朋友申。

申已于几年前调到了市医院当副院长。当听了创说的情况后，稍沉吟了一会儿，便说：“这样吧，这几天我正好轮休，和你一块回去看一下老人，看到底是怎么回事。”说着，就挂断了电话。

下午两点多一点，申就从市里匆匆赶回了小城，和创一起搭了个顺车回到了南坪。

母亲的情况比创想象的还要糟糕。母亲斜靠在炕上，鼓着肚子，喘着粗气，看着创，说不出一句话来。母亲的前额覆盖了一绺花白的头发，蜡黄的脸上不时地滚下一颗泪珠来。

申摸了摸母亲的脉搏，问了母亲一些基本情况，母亲只是用手捂着肚子，很艰难地说：“难受，肚里憋得太难受。”

申和创走到门外，对创说：“老人已经出现了肝昏迷，有时清醒，有时糊涂，常会出现妄言谵语，很快就会进入弥留状态。你要有所准备。”说着，就开了几样药，让创去买，准备给母亲挂水。申又说：“怒气伤肝，千万别让老人再生气，这种病，和长时间的伤心生气很有关系。”

“这药对母亲能有多大作用?”创扬扬手中的药方子，问。

“意义不会太大，只是延缓一下时日，给你一些准备后事的时间。”

申在南坪陪创给母亲输了两天液，看护了母亲两天三夜，也算尽到了朋友情谊，便匆匆回市里上班了。

也许，申给母亲输的药物起了作用。第三天，母亲忽然显得很清醒，对创说：“你给我些钱吧。”

创听了，觉得有些奇怪。躺在炕上的母亲，要钱做什么呢？不是又在说胡话吧？但看看母亲，却是一副很认真的样子，眼巴巴地望着创，并要小妹扶着半坐起来。当母亲真的把手向创伸过来时，创忍着眼泪给了母亲三十块钱，哽咽着问母亲：“够了吗?”

创虽然不知道母亲为什么要跟他要钱，但他已经意识到，也许，老娘这是最后一次跟他要钱了。

母亲有些吃力地数数手中的钱，看一眼创，没说什么，好像不太满意。创又赶紧给了母亲二十块钱。

母亲似乎有些累了，闭上了眼睛。但只过了一小会儿，母亲又睁开眼，对大妹说：“去，把你四娘和底下屋大巧叫来，我有话跟她们说。”大妹不知道母亲要干啥，赶紧去把四娘和大巧找来了。

四娘和大巧站在母亲的炕前。四娘拉着母亲的手，问：“小嫂，你有啥话，就对我说吧。”

母亲一手拉了四娘的手，一手拉了大巧，有些费力地说：“也许，我就要走啦。你俩人一定要给我办件事，去北山走一趟，把玲儿和媛儿叫回来，我想见见她俩。”说着，母亲就哭出了声。

这是创万万没有想到的。十几年了，两个孙女儿就一直放在母亲的心里，虽然老人家平时很少提起，却一刻也没有忘记……

母亲这天下午很清醒。一直睁着眼睛，手里捏着五十块钱，不时地往门外望一眼，眼巴巴地等着两个孙女儿回来。

天将黑时，四娘和大巧才回来。刚听到动静，母亲一下子就回过身来，盯着她们的身后，焦急地等着两个孙女进门来。

四娘拉住母亲的手，说：“小嫂，不要等啦，来不了啦。二巧和玲儿的后爸说啥也不让回来，我们整整地说了一下午也没用。”

母亲抬手点了点大巧：“你是玲儿的亲姨，二巧也不认你？”

“老婶呀，说你都不信哩，我才说让玲儿和嫒儿回来看看你，二巧就像疯狗一样，胡叫乱骂，连我都不认啦。”大巧涨红着脸说，一脸委屈的样子。

母亲喘着气，又问：“见到玲儿和嫒儿了？”

四娘说：“见啦。两个闺女啥都不说，只是捂着脸哭。”

母亲听了，长叹一声，满脸失望地朝四娘和大巧摆摆手，极度疲乏的样子，头一耷，又昏睡过去。创看见母亲的脸上，挂着两行混浊的老泪。

前五月快完的那几天，三天两头的狂风暴雨。南坪村的苦荞麦，比往年长得好许多，却被一场接一场的风雨扑倒在泥水中，挣扎着抬不起头来。

农历前五月二十晚上八点钟，老母亲终于走完了她艰辛而困苦的人生，带着没有见到两个孙女儿的深深遗憾，离开了这个世界。

寿终正寝的母亲，看上去很安详，只是还微张着嘴巴，仍像在不舍地呼唤两个孙女儿，手里紧紧地攥着再也送不到孙女手里的五十块钱……

六

含泪葬母后，创长时间地沉浸在悲伤和痛苦中。常常怀了一种负罪感，凝望着老母的遗像沉思。有时，他突然想到，自己从此就成了一个没娘娃时，顿觉出无尽的孤独和忧伤，不禁悲从中来，眼泪又一次蒙上双眼……

创不知道自己怎样才能从丧母的阴影中走出来。

由于上面对蔬菜公司的改革方案没有最终确定，弄得人心惶惶，职工都不知道自己的去向，更不知道自己的未来将如何安排，人心涣散，再没有人好好上班，大家都在等待中混日子。一些中层领导也是睁一只眼闭一只眼，不再抓业务，等待着命运的宣判。

创虽然每天也按时上下班，却也担心着自己的未来。他知道，自己一无所长，年龄又偏大了些，一旦离开这“老公家”，自己又能干什么呢？今后全家人的生活将如何安排？儿女们都大了，父亲也越来越老，正处于上有老下有小，人生日子最不好过的时候。如果再下了岗，岂不是雪上加霜？过一会儿，他又有些侥幸地想，也许不至于有那么可怕吧。政府总会给每个人一条生活的出路，哪会随便就敲了你的铁饭碗，让你流落街头呢？想到这里，创好像又看到了希望，心里泛起一丝安全感来。

失去母亲的痛苦加上单位改制的担忧，使创的日子过得浑浑噩噩。为了寻找安慰，他便一个人常去河边钓鱼。创的钓友崔也早于去年调回了老家。是哪一天离开小城的，创不知道，朋友也没有告诉他。创想不出朋友不辞而别的理由，只能在心里头默默地念叨：别了，我的以诚相待的副县长朋友，好自为之吧！

中午，下了班的创匆匆地往家里走，计划午饭后去梅河钓一会儿鱼。梅河上游有几条拦河坝，虽没有沁河里的鲇鱼、鲤鱼、大白鲦等大一些的鱼，但一拃长的小白鲦，偶尔也有一些。钓不在鱼，尽兴就好，已成了创这几年的垂钓箴言。想着，就加快了脚步，不料，却被眼前一个人挡住了去路。创疑惑地抬起头来。

“怎么，不认得我啦。”很重的西河腔调，直喷到创的脸上。创看看，跟前站了一个比他还要高些的人，黑紫的脸膛上，露出一口发黄的大板牙。创又看看，想不起是谁。

这人在创的肩上捣了一拳：“你真鸡巴扯，我是北山的王老旦，咱在完校同过桌呢！我现在和你俩闺女住的是前后院呐。”

一听他说到自己的两个女儿，就把这个早已记不起来的同学往边上拉拉，说：“你是老旦呀，好，好好！”停了一下，又说，“你说，你认识我的俩闺女？”

“那当然。你的闺女，玲儿、媛儿，对吧？和我住的是前后院呐，我大大都能看到她姐妹俩，啧啧，俩好闺女呀，你他妈的怎就……”王老旦说着，看了创一眼，就没有再往下说了。

创见他不说了，就问：“还没吃饭吧，走，去家吃饭。”想想不妥，就把王老旦拉到不远处的国营三饭店里。让王老旦坐下后，创先到窗口去买票，却没有卖票的人，就高声喊了一声：“来两碗炒饸饹，一碗鸡蛋汤。”喊声惊动了后厨的掌勺师傅。他系着围裙，不断地舔着嘴唇走出来，说：“你把钱给我就行，坐那等着。”创觉得奇怪，卖票的不在，掌勺的就直接收钱呀！创稍迟疑了一下，掌勺师傅就不耐烦了，“你倒是吃不吃呀，要吃就先掏钱。”说着，就朝创伸过手来，又说，“你等一下，我尽量给你弄好。”

创只好给了他三块钱，心想，改制还没有正经开始呢，饭店就已经开放了，他妈的，这叫什么事呢！

吃着饭，创问王老旦：“我的俩闺女现在过得怎么样？你真的能见到她们俩人？”

王老旦停下筷子：“天天见呢。过得，还行吧。”王老旦拉长了腔调，说。

“怎么叫过得还行？怎么个行法！”创想知道得更详细一些。

老旦有些迟疑，过了一会儿才说：“闺女的后爸，是我的一个本家，在我们村，也算是一个人物呢！”

“是一个人物？什么意思？”创听得有些糊涂，问。

“就是一般人都不想和他打交道。”王老旦吃一口饸饹，说。

“你是说，二巧找了个二毬？”

“对对，是个二毬——不只是二毬，三毬四毬都够了。”老旦说着，对创笑了一下，端起碗，喝了一口汤。

过了一会儿，创又问：“老旦，这毬货对我俩闺女怎样，他不敢打吧？”

“以前打得少，自从二巧又生了个闺女，打得比以前多了些。”老旦看了创一眼，说。

当创听了这二货不但打自己的闺女，而且越打越厉害的时候，心里像有无数支钢针在刺，他问：“现在呢？”

“我已经有半个多月没有见到玲儿啦，好像听说，娃跑啦。”老旦说。

创听说女儿跑了，惊得头发都奓了起来。他站起来，瞪大眼睛看着王老旦："跑啦？已经跑了半个多月啦，是被打跑的？"

老旦把碗里的最后几口饭拨拉到嘴里，然后在嘴上抹了一把，说："怎么跑的我不知道，反正听人说玲儿跑啦。"

怎么就跑了呢？女儿是受了气，还是挨了打离家出走的，而且已经这么长时间了，又问："他们家就没人去找过？"

王老旦摸了摸口袋，没有说话，创赶紧掏出烟来，给他点了一支，老旦才说："听说去找了两回，没找见。"

创觉得更可怕了："他们是在哪儿找的？"

"在侯马。听说小玲儿一个人在侯马卖菜呢。没找见人，她后爸也就不再找啦。"

创越想越怕，这么长时间了，找不见人，莫不是……他不敢往下想了，扶着桌子站起来，觉得两腿发软，有些站不住。

打发走王老旦后，创昏昏沉沉地往家走去。在王老旦的口中，没有打听到女儿的确切消息。王老旦说得有些含糊，最终也没有说清女儿的出走原因和具体去向。他真想现在就去北山村，亲自问一问二巧，当初商量分手时，她坚决不让自己带一个女儿，并说得斩钉截铁，不把女儿养大成人，就不会去踏别人家的门槛，不去接别人的哈喇水，不会让两个女儿看着别人的眉高眼低过日子。创当时虽然有些不相信二巧的话，但想到女人，毕竟是早晚守在家中过日子，时刻会守护着两个女儿的。所以，在争取不到两个女儿抚养权的情况下，才选择了对两个女儿放手。没想到，和二巧分开还不到一年，二巧就卖掉了小厦屋，带着两个女儿改嫁了。为了生活改嫁也属正常，但在新的家庭里，怎么可以这样对待女儿，致使玲儿离家出走！创了解女儿的秉性，不到万不得已，是不会抛下亲娘和妹妹离家出走的。

回到家里，创也不想吃饭，满腹心思地靠在床头。妻子不知发生了什么事情，就放下碗，问："你怎么了，不舒服？"

创只得实话实说："玲儿跑啦。"

"谁跑啦？"妻问。

"金玲儿，我的大女儿，跑啦，离家出走啦！"创突然对着妻大声嚷起来，一副要哭的样子。

“赶紧去找呀，你还消停个啥呢？”妻也对创吼起来。

妻的态度，有些出乎创的意料。他疑惑地看看妻，没有说什么。

“这事儿哪敢消停。一个小女孩，一个人在外多危险，你知道吗？”妻的口气缓和了一些，又说：“她妈是干什么吃的，能把闺女弄丢了，赶紧问问可能在什么地方，我下午在单位先给你拿些钱，明天赶快去找。”过了一会儿，又问创，“要不，我和你一起去？”

创很认真地看了妻几眼，无语地摇了摇头。

车上很拥挤，都是提着大包拿着小包去侯马进货的小商贩。社会确实和过去不一样了。城里的大街小巷，到处都是摆摊做生意的小摊贩，市场经济的最初表现，也许就是全民皆商。没听说：十亿人民九亿商，还有一亿快开张！

创昨晚根本就没睡好觉。现在，他靠着座位，在车的颠簸摇晃和人们的拥挤中打瞌睡。迷糊中，他想着到了侯马应该去哪些地方找。老旦说在侯马卖菜，就应该去农贸市场寻找。想到玲儿白天晚上一个人在外，心里又激起一阵担忧，恨不得立即到侯马，马上找见女儿。可是，创的心里又涌出一丝担心。十几年已经过去，玲儿也已经长大，自己早已认不出女儿了，万一对面错过了，怎么办？更不知道玲儿还能否认得他，即使认得，女儿若故意不认……创的心里七上八下，疑问越来越多，担忧也越来越大，他不知道自己能用什么好办法，尽快地找到女儿。

又是一阵狠狠的拥挤，人们在大呼小叫中举着大包搂着小包开始下车。创也随了人流下了车。他举目四望，想辨别一下去农贸市场的方向，然而，灰蒙蒙的天空，充满了一股难闻的煤烟味。太阳有气无力地漏下几束散光，照着大街上匆匆来去的行人。他想向人打听一下去农贸市场的路，却见面前的人都在着急地赶路，显出谁也顾不上谁的样子。创只得作罢，凭了以前的记忆，走出了车站大厅。

创正走着，感觉身后有些异样。扭头一看，身后有一个紧挨他的人突然也站下了，并向一边扭过脸去。创没吭气，继续向前走去。他知道，自己被盯上了，这都是些小玩意儿。创以前跑采购时，这些小毛贼见得多了，只要把自己的东西收拾好，就别多理他们，自己该干吗干吗。创想，大爷今天有事呢，不想和你们玩，就继续往前走去，却觉得身后被动了一下，马上想到，狗日的出手了，便猛地站住，迅速转身，看见已离开他不远的地方站了一个人，手里捏了一小沓废纸，正尴尬地朝创看着。在他不远处，还站着一个高一些的人，像个残疾人一样，手里拄了一根粗大的木棒。创知道，他们是同伙。创见状，就朝他们笑了笑，转身大步流星地向农贸市场走去。这俩小毛贼，从创身后的裤兜里掏走的，是一沓擦屁股纸。

好大的一个农贸市场。仅东边的零售档口，至少有上百家。创怀了莫大的希望，一个档口一个档口地往前寻着，在每个档口前，他都受到了热情接待。不过，令创失望的是，每个档口里都是两个以上的人，有的算账，有的过称，还有的在整理蔬菜。而且，他们一个个都操着地道的晋南地区方言，每句话的结尾都甩了一个很好听的拐弯音。创就这样，一家挨一家地寻找，尤其是档口里年龄在二十岁左右的女孩，总要站下来和她们说上几句话，听听她们说的是晋南话，还是中心镇那一块的话。

寻了一个上午，创毫无收获，就有些怀疑起自己的寻女方法来。这种方法，无疑是最笨的了，寻得着的概率微乎其微。再说，女儿出走已这么长时间了，其间的变数也是很大的。还能真像王老旦说的，女儿在侯马吗？这样想着，创就觉得身上没劲，也有些饿了，看看表已十一点多了，就准备到市场外面买点吃的再说。

突然，创的眼前闪过一点儿亮光。前面不远处的一个档口里，一个二十岁左右的姑娘正在电炉子上煮饭，衣着打扮看上去不像本地人。创走过去，站在档口外，仔细地打量着姑娘。

姑娘二十来岁的样子，穿着一般，但很干净，圆圆的脸上显出些农村姑娘常受风吹日晒的痕迹，一头乌黑的头发，很整齐地向后梳了个马尾辫；一双忽闪闪的大眼睛，不时瞅创一下，创的心里就惊一下。创看出，姑娘的眼里不时闪出一丝难掩的忧伤。鼻子翘翘的，像二巧，更像自己记得的玲儿小时候的样子。创的心不由得咚咚狂跳，跳得他自己都能听见。他想象着档口里面的姑娘，会不会突然跑出来，喊他一声爸爸。然而，姑娘显得很恬淡，没事一样过去拔掉电源，端下小锅，准备吃饭。

这时，有人买菜，姑娘就放下小锅，过去接待她的顾客。

创正想不出该怎么办时，姑娘走过来，对创笑一下，问："您想要点什么？"

创没有说话，仍盯着姑娘看。创听见她刚才说的是带了地方口音的普通话，但没听出是哪儿的口音。

姑娘见创不说话，就端起小锅开始吃饭。

"姑娘，你是哪儿人呢？"创用地道的南坪话问。

"半天了，您要什么，老不说话。"姑娘抬起头来，看创一眼，说。

创努力分辨着姑娘的话，但仍然听不出她是哪儿的口音来。

创实在憋不住了，就用南坪话很大声地对姑娘说："我是中心镇南坪人，我们是老乡吧。"

不想姑娘又一次放下小锅，用意不明地对创笑笑，没有说话，又低头吃饭。

这时，一个骑了一辆"倒骑驴"的青年进来，车上装了些菜，在姑娘的档口前停下来，和姑娘用方言说了几句什么，就开始往进搬菜。创站在边上，怔怔地看着青年把菜卸完，擦着汗，和姑娘很亲热地用方言交流着。姑娘把重新洗过的小锅坐到电炉子上，大概是要为青年煮饭了。

这一次，创总算听清了，他们说的是很地道的五台话。

创悻悻地往外走去，背后传来姑娘一句很响的五台话："这人，可能有毛病。"

下午，创又像无头苍蝇一样，在新田市场跑了一下午。新田市场是这个城市最大的批零市场，所卖东西，五花八门。可以这么说，只要是你想到的，这儿就有卖的。这可真难为创了，他从来就不逛市场。跑采购时，兴趣所至，至多跑跑小吃市场，要不逛逛皇陵古墓，或去一些文化遗址转转，商场，市场，从不涉足。下午，当市场里灯光亮起来时，创才收住脚步，迈着酸困的两腿，在火车站附近找了一个小旅馆住下来。下午，他就想好了，看情况，这儿是不会有什么希望了，明天再到邻近的新绛去看看，新绛也是晋南一个不小的蔬菜种植交易大县。

创没有想到，邻近火车站的小旅馆，竟是这样闹腾。往来火车很大的排气声，不时响起的鸣笛声，把创不断地从梦中惊醒。楼下商店里还在放着高音喇叭，播放着蒲剧。陈世美正在颤声唱：在原籍我不曾成婚配，从哪里来的结发妻……接着，嘡的一声大马锣，低沉地回旋在街道上空，直砸在创的心上。

好不容易才睡去。蒙眬中，好像觉得门被推开了，创没有在意。潜意识中，他以为是服务员在查房。少顷，觉得有人动自己的被子，便一下子惊醒了，却看见一个不太年轻的女人站在床边，正在朝自己笑，脸上施了很厚的粉黛。创吓坏了，以为碰上了鬼，就坐起来。当看清了昏暗的灯光下确实是一个人时，悬着的心才放下来。女人仍站在床前，对创很难看地笑着。创终于明白了什么，就朝女人摆了摆手，说："你快走吧，我没钱给你。"说着，便躺下去。

女人并不死心，又在床前站了一会儿，见创再无反应，才朝创撇了撇嘴，无奈地出去了。见女人走了，创赶紧跳下床，想去把门锁死。过去一看，门上的销子早已被取掉了，门根本就锁不上。

创又在新绛的农贸市场一家一家地碰运气，却没有遇上任何能够让他心动的场面，失望的情绪渐渐地笼罩了他，便无精打采地在一个台阶上坐下，点上了一支烟，人也有些迷糊。

迷糊中，他突然看见一个二十多岁的姑娘，正往不远处的一个厕所走去。从走路的姿势看，很像玲儿。创越看越像自己的女儿，就朝姑娘的背后伸出手，大声地喊了一声："玲儿，金玲儿!"喊声引来附近一些人怪异的目光。

前面的姑娘好像就根本没有听见他的喊声，继续往前走，很快就进了女厕所。

这时的创，像中了邪一样，一边喊着一边追了过去。当他看清眼前是女厕所时，突然清醒了过来，停住脚步，不甘心地站在门口，等着女儿出来。

女厕所里不断有人进出，创就使劲地盯着每一个出来的女人看。过了很长时间，创并没有等到刚才进去的姑娘出来，就有些焦躁。他又等了一会儿，仍不见出来，心里也不知想了些什么，就不管不顾地一头闯进了女厕所，想进去看看刚刚进去的那位姑娘怎么还没有出来。

创进去还不到五秒钟，就惊慌失措地又跑出来，后面紧跟着一位头发散乱的老女人，大声喊着：“抓流氓，快来抓流氓！”老女人一手提着裤子，一手薅住创的衣服不放。

听到撕心裂肺的喊叫，周边的人马上围了上来。老女人越喊声音越大：“这流氓闯进厕所，想要看我……”

创一边挣脱着，一边辩解：“没有，我没有看，我在寻找女儿……”

啪啪！创还没说完，脸上就狠狠地挨了两巴掌。接着，周围的人一哄而上，一起对创拳打脚踢，很快，创被打得爬在了地上。

地上的创，被打得根本就抬不起头来，耳边只听见人们一边打，一边喊着：“打，打死这臭流氓！”

创已经被打得爬不起来了。只能睁了一双泪眼，看着头顶这群发了疯的人……

七

八月十五这一天，正好是个星期天。小城居民都心情愉悦地提了大盒小盒的月饼、水果，回家团聚。晚上，一轮明月刚从东山升起，全家人就围在桌边，坐在月下，开心地推杯换盏。然而，谁也没有想到的事情，就在这时候发生了。突然，狂风呼啸，阴云遮月，大雨伴随着雷声，从天而降，毫不顾惜地砸向尚在院子里赏月的人们。俄顷，雷声渐渐远去，大雨又变成了大雪，随风狂舞。只一小会儿，就满目皆白，小城被一场不期而至的大雪覆盖了。

处于历山脚下的山城小县，被突然出现的天气异象弄乱了，惶恐的小城百姓，百思不得其解。这一场违背自然规律而突降的大雪，让他们变得心情沉重，不知所措；也让小城里一些喜欢考据历史的新秀和老秀们伤了一番脑筋，翻阅查证了历朝历代小城的县志，都不能给出一个合理的解释。最后，还是创的一位做了大学教授而平时又喜欢写一些历史文字的初中同学，做出了一个让小城百姓吃惊而信服的结论：这种异常天象，属阴阳倒错，是天干地支配阴阳五行逆转错位所致，百年不遇。如光绪二年，城西南部的大蝗灾，就导致了光绪三年人吃人的大年馑。

这一年的暮秋时分，创下岗了。

两手空空的创，每日与同样下了岗的妻坐在家里，四目相对，六神无主，空洞的眼神里充满了恐慌。无所适从的心绪，让他时时感到失落和无望。他像一匹突然被卸了驾椇的牲口，虽觉身上还有些力气，却不知该到哪里去供人驱使；更像一只被主人抛弃了的流浪狗，每天东闻闻，西望望，不知所终。

创在家里最怕看见已人高马大，每日在眼前晃来晃去的儿子。今年高中毕业后，虽然考上了本省的一个师范学校，儿子却不想去上，认为将来做老师也没什么意思。女儿也在这一年上了高中。一家大小的日常开支，让创感到了肩头越压越沉的重担。

无奈之下，妻总算为自己找了点儿事干，批了一些小孩服装，在街上摆了个地摊，却每天被工商和市管撵得东躲西藏。

为了排遣每日的无聊和烦忧，更怕面对老婆那疑问和幽怨的目光，创每天吃了饭后，仍像按时上班一样，在外面毫无目的地转悠。不过，他不再去小城里的大街小巷，更不愿面对那些志得意满而上班下班的熟人，山上河边成了他常去的地方。在河水日见其少的岸边，在草木日见其黄的山坡，他一坐就是一晌或一睡就是一天。

创在山上的荒草丛里仰面朝天地躺着。深秋的太阳依然坚硬地照在脸上，秋风拂面，野鸟啾啾，看着天上不断舒卷的白云苍狗，像忘却了人间烦恼，创的心情竟然开朗了许多。

突然，“噼”的一声，创顿觉额头有一些温热感。睁开眼睛一看，一只大红野鸡嘎嘎地叫着，正从头顶飞过。创用手一摸，一股不可名状的恶臭味，灌满他的鼻腔。创马上明白了是怎么回事，翻身坐起，从身边抓起一块石头，朝早已飞远的野鸡掷去。远处，野鸡脖子上那一圈白色的羽毛，在太阳下闪着美丽的亮光。野鸡像嘲笑创一样，又嘎嘎地叫了几声，才落进草丛里不见了。

“操!”创晦气地骂一声，只好在地上拽了一把野草，擦擦额头，再用手摸摸，又放到鼻子下闻闻，仍有一股淡淡的臭味。创又朝草地上吐了一口，才慢慢地向山下走去。

突然，创站住了，像发现了什么。这些该死的野鸡，还有那些窜来窜去的野兔，如果能捉上些，拿到市场上……创不敢再往下想了，兴奋地跳了几下，便撒欢般向山下蹿去。

第二天早晨，创就找出多年不用的猎包，在里面装了些线绳和一些工具，手里又提了一小盘细铁丝，像急着要去签到上班一样，在老婆疑惑的眼神中，匆匆出门了。

到了昨天的地方，创从包里掏出线绳，剪成一条一米多长的单线，然后，把线绳的一头固定在一根坚实的灌木根上，再把线绳拉到一个合适的位置，在线绳的另一头结个活扣，再把线绳中间系到一根能够弹起的灌木枝条上，把枝条弯下来绊定在一个地方，稍一触动，枝条即刻就会弹起，活扣抽紧，就牢牢地锁死了野鸡的一个爪子。野鸡受惊，便会扑棱挣扎，用不了多大一会儿，便羽毛乱飞，疲累致死，成为囊中猎物。创下够二十几个绳扣时，想，我可是尽心了，有无野鸡入扣，就看天意了。

下好吊野鸡的活扣后，创又赶紧跑到下面靠山根的一块麦子地的后塄，在坡上和地里观察了好大一会儿。在麦子地里发现了有野兔拉的屎粒子后，才确定了几个可以套住野兔的地方，并在野兔常路过的“兔道”上，左右错开下了两个铁丝套子。他认为，只要有野兔从“道”上走过，必定会从其中的一个套子中钻过而被套牢，野兔在挣脱的过程中，很快便会因铁丝套子抽紧而勒颈窒息死亡。

当创下完了套子，天也中午了，创长出一口气，坐在地上。他掏出烟斗，抽过两斗烟丝，才在包里掏出一个已经发硬的干馒头来。

中午的太阳，照得人有些迷糊。创向对面的一个山坡走去。他要远离这里，让来到这面山坡上的野鸡和野兔，不受任何惊吓地落入他精心布下的罗网中。不过，这需要时间，要过一个漫长的下午，等到日暮时分，创才有可能有收获。

当创从草丛中醒过来时，太阳早已不见。沉沉的暮色已从四野慢慢地合来。他睁开迷糊的两眼，竟一时想不起自己这是在哪里。当他终于明白了自己是谁时，赶紧奔到对面的山坡去，搜寻可能捕到的猎物。

创第一天的收获，是一只灰色的野母鸡和两只野兔子。其中有一只还没有完全死去，肚子明显地向下坠着，睁着一双因充血而彤红的大眼睛，绝望地瞪着创看。这是一只怀了孕的母野兔，是不是按行规应该放了它？然而，现在的创似乎也顾不了这许多。他无奈地拍了拍自己的肚子，狠着心从套子上取下野母兔，扔进了自己的猎袋里。这时，天完全黑了，创才高一脚，低一脚，紧紧捂着猎袋，踉踉跄跄地从山上下来。

凌晨，天还没大亮，创就瑟缩着蹲在了菜市场的入口处。他特意戴了一顶长檐帽，把帽檐压得很低。地上，摆着自己想要卖出的两只野兔和一只野鸡。

天像一个嗜睡的老人，迟迟不肯醒来。创的两条腿蹲得发木时，它才伸伸懒腰，慢慢地睁开了眼睛。

有人在创的跟前停下来，他的心里就一阵激动，然而，来人也只是停了一下，又很快离开了。但创没敢抬起头看一眼，怕遇上熟人。他现在只能低了头看着眼前一双双穿了各种鞋子匆匆来去的脚。

终于，有一双皮鞋在创跟前停下了，还蹲下来把野鸡和野兔翻来翻去审视了半天。待看得够了，才开口问："这兔子怎么卖，论斤还是论个？"

听声音有些耳熟，但创一时又想不起来是谁，他把帽檐又往下拉拉，低声说："随便。"

"嗯？什么叫随便！你到底想怎么卖？这两只兔子我全要了，只要价钱合适。"来人说。

创终于听出来是谁了，当即觉出了十二分的难堪，一副无地自容的样子。他也不敢往起站，就蹲着转回身，也顾不上自己昨天费了一天工夫才套来的野鸡和野兔，就想离开，但是晚了一步。他的怪异行为让来人心生疑惑，便上前一步，掀掉了他头上的帽子。顿时，创和来人都惊得张大了嘴巴，说不出话来。

想要买创的野味的人，不是别人，竟是老同学马得子。

创难过得又蹲到地上，惊讶和羞愧交织在一起，不知该怎么去面对这位已当了科级干部的老同学。

过了好大一会儿，马得子才回过神来。他看着创，脸上有同情，也有轻蔑，但什么也没说，弯腰从地上拿起两只野兔，递给创五十块钱。

创摇着手，慌乱地说："别，别这样。得子，喜欢你拿去就是……"

马得子把钱握到了创的手里，又用力摇了几下，仍然什么也没说，提了野兔离去。创这才像还了魂一样，拿起地上的野鸡，也准备离去，却见马得子又匆匆地返了回来。

得子走到创跟前，放下手中的野兔，从口袋里掏出两盒烟，递给了创。这次，创没有推让，很痛快地把烟装进了口袋。已经很长时间了，创没有吸过一支香烟。因为，他的口袋里再也没有多余的钱让他吸卷烟了。虽然，他的烟瘾仍然很大，也只能吸烟斗，直吸得他口干舌苦胃泛酸。

马得子说："以后再有野味就告诉我，现在的领导都好这一口。"创听了，就赶紧把手里的野鸡也递过去，得子嘴动了动，就接过野鸡，提上兔子离开了。

创看着远去的老同学，轻轻地摇了摇头，自言自语地说："他妈的，人比人，比死人!"

创明显地瘦了。在后来很长一段时间里，创每天上山下山，套野兔，吊野鸡。有收获的时候，也有空手的时候，但创一直乐此不疲。搞来的野味，大部分给了马得子，给钱多少，得子随意。如果在市场上卖，他也有个固定的价。野兔不论大小，每只十元；野母鸡每只五元，野公鸡每只十元。每次创只要往菜市场门口一站，相熟的老主顾就会走过来，给创十元，提上野物走人，也不多说什么。创也不再躲避熟人。

"劳动光荣""劳动致富"，创常用连自己都不相信的屁话安慰自己。

创就以这种原始而简单的谋生方式，熬过了几乎一个漫长的冬季。

创一早起来，就坐在院子里收拾今天上山要用的家伙。他先把铁丝捋直，然后截成长短不一的单条，再在一头弯回来打个活结。这活儿他已做得十分顺手，只一小会儿工夫，便做了几十个。预先做好这些套子，是为了在山上下套节省时间。突然，一片阴影挡在了创的跟前。他慢慢抬起头向上望去，却是高高大大的儿子站在跟前。创就有些奇怪。从学校回来后，儿子每天不睡到中午是不起床的，有时得他妈喊几次才能懒洋洋地爬起来。创不知道儿子今天是怎么了，一大早就站在他面前。

创看了儿子一眼，没有理他，低头干自己的活。

“我要去当兵。”儿子突然对创说。

创听了先是怔一下。随即就在心里喊了一声：“好！”

创当年没有实现的理想，今天竟由儿子来实现，这不能说不是冥冥之中创未竟志向的承继。他扔掉铁丝，站起来很认真地看了儿子一会儿，好像这才发现，儿子真的已经长大成人了。虽然，这一年，儿子才十八虚岁。

创满意地拍拍儿子的肩膀，只说了一句话：“也要征得你妈的同意。”

儿子小的时候，就喜欢当兵的人。现在的箱子里，还积攒着儿子小时候穿过的各种款式、大小不一的儿童军装。仅各种颜色的大盖帽，最少不下十顶。还有各种玩具枪支，现在有些还积满灰尘地躺在床底下。直到上了初中，除校服外，大部分衣裤都是黄或蓝颜色的。创想，这大概就是难以改变的基因遗传吧！

现在，正处于冬季征兵时期。儿子主动提出要去当兵，这是否是当初他不去上师范学院的保留志向？当然，当兵和上学是不一样的。当兵不用交学杂费，每个月还有一些津贴。儿子属城镇户口，将来退役了，可能是要安排工作的。这些对创，对他这个双双下岗的困难家庭来说，也算是一种无奈的选择。

然而，让创没有想到的是，儿子体检的第一天，就被打了下来。原因是带兵的发现他是戴着博士伦上场的。

这可吓坏了创，也把儿子忧愁得不行。幸而下午就从武装部传出消息来，凡是今天戴了博士伦上场的应征青年，明天上午卸了隐形眼镜，再检查一次。创和儿子才松了一口气。

第二天，创不敢大意，跟了儿子去体检。视力检查，儿子以差0.1个点涉险过关。

中午，儿子从县医院体检中心回来后，显得一脸轻松。创知道，儿子体检可能已经达标了，也不便多问，就又收拾东西，匆匆地上山去了。

天快黑时，两手空空的创才从山上下来。整整一个下午，创在山上心情很难平静。他一直想儿子这次能不能顺利去当兵，万一走不成，又该如何安排儿子的将来。当年自己穿上新兵服装后，又被公社武装部的刁部长和县武装部来的寥参谋两个人强行扒掉的怪事，不会再在儿子身上重演吧！听说，今年的兵，是要去南方，是解放军总装备部的下属军团，主要执行国家出口贸易的武装押运；又听说，战士的出海补助是很高的，所以，创极希望儿子这次能够顺利参军，为家庭目前的狼狈处境减轻点负担。或许，儿子从此能有一个好的未来。

当创回到家，洗过手准备端碗时，老婆却慌慌地把从征兵办转来的一张纸递到他的手上。

这是一张极为普通的《通知》，通知家长明天上午九点到商业宾馆。按惯例，带兵的部队首长是要找应征青年的家长约谈的。创看过《通知》后，又看一眼有些不安的老婆，说："这没有什么，是很正常的谈话。是对应征青年家长的例行程序。看来，儿子当兵是满有希望的。"老婆听了，才放下心来。

吃饭时，老婆突然又对创说："咱是不是也该准备一下。我今天听他们说，现在当兵，也要送呢！有些农村兵，为了能顺利到部队，家长成千上万地送呢。"

创听了，就"嗤"地笑出了声："这怎么可能！解放军，解放军是什么，那是一座最干净、最纯洁、最能培养人、教育人的大军营、大学校！尽管放心吧。现在办事，谁都可能要钱，解放军绝对不会！"创说得不但很自信，而且振振有词。

"就是。妈，千万别听他们胡说。"儿子一边吃饭，一边说。

又过了一会儿，老婆好像仍有些不放心，又对创说："我看，为了保险，咱还是准备一下吧，别干下因小失大，后悔一辈子的事来。"说完，盯着创。

儿子不想再听母亲的无端唠叨，吃完饭出去了。

创想了想，又翻了一会儿白眼，才说："你也真是，见风就是雨……"

老婆当然明白他的意思，说："咱不是还有两千块钱吗，是你退回来的股金，我放在箱子里就没敢动过。"

创这才想起来，家里确实还有两千元钱。这是单位在搞产权置换时交的基本股金。仅一年后，单位入了两千元自然股的职工，因控股老板不给安排上班，都写了解除劳动关系保证书，把自己的股权转给了老板，一个个退股走人。创家里的两千元应急钱，就是当时退回来的股金。既然老婆说了，只能先用它去“应急”了。

说着，老婆从箱子里拿出这两千元钱。钱还装在单位的一个信封里。创接过来看看，又有些不舍地递给了老婆。

老婆说：“为了保险一些，你先拿上，能不给尽量不给，别人给，咱也就这两千块钱了。”说着，老婆又找出一个新信封，把钱倒出来重新数了一遍。很整齐的新票子，数起来嘎嘎地响，声音很悦耳，每嘎一声，创的心就痛一下。装进新信封后，老婆就在信封上很认真地写上：贰仟元。然后递给创。

第二天早上，刚过八点，创就怀揣信封向商业宾馆匆匆走去。他问清了服务员带兵首长住的房间，并问带兵首长该怎么称呼。宾馆的小服务员很热情地告诉他：首长姓茂，人都称他茂政委。创这才惴惴地向首长的房间走去。

创正要抬手敲门，门却自己开了。出来的并不是首长，而是一位满脸忧愁的人，低了头，匆匆离去。

创又抬手敲门。“请进。”一句很好听的普通话，但带有明显的粤音。进去后，茂政委很热情地站起和创握手，说：“你好，请坐。请问你是哪位应征青年的家长？”创听了这很热情礼貌的粤音普通话，有些感动地弯弯腰。坐下后，给首长报出了儿子的姓名。

茂政委在一沓体检表里翻着，当翻到一页后，停下来很认真地看了一会，才蹙着眉头对创说：“你儿子的各项体检指标都合格，就是眼睛，只差了0.1个点，虽然不是太大的问题，但毕竟也是个小毛病。”说着，搓了搓手。

创听了，就说：“首长，就差了0.1个点，不是也算合格吗？”

“可是，还有不差0.1个点的呀！”茂政委紧接着说，又搓了搓手。

创听了，就有些紧张，赶紧坐直了身子，说：“首长，如果能走，您还是把我儿子带走吧，我和他妈都下了岗，家里现在很困难呢！”

茂政委意味深长地看了创一眼，把两只手端起来又使劲地搓了几搓。创不知道首长这是啥毛病，就紧张地等着下文。

“下岗的事，不归我们部队管；我们管的，就是怎样才能带回去一个更合格的兵。”听了茂政委的话，创的头就有些大。他又想起当年县武装部的寥参谋在镇办公室跟带兵的耿连长，对他说的那番话来。

茂政委刚才的那番话，证实了老婆昨晚所言不虚，创觉得自己已被逼到了死角。他从衣袋里掏出信封来，强笑着，双手给茂政委递上去。不过，他知道，自己这会儿的笑，肯定比哭更难看。

茂政委很痛快地接过信封，只看了一眼，又单手把它递给了创。

创赶紧接过信封，又对茂政委弯了弯腰，不由得心头一热——解放军嘛，哪会……

可是，创还没有感动完，又见茂政委端起两只手使劲地搓，搓了一会儿，把揸着的五根手指头朝创伸了过来。

创向前凑凑，很认真地端详了一下这五根干净白皙的手指，不知道这是什么意思。

“你儿子参军的事，你如果确实想让他能够顺利到部队去，就在中午前，按这个数办好。”说着，又向创揸了揸五根手指头，“否则，这个名额就有可能被别的人占去——你可以走了。”仍然是带了粤音的普通话，创听了，竟如雷贯耳。

突然出现的情况，令创愤怒不已，但更多的，却是无奈和无助。他不敢消停，手在口袋里捏着那个只装了两千元钱的信封，赶紧往家里走去。

和老婆商量的结果是，赶快想办法。这次，一定要让儿子当兵走人，这样，无论是对家庭，还是对儿子，已是一种最好的选择了。

最后，老婆去娘家借了一千元钱。创只好去找着马得子，由得子出面担保，创写借条，从马得子的单位借了两千元钱。凑齐五千元后，创在中午十二点差一分，把钱送到了茂政委的手上。

小城的第一场雪后，离元旦还差十一天，儿子高高兴兴地坐上了送新兵的南下专列，赴江苏江阴参加了中国人民解放军。

至此，既圆了儿子的军人梦，也了却了创的一桩夙愿。

八

早上，创匆匆吃过饭，准备去往花园小区送煤球，父亲却从门口进来了。创有些吃惊，父亲一大早就来到了家里，别是又有了什么事吧。

父亲已经带了些苍老的气息，早已失去了往日“万元户”的气焰。消瘦的脸上，缀着几小块黑黑的老年斑。

“爸，你怎么早早地就来了?”创有些惴惴地问。

“怎么，我不该一早就来吗?”父亲依然很倔。说着，就走过去，揭开锅盖看看，问:“你们早上吃的是煮疙瘩?”

创赶紧过去拿碗，说:“还有饭，就是没菜啦，我给你舀上吧?”

“不吃。”停了一下，又问:“你们现在不吃好面煮疙瘩啦? 那东西咬着有劲道呢!”父亲说着，咂咂嘴。

创只能笑笑，没有回答。创知道，父亲问的是早些年的事了。那时候，逢年过节，创在粮食局购销股工作的一个朋友，常给他批些精粉和食油，他们家就常用精粉做煮疙瘩吃。那时候的精面粉，精度高，湿度小，吃起来很劲道。唉! 创轻叹一声，那种好时候早已经过去喽! 现在，能有玉米面煮疙瘩吃就已经阿弥陀佛啦!

父亲喝了几口水，问创:“你吃了饭干啥去?”

“去给人家送煤球。你有啥事?”创问。

“怎么是去送煤球，你真的不上班啦?”父亲显出了难见的恐慌。创朝父亲无奈地笑了一下，说:“不上班快半年了。现在自己干，给人家送煤球。”

“你端的不是国家饭碗吗? 怎么说不让干就不让干啦!”父亲觉得这事发生得不可思议，有些愤愤地说着，又在自己的腿上拍了几下，“弄得这叫啥事情嘛。”说着，父亲就抽了抽鼻子。

“爸。要不，你在家里歇着，我要去干活了，这是和人家定好的。”创说。

父亲又认真地看了创几眼，才说:“我也不消停了。出去转转，没啥事，就回去了。”父亲叹一声，又说，“干重活时，操点儿心，你也五十多的人啦。唉，人都说得也不差呀——辛辛苦苦三十年，一下就回到解放前。”父亲吟叹完了，就背起自己的黑挎包，朝门外走去。

本来，创已把手伸进了口袋，但他知道，口袋里只剩下四十元钱了，只够今天装第一车煤球的本钱，就又把手抽出来，心情难过地看着父亲有些蹒跚地转出大门，隐没在小巷外。

自从八月十五突然下了一场大雪后，小城的人们就在恐慌和无奈中过着如常的每一天。入冬以来，小城的上空，总是被大风刮得灰蒙蒙的，难见天日，也没有再飘过一片雪花。天气奇冷。据相关报道，今年的气温已跌破了小城有记载以来的任何一年。然而，小城里卖花圈纸扎和老死衣的商铺，今年冬天的生意却好过任何一年，直把这些小老板兴奋得每天在门首摇来晃去招揽生意。创有一次经过商铺的门口，无意间往里看了一眼，小老板竟满脸喜色地迎出来问：“你老人家想买什么，花圈还是寿衣?”把创晦气地张嘴一口就啐到了小老板的脸上。小老板在脸上摸了一把，看着远去的创，正想发火，想想，又灰溜溜地回到店里。

由于今年的天气奇冷，人们都把暖气烧得很旺，炉子换得更勤，这给小城里的型煤厂也带来了更好的发财机会。创也是在这种情况下，发现了活下去的机遇——卖煤球。

上午，创送了两车煤球，挣了十八块钱。其中一家要送上三楼，一个多挣了两分上楼钱。创觉得有些累，就想早些回去休息。

回到家里，并不见老婆，可能她吃过饭就匆匆地上街摆摊了。案上放了一小盆杂面饸饹，已经凉了，边上也不见有菜。创也懒得去热，就直接往小盆里倒了一些开水，又往里丢了一撮盐，就吃起来。吃到嘴里的杂面饸饹，有一股淡淡的霉味。创吃着，想着，眼泪止不住地流下，滴滴答答地掉进小盆……

当初想的，和现在的景况完全是两样啊！创抽咽几下，放下小盆，疲乏地朝床上倒去。

创正迷糊地要睡去，“小灵通”却又唱起来：手捧着窝窝头，眼泪止不住地往下流……，他只好从身边摸起“小灵通”来。有客户要煤球，要求在两点之前送到。看一眼桌子上的表，时针已指向一点。创只得又爬起来，拖着疲惫的身子，再往紧系一扣裤带，拉上门走了。

当创装好一车煤球，开到庄头小区745号时，已经两点十分。大门关得死死的。创一连敲了三通大门，都没有人来开。他有些迟疑地再看一眼门牌，庄头小区745号，没错呀。怎么没人开门呢？创只得摸出“小灵通”，准备再打过去时，却看见小巷的尽头一个身着大红大绿的女人，一边朝创不断地摆着手，一边急匆匆地走过来。

当女人走到离创还有两米多远的地方时，一股浓烈的劣质香水味把创呛得连打了七个大喷嚏，第八个张了半天嘴也没打出来，创晕头晕脑地揉揉眼睛，只好又咽了回去。见创一直不停地打喷嚏，女人就哈哈大笑起来，直笑得浑身颤抖，一对肥胖的大奶子，在胸前抽风一样上下颠动；一脑袋爆炸头，野鸡窝一样，在灰暗的阳光下一闪一闪地泛着油光。

女人笑够了，才在创的跟前站住。她很放肆地看了创几眼，才撇撇嘴说：“怎么是你呀？”她把钥匙链吊在手指上，不停地在空中抡了一圈又一圈，没有马上开大门，好像也不着急去打麻将了。

“就是我，来给你送煤球的，不行吗？”创觉得她问得有些怪，也看一眼女人，并不认识。

女人突然伸手在创的胸上捶了一下，说：“怎么就不行啦！嗨！我是说……”女人没有说完，就扭过身去开大门，一股很冲的蒜臭味从她抹得像要滴血的嘴唇间直朝创的脸上喷过来，逼得创不由得往后退了两步。

女人打开大门后，创取下木板，准备搬煤球。女人没有回去，很有兴趣地站在门边，又抡起了手里的钥匙链子，说：“我是说，你怎么干开这个了？”

“我怎么就不能干这个？”创有些不解地问。

“能是能。不过我觉得，你不应该干这个。”女人把“应该”说得长且重。

“那你说，我应该去干哪个？”创似乎也来了兴趣，停下手问。

“你可以继续去做一些小生意呀，比如卖菜什么的。”

“我哪来的本钱！再说，我经商多年，再也不想和钱打交道了。”创说的也是实话。

女人嗤嗤地笑了几声："我就知道，你经商多年，肯定贪污了不少。"

一听"贪污"，创就条件反射地哆嗦了一下，立马想起了在糖业公司当保管时的冤案来，只好无语地笑笑，继续搬他的煤球。

创又一次返回来时，女人依然站在大门口，没话找话地说："想当年，你是谁呀，蔬菜公司的二当家，对我们这些给你送菜的小姑娘，连看都不肯看一眼。"

创也想起，当年在单位每天早上收菜时，自己有时也下来 帮帮忙，来交合同菜的社员中，大姑娘小媳妇自然也很多，但眼前这位话痨，他根本就不知道是谁。

"你是哪个队的?"创问。

"北关，我哥是队长，你认识的。"

创想想，茫然地摇了摇头。很多年过去了，他早已忘得一干二净。

当创又送了一趟煤球出来时，女人仍不肯放过他，说："当年你多拽呀。我们这些小姑娘从学校刚毕业，每天在队里什么活也不想干，就盼着去门市部给你送菜。"

创听了，不知该说什么好，只能低了头，默默地搬煤球。

快搬完的时候，女人拿出一瓶凉茶，递给汗流满面的创，说："歇会儿吧，喝口茶解解乏。"

创接过来，就有些感动，也确实有些渴。中午没有吃好饭，也没有多喝一口汤，就去装煤球了。他接过凉茶，猛灌了几口。

煤球终于搬完了，创靠在煤球车上喘息。女人从家里出来，手里拿了一张百元钞票，走到创跟前，真诚地说："你以后还是干点别的活吧。"

"为什么?"创不知道女人为什么要一直劝他改行。

"这种活儿，是走投无路的人才肯干的。最主要的是，干这种苦力活，是最让人看不起的，连拾破烂的都不如，和要饭的差不多!"

听了女人的话，创差点儿一口气闷过去，心里一阵难过，噙了两眼泪，软软地问："真是这样吗?你也看不起我，是吗?"

"不，我说的是真话。"女人说着，就把手里的钱甩了甩，递到创的手里："看好真假。多余的钱，你也不用找啦。"说完，还叹了口气，好像为创很痛惜的样子。

当天晚上，创在煤球厂结账时，被发现收的这张百元钞票竟是假钱。创怀疑地看一眼结账的人，收钱的人又把这张钱放到了验钞机上，验钞机就发出了嘀嘀的鸣叫声。这确实是一张假钱。

创马上就想起庄头小区745号那个烫着野鸡窝头，嘴里喷着臭蒜味的女人来。这个话痨，果然"看不起"他，给了一张假钱。创直恨得咬牙切齿，恨不得立即薅着她的野鸡窝，揍她一顿。

创二话没说，装起假钞，开上三轮摩托车，在夜幕下向庄头小区冲去。

当创闯进了女人的家里时，见女人正和一个老男人坐在茶几边喝啤酒。茶几上放了一大盘猪下水，地上已堆了十几个空酒瓶子。见创进来，女人似乎已经预见他会来，对创咧咧嘴，端起一杯啤酒，朝创举举，然后一口灌下。

红了眼睛的创看着同样红了眼睛的女人，问："你下午算煤球账时，怎么就给了我一张假钱呢？"

女人一脸风浪不惊的样子，和对面的老男人碰了一下杯，扬起脖子慢慢地往嘴里倒。倒完后，她放下杯子，右手在嘴上抹了一把，左手搛起一截很粗的猪大肠，扬起脖子，丢进张大的嘴巴里，很用劲地嚼起来，两片红嘴唇发出很大的吧唧声。

女人费力地咽下猪大肠后，又很夸张地吧唧了几下嘴巴，才朝创伸出手，说："拿来我看看，真是假的？"

创已经意识到，今天可能碰到真"鬼"了。眼前这个女人，可能是一个常蹚码头的无赖。

女人在灯下拿着假钞，翻来覆去地看了一会儿，才抬起头来对创说："没有哇，这上面没有写着我的名字呀！"

创听了，强压着怒火，说："这确实是你下午给我的钱。我今天只拉了四车煤球，就收了这一张大票子，就是你给我的这一张。还是给我换换吧，大家都不容易，你就只当行好啦。"创只想着平和地把事情解决了。

“换一张也和这张一样。再说，谁能证明这张钱就肯定是我给你的!”

创越听越气，便说：“只有我能证明，还有你能证明。”

这时，那个一直低了头用筷子在盘子里拨来拨去的老男人终于憋不住了，他抬起头瞪着创，却不说话。

“你说的是屁!”女人终于翻了脸。

创听了，没有吭气，突然从茶几上双手同时握起两瓶啤酒，一步跨到女人跟前，瞪圆了眼珠，居高临下地用酒瓶子指着坐着的女人，凶狠地问：“你只说一句，换还是不换?”

对面坐着的老男人见创做出了要拼命的架势，便用筷子捣了捣盘子，对女人说：“你就给他换一下，让他快些爬出去，别耽误了咱们喝酒。”

女人听了，又看一眼创举在自己头顶的啤酒瓶，只好从口袋里掏出钱来，给了创一张五十元的票子，说：“我只能给你五十块钱，不过，这张可是真的。”说着，把钱拍到茶几上，又指着茶几上的那张假钱，“这张钱我也不要了，你拿去，不管到哪儿花，我不问。”

创想想，也只好作罢。能要回多少算多少吧，总不能因为五十块钱真的去拼命。

创匆匆装起五十块钱，双手仍掂着两瓶啤酒走出大门。坐上了摩托车后，心中仍是愤恨难平，又下得车来，把两瓶啤酒狠狠地砸碎在女人的大门上，才开车离去。

人常说，干冻湿年。眼看就要进入腊月了，天仍然没有飘过一片雪花。天越来越冷了，要煤球的人也越来越多了。创的“小灵通”不断地响起，弄得他几乎无法正常干活。堵在煤球厂大门上要煤球的人，站在当路上直接拦车，见有送煤球的车出来，几乎是疯了一般就往煤球车上扒，这是一件很烦人的事。创有几次都来不及刹车，差点儿就撞上了拦截煤球车的人。煤球厂昼夜不停地加班生产，仍无法满足人们的需要。

上午九点，创好不容易才装上了一车煤球。为了避免大门口有人再截他，创想了一个办法。他把车脱成空挡，用手拖着一车煤球朝门口走去。头上戴着厚厚的风帽，低了头，故意吭吭哧哧地走出大门，马上有人围上来，问："这一车给我吧?"

创头也不抬，一边拖着车吃力地走着，一边粗暴地说："看不见车坏了? 要去修车呢!"说着，往地上吐了一口，跟在后面巴结推车的人马上撒了手。

拖了一截路，创悄悄地回头看看，见刚才拦车的几个人又返回拦其他车了，才跨上车，嘴里"噢"地嚎一声，一脚踩着火，一股青烟，"哇"地向前蹿去。随之背后传来一阵跺脚谩骂声。

"老鬼!"

"老邦子!"

创把车刚开到大转盘，看见一个老太婆拄了一根棍，站在转盘中心岛边，在用棍子不断地朝他点着，好像有什么事，创只得把车停在老太婆跟前。老太婆见创停了车，长长地吁了一口气，说："年轻人，把这车煤球给了我吧，我在这等了好几天啦。"老太婆说着，用手费劲地拉了拉被风吹散的头巾。

"老人家，我这一车已经有人要了。"创看着风中瑟缩的老太婆，说。

"我也是人嘛。年轻人，干啥不是行好哩，屋里就我一个人，干啥都不方便，你总不能看着把我冻死吧。"老太婆见有人要了这车煤球，就有些急，用几乎是乞求的口气和创商量。

创看一眼瑟缩在寒风中的老人，想象着她一个人蜷缩在炕头的情景，好像看见了瑟缩在严寒中的母亲。也许是风的原因，创的眼里沁出了一层泪花。他终于朝老人点了点头，拉起煤球车，随了蹒跚的老人，慢慢地朝前走去。

其实，老人住得并不远，就在前面的一个小巷子里。在创给老人卸煤球的过程中，进来了一个和老人闲坐的中年妇女。她看到正吃力地搬煤球的创，就饶有兴趣地搬了一个小塑料凳子坐下来，看创一趟一趟地搬煤球，看着很大的汗珠在创的头上不时地滴到地上，又马上在冰冷的地砖上凝成点点寒冰。

当创卸完一趟正要返出去再搬时，中年女人突然问创："你这么大年纪了，怎么还干这个! 你娃儿和妮子都不管你?"

听了中年女人的话，创似乎吃了一惊，默默地看了中年女人几眼，又出去搬煤球了。不过，他已经听出来了，这个女人并不是小城里的人，是他老乡，历山脚下一带的口音。

创又搬了一趟煤球，再经过中年女人身边时，认真地看了看她，问："你是哪里人?"

中年女人见终于有人和她说话了，当即来了兴趣："我是北山人呢！在城里给人家做保姆。"说着，指了指后面的一个院子。

"北山村?"创正要朝大门走去，听了女人的话，就站住了。北山村，就是二巧和两个女儿住的村子。他不知道两个女儿这几年怎么样了，就试探着问："你们村的二巧，你认识吗？她的俩闺女，这几年怎么样了?"

中年女人听了，马上来了精神，在自己的腿上狠拍了几下，说："呀呀，你说的是二巧她娘母呀，在一个村住，怎么能不认识呢？俩好闺女，也不小啦。她那亲爹怎么就能狠下心把闺女给了人呢？啧啧!"女人说着，又朝地上狠狠地吐了一口。"听说在城里是一个烂鸡巴卖菜的，呀呀!"创听得脸上有些挂不住，正要往外走时，女人又在腿上拍了几下，说，"闺女后爹，是俺村里的一个大半吊呢。玲儿去年在同学家住了几天，回来就让后爹拿指头粗的麻绳蘸着水，把闺女打得好几个月都下不了炕呢!"中年女人连说带比画，说完还狠狠地拍了几下屁股，好像是谁用麻绳把她也抽了一顿。

"啪!"创没有听完，就把端煤球的木板摔碎在院子里。他喘着粗气，觉得心里一阵翻江倒海般的难受。创再也憋不住了，没跑到大门外，就顺嗓子喷出一口，低头一看，血！创的脸色惨白，双泪长流，把谈兴正浓的中年女人吓坏了，她不知道这个正在端煤球的人怎么突然就成了这样子，不敢再多说一个字，瞪了一双惶恐的眼睛看看创，然后逃命一样，溜出了大门。

今天，创总算在无意中听到了大女儿的情况。原来，玲儿并没有去侯马卖菜，而是在同学家里住了几天，竟被她继父如此毒打，这他妈的还了得。创觉得胸腔都要憋爆了，也没有想起要煤球钱，就开上还没有卸完煤球的三轮车，冲出了小巷。这时，他的心里只有一个念头，要去北山找着玲儿的继父，要把这个半吊子暴打一顿，替女儿报仇。

日他娘的！还拉啥屌煤球，连自己的女儿都保护不了，还是人吗？

敢把我闺女打得呼爹叫娘地在炕上躺几个月下不了地，狗日的，我非活煮了你个叉怂！创在车上，一边流着泪，一边发狠地想着。

不过，创并没有真把车开到北山去。他只开出几公里，心情就慢慢地平复了。

他想，如果去了北山闹上一场，倒是为女儿争了气，这能制止了女儿从此就再不挨打受气吗？就算把那半吊子打个半死，可两个女儿以后仍要继续在人家家里生活，不是更激起了他的报复心吗？两个女儿以后在北山生活得是否会更加困难?!

创越想越觉得没办法处理这事。气得急了，就忍不住在自己的脸上左右开弓，啪啪地连扇了十几个耳光子，直扇得左右脸颊成了麻辣烫，双眼生泪直冒，而后，再也憋不住的创，爬在煤球车上，不由得号啕大哭……

家暴，这就是严重的家庭暴力。哭够了的创，慢慢地平复了心绪。他摸摸疼痛的双腮，又在煤球车的后视镜里瞅瞅，才知道自己的脸已被自己揍得黑青乌烂。

创把车直接开到了检察院。他依稀记得，家庭暴力属检察院管，他要找人，必须找人，用法律制裁施暴者！

因为不了解相关的法律，创找了位认识的副检察长。副检察长姓张，就住在创单位对面的一个斜坡上。平常见了也打招呼，也聊天，已经很相熟了。

副检察长听了创的诉说后，说："去年发生的事，怎么现在才说，如果情况属实，我们当时就可以拘人。"

"现在拘人不行吗？"创只想着把施暴者早些拘留起来，先在里面饿狗日的半月二十天，他就再没力气打人了。

副检察长看了创一会儿，说："这样吧，你应该先去立案股。要有文字材料，还要有人证物证，先立了案，我再派人下去调查。"

创想想，也只好这么办了。他知道，一旦进入法律程序，就只能按相关规定办了，是需要时间的。因为，他当年离婚时，就走过这些让人不耐烦的程序。

创又在悲愤的等待中忙了一个多月。一天下午，创在街上碰上了副检察长。副检察长说：“我最近准备下去了解你的案情呢。”

创听了，对这个老街坊点了点头，想说什么，但又不知道该怎么说。

“不过呢，你也要想到，如果此案一旦查实，被告肯定要被依法处理的，他的家庭也要相对地受到牵连。就是说，你的前妻和两个女儿今后的生活也会受到一定影响，你还是好好想想。”副检察长给创陈述厉害。

是啊！副检察长说的也是实话。创无语地看着副检察长的嘴巴，忽然拿不定主意了。

“你再好好想想，当然，你也可以选择撤案。”副检察长说完，又很认真地看了创几眼，才摆了摆手，忙他的去了，把创一个人丢在原地发呆。

九

刚一进入腊月，小城就又忙着准备过年。创也伴着料峭的寒风，拉了一车又一车的煤球，送到一户又一户急需的家中；上楼，下地下室，爬床底，钻厕所，去了许多他此生永远也不可能去的地方。他常常被客户指使得东挪西转，上蹿下跳，有时还得为客户干些额外的活。客户根本不会跟他讲价钱，像在使唤一匹没有主人的驴一样的他。创为了笼络客户，能顺利拿到自己应该收回的煤球钱，只得忍气吞声地去干一些得不到一点儿好处的额外活计。

创永远记得庄头小区那个嘴里喷着大蒜臭味的娘们儿说的话：你干的这活，是最让人看不起的，跟讨饭的差不多。

“讨饭的！”凡生到这个世界上的人，又有谁不是每天在“讨饭”呢？只不过每个人“讨”的形式不一样罢了！创这样想着，自嘲地笑一下，仍低头开了煤球车，飞奔在小城的大街小巷里。

“嗨！站住。”创正装了一车煤球，急急地开车往前蹿去，却听到一声呵斥，便本能地一脚踩住了刹车。因为刹得太急，巨大的惯性把车上的一些煤球甩得滚到了大街上。创先顾不了掉在地上的煤球，睁了一双吃惊的眼睛寻找呵斥他的人。

过来一个干瘪的青年，穿了一身屎黄色的制服。创打量了半天，终于认出来了，这是车管所的。这些人天天在大街小巷里转悠，专找车的麻烦，不是扣车，就是罚款。小城里开三轮车的师傅们，称这些人是“黄鼠狼”，也称“狼”。创看见“狼”朝他走来，也不敢再动，下车后先拔掉了自己的车钥匙。

创想先把掉在地上的煤球捡起来。这个干瘪的“狼”站在创跟前，先在自己的黄裤腿上拍打了几下，又把头上的黄帽子取下来，对着创的脸使劲地吹吹上面并不存在的灰尘，才抬起眼睛看了创一眼，问：“拉的什么？”

有些明知故问。创知道，“狼”今天要找他的麻烦了，便没有吭气儿。

“怎么！不想理我，是不是？”“狼”见创没有说话，就把手里的大盖帽重新扣回头上，问。

创见他牛逼哄哄的样子，心里很不舒服，就指指车上，生硬地回了一句：“就是这东西。”

“嗯！这是啥东西？”有几分挑衅。

“饭！”

“啥？想要我！”“狼”突然抬高声音。从车上拿下一个煤球，揣到创的鼻子底下，摇晃着说：“是饭，你今天就给我吃一个，让我看看！”

“我把煤球卖了，再买粮食做饭吃，这有什么问题吗？”创看一眼鼻子底下晃来晃去的煤球，后退一步，说。

“有问题！”“狼”把煤球使劲摔回车上，又砸烂了另一个煤球，创的心颤了一下。“今年的管理费交了吗？把单据拿出来，让我看看。”“狼”拍拍手，横眉立目地说。

一听要查车管费，创立马就蔫了。他知道，凡街上跑的这些车，无论大小车辆，每年都要交八百元的管理费。去年，他幸运地逃脱了，今年怕是再难逃脱，就低了头，不敢吭气。

八百块钱，对现在的创来说，已经是一个很大的数目了。八百块钱，几乎相当于他一个月辛苦卖煤球的收入，还不敢说交警队非让交的“强险”，运管所要交的运管费，工商局要交的工商管理费，地税局让交的

“车船税”等。如果把这些都交了，创的这个小三轮摩托车一年至少有三个月算是白干了。所以，在小城，以车求生存的人，就拉关系，找熟人，想方设法去巴结这些人，尽量地不去交这些钱；实在没有门路的，就一躲二逃三耍赖，大街上见了戴大盖帽的，就赶紧远远地绕开。车一旦被扣进去，就很难再开出来。

见创不吭气，“狼”就朝创伸出手：“给我。”

“我现在没钱。”创歪头看着别处，说。

“车钥匙。没钱就扣车。”

一听要扣车，创就急了，有些语无伦次地说：“这样吧，老总，等我把这车煤球卖了，就去给你交钱。”创不知道眼前这位该怎么称呼，就无师自通地称其为“老总”。

“你以为我会相信你吗?”“狼”把眼斜了一下，冷笑着问创。

“真的，说话算数。我向老人家保证……”

创没说完，就被“狼”打断了，说：“你别跟我瞎谝了。老人家，哪一个老人家？他还能管得了现在的事吗？不行！先交了钱，再来开车。”

“这么重的一车煤球，压在车上，车受得了吗?”创见“狼”越来越横，就找了一条“理由。”

“那就先把煤球卸了吧。——嗯？这是大煤球还是小煤球?”“狼”突然问。

“大煤球。重着呢。我去把它卸了，马上回来交钱。”创的心里一阵高兴，以为“狼”终于给了他逃跑的机会。

“不，就卸我那儿，然后再去交钱。”“狼”的话，很出乎创的意外。不过，创很快就明白了，只听他又说，“我烧的就是大煤球。”

创听了，就怔怔地站在车前，说不出话了。他知道，今天这车煤球，不但白拉了，一百七十五块钱的本钱也要被赔了进去。

毫无办法，创只好开了车，跟在“狼”的车后边，向车管所的家属楼开去。

创一边开车一边想，这一车煤球连本带利是两百块钱，但比起交八百块钱的车管费来，要合算得多。只要“狼”答应，再不交今年的车管费，以后就不会再找他的麻烦了。想到这里，创好像得到一丝心理上的安慰。

创在商海浸润多年，对于生活中的许多事情，都是用钱来衡量的。

“狼”的煤球是放在地下室的，创只得一板一板地往下端。当创就快端完时，“狼”进来了，他直截了当地对创说：“你卸完了再去给我拉一车，有两车煤球，我就能烧到明年春天啦。这暖气，可费煤球了。”说着，他在昏暗的灯光下，指了指跟前的小锅炉。

听说还要一车，创的心就沉到底了。看来老子要赔进的不是两百块钱，而是四百块钱了！“大盖帽”果然很贪。创愤愤地想。。

见创不吭气，也不动，“狼”又补充说：“你给我拉上两车煤球，今年的车管费你就别交了。放心，我就管着煤球厂前这条大街呢！要是在别处再有人挡住你，只要说出我的名字，他们就会放行的。”

创听了，直恨得牙根发痒，但也毫无办法。只好匆匆卸完，又去装第二车煤球了。原来，“狼”们都是早就串通好的。创想。

愤恨之中，创给“狼”卸第二车煤球。不过，这次的卸法和上次不一样了。他往地上再放煤球时，就双手把两摞煤球狠狠地蹾在地上，双手端的十二个大煤球，就全被蹾伤了。过些日子煤球干了，就会一个个裂开一条或几条缝隙，再也不好往炉膛里放了；即使能放进去，烧过后的废煤球，就会变成一堆碎渣，再也取不出来了。这种小聪明式的报复办法，让创的心里多少找回了一些平衡。

创终于气愤地卸完了第二车煤球。当他从地下室返上来时，看到已经卸空的煤球车上，堆了些乱七八糟的垃圾，更多的是已经烧过了的废煤球。这他妈的肯定是“狼”要创往外拉的。创怕他还要倒，赶紧发动车要走，却听见有人尖着嗓子喊了一声，创扭回头一看，门洞里走出了一个让人看了浑身起鸡皮疙瘩的女人来。她一只手捏着鼻子，另一只手用两根指头挑了个塑料袋，扔到了车上。创扫了一眼，是一袋揉成团的卫生纸，有些还洇着刺眼的红。

呸！创往地上吐一口，觉得今天很晦气，赶紧开车走人，一边往地上又吐了几口。

创把车开往最近的一个垃圾点。他要先把这些令人作呕的东西处理掉，才能再回去装煤球。创禁不住又往回扭扭头，看看车上这些洇了红的臭东西散开没有，别他妈散开了再染到老子的车上，右手就跟着加了一把油，车就不顾命地飞将起来。

车上的创，心思沉沉。尽管车开得飞快，但一点儿也没有改变他的心情。这算什么世道！上一次在庄头小区被那臭娘们用假钞硬讹去了五十块钱，今天竟直接被这孙子讹去了四百块，自己却连一句硬气的话都不敢说，这屌事情找谁说理去?！一股怒气直冲头顶，右手又紧了一下油门，煤球车就蹦跳起来，后面的车斗不时地弹起又落下，发出一阵“哐咚哐咚”的声响。创瞅空往后瞄了一眼，刚才还装在袋子里的垃圾散了一车，红的卫生纸和白的废煤块被灰尘裹挟着向大街飞去，一不会儿，后面就响起了环卫工的臭骂声。一个很肥胖的女环卫，手里举了一把破扫帚，追着向创掷过来。看着那些跳着脚朝他高声叫骂的环卫工，创突然觉得好玩，就又紧了紧油门，一头把车开进了垃圾点。

创从车上下来，高兴劲儿还没有过去，就对着煤球车傻了眼。因为蹿得太快，竟把一个轮胎颠烂了。刚才还硬邦邦的一条好轮胎，这会儿却像一条刚射完精的驴屌，软塌塌地挂在车毂子上。

当创在修车铺又花了十块钱补好轮胎时，已经到中午了。创心痛地想，忙了一上午，没挣一分钱，倒赔了四百多块。他妈的屄子！创又往地上啐了一口，准备开车回家吃饭。

正是中午下班和放学的时候。大人、小孩、各种车辆拥挤在大街上，艰难地向前挪动着。菜市场里，小摊贩都站在自己的摊位上，起劲地吆喝叫卖。街边上一溜儿排过去十几家卤肉摊前，更是挤满了人。创在人堆里一边慢慢地开车，一边看着玻璃罩子下那一块块刚出锅还在冒着热气的卤肉，抑制不住地咽了几下口水。这时，创才想起，自己好像已经有半年多没吃过肉了。望着那些红是红、白是白的卤肉，一大块一大块颤巍巍地站在玻璃罩子下，像专门等待着创来吃一样。创又咽了一下口水，不由得刹住了车，立即招来卖卤肉的询问：“大爷，来二斤?”说着就操起了刀。创摸了摸口袋，又看一眼罩子里的卤肉，无声地摇摇头，再咽一下口水，又加油起步了，背后立即传来一声骂：“老穷鬼!”

"老穷鬼。"刨一路慢慢地往前挪车，心里重复着这句话，一股悲哀袭上心头。"老穷鬼！"难道就此验证了庄头小区那臭娘们儿的话？

可是，不干这个，又能去干啥呀！已经五十多岁的人了，谁还会要你呢？刨在车上怆然地想。

在菜市场东门，刨看见了一个菜贩子正在往摊位上卸白菜。他把卸下来的白菜，一颗一颗很仔细地剥掉外边几层老邦子，直到把菜剥成一颗很干净瓷实的净菜，才摆到摊位上面；这些被剥下来的白菜帮子，其实还是很干净鲜亮的。刨看了，觉得可惜，就问："师傅，你剥下的这些烂菜叶子还要吗？"

卖菜师傅抬头看刨一眼，又低头剥菜。过了一会儿，才问："你想要？"

"我想要一些。"刨说。

卖菜师傅又剥好一颗菜，小心地放好后，看了一眼刨的车，才拍拍手说："要就全装走，反正我一会儿还得找人往外倒。"

刨听了，很高兴，赶紧下了车，说："好，我给你全部收拾干净。"说完就开始一搂一搂地往车上扒拉白菜帮子。

"哎，我说，你要这么多烂菜干啥呢？"卖菜师傅好奇地问刨。

刨想了想，就说："喂鸡，我养了好多鸡呢。"说完，就朝卖菜师傅很难堪地笑笑。

刨想，这么好的白菜帮子，扔了实在可惜。被剥好的那些净白菜，一斤要卖到一块钱呢。这些被扔掉的白菜帮子，拿回去把好的拣出来，洗干净，还不是一样地吃吗？从此，刨隔三岔五地到菜市场以"喂鸡"为由，捡别人丢弃的烂菜。此后很长时间，刨再没有买过菜，用捡来的菜叶子，一家人度过了那段艰难困苦的时光。

再往前走，就是鲜肉市场了。刨远远地看见，食品公司当年和他一起打过篮球的小方。下岗后，小方自己也开了一个卖肉摊，听说生意还不错。刨看一眼自己车上的白菜叶子，想了想，就下了车，朝小方的肉摊走去。

"小方。"刨朝小方喊了一声。

这会儿，小方忙过了一阵子，见是创，就朝他扬扬手，说："大创，是你呀，今天没去送煤球？"

"送了。他妈的！"创又想起被"狼"讹去的四百块钱来，就骂了一句，才说："生意还行吧？"

"就那样，差不多吧。"小方说着，递过去一支烟。创接过来看看，烟倒是不错，就是被小方卖肉的手染上了油渍，但还是点上，狠狠地吸了一口。

"没事吧？"小方吸了一口烟，问。

创又猛吸几口烟，说："也没啥事。你还有没有削下来的猪皮，给我找些。"

小方听了，弯腰向肉案下看看，说："有一包呢。"就从案下拉出一塑料袋猪皮来，扔到了肉案上。

创打开闻了闻，觉得有些已经不好闻了，也没说什么，就又包起来提在手上。

"你要这么多猪皮干啥？"小方突然问。

创想也没想，随口就说："喂狗。我有一只小狗，好玩着呢。"创为自己的瞎话，心跳了几下。

"噢——"小方有些意味深长地噢一声，又从案下拿出两根大棒骨来，说："给你，一起拿上。喂狗！"

创拿起看看，这是两根很不错的大棒骨，可能是今天早上刚剔下的，上面还有不少肉呢！

创向小方道过谢，就朝车那儿跑去，高兴地心想，老子今天晚上就是猪皮炖白菜喽。他妈的！创走着想着，还美美地咂了几下嘴巴。

"要再来啊，大创。"远远地传来小方的喊声。

饭后，创想把上午的损失早点儿补回来，中午也没有休息，就开车去装煤球了。刚走上大桥，一个比创要年轻许多的女人在向他招手。创扫了一眼，认出了是早年就认识的贾琴琴，后来在县委的一个什么部门上班。这个贾琴琴，是他刚参加工作那几年，一个住在单位附近的很漂亮的女孩，小巧的嘴巴和两个浅浅的酒窝，给创留下了很深的印象。她也和当年的叶赫娜、白玉兰一样，不相信创已结婚生子的事实，狠劲地追了创好几年，没事就往创的宿舍跑，常给创洗衣服，还做鞋垫。不知为什么，后来却匆匆地嫁给一个创根本就看不上眼的粗男人。当然，这个男人不但自己有工作，也给贾琴琴安排了工作，创这才改变了对这个粗男人的看法。

创刹住车，对琴琴笑笑，问："大中午，你站在桥上干啥呢？"

琴琴指指脚下的一堆东西，说："单位分了些东西，我拿不回去。"说着，有些不好意思地对创笑笑。她笑的时候，习惯地把额前的一绺头发向后抿了一下。创觉得琴琴的笑，仍留有当年的影子。那一双微瞢的眼睛和红红的脸颊，闪着一丝熟悉的羞惭；两个酒窝还浅浅地隐在腮边，令今天穷困潦倒的创又勾想起了美好的当年。

创还要去拉煤球。他不能多想，就匆匆地问："你的意思是，给你送回去？"

琴琴赧赧地看着创，没有说话。创下来，把她的东西搬上车，琴琴坐上车斗，向前指了指，创就调转车头，往北开去。

路上，贾琴琴在后边问："你怎么就干上了这个？"熟悉而令人心醉的口气，直吹到创的耳边。

创扭回头，看一眼琴琴，对她笑笑，没有说话。

一路无话。风声伴着车声，创又想起了当年……

"到啦。"创突然听见琴琴在后面说，才惊转过来，赶紧靠边刹车。创问："你家在哪，给你送家去嘛，这么多东西……"

没有说完，创见下了车的琴琴，两眼红红的，像是刚哭过，一脸难过的样子。

琴琴却背过身去，说："不用啦，我打电话让他出来拿。"说着，指指路对面一排排的庭院房。创看一眼，知道这是××单位的集资住房，他来这儿送过煤球。

这时，琴琴站在离创很近的地方，说："你还是不要再干这活了，太损身体。找个别的干吧，就是给哪个单位看大门也行。别再要强，够吃够喝就行，不要和自己过不去。"说着，认真地上下打量了创一番，两只眼睛又红了，明显地洇出了泪水。创不知道该怎样去安慰琴琴，想想过去，看看现在，也觉得有些心酸。他甚至有了几分冲动，真想再抱抱琴琴，可是，他不敢。低头看看自己，浑身上下灰不拉叽，三分像人，七分像鬼，只好对琴琴笑一下，就又上车，逃跑一样向煤球厂蹿去。

不知是贾琴琴的旧情激励了创，还是晚上将要吃到嘴的猪皮炖白菜帮子刺激着创，抑或是要拼命补回上午被“狼”讹去四百块钱的决心鞭挞着创，他下午的干劲特别大，一连拉了六车煤球，挣够了两百块钱才收车。这时，街上的路灯已经亮了，他乏乏地开车回家。

创过了梅河大桥，在桥头一个坏了灯泡的路灯杆下，急着要处理由于忙着拉煤球而整整憋了一下午的一泡尿。他下了车，一边向没有灯光的灯柱后面走去，一边急急地拉开裤子。忽然，灯柱后转出一个人来，直直地顶到创跟前。创吓了一大跳，已经拉开裤子的手，也僵在下面不敢动，心怦怦地跳着，张大了嘴巴。

阴影中，一个披散着一头长发、涂了口红的女人站在创的跟前，不动，也不说话，脸上挤出些妩媚而慌急的微笑来。创被吓得不轻，再也顾不上撒尿了，提着裤子转身想走，却被女人拉住了。

“要不？二十块钱。”女人低声说。说完，又很小心地往桥上看看，很重的口气，吹到创的脸上。

创听眼前这个女人终于说出了人话，才放了些心。也明白了眼前这个女人在这昏暗的灯柱后面想干的勾当。不过，女人的声音像在哪儿听过，有些耳熟。

刚才，早把创的一泡尿吓到爪哇岛去了。他这才在昏暗的光影下，向女人的脸上看了几眼。这一看不要紧，直把创看得心惊肉跳，难以自已。他又看了女人几眼，终于认出，这个夜风中的站街女，竟是他们单位的原沁沁。

沁沁大概也认出了创，低了头，再不说话，却也没有立即走开。

原沁沁是他们单位的出纳，一个清秀又漂亮的女人。当时刚到公司时，还不到三十岁，是当年县社、商业两大有钱单位拼实力时，从县剧团要来的，属固定工。丈夫是县里一个有点小权势的人物，可惜有运无寿，三十岁上就因病身故，撇下沁沁一个人带了两个孩子过日子。虽然也有人给她搭桥牵线，但终因沁沁恃貌自傲，高低难就，就一直拖至单位散伙下岗，大概也因生活所迫，无奈干起这种营生来。

这时，沁沁倒显得平静。她对创说：“哥，请允许我这样称呼你，因为，现在我们都平等了。不过，哥，也请你别笑话我。”沁沁的声音，听上去没有一点儿自卑和伤感。

创听了沁沁的话，倒是觉得有点儿不自在，就赶紧说了一句根本就不该说的话：“哪里，从来就是笑贫不笑娼嘛。”刚说完，就觉得自己失口了，忙在自己的嘴上打了一下，又小心地看了沁沁一眼。

沁沁好像并不计较创的话，竟拉了创的手，说：“走吧，我们既然平等了，去我家坐坐，我不会为难你的，哥。”

为了安抚沁沁这个同是下岗美女的受伤心灵，也为了不再让沁沁继续误会自己刚才的失言，创就随她去了家里。

原沁沁还住在她丈夫原来分的家属房里。家里收拾得干净整齐，家具和家用电器虽然旧了些，但仍能折射出当年一个权势家庭的奢华陈设。小儿子正在灯下写作业。当沁沁给创端上一杯水时，创坐在真皮沙发上问：“大儿子呢？”

“大儿子去年上大学了。小儿子正在读高中，明年就要高考呢？”沁沁看一眼灯下的小儿子，不无骄傲地说。

“噢，大儿子上的什么学校？”创又问。

“复旦大学。易中天所在的学校，知道不？”沁沁的脸上又泛起一阵得意的神色。

“行啊！沁沁，你一个人要供两个大学生，可真不容易呀。”创由衷地感叹。

“也难啊。”沁沁叹了口气。

这一晚，创和沁沁谈得很投入，大部分说的是单位的一些人和事。当说到单位的改制时，沁沁也和其他职工一样，咬牙切齿地痛骂了一番。

时钟敲响十二点时，创才起身告辞。

出门前，创把下午挣的二百块钱，悄悄压在茶几上的杯子下，又深深地看了沁沁一眼，才出门离去。

十

创的送煤生涯，倏然已过十年，说短不短，说长不长，他在低迷的生活环境中，阅尽炎凉世态。十年来，创开着煤球车，在凛冽的风雪中，在浇顶的暴雨下，在灼人的烈日里，他弓着背，扶着车，东颠西跑，被客户吆来喝去，几番辛苦，几多心酸，个中滋味，他独自品尝。但这十年来，有两件事，让他牢记不忘。一是早先送煤球时，庄头小区那娘们说的一句话，你干的这活是被人看不起的，和讨饭的差不多！沉重的自卑感，在繁重的劳作中，被慢慢地销蚀着。他也曾经问过别样的人们，自己干的这行当，真的就要被人看不起吗？有人说，这有什么呢？自食其力嘛！比贪官捞取民脂民膏强多了！也有人说，你这么大岁数了，就不该干这个，给儿女们败兴哩！为了这些话，创想过好长时间，虽然也能理解，但他还是在心里喊了一句：老子就是喜欢送煤球，再送一百年，何妨？这些年，创也发生了一些变化。他把蓄了多年的长发，一刀剃干净，变成了一个闪亮的光葫芦；又专门蓄起胡子，再挂上一副大大的墨镜。夏天，便光了脊梁，只穿一条大裤衩，搬煤球时，一双人字拖在客户的院子里吧嚓吧嚓地来去，客户家的大人小孩瞪了惊奇的眼睛，看怪物一样，看着挥汗如雨，匆忙来去的他。当有的客户讨价还价不肯痛快付账时，创就瞪起眼珠，从墨镜后面一言不发地瞪着他或是她，直看得他们不敢再多说一句，如数给钱，创才挥手作罢。每当这时，创便感到了一阵小小的满足：妈的，小看我，我还看不起你呢！然而，一阵过后，他便觉出了某种空虚和悲凉；另外一件事，他从来没有忘记自己的两个女儿，常常计算着她们的年龄，想着她们该长多高了，也应该出嫁了吧！可是，怎么就没有通知他这个亲生父亲呢？唉！每想到这里，眼泪就又一次地涌上来，也每当这时，创就会在自己的脸上掴两巴掌，才能觉得好受一些，也才能重新开始去搬煤球。近几年来，掴打自己，几乎成了创的一种情绪发泄，抑或是一种自慰方法。有时，他把自己的脸打得红肿几天也下不去，便像喝醉了酒一样，在大街上开着煤球车，红肿着腮帮子踔来踔去，人们便像躲瘟疫一样躲开他。

创也常常问自己：是我变成了阿Q，还是阿Q变成了我?!

十几年来，创就这样，开着一辆破煤球车，举着一颗光葫芦，乍着满嘴胡须，夏天光着脊梁，冬天裹件棉猴，风里雨里，往返在小城的大街小巷，几乎成了小城里一道败人兴致的风景……

最近，创的自我感觉却不是太好。装车或卸车时，常常觉得浑身无力，哈欠连天，眼泪汪汪，尤其是嘴里发干发苦。他一次买好几瓶可乐，放在工具匣子里，手不离瓶地灌了一口又一口，仍难以解渴。右脚的大拇指也无端地肿了起来，走路一跛一拐，无法正常干活。他以为自己劳作过度，体力不支，就常买些镇痛片吃，虽稍稍有所缓解，但一会儿又不行了。

这是个冬天的早晨。创拉了一车煤球，在梅二小区街边的一个小超市旁，想买几瓶可乐，但刚从车上跨下，就觉得天旋地转，两眼一黑，重重地摔倒在路边，心里想着起来起来，但很快就昏了过去。

过了好大一会儿，创才有了一些意识。但大脑昏沉，口里渴得越发厉害，像有一盆炭火在嘴里燃烧。他觉得，身边围了一些人，在叽叽喳喳地议论着什么。脸前的地上，有很多双皮鞋在移动，一些退了回去，马上又有一些填补上来。创觉得很冷，身上像被水浸过一样难受。他很无助地躺在地上，模糊的意识里想起了两个女儿，心里便一阵难过。如果两个女儿能在跟前……想着，创又要昏睡过去，耳边却隐约响起了“120”的声音……

当创彻底醒过来时，已经是第二天的上午了。太阳干净明亮地照在病房里，老婆和儿子、女儿都站在病床边。他们像正在进行一场悲伤的告别仪式，脸上挂满了痛苦的表情。创看了他们一眼，就满意地闭上了眼睛。心想，现在我总算可以躺下来休息几天了，总算可以心无旁骛地睡一个好觉了。这样想着，创又游进了梦乡。

……艳阳高照，和风如沐。北坡跟一垛垛苦荞地里的苦荞麦正在扬花。大家伙头上扣了一顶烂草帽，正和社员们一起锄地。梯田里，全是南坪村里的青壮劳力，男男女女一行行排在苦荞地里，拉着长柄锄头，挥汗如雨。不时响起的说笑声，惊醒了几只正在地边草丛里打盹的野兔。它们伸长脖子，瞪了一双困惑的眼睛，看着苦荞地里这些乐此不疲的人们，然后甩甩长耳朵，又抿抿三瓣小嘴，才顺了地塄，不慌不忙地朝山上遛去。

地里，一簇簇苦荞花儿正开得热闹。红杆和绿叶拥趸着一串串令人怜爱的小碗盏似的苦荞花，在风中拥来攘去，发出一阵阵轻微的笑声。

忽然，创看见了苦荞地的深处，有两个女孩儿手里拿了一把苦荞花儿，在向他招手。创抹抹眼睛，终于看清了，是自己的两个女儿，就大喊她们："玲儿，嫒儿，爸爸在这儿呢！"然而，他还想再喊时，却见两个女儿隐没在苦荞花下，远远地传来女儿银铃般的笑声……

看不见女儿，创就不顾一切地蹚着密密麻麻的苦荞麦追过去，他一边追一边喊，但除了一片片的苦荞花像嘲笑他一样，高兴地随风摇摆外，并不见女儿在哪里。

"玲儿，嫒儿，你们在哪儿呀……"创一边呼喊着追女儿，一边伤心绝望地大哭起来……

"爸爸，你怎么啦？"突然，创的耳边响起了一阵呼喊声。他抽咽着努力睁开眼睛，床边站着惊慌失措的家人。

"爸，你刚才做梦了吧。"听了儿子的话，他没有说什么，只是长长地叹出一口气。

老婆也没说什么，轻叹一声，默默地走开了。

创跌了一跤的结果是：糖尿病并发冠心病、高血压三级（极危），还有其他什么腰肌劳损、轻度营养不良等。创听了，并不显得惊慌。他根本就不相信自己会有这么多名堂的"富贵病"。煤球拉得好好的，怎么就会有这么多的病呢？哼！医院嘛，本来就是一个吓唬人的地方，何必认真呢！出院吧，有和医生磨牙的时间，不如去卖几车煤球呢。

医生却不让创出院，说，必须坚持治疗一段时间，待病情稳定后再回家疗养。这么多的高危病症，还敢拉煤球，简直不要命啦！医生走后，创便冷笑一声，说："住什么住，看什么看，医生的话你也信？不到你交不起住院费时，他是不会让你出院的！"就这样，在创的坚持下，下午就办了出院手续。

创这次住院花了一万多块钱，是儿子和女儿两个人交上的。知道后，创暗暗地骂了一声：这算什么破事，老子不小心摔了一跤，就把一万多块钱摔进了医院，这得拉多少车煤球才能补齐呢？奶奶个脚！

不管怎么说，像上了瘾一样，创出院的第二天，就摇摇晃晃地发动车去拉煤球了。

创住了几天医院，好像多了一些想法，总是有一种隐隐的感觉：是否该回“家”了！

叶落归根。人只要活够了一个轮回，再活就是赚的了。最近，创常常想起南坪，想起自己出生的老屋，还有那些早已逝去的亲人。每当他悲伤地想起时，就像远行的游子要急于回家见娘一样，眼里盈满了巴望的泪水。他不知道这是怎么了。虽然生活也在一天天地改善着，儿女们也都过得不错，并没有给自己带来什么大的烦恼，但他一点儿也不留恋。固执地认为，人，只要活够一个花甲，就应该知足了，现实对他已经没有太多的意义。因为，该努力的，他努力了，该付出的，他付出了，该享受的，他也得到了，一生有喜亦有悲，并没有给他留下太多的遗憾。唯有一件放不下的心结，就是能够见两个女儿一面，看看两个女儿现在长成什么样了。

玲儿，嫒儿，我的两个亲闺女，爸爸永远爱你们！

十天以后，创开着他的三轮摩托车，回到了南坪。

南坪依然是南坪，只是显得比以前更荒凉、破败。沿村再也听不到狗吠鸡鸣，听不到牛叫猪唤；经过已经没有石磨石碾的碾道时，他看了一眼那棵很快就要枯死的老核桃树上挂着的那截再也没人敲一下的烂铁，耳边仿佛响起了当年当当催人上地的钟声，还有政治队长大家伙破着嗓子的吆喝声……创在车上苦笑一下，直到快走到村子后边的老屋时，都没有见到一个人。他有些失望地下了车，正想点上一锅烟时，二嫂却从泉后的地里转出来。见创回来了，就笑着打了声招呼。创赶紧装起烟斗，说：“二嫂，你一个人在泉后干啥呢？”二嫂看上去依然精神，就是比上次见时又老了许多。

“去荞麦地看了看。今年春旱，苦荞麦都长得不怎么样呢。”二嫂有些忧愁地说。

“你种地？娃儿们干啥去了？”

“你是不知道，村里已经没有年轻人啦。男人们都出去打工，妇女们都在城里、在镇上给上学的娃儿们做饭呢。村里就撇下几个干老汉、干老婆儿啦。”说着，就要拉创去她家吃饭。

创没有去，先走进自己家的老院。他伤感地看到，生养自己的百年老屋，已是苍老不堪。前檐掉瓦，后墙裂缝，他不知道这百年老屋还能在风雨中飘摇几年。

门是锁着的，他不知道弟弟两口子去了哪里。

大门外的青石台阶上，有疲沓的脚步声，听上去很吃力的样子。进来的是前院和自己同龄的邦柱子。

邦柱子也老得厉害。他一生劳累，已经是背驼腰弯，头发全白了。他喘息着拉住创的手摇几下。创从口袋里掏出一盒好烟来，给邦柱子敬上一支。点上烟后，邦柱子猛然咳嗽几声，才眼泪汪汪地说：“都走啦！村里和咱年龄差不多的都走啦，就撇下咱俩人啦。”

“咱没走，是人家还看不上咱，你急也没用。”创揶揄地对邦柱子说。

“可不是吗。咱就慢慢地等吧！村里人越来越少啦，一座座的好房子没人住，都坏啦；一块块的好地，没人种也撂慌啦。咳咳，可惜呀。现在，只有几个老汉老婆儿，瞎胡种些门口的地在熬日子。”

“都种些啥呢？”创问。

“种啥？还不是荞麦和玉茭。我种得多，北沟后那些年垫的十几亩滩地，我去年种了五亩苦荞麦，你猜怎么着？”邦柱子脸上显出几分兴奋。

“怎么啦？”创赶紧问。

“五亩苦荞麦，我卖了一万多呢！”邦柱子说着，满意地吸了一口烟。

创也有些惊奇，苦荞麦居然还有人要。就问：“有人收？”

“听说是广东人，说话咱也听不懂。干净的苦荞麦，一斤卖八块钱呢！”

创听了，惊讶地看着邦柱子的嘴巴，不相信似的。

“真的。听他们说，广东人是用苦荞麦做什么保健品，说吃了以后能长生不老。”邦柱子比画着说。

创听了，笑笑。他不知道邦柱子说的是真是假，但有一点可以肯定，苦荞麦可以卖钱，而且能卖很好的价钱。

创又给邦柱子递上一支烟，自己也点上一支，低下头吸着，好像在想什么。

邦柱子又说："今年春天，广东人又来了，要和我们订收购合同，还把苦荞麦的价钱涨到了十五块钱一斤，还说，有多少，他收多少。我想，今年干脆把北沟后的十几亩全种上。现在，干啥还不是为了弄几个钱！"

创正和邦柱子在大宅门外的青石墩子上说得起劲，二嫂又上来叫他去家里吃饭。邦柱子听了，就站起来说："二嫂，干啥也要有个先来后到，我就是等着创去我家吃饭哩。"

二嫂笑着问："你家是啥饭？我给创包的苦荞面饺子。"

邦柱子却说："饺子有啥稀罕。我是苦荞面饸饹，新洋芋丝炒新浆的苦苣菜。让创尝尝鲜，吃顿稀罕饭。"

创听了，很高兴，就对二嫂说："二嫂，你先回去吧，我就去邦柱子家吃去，一会儿再去看你。"说完，就和邦柱子向前院走去。

果然，苦荞麦面饸饹配新鲜野菜，创干了两碗，连一口汤也喝不下了才罢休。

吃饭中间，创问邦柱子："你没听说我那俩闺女这几年怎么样？"创知道邦柱子前几年在北山煤矿干过，应该知道一些女儿的情况。

"好得很呢！真不愧是你的闺女。玲儿在北山不但入了党，还当上了村里的妇女干部。"邦柱子高兴地说着，还伸出大拇指。"更绝的是，你的俩闺女都把儿子、女儿送到城里上高中，玲儿的闺女可争气啦，回回考第一，儿子只比姐姐低一年级，学习也很好。"创听了，很高兴，激动得不知道该说什么。邦柱子又说，"玲儿亲自给我说过，县一中毕业有啥了不起，也不过就是个烂初中生。我就是要让他看看，我的闺女、儿子，一定要考一个好的大学。"邦柱子一口气说完，还不停地咂巴着嘴，一脸羡慕的样子。

当然，创知道玲儿说的"他"是谁。但也只能在心里默默地说一句：玲儿，嫒儿，难为你们了。爸爸祝福你们！

在回城的路上，创一边开车一边想，两个女儿无论经历了怎样的磨难，现在已经长大成人，有了自己的家庭。她们的儿女也很争气，一个个都要考上大学了。她们的人生已露出了幸福的曙光。我这个不配为人的父亲，真的还有脸去认女儿吗?!

当时间跨入二十一世纪又十年的时候，创也终于在他的煤球车上于风雨飘摇中颠满了一个花甲。一个花甲，既是天干地支的一个圆满轮回，也是人生甲子的重新开始。圆满吗？人生的这个年龄之圆画得圆满吗？创似乎没有认真想过。不过，创常说的一句话就是：怎么也是一辈子。

这一年，创也到了该退休的年龄。然而，创一想起这事来，就心有余悸。下岗十多年来，自己没有交过一分钱的养老保险基金，既没有单位给交，自己也交不起。如果补齐了才能退休，就要一次拿出五万多元。这么大一笔钱，创想着就有些喘不上气儿来。

退休问题，成了创日思夜想的一件事情。但忧愁归忧愁，煤球还是要送的。因为，吃饭需要钱，退休需要钱，一切都需要钱。钱，钱，钱！现在，在创的眼里，钱就是爹，钱就是娘，钱就是他妈的老先人。

有时候，创也想，如果实在交不起五万块钱，就算了。我的爷辈、父辈们，大概连退休都不曾听说过，不也是一辈子吗？同鸡们、狗们一样，刨淘一天吃一天，划拉一天活一天，妈的，怎么也是一辈子！然而，想是这样想，毕竟心有不甘。国家政策嘛，应该大家共享，该我得的，何言放弃！必须想办法。就是去借高利贷，也要办成此事。然而，钱是硬头货，你没钱，你就连屁也不是！市场经济，丛林法则，这是最现实的说法。

为了借得有把握，创思来想去，想出一个本家亲戚。这人虽然有些钱，好像还算尊重自己，平常见了，总是哥长哥短。早些年，正是南坪开铁矿最热潮的时候，这人也因开矿发了一些小财。他倒还好说话，其老婆却牛气冲天！又矮又胖，却涂脂抹粉，两只小眼睛常常是朝天翻着。不过，不管对别人怎样，她还不至于不认我这个哥吧。只要帮我办了退休，就先把退休银行卡押给他们，不就是五万块钱吗？三四年工夫完全可以还清。

虽说长者为尊，但为了更有把握，创还是开了煤球车，跑到大尖山花两百块钱买了二十斤散养土鸡蛋，又买了两瓶汾酒和两条上好的烟，傍黑时去了亲戚家。创想，晚上他们都应该在家，好说事。

进了家后，亲戚的老婆在家。她先是用两只小眼睛朝创手里的东西翻了几翻，说："哥呀，你就不该拿东西来。我还没有顾上看你呢，你倒先来看我们了。"说完，又把两只小眼睛使劲朝天上翻去。

"哥来，是找你有事呢。"创赶紧说。心想，你还去看我，在大街上见了我都装不认识呢。

"我就知道。"女人说着，脸上似乎阴了一阴。

我还没开始说正题呢，她怎么就知道，看来平时找他们借钱的人可能不少。

好一会儿，谁都没说话，创也不知道接下来该怎么说。

又干坐了一会儿，创才唯唯诺诺地说："我七月份要办退休，退了休就能领到钱了，至少，要有两千块呢！我是说……一个月。"创说得很吃力。停顿了一下，又接着说，"就是，就是……"创觉得口干舌燥，不断地吞咽着，"就是还差一些钱，才能办手续……"

"得多少？"女人问得很干脆，创似乎听出了希望。

创赶紧说："交齐得五万。"

女人又朝创翻翻小眼珠，马上又朝天上翻去，说："他就快回来了，你跟他说。"说完，就钻进厨房，再也不肯出来了。

创一个人坐在沙发上，又饥又渴。一直坐到十点多，亲戚才回来，浑身酒气。见了创，果然显出一种带了酒气和夸张的热情，拉了创的手哥长哥短了一番，才坐下让老婆上饭。

吃饭中间，亲戚用筷子点着创说："哥，说吧，这么晚了，找我肯定有事，说出来，兄弟我立马就给你办。"

创觉得一阵晕眩。好人哪，不愧是我的好亲戚！

但是，创已到嘴边要借五万块的话还没说出来，女人却在沙发的另一头很大声地咳嗽了两下，还不断地翻着白眼，创的心就开始往下沉了。

"哥傍黑就给我说了，想借五万块钱。你要是有，就痛快地给了哥，没有，也别耽误哥再去别处借。要杀要放，给哥痛快些，我见不得磨叽。”女人说完，没再翻眼珠，而是用白多黑少的两眼狠盯了丈夫几下。

听了老婆的话，这个因开矿发了财的亲戚似乎很认真地想了想，说：“看你说的是啥鸡巴话嘛。哥是别人？这事我不管，谁还能管得起！再说，哥平时跟咱张过口吗？没有！”亲戚自问自答了一句，接着，对创一脸真诚地说：“这么的吧，哥，我现在，没有那么多现金，就是有十几万块钱，也在随时周转着用呢！哥，这你能理解吧。”说着，睁了询问的眼睛看着创，创赶紧点点头。“我的其他钱，也都预先有了安排。现在还有一笔大款，十万块呢，在山东聊城的一个钢铁厂，用了咱的矿没转过款来，按合同，元旦前能全部到咱账上。这十万块钱，你用多少，拿多少，都用你全拿去。”说着，亲戚还很豪爽地挥了挥手，“只是，最迟要等到年底，你看怎么样？这也是我今年唯一的一笔可以往外周转的钱啦。至于利息，哥，你就别提，再提咱就不是好亲戚了，哥。”说完，看创一眼，又看老婆一眼，像终于解决了一件非常棘手的大事情一样，显出几分轻松，几分疲惫。

创听完之后，感觉到像用一包好东西换回了一堆臭狗屎一样，觉得憋屈，更觉得恶心，他几次三番地强忍着，才没有吐出来。赶紧起身，嘴里不断地重复着：“好，好……”一边匆匆地向门外逃去……

“五一”劳动节后，天气已热得让人很不耐烦。离办理退休只有一个月了，创也更加着急和无奈。商业系统已对今年就要退休的人员进行了第三次登记，要求即将退休的人员，该交钱的，积极交钱，争取按时、顺利退休，全商业系统，不落下一个人。即将退休人员要积极配合，顾全大局，确保商业系统的安全、稳定。

说得轻巧。没钱的人，什么时候都不可能是安全、稳定的！

光着脊梁，穿着短裤，拉了一车煤球的创，又满脸忧愤地行驶在大街上。他把车开得飞快，找碴儿一样，不断地对过往车辆和行人吼着：谁敢碰我一下，试试！不过，虽然创在街上横冲直撞，但小城的行人和车辆依然显得文明礼貌，并不和这个满头白发的老疯子计较，尽量绕开他，这又让创觉出了几分落寞和无聊。

“嗨!”听到有人嗨他，有些失常的创便本能地往路边扫一眼，却一下子就认出了贾琴琴，一脚踩住了刹车，差点儿没把创从车前撂出去。他有些狼狈地爬起身，朝贾琴琴看去。

这时的琴琴，好像显得比上次见她时老了些，但少女时代的美好笑靥，仍在她的脸上闪现；尤其是那两个浅浅的酒窝儿，成了琴琴在创心里永远无法磨灭的标志。

“这么大了，还是那样疯!”和创在一起，琴琴永远是一口地道的城东话，听起来，有一种磁石般的音质，能勾起创的许多遐想来。

创对贾琴琴笑笑，说不出什么来，但依然掩饰不了因退休带来的满脸愁容。

“快退了吧?”琴琴突然问。

“嗯。七月份就到时候了。”听琴琴问起退休的事，心不由得抽一下，老实地回答。

“退了就好啦。好好歇歇吧，别再犟着劲拉煤球了。这十几年，真不知道你是怎么熬过来的。”

“命吧。”创对琴琴苦笑一下，说。

过了一会儿，贾琴琴突然又问：“你退休，没什么问题吧，下岗这些年，单位都给你交着养老保险?”

创听了，心里突然有一阵刺痛掠过，他不敢看昔日这个知心朋友的脸，也不知该怎么跟朋友说。

琴琴见创欲说不说的难堪样子，好像看透了他眼前的处境，又问：“全由你自己交?”

创又看了琴琴一眼，低下了头，用劲咂咂嘴，没有说话。

琴琴终于明白了，创遇上了一时无法解决的难题。在她的印象中，创能说会道，向来不是这种窝囊样。她想了想，对创说：“这样吧。我手里还有两万块钱，暂时也用不着，正准备去银行换成定期的呢。你拿去先用吧，要是不够，再想想办法，但一定要按时办了退休。咱不能辛苦熬了几十年，到头来什么也不是，什么也没有，还得靠儿女养活。”说着，就把一张银行卡往创的手里塞。

看着这张暗红的银行卡，创像看见了自己的美好未来，也看见了贾琴琴一颗晶莹透亮的心。朋友，这就是以心相交的朋友，难得的一片永远理解、永远牵挂、永远不离不弃的少女情怀啊！

有些唏嘘，也有些感叹。略做推让后，创只颤着声说了一句：“琴琴，你放心……”就再也说不下去了。他怕自己难以控制自己，赶紧驾车离去……

新世纪又十年的七月九日，创在煤球厂柳老板三万元的资助下，交了养老保险基金后，顺利地退休了。

创的退休，竟意外地顺利。大概，这与他在山城小县的大街小巷里，每天举着一头白发，挥着一身臭汗，风风雨雨十几年的送煤球生涯，以致形成了小城一道刺人眼目的风景线，使善良的人们不忍再继续看下去，想让这个说不定活不了几天的老东西早点儿歇歇很有关系吧！

当创把所有退休材料递进窗口时，又怯怯地问一声：“姑娘，我的退休不会再出现什么问题吧？”

窗口里的姑娘一边翻看创的退休材料，一边悲悯地看了他一眼，微笑着说：“放心吧，老人家，七个工作日内，您就可以拿到《养老金领取证》了。”

这句温柔标准的普通话，竟像金石划过，深深地、永远地刻在了创的心上。

“谢谢你，姑娘，真心地谢谢你！”创长长地呼出一口气，长得像有几十年！